KB201809

ONCE THERE WERE WOLVES

Charlotte McConaghy

A NOVEL

ONCE THERE WERE WOLVES

깊은 밤 숲속에 울려 퍼지는 울음소리

늑대가 있었다

샬롯 맥커너히 지음
윤도일 옮김

잔

내 아이에게 바칩니다.

깊은 밤 숲속에 울려 퍼지는 한 마리 짐승의 단 한 번의 울음소리.

— 안젤라 카터(Angela Carter, 영국의 소설가)

차례

늑대가 있었다

ONCE THERE WERE WOLVES

일러두기 | 본문 괄호안의 주는 옮긴이 및 편집자 주다.

1

우리가 여덟 살이었을 때, 아빠는 목에서 배까지 나를 갈랐다.

브리티시컬럼비아주(British Columbia, 캐나다 서남쪽, 태평양 연안
에 있는 주)에 있는 야생의 한 숲속에 아빠 작업장이 자리 잡고 있
었다. 먼지가 자욱하고 피비린내가 진동하는 곳이었다. 건조하기
위해 매달아 둔 가죽들은 우리가 살금살금 다니는 와중에도 우리
의 이마를 스치곤 했다. 그 당시 나는 무서움에 몸서리를 쳤지만,
쌍둥이 동생 애기는 내 앞에서 아무렇지 않은 듯 활짝 웃어 보였
다. 나보다 훨씬 더 대범한 아이였으니까. 이 작업장에서 무슨 일
이 일어나고 있는지 궁금해하면서 몇 번의 여름을 보낸 끝에 문
득 나는 그곳에서 벗어나길 간절히 바라게 되었다.

아빠가 토끼를 잡았다. 아빠와 함께 숲속을 거니는 일은 허용
되었지만, 아빠는 단 한 번도 살생하는 모습을 우리에게 보여 준
적이 없었다.

열의에 넘친 애기가 허둥대다가 소금물이 담긴 큰 통을 발로 차
는 바람에 둔탁한 소리가 울려 퍼졌다. 내 발에도 그 느낌이 고스
란히 전해졌다. 아빠가 천장을 올려다보며 한숨을 내쉬었다. "너
희들 정말로 보고 싶어?"

애기가 고개를 끄덕였다.

"괜찮겠어?"

또 한 번 끄덕였다.

나는 털이 부슬부슬한 토끼와 온갖 종류의 칼을 보았다. 토끼는 움직임이 없었다. 이미 죽었으니까.

"그럼 이쪽으로 오렴."

우리는 아빠의 양옆으로 다가갔다. 작업대는 우리의 코끝이 겨우 보일 만큼의 높이였다. 이곳에 서니 토끼의 피부 가죽에 드러난 미세한 색이 전부 한눈에 들어왔다. 적갈색, 어두운 주황색, 따뜻한 크림색, 회색, 하얀색, 검은색. 만화경처럼 다양한 색과 모양으로 눈에 띄지 않으려고, 이 같은 비참한 운명을 피하려고 했을 텐데. 가엾은 토끼.

"아빠가 지금 왜 이러는지 알고 있어?" 아빠가 우리에게 물었다.

우리는 같이 고개를 끄덕였다. "'한계 생존'이요." 애기가 대답했다.

"그게 무슨 뜻인지 말해 볼래, 인티?"

"사냥은 우리가 필요한 만큼만 하고 나머지는 생태계에 돌려주고, 먹을 것도 필요한 만큼만 기르며 최대한 자급자족하면서 살아가는 거예요." 내가 말했다.

"그래, 맞아. 그러니까 이 토끼한테 마음을 담아서 감사의 인사를 하자."

"고마워." 애기와 내가 한목소리로 말했다. 하지만 토끼는 우리의 감사에 별로 고마워하지 않을 것 같았다. 나는 마음속으로 침

울하게 사과의 말을 전했고, 그 와중에 내 뱃속 깊은 곳에서 뭔가
가 찌릿한 느낌이 있었다. 여기에서 벗어나고 싶었다. 이곳은 아
빠의 영역이었다. 가죽과 칼 그리고 피, 항상 아빠에게서 풍기는
냄새. 이것들은 언제나 아빠의 영역 안에서 존재했고, 계속 이대
로 남아 있길 바랐다. 지금은 마치 더 어둡고, 더 잔인하고, 어른들
만 갈 수 있는 곳의 문을 여는 것 같았고, 애기가 왜 이곳을 원하는
지 그 이유를 몰랐지만, 그녀가 원한다면, 정말로 원한다면 나도
남아 있어야만 했다. 애기가 가는 곳이면 나도 따라가야 하니까.

"먹기 전에 먼저 가죽을 벗겨야 해. 가죽은 말려서 우리가 사용
하거나 물물교환을 할 수 있지. 그리고 고기는 하나도 남김없이
먹어야 하는데, 그래야……"

"쓰레기를 없앨 수 있어요." 우리가 대답했다.

"왜 그래야 하지?"

"쓰레기는 지구에 가장 나쁜 적이니까요." 우리가 말했다.

"얼른요, 아빠." 애기가 재촉했다.

"그래, 우선 목부터 배까지 가를 거야."

아빠의 칼끝이 토끼의 목으로 향했고, 그 즉시 나는 내가 실수
했음을 알아차렸다. 내가 눈을 질끈 감기도 전에 칼이 내 목을 찌
르고, 한 번의 길고 날렵한 움직임으로 내 배까지 갈랐다.

나는 바닥에 쿵 하고 쓰러졌다. 갈라진 배에서 피가 쏟아져 나
왔다. 너무 생생했기 때문에 분명히 피가 흥건하리라 확신하며
비명을 지르고 또 질렀다. 아빠도 칼을 떨어뜨리고 함께 소리를
지르기 시작했고, 애기가 쓰러지듯 주저앉으며 나를 꽉 끌어안았

다. 그녀의 심장박동이 내게 고스란히 전해졌다. 애기는 내 등을 손가락으로 토닥토닥 두드려 주었다. 그녀의 비쩍 마른 팔에 안기고 나서야 나는 다시 정신을 차렸다. 피 한 방울 흘리지 않은, 상처 하나 없는 내 모습 그대로였다.

나에게 뭔가 남들과 다른 점이 있다는 사실을 늘 알고 있었지만, 그날 그것이 위험할 수 있다는 사실을 처음으로 인식하게 되었다. 또한 그날 내가 작업장을 비틀거리며 나와 보랏빛 황혼이 길게 펼쳐진 숲의 언저리를 바라봤을 때, 나는 나의 늑대를 처음으로 보았고, 그 늑대도 나를 마주 바라보았다.

*

이제, 세상의 다른 곳에서, 짙은 어둠이 내린 밤에 그들의 숨소리가 사방을 가득 채우고 있었다. 그러다 문득 공기의 내음이 바뀌었다. 여전히 따뜻하고, 흙 내음이 가득하지만, 더 짙어진 사향 냄새가 났다. 이는 두려움이 깃든 냄새였고, 그들 중 하나가 깨어났다는 의미였다.

그녀의 금빛 눈동자는 적당한 빛을 찾아 반짝이고 있었다.

침착해. 나는 그녀에게 말없이 마음을 전했다.

그녀는 늑대 6호이고, 엄마 늑대다. 그녀가 철제 케이지 속에서 나를 바라보고 있었다. 그녀의 털가죽은 겨울 하늘처럼 옅은 색이고, 지금껏 네 발로 금속을 밟아 본 적이 없었다. 그녀를 통해 그 사실을 알 수 있었다. 냉혹한 깨달음이었다. 따뜻한 말이나 부드러운 손길로 그녀를 달래 주고 싶은 마음이 들었지만, 그녀에게 가장 두려움을 주는 것이 바로 나라는 존재이기 때문에 그녀를 그대로 두었다.

다른 철제 케이지들을 조심스레 지나쳐 트럭 컨테이너 뒤쪽으로 이동했다. 손잡이를 돌리자 거친 소리를 내며 문이 열렸다. 밖으로 나가자 뽀드득 눈 소리와 동시에 내 부츠가 땅에 닿았다. 으스스한 세상, 이 밤, 이 장소, 눈의 장막이 저 높은 달까지 뻗어 있었고, 그녀를 빛나게 했다. 잎사귀 없는 나무들에는 은빛이 내려앉았고, 내 숨결은 흰 구름을 만들어 내고 있었다.

다른 사람들을 깨우려고 운전석 창문을 두드렸다. 모두 트럭의 선실에서 잠을 자고 있었고, 게슴츠레하게 눈을 끔벅이며 나를 바라보았다. 에반은 담요를 끌어당겨 몸을 덮었다. 담요의 끝부분이 내 목을 간질이는 느낌이 들었다.

"6호가 깨어났어." 내가 말했고, 그들 모두 이 말이 의미하는 바를 알고 있었다.

"좋게 끝날 거 같지 않은데." 에반이 말했다.

"그들이 알아채지 못할 거야." 내가 말했다.

"앤이 불같이 화낼 텐데, 인티."

"그러든지 말든지 상관없어."

원래 이 자리는 기자와 정부 관계자, 담당 부서의 고위직과 무장한 경비 모두가 함께하며 팡파르를 터트려야 하는 행사였다. 하지만 이를 지연시킬 목적으로 마지막 순간에 발의안이 제기되면서 계획이 틀어지게 되었고, 지연된 여정의 스트레스로 인해 늑대들이 죽음에 이를 수도 있었다. 하지만 우리의 상대편은 늑대의 심장이 멈출 때까지 그들을 계속 철창에 가두어 두려고 하고 있었고, 나는 받아들일 수 없었다. 그래서 생물학자 세 명과 수의사 한 명으로 구성된 우리 넷은 야밤에 몰래 움직여 이렇게 숲속에 도착하게 된 것이었다. 우리의 소중한 화물을 가지고. 조용히, 눈에 띄지 않게. 허가 없이, 언제나 그래야만 했던 방식으로.

더 이상 트럭으로 이동할 수 있는 길이 아니었다. 우리는 걸어서 6호의 컨테이너를 먼저 옮기기로 했다. 닐스와 내가 각자 뒤쪽 모퉁이를 맡고, 건장한 에반이 혼자 앞쪽을 맡아 들어 올렸다. 수의사이자 우리 가운데 유일한 현지인인 아밀리아는 이곳에 남아서 다른 두 개의 컨테이너를 지키기로 했다. 목적지까지는 약 1킬로미터 정도 되는 거리였고 눈이 깊게 쌓여 있었다. 연약한 숨소리만 내는 6호를 보면서 그녀의 고통을 짐작할 수 있었다.

아비새의 선명한 울음소리가 아름답게 울려 퍼졌다.

이 소리가, 깊은 밤 외롭게 울려 퍼지는 소리가 6호에게 울림을 주는지 궁금했다. 그녀도 태곳적부터 똑같은 소리를 낼 줄 알았으니까. 하지만 그렇다 하더라도, 내가 이해할 수 있는 방식으로 대답하진 않겠지.

목적지까지 가는 데 한세월이 걸리는 듯했지만, 마침내 사슬로 경계가 지어진 울타리에 도착했다. 6호의 컨테이너를 문 안쪽으로 넣어 두고, 다른 두 마리를 데리러 왔던 길을 되돌아갔다. 아무런 감시도 없이 그녀를 혼자 두고 가는 것이 마음에 걸렸지만, 이 울타리가 숲속 어디에 있는지 아는 사람은 거의 없었다.

다음으로는 수컷 늑대인 9호를 옮겼다. 그의 거대한 체구 때문에 처음보다 힘이 더 들었지만, 아직 잠에서 깨어나지 않았기에 그럭저럭 할만했다. 세 번째 늑대는 한 살배기 암컷 13호였다. 그녀는 6호의 새끼이고, 다른 두 성체보다 가벼웠다. 이번에는 아밀리아도 함께 했다. 13호를 우리에 옮겨 놓았을 즈음 새벽이 밝아 오고 있었고, 나는 뼛속까지 지쳐 있었다. 하지만 흥분 또한 감출 수 없었고, 한편으로는 걱정이 앞섰다. 암컷 6호와 수컷 9호는 서로 대면한 적이 없었다. 같은 무리가 아니기 때문이었다. 하지만 서로가 좋아하길 바라는 희망을 품고 한 우리에 놓아두는 것이다. 프로젝트가 성공하려면 번식할 수 있는 한 쌍이 필요한 상황이었다.

서로 죽일 수 있는 확률 또한 높았다.

우리는 컨테이너 세 개의 문을 모두 열어 두고 울타리에서 나왔다.

홀로 의식이 있는 6호가 아직 미동이 없다. 사람 냄새를 싫어하기 때문에 우리는 관찰이 가능한 범위 내에서 최대한 멀리 떨어졌다. 얼마 지나지 않아 그녀는 유연한 몸을 일으켜 눈 위로 살포시 발을 내디뎠다. 바닥에 쌓인 눈만큼이나 하얀 그녀는 가볍게 움직였고, 눈처럼 빛이 났다. 잠시 후 그녀가 냄새를 맡듯 고개를 들어 올렸는데, 아마도 우리가 그녀의 목에 달아둔 가죽으로 된 통신용 목줄을 의식하는 듯했다. 그리고 나서 그녀는 새로운 세상을 탐험하는 대신에 그녀의 딸이 잠들어 있는 컨테이너로 성큼

성큼 빠르게 다가가더니 그 옆에 가만히 몸을 낮추었다.

내 안에 어떤 동요가 일었다. 나를 두려움에 떨게 하는 따뜻하지만 부서지기 쉬운 감정. 내게는 위험한 감정이었다.

"지금부터 6호를 '애쉬'라고 부르자." 에반이 말했다.

여명이 세상을 금빛으로 물들이며 태양이 떠오르자, 약에 취해 잠들었던 다른 두 늑대도 꿈틀거리며 일어났다. 세 마리 모두 자신의 컨테이너에서 나와 반짝이는 숲으로 발을 디디기 시작했다. 지금 그들에게 주어진 공간은 고작 1에이커의 숲으로, 그들에게 충분하지 않은 넓이다. 울타리가 없으면 좋았을 텐데.

트럭으로 발걸음을 옮기면서 내가 말했다. "이름은 안 돼. 6호는 그냥 6호일 뿐이야."

얼마 전까진 이런 거대한 계획 없이도, 이 숲은 그리 작지도 않고 듬성듬성하지도 않았다. 오히려 생명이 넘쳐흐르고 무성했다. 마가목, 사시나무, 자작나무, 향나무, 참나무가 무성했고, 방대하게 뻗어나가 지금은 헐벗은 스코틀랜드의 언덕들을 알록달록하게 채색했고, 온갖 종류의 야생동물에게 먹거리와 쉼터를 제공했다. 이러한 뿌리와 나무줄기 그리고 잎사귀가 드리워진 차양 안에서 늑대들이 뛰어다녔다.

오늘, 다시 한번 늑대들이 이 대지에 발을 들였다. 수백 년 동안 보지 못했던 모습이다. 땅이 그들을 기억하듯이 그들의 세포 깊숙한 곳에 새겨진 무언가도 이 대지를 기억할지는 모른다. 하지만 그들을 잘 알고 있는 이곳은, 길고 오랜 잠에서 깨워줄 그들을 기다리고 있었다.

남은 늑대들을 하루 종일 울타리로 옮기고 밤이 되어서야 베이스캠프로 돌아왔다. 숲의 끝자락에 돌로 지어진 작은 오두막이었다. 우리는 모두 열네 마리의 늑대를 세 개의 울타리에 나누어 풀어 주었고, 나를 제외한 다른 이들은 부엌에서 스파클링와인을 마시며 오늘의 일을 자축했다. 하지만 우리의 늑대들이 아직 자유로운 것은 아니었다. 실험은 이제 막 시작된 셈이다. 나는 홀로 모니터 앞에 앉아 울타리 안을 비추고 있는 카메라 영상을 바라보았다. 나는 그들이 새로운 집을 어떻게 생각할지 궁금했다. 이곳의 환경은 그들이 전에 있던 브리티시컬럼비아의 숲과 크게 다르지 않지만, 아한대 기후가 아닌 온대성 기후라는 점에서 차이가 있었다. 나 또한 그 숲에서 지냈던 적이 있기 때문에, 냄새도 소리도 보이는 것도 감촉도 모두 다르다는 것을 알고 있다. 하지만 늑대에 대해서 내가 확신할 수 있는 것이 하나 있다면, 그들이 이곳에 적응해 낼 것이라는 사실이다.

몸집이 거대한 9호가 예민한 6호와 그녀의 새끼에게 다가가는 모습을 보고 나는 숨을 멈췄다. 두 암컷은 울타리 바로 뒤에 눈을 파서 자리를 잡고, 몸을 웅크린 채 9호가 다가오는 것을 경계하고 있었다. 하얀 풍경과 대비되는 잿빛의 몸으로 그들 위에 우뚝 솟아 있는 9호의 모습은 그 어떤 늑대보다 장엄하게 보였다. 그는 6호의 목덜미에 자신의 머리를 갖다 대며 복종하라는 신호를 보냈고, 나는 내 목덜미를 누르는 그의 주둥이를 생생하게 느낄 수 있었다. 그의 부드러운 털이 나를 간질이고, 따뜻한 입김에 소름이 돋았다. 6호가 저항하듯 살며시 울긴 했지만, 이내 제자리에 엎드려 가만히 복종의 의미를 내보였다. 나도 움직이지 않았다. 약간의 반항이라도 보인다면 그의 이빨이 내 목을 노릴 것이다. 그는 그녀의 귀를 깨물었다. 그러자 내 귓불에도 그의 날카로운 이빨이 강하게 느껴졌고, 깜짝 놀란 나머지 그만 눈을 감고 말았다. 앞이 캄캄해지자 그 아픔은 곧 사그라들었고, 다시 본연의 나로 돌아왔다. 다시 모니터를 바라봤을 때, 9호는 더 이상 두 암컷을 신경 쓰지 않고 울타리 주변을 서성거리고 있었다. 계속 지켜본다면 그의 발걸음에 따라 나의 맨발에 와 닿는 차가운 눈의 감촉을 느낄 수 있겠지만, 이쯤에서 나는 그만두었다. 이미 너무 가까이 다가갔고, 그 강렬함에 깊이 빠져들어 있었다. 그 대신 나는 어두운 천장을 바라보면서 심박수가 떨어지길 기다렸다.

나는 촉각에 한해 아주 독특한 이해 방식으로 대다수의 사람과 다른 삶을 살아간다. '거울 촉각 공감각(Mirror-touch synesthesia)'이라 불리는 신경학적 증상으로, 그 명칭을 알기 전부터 나는 이미 이 현상에 대해 알고 있었다. 나의 뇌가 살이 있는 존재의 감각적 경험을 재현하는 것이다. 사람은 물론이고 심지어 동물까지도. 나는 눈에 보이는 대상의 감각을 그대로 느낄 수 있고, 잠깐이지만 나는 그와 하나가 된다. 그 고통과 즐거움 또한 고스란히 나의 것이 된다. 이는 마치 마법과 같아서 한동안은 나도 마법에 걸린 것이려니 생각하며 살았다. 하지만 사실 이 증상은 대상의 뇌 작용과 깊이 연관되어 있기 때문이고, 그 고통을 바라보는 것에 대한 생리학적인 반응으로 깜짝 놀라 움츠러들거나 겁에 질려 주춤하게 되는 것이다. 이러한 공감 능력은 타고난 것이다. 한때 나는 다른 사람의 감정을 느낄 수 있어서 기뻤지만, 이제는 끊임없이 들어오는 감각 정보로 녹초가 될 지경이다. 이를 끊어 낼 수 있다면 내가 가진 전부를 내줄 수도 있을 터였다.

내가 늑대들과 감정적 거리를 두지 않는다면, 우리 프로젝트는 성공할 수 없을 것이다. 그들에게 동화되어서는 안 되고, 그렇지 않으면 나는 살아남지 못할 것이다. 이 세상은 늑대에게 위험한 곳이고, 늑대는 머지않아 멸종하게 될 상황에 처해 있으니까.

*

다시 한번 시계를 봤을 때는 자정이었다. 나는 늑대들이 하울링을 하지 않을까 하는 헛된 희망을 품고 그들이 잠이 들거나 어슬렁거리는 모습을 계속 지켜보고 있었다. 일단 늑대 한 마리가 시작하면 나머지도 잇달아 하울링을 한다. 하지만 스트레스를 받은 늑대는 하울링을 하지 않는다. 우리 베이스캠프는 큰 거실 하나에 부엌이 연결되어 있고 뒤쪽으로 화장실이 구비되어 있었다. 거실에는 온갖 장비와 컴퓨터 모니터들이 자리했고, 바깥에 있는 마구간에는 말 세 마리가 쉬고 있었다. 에반과 닐스는 가까운 마을에 오두막을 따로 빌려 사용했는데, 어느샌가 그곳으로 돌아간 듯했다. 너무 피곤한 탓에 그들에게 작별 인사를 했는지조차 기억이 나지 않았다. 데이터 분석가 조는 소파에서 잠들어 있었다.

나도 진작에 출발해야 했기에 주섬주섬 겨울용 방한용품들을 주워 입었다.

바깥 공기가 살을 에는 듯했다. 나는 숲을 가로질러 케언곰스(Cairngorms, 스코틀랜드 동부 고산지대에 있는 산맥)의 북서쪽에서 3킬로미터 정도 떨어진 구불구불한 길로 차를 몰았다. 빛이라고는 자동차 전조등의 작은 전구에서 나오는 것이 전부였다. 밤에 운전하는 것을 한 번도 좋아해 본 적이 없는데, 무성한 세상이 공허하고 재미없는 세상으로 바뀌기 때문이다. 하지만 같은 길이라도 차에서 내려 걷는다면 완전히 다른 세상이 펼쳐지게 된다. 빛에 반사되어 반짝이는 새하얀 눈과 덤불 속에서 조그만 발들이 움직이며 내는 사각거리는 소리. 숲은 생명의 전율이 가득 넘쳐흐르는 곳이다. 나는 더 좁고 크게 휘어진 길로 들어서면서 차의 속도를 낮췄다. 이 길을 따라가면 계곡이 나오고, 그곳에 내 오두막이 있다. 회색빛이 도는 푸른 돌로 지은 오두막으로, 그 옆으로는 풀이 무성한 방목장 두 개가 있다. 낮에 보면 두 부분으로 명확히 나뉜 경관을 볼 수 있다. 남쪽으로는 무성하게 우거져 유혹하듯 손짓하는 숲이 보이고, 북쪽으로는 길게 헐벗은 언덕이 있는데, 봄이면 풀을 뜯어 먹는 붉은 사슴이 가득한 곳이다.

집 안의 불은 전부 꺼져 있었지만, 벽난로만은 따뜻한 주홍빛을 발하고 있었다. 나는 방한용품들을 하나씩 차례대로 벗어 두고, 작은 거실을 조용히 지나 내 방이 아닌 다른 곳으로 향했다. 그녀는 어둠 속에서 겨우 형체만 드러낸 채 침대 위에서 아무런 움직임 없이 누워 있었다. 나는 그녀의 옆으로 기어들어 갔다. 그녀가 깨려나 걱정했지만, 그런 기미는 없었다. 나는 그녀의 체취를 들이마시며 위안을 얻었다. 어렸을 적부터 지금까지 한결같고 인공적이지 않은 냄새. 나는 그녀의 윤기 없는 머리카락 사이로 손가락을 넣어 쓸어내렸다. 언제나 나보다 강했던 쌍둥이 동생의 영역에서 안전함을 느끼며, 나는 잠을 청했다.

2

부드럽게. 아빠가 말한다.

그녀의 작은 손이 말의 고삐를 너무 세게 움켜잡고 있다. 말 위에 앉은 모습이 한없이 작게 보인다. 너무 작아서 쉽사리 떨어질 것만 같다.

그렇지, 부드럽게.

아빠가 손바닥으로 그녀의 허리를 받치고 꼿꼿한 자세를 유지시키면서 속도를 늦춘다.

교감해 보렴. 이 녀석의 심장 소리를 느껴 봐.

이 종마는 자유로워진 지 얼마 되지 않았기 때문에 예전의 습성을 아직 간직하고 있다. 하지만 아빠가 말한 대로 애기가 그 위에 부드럽고 조심스럽게 안기듯이 올라앉자, 말은 얌전해진다.

나는 훈련장의 울타리에 한쪽 다리를 걸치고 앉아서 그 모습을 지켜보고 있었다. 손바닥에는 거친 나뭇결이, 손톱 아래로는 나무 가시가 느껴졌다. 그리고 나도 말 위에 앉아 있다. 나는 내 동생과 하나가 되어 힘이 넘치는 종마의 따뜻한 떨림에 몸을 밀착하고, 나를 가만히 잡아 주는 아빠의 크고 안정된 손을 느꼈다. 나는 애기이자 아빠의 손이고, 종마이기도 했다. 등에 올라탄 가벼운 무게와 입에 물린 차가운 금속 재갈을 느낄 수 있었다.

모든 생물은 사랑을 느낄 수 있어. 아빠가 말했다. 애기가 부드럽고 강렬하게 말을 감싸안는다. 애기는 떨어지지 않을 것이다.

그런데 그때 분홍빛 저녁노을 속에서 말이 갑자기 고개를 치켜들었다. 바람을 타고 온, 어떤 냄새를 맡고 흥분하여 흙을 긁어 댔다. 나는 울타리에서 몸을 홱 돌려 나무 사이를 훑어보았다.

침착해. 아빠가 말과 딸을 동시에 진정시키려고 했다. 하지만 나는 이미 늦었다는 생각이 들었다. 그것과 눈이 마주쳤으니까. 숲속에서 나를 지켜보고 있는, 깜박임 없는 두 개의 눈동자.

우리의 눈빛이 서로 마주치는 그 순간, 나는 늑대가 되었다.

그리고 나는 내 등 뒤에서 내 동생이 뒷걸음질 치는 말에서 굴러떨어지는 모습을 지켜보고 있었다.

꿈에서 깨어나면서 잠시 여기가 어디인지 헷갈렸다. 자주 꾸는 꿈이자, 기억이었다. 따뜻한 침대에 누워 기억을 되살려 보려고 했다. 하지만 아침이 이를 허락하지 않았다. 햇살이 창문을 통해 스며들었고 동생을 깨울 시간이었다.

"좋은 아침이야, 내 동생." 나는 애기의 머리카락을 얼굴에서 떼어내고, 천천히 그녀를 일으켜 세웠다. 그리고 욕실로 데려가 옷을 벗기고 욕조에 앉혔다. "밖에 해가 정말 좋아." 내가 말했다. "머리 감고 밖에 나가서 말리면 좋겠다." 그녀는 세상 어떤 것만큼이나 그렇게 하는 것을 좋아했다. 하지만 이런 말은 우리 둘 모두에게 거짓 위장이나 다름없었다. 나는 이미 알고 있었으니까.

오늘도 그녀는 밖에 나가지 않을 것이라는 사실을.

"늑대들을 우리에 넣었어. 다들 잘 견뎌서 살아남았지." 그녀의 머리를 샴푸로 감기면서 내가 말했다. "그들 자신도 이곳을 집처럼 여기며 지낼 수 있게 되길 바랄 거야."

그녀는 아무런 반응이 없었다. 오늘 그녀는 일진이 사나운 모양이다. 그 말인즉슨 나 혼자 말하고 또 말하는 날이 될 것이라는 뜻이다. 내가 말하는 내내 그녀는 아무것도 하지 않으면서, 보이지 않는 무언가를 멍하니 바라보기만 하는 날. 그럼에도 나는 그녀에게 계속 말을 걸면서, 저 먼 곳에서 혹여나 내 목소리를 들을 수 있지 않을까 하는 기대를 한다.

애기의 머리카락은 나와 마찬가지로 숱이 많고 길다. 나는 그녀의 엉킨 머리카락을 컨디셔너로 꼼꼼하게 헹구면서, 언젠가 애기가 했던 말대로 우리 둘 다 짧은 머리를 하는 것이 맞지 않을까 생각해 보았다. 이제 그녀는 머리카락이 어떻든 아무런 관심도 없고, 긴 머리카락은 관리하는 데 많은 노력이 필요하니까. 하지만 나는 차마 그렇게 할 수가 없었다. 애기의 상징과도 같은 이 긴 머리카락은, 내가 평생을 빗겨 주고, 땋아 주고, 다듬어 준 것이었다.

"우리가 늑대들을 바다 건너 이곳으로 데려오지 않았더라도, 그곳에서 여전히 잘 살아가고 있었을지도 몰라." 나는 애기가 욕조에서 나오도록 도와 그녀의 몸을 말려 주고, 따뜻하고 편안한 옷을 입혀 난로 앞으로 데려가 자리를 잡아 주었다. 그러고 나서 아침을 준비하기 시작했다. "아직 6호와 9호 사이에 애정이 생기지 않았어." 내가 말했다. "근데 서로를 죽이려고 덤벼들지도 않았지." 이런 표현이 아무렇지도 않게 입 밖으로 자연스럽게 튀어나와서 나 자신도 깜짝 놀랐다. 모든 사랑의 방식이 이러한 걸까? 죽음의 위험을 동반해야 하는 건가?

하지만 이 말이 애기에게 나와 같은 기억을 불러오지는 않은 듯했다. 그녀는 여전히 내 목소리가 닿기에 너무 멀리 있었다. 그녀가 어디로 갔는지 나도 따라가고 싶지만, 그곳은 내게 크나큰 두려움을 안겨 주는 곳이었다. 그리고 그곳에서 그녀가 돌아오지 않을까 봐, 언젠가 그런 날이 올까 봐 두려웠다.

그녀는 내가 그녀의 팔꿈치 옆에 놓아둔 달걀을 건드리지도 않았다. 너무 피곤하고 영혼까지 지쳐 있어서 아무것도 못 하는 것 같았다. 나는 그녀의 마르지 않은 머리를 천천히, 그리고 부드럽게 빗으로 빗겨 주면서 늑대에 관한 이야기를 이어갔다. 그들은 내게 남은 전부였고, 분노하지 않을 수 있는 유일한 주제였기 때문이다.

푸른 오두막에서 베이스캠프까지의 거리는 그리 멀지 않았다. 두 장소 모두 빙하기부터 현존하는 고대 칼레도니아 숲(Caledonian Forest, 인류가 정착하기 이전에 형성된, 오늘날 스코틀랜드의 온대 숲)의 잔해 중 마지막 남은 하나인 에버네시 숲(Abernethy Forest) 가장자리에 있었다. 이 오래된 숲은 지난 9천 년 동안 진화해 왔고, 바로 그 안에 최소한의 규모로 늑대 우리를 놓아둔 것이다. 그리고 늑대 6호, 9호, 13호가 여기에 속해 있었다. 만약 그들이 무리를 이루게 된다면, 이곳의 이름을 따서 그들을 부를 것이다. '에버네시 무리'라고. 이곳 주변에 가옥은 거의 없지만, 우리 뒤편으로 수많은 양 떼를 기르는 광활하고 생기 넘치는 방목장이 펼쳐져 있고, 방목장을 사이에 두고 마을과 우리가 경계 지어졌다. 원래는 새로운 늑대 무리의 터전으로 이곳을 선택하지 않을 예정이었다. 하지만 고산지대에서 양 떼가 없는 장소를 물색하기 쉽지 않았고, 어쨌든 늑대들도 한 곳에 가만히 있지는 않을 것이기에 이곳을 선택한 것이었다. 늑대들이 새로운 숲을 안식처로써 마음에 들어 하길 바랄 뿐이었다. 이렇게 드넓게 펼쳐진 겨울 소나무 숲의 너머로는 케언곰스가 우뚝 솟아 있었는데, 바로 이 산맥이, 내가 듣기로는 어슬렁거리는 양 떼도 찾아볼 수 없고 차량도 진입할 수 없는 이곳 고산지대의 야생 심장이라 했다. 어쩌면 그곳이 늑대들이 가장 마음에 들어 할 장소가 될지도 모른다.

차의 히터를 강하게 틀었다. 길은 얼어서 미끄럽고 눈발까지 살짝 날리기 시작했다. 눈송이가 부드러운 소용돌이를 그리며 날렸다. 이동하는 길은 언제 보아도 아름다웠다. 넓은 대지에 가파른 언덕, 얼어붙은 채로 구불구불 이어진 강물 그리고 빽빽하게 늘어선 숲.

그때 갑자기 새까만 말 한 마리가 내 앞 도로 위에 나타났다. 처음에 든 생각은 꿈인가 싶었고, 그 꼬리는 천천히 움직이는 어두운 혜성처럼 보였다. 내가 브레이크를 너무 세게 밟는 바람에 바퀴가 좌우로 미끄러졌다. 차가 반 바퀴를 크게 돌아 도로 한가운데에 반대 방향을 향해 멈춰 섰고, 말이 나무 사이로 사라지는 모습이 눈에 들어왔다.

너무 놀란 나머지 차를 갓길로 옮기는 중에 가슴이 뻐근해지기 시작했다.

트럭 한 대가 덜덜거리는 소리를 내며 내 옆에 멈춰 섰다. "괜찮아요?" 한 뼘 정도만 열린 운전석 유리창에서 남자의 목소리가 들려왔다.

나는 고개를 끄덕였다.

"말 봤어요?"

그가 물었고, 나는 말이 사라진 쪽을 손가락으로 가리켰다. "이런 젠장." 운전사가 욕을 내뱉더니 말을 좋아서 길도 아닌 곳으로 지체하지 않고 트럭을 몰았다. 트럭이 눈 사이를 미끄러지듯 나아가는 놀라운 모습을 보며 나는 경악을 금치 못했다. 나는 시간을 한번 확인하고 바로 차에서 뛰어나와 그를 뒤쫓기 시작했다. 그의 트럭이 남긴 깊은 타이어 자국 덕분에 어렵지 않게 뒤쫓아 갈 수 있었다.

눈발이 점점 강해지면서 내 주변의 온 세상이 하얗게 내려앉고 있었다. 벌써 베이스캠프에 도착해 있어야 했기 때문에 나는 서둘러야만 했다. 뭐 그렇긴 하지만. 나는 고개를 들어 위를 올려다보았다. 눈송이가 내 입술과 눈썹에 내려앉았다. 나는 은빛 자작나무의 얇고 차가운 나무껍질에 손을 가져다 대어 보았다. 4만여 그루의 사시나무가 나를 둘러싸고 숨 쉬던 기억, 그들이 만들어낸 선홍빛 그늘 차양 그리고 내 귓가에 생생하게 들려오는 아빠의 목소리. 숲이 죽어가고 있어. 우리가 죽이고 있는 거야.

그 순간 멀리 어딘가에서 외침이 들려왔다.

나는 기억을 뒤로하고 다시 뛰기 시작했다. 정차해 있는 트럭을 지나치자 깊게 쌓인 눈에는 남자의 발자국과 말발굽 자국만이 유일하게 찍혀 있었다. 강가에 도착할 즈음 온몸은 땀으로 흥건했고, 가파른 둔덕 사이로 얼어붙은 강물이 길게 뻗어 있었다. 그 앞쪽으로 어두운 형체의 그 남자가 보였고, 아래쪽 빙판 위에는 말이 서 있었다.

상당히 먼 거리였지만 말발굽 아래의 찬 기운이 고스란히 느껴졌다. 살을 에는 듯한 차가움이었다. 남자는 키가 컸고, 머리카락은 그의 수염처럼 짧고 짙었다. 온갖 방한용품을 겹겹이 두르고 있었기에 그 외의 특징을 알아보기는 힘들었다. 남자 옆에는 흰색과 검은색 털의 보더콜리가 가만히 앉아 있었고, 내가 더 다가가자 남자가 나를 향해 돌아섰다.

"여기가 보호구역으로 지정된 숲이라는 건 알고 있죠?" 내가 물었다.

그가 당황한 표정으로 미간을 찌푸렸다.

나는 그의 트럭과 엉망이 된 숲길을 가리켰다. "법을 어기는 게 아무렇지 않은가 봐요?"

나를 가만히 쳐다보던 그는 슬쩍 웃어 보이며 입을 열었다. "나를 신고하려면 이 문제를 해결한 뒤에 해도 늦지 않아요." 그는 강한 스코틀랜드 억양을 가지고 있었다.

우리는 빙판 위에 있는 말로 시선을 옮겼다. 말은 앞발에 최대한 무게를 싣지 않으려 애쓰고 있었다.

"돕지 않고 왜 가만히 보고만 있죠?" 내가 물었다.

"다리를 다쳤어요. 이대로라면 끌고 나올 수 없을 것 같아요. 얼음도 얼마 못 버틸 것 같고요."

그의 말처럼 얼어붙은 강의 표면 곳곳에 작은 실금이 가 있었다. 말이 움직일 때마다 그 무게를 못 이겨 생긴 것 같았다.

"트럭에서 마취총을 가져오는 게 최선일 것 같군요."

말은 점점 더 흥분하여 머리를 흔들고 코를 힝힝거렸다. 그녀는 크고 총명해 보이는 두 눈 사이의 하얀 다이아몬드 무늬를 제외하고 온몸이 윤기가 도는 검은색이었기에, 거친 숨을 내쉴 때마다 복부가 빠르게 오르내리는 모습이 선명하게 드러났다.

"말 이름이 뭐죠?" 내가 물었다.

"나도 몰라요."

"당신 말 아니에요?"

그가 고개를 저었고, 나는 가파른 둔덕을 내려가기 시작했다.

"안돼요." 그가 말했다. "당신을 끄집어내 줄 수 없을 거예요."

시선을 말에게 고정한 채 들쭉날쭉한 둔덕을 미끄러져 떨어지듯 내려갔고, 부츠가 언 강 위를 때리듯 강하게 부딪히면서 가까스로 멈춰 섰다. 겨우 자세를 잡고 나서야 얼음에 간 금의 모양이 눈에 제대로 들어왔다. 지금은 얼음이 버텨 줬지만, 여차하면 쉽사리 잘못될 수 있었다. 어느 구역은 살얼음이 덮여 있었고 물속 깊은 어둠을 내비쳤다. 얇은 얼음 막이 갈라지고 내가 조용하게 미끄러져 들어가는 모습이 떠올랐다. 내 몸이 끌려들어 가듯이 거꾸로 뒤집혀 완전히 사라질 때까지.

저 말이, 그녀가 나를 바라보고 있었다.

"안녕?" 그녀의 깊고 촉촉한 눈을 보면서 내가 말을 걸었다.

그녀는 고개를 흔들면서 뒤로 물러섰다. 거칠고 반항적인 모습이었다. 내가 가까이 다가가자 더 요란하게 발굽을 들어 올렸다 내리며 뒷걸음질 쳐서 얼음에 새로운 금이 생겨났다. 자신의 분노가 스스로를 죽일 수 있다는 사실을 아는 걸까? 그래도 괜찮은 걸까? 아니면 자신이 도망쳐 나온 곳으로 돌아가기보다는 차라리 자멸을 택하려는 걸까? 그녀의 마음이 궁금했다. 재갈, 굴레, 안장과 함께하는, 인간을 위한 승마용으로 태어나지 않은 말도 있기 때문이다.

나는 나를 작게 보이게 하려고 몸을 낮춰 쪼그리고 앉는 자세를 취했다. 그녀는 더 이상 뒤로 물러나지 않고 나를 가만히 지켜보았다.

"트럭에 밧줄이 있나요?" 남자에게 시선을 돌리지 않은 채로 물었다.

그가 밧줄을 가지러 가는 소리가 들렸다.

말과 나는 잠자코 있었다. *너는 누구니?* 내가 먼저 소리 없이 질문을 건넸다. 강인한 모습의 그녀는, 추측해 보건대 최근에 조련된 말인 것 같았다. 하지만 나는 말을 타 본 지 한참의 시간이 흘렀고, 지금의 내 모습은 예전과 전혀 달랐다. 그녀가 나를 어떻게 생각할지 궁금해하면서 나를 충분히 지켜볼 수 있도록 가만히 기다려 주었다.

남자가 둥글게 감긴 밧줄을 들고 돌아와 이쪽으로 던져 주었다. 나는 말에서 시선을 떼지 않고, 오래전부터 익숙한 매듭을 만들었다. 몸이 기억하고 있었다. 계속 그녀의 눈을 바라보면서 천천히 일어섰고, 빠른 동작으로 그녀의 목에 올가미를 걸고 단단히 당겨 고정했다. 그녀는 화가 났는지 한 걸음 더 뒤로 물러섰고, 나는 곧 얼음이 갈라지리라 확신하고 있었다. 홱 잡아당겨지는 것에 대비하여 나는 언제든지 밧줄이 손에서 빠져나갈 수 있도록 했지만, 놓치지 않을 만큼의 힘은 유지했다. 말이 움직임을 멈추는 것과 동시에 나는 그녀가 다시 뒤로 물러설 기회를 주지 않으려고 밧줄을 잡아당겨 머리를 아래로 향하게 한 뒤, 가까이 다가가 앞발을 잡았다. 그러자 말은 다른 한쪽 앞발을 구부리고 안심하듯이 빙판 위로 몸을 낮추면서 한 방향으로 몸을 힘겹게 기울였다. 나는 그녀의 등 위로 올라타 목과 이마를 쓰다듬으며 작게 속삭였다. 착하지. 말의 심장이 고동치고 있었다. 그리고 나는 내 목에 걸린 밧줄을 느낄 수 있었다.

"얼음 조심해요." 남자의 목소리가 들려왔다. 이제 빙판 위로 셀 수 없이 많은 금이 눈에 들어왔다.

그녀가 준비를 마쳤을 때, 나는 그녀 아래로 발을 밀어 넣으며 무릎으로 그녀의 몸통을 꽉 감싼 뒤 혀를 몇 차례 차면서 말했다. 자, 일어서, 일어서. 그러자 말이 일어섰고, 나도 발을 제자리로 가져와 무릎에 힘을 주면서 제대로 자세를 잡았다. 밧줄이 여전히 그녀의 목에 걸려 있었지만, 더 이상 필요 없었다. 말의 갈기를 꽉 잡고 가파른 둔덕을 향해 그녀를 이끌었다. 우리가 걸음을 옮길 때마다 얼음은 쩍쩍 갈라지고 있었다. 좀 아플 거야. 내가 말하는 순간, 그녀는 이미 둔덕을 향해 뛰어오르려는 시동을 걸고 있었고, 나는 내 몸이 뒤로 기울어지는 것을 느꼈다. 하지만 이미 나도 준비를 마친 상태였기에 곧바로 자세를 잡고 다리에 충분한 힘을 주어 그녀와 함께 몸을 날렸다. 그녀가 미끄러운 빙판 위에서 발 디딜 곳을 힘겹게 찾으며 어렵사리 앞으로 뛰어올랐다. 땅은 우리에게 길을 내주었고, 마침내 우리는 둔덕 위로 올라설 수 있었다. 그녀를 전율케 하는 흥분이 내게도 고스란히 전해졌다. 우리 뒤로는 얼어 있던 강바닥이 갈라진 모습을 드러내고 있었다.

나는 다시 한번 그녀의 목덜미에 몸을 밀착시키고 마음을 전했다. 말도 잘 듣고, 아주 용감했어. 지금은 차분하지만 이 상태가 얼마나 오래갈지 알 수 없었다. 아픈 다리로는 얼마 버티지 못할 것 같았다. 자유롭게 둔다면 치료를 못 할 정도로 악화될지도 모른다. 나는 말에서 내려 밧줄을 남자에게 건넸다. 그의 맨손에 닿는 거친 밧줄이 느껴졌다. 그리고 나의 손에서도. "살살 다뤄 주세요."

"정말 고마워요." 고개를 끄덕이며 남자가 말했다. "말을 키우나 봐요?"

나는 입술을 일그러뜨렸다. "아니요."

"혹시 타고 집까지 데려다줄 수 있나요? 번즈 농장의 말인데, 북쪽으로 그리 멀지 않아요."

"당신 말도 아니면서 왜 데리러 온 거죠?"

"지나가다가 눈에 띄었거든요. 당신도 그랬던 것처럼 말이죠."

나는 가만히 그를 들여다보았다. "다리를 다쳤잖아요. 타면 안
돼요."

"그럼 태워 갈 수 있게 무전을 해야겠네요. 그런데 당신은 이곳
출신이 아니죠?"

"얼마 전에 이사 왔어요."

"어디로요?" 이 남자가 사방팔방 자기 일을 주변에 떠벌리고
다니는 사람은 아닐까 하는 의심이 들었다. 짙은 눈썹에 어두운
그늘이 보이는 눈을 가진 남자였다. 잘생겼는지는 모르겠지만,
사람을 동요시키는 무언가가 있었다. 내가 아무 말도 하지 않자
그가 다시 물었다. "그럼 무슨 일로 이곳에 왔나요?"

나는 시선을 돌렸다. "누군가에게 무전을 한다고 하지 않았어
요?"

"늑대 때문에 온 거죠?" 그의 물음에 나는 멈칫했다. "무슨 일
인지는 몰라도 호주 출신의 아가씨 한 명이 이쪽 오두막으로 이
사 온다고 들었는데, 코알라를 돌보는 것만으론 충분하지 않았나
봐요?"

"아쉽게도 산불 때문에 대부분이 죽었거든요."

"아!"

그제야 그가 입을 다물었다.

하지만 잠시 후 그가 다시 물었다. "늑대들은 풀었나요?"

"아직이에요. 하지만 곧 할 거예요."

"마을 사람들에게 경고해야겠네요. 부인과 딸들은 외출을 못
하게 하라고. 크고 사나운 늑대가 온다고."

나는 그의 눈을 마주 바라보았다. "내가 당신이라면 앞으로 부인과 딸들이 밖에 나가 늑대하고만 뛰어놀게 될까 봐 걱정해야 할 거 같군요."

그가 허를 찔린 듯한 표정으로 나를 응시했다.

나는 내 차가 있는 방향으로 몸을 돌리며 말했다. "다음번에 쫓아야 할 동물을 발견하면, 그 일에 적합한 사람에게 전화하세요. 괴물 같은 트럭으로 보호구역을 멋대로 헤집고 다니지 말고요."

멍청하기는.

그가 웃음을 터트리는 소리가 들렸다. "네, 그러죠, 선생님."

나는 뒤를 돌아보았다. 말에게 할 말이 있었다. *잘 가. 그리고 미안해.* 저렇게 상처를 입은 다리는 다른 종류의 해방을 불러올지도 모른다는 사실을 알고 있었으니까.

3

애기와 나는 16살이 될 때까지 매년 두어 달 정도 숲에서 아빠와 함께 보냈다. 우리의 진짜 안식처이자 우리가 속한 곳. 나를 이해해 주는 숲속 풍경. 어렸을 때 나는 숲의 나무들이 내 가족이라고 믿었다. 크고 두꺼운 나무일수록 땅 위에서 높이 가지가 뻗어 나갔는데, 이렇게 그 나무가 얼마나 오래되었는지 알아낼 수 있었다. 한 향나무는 길게 뻗은 나무껍질에 거의 수직으로 파인 줄무늬가 있었는데, 그 외에는 매끈했고, 가지를 타고 스며드는 오후의 햇살을 받으면 회색빛에서 은빛으로 모습을 바꾸었다. 양치식물 같은 나뭇잎을 가진 향나무는 우아함 그 자체였다. 솔송나무는 다른 종류로, 색이 더 짙고 소박하지만, 거친 나무껍질의 문양은 구불구불했다. 두 나무 모두 그림처럼 선명하고 진한 푸른 이끼로 뒤덮여 있었다. 그 밖에도 여러 종류의 나무가 많이 있었고, 큰 나무 주변을 감싸고 있는 작고 어린나무는 십 대 아이들처럼 제멋대로 자라 있었다. 땅에 구불구불 길게 자란 나무는 뻔뻔한 녀석들로, 우리가 걸려 넘어지기에 딱 좋았다. 어떤 나무는 무성하고 빽빽했지만, 어떤 나무는 가늘고 막대기 같았다. 똑같이 생긴 나무는 단 한 그루도 없었다. 모두 독특하고 유별나고 다양했다. 하지만 한 가지 공통점이 있다면, 나무들이 서로 소통한다는 사실이었다.

"숲은 심장이 뛰고 있어. 우리는 그 소리를 듣지 못하지만." 언젠가 아빠가 말한 적이 있다. 우리는 아빠를 따라 땅바닥에 평평하게 누워 따뜻한 바닥에 손을 얹어 두고 덤불 숲속에서 들려오는 소리에 귀를 기울였다. "여기야. 우리 바로 밑에서 나무들이 서로 이야기하며 돌봐 주고 있는 거야. 수십 그루의 나무 뿌리가 서로 그물처럼 얽혀서 평생을 함께하지. 바로 그 뿌리를 통해서 서로 속삭이면서, 위험을 감지하면 경고해 주고 영양분도 공유해. 우리처럼, 가족처럼. 함께 있으면 더 강해지는 거야. 어떤 것도 이들의 삶에 끼어들 수 없지." 아빠가 웃으면서 우리에게 물었다. "들어봐. 그들의 소리가 들리지?"

들렸다. 어찌 된 건지 모르지만 나는 그 소리를 들을 수 있었다.

우리가 10살이 되던 날, 아빠는 우리가 한 번도 가보지 않았던 곳으로 우리를 데려갔다. 매 해마다 우리는 이 숲에서 아빠와 캠핑을 했지만, 이렇게 깊은 숲속까지 들어와 본 적은 없었다. 다섯 밤을 밖에서 자고 낮 동안은 내내 걸었다. 애기는 적막을 참고 참다가 큰 소리를 내질러 세상을 흔들어 놓곤 했지만, 나는 고요함이 더 좋았다.

아빠는 어딜 가든 《베르너의 색상 명명법(Werner's Nomenclature of Colours, 1814년에 출간된 세계 최초의 색 명명집)》을 들고 다녔는데, 이 책을 평생의 동반자라고 생각했다. 애기와 나는 이 책을 번갈아 가면서 한 장 한 장 자세히 들여다보았다. 손가락으로 훑어가면서 작은 모양의 색과 설명을 모두 암기하듯 외웠다. 모든 색에는 그에 걸맞은 동물과 식물 그리고 광물이 있다. 아빠는 종종 이 책이 바로 찰스 다윈이 왕립해군 군함 비글(HMS Beagle)을 타고 탐험하는 동안 그가 본 자연의 색을 묘사하는 데 사용한 책이라며 자랑스레 이야기하곤 했다. 내 눈에는 연한 갈색 계열의 분홍색으로 보이는 '플래시 레드(Flash Red)'가 석회암과 미나리아재비꽃의 색일 뿐만 아니라 사람의 피부색이라는 사실이 매번 놀랍게 느껴졌다. 그리고 '프러시안 블루(Prussian Blue)'는 청둥오리의 날개에 박힌 점의 색깔이자 자색 말미잘의 수술 색이고 푸른 구리 광물의 색이라는 사실이 경이로웠다.

"이 책은 모든 것을 연결하고 있어." 아빠가 말했다. "모든 것이 동등하다고, 다만 색이 다를 뿐이라고 말해 주고 있지. 우리도 자연의 일부라고 알려 주는 것과 동시에 말이야."

우리는 또 다른 잡목 숲으로 오르는 대신에 텅 빈 계곡 쪽으로 발길을 옮겼고, 아빠가 더 이상 아무런 말을 하지 않았기에 우리도 침묵을 지켰다. 우리 앞에 펼쳐진 땅은 사람의 발길에 의해 갈고 닦여져 있었고, 나무 전체가 베어져 운반되어 나간 흔적이 있었다.

"무슨 일이 있었던 거예요?" 애기가 물었지만, 아빠는 여전히 아무런 말이 없었다. 모든 것을 체념한 듯했다. 그런 아빠의 얼굴은 그사이에 몇 년은 더 나이 들어 보였다. 그때 아빠의 시선이 멀리에 있는 무언가를 향해 꽂혔다. 놓칠 수가 없는 풍경이었다. 외로운 나무 한 그루, 지금껏 보았던 어떤 나무보다 거대한 나무가,

압도적인 크기의 더글러스 전나무 한 그루가 하늘에 닿을 듯 솟아 있었다. 대부분의 줄기에 잔가지도 거의 없이 헐벗은 상태로 이 폐허 속에서 홀로 확고하게 자리하고 있었다.

아빠는 계곡 쪽으로 우리를 이끌며 나무에 가까이 다가갔다. 나무는 가까이 다가가면 갈수록 더 거대해 보였다. 나는 적당히 나무가 보이는 곳에 등을 대고 누워서 멀리 보이는 나뭇잎이 하늘에서 살랑거리는 광경을 지켜보았다.

아빠가 우리에게 이야기를 들려주기 시작했다. "예전의 나는 너희들이 알고 있는 그런 아빠가 아니었단다. 오래전에, 너희들이 태어나기도 훨씬 전에 아빠는 벌목꾼이었지."

아빠는 숲속에서 해 왔던 일을 우리에게 이야기해 주었다. 지금처럼 숲속을 걷는 행위 자체는 비슷했지만, 상당히 다른 목적을 가지고 있었다. 아빠의 직업은 색색의 테이프를 이용해 각각의 나무에 등급을 매기고 표시를 남겨 동료들이 어느 나무를 어디까지 베고 어디에서 멈춰야 할지 알려 주는 것이었다. 아빠가 자신에게 주어진 역할을 마치면 벌목꾼들이 정해진 구역에 들어와서 나무에 전기톱을 들이댔다. 아빠는 살아 있던 숲을 죽은 폐허로 변해 버리게 만드는 일을 했던 것이다.

아빠가 처음 발을 들여놓았을 당시 이곳은 지금과 전혀 다른 모습의 땅이었다. 그날도 아빠는 우리가 오늘 아침에 건너왔던 강을 따라오면서 거리를 측량하고 나무마다 표시를 남겨 두었다. 그리고 이 나무에 다다랐다. 그리고 이 더글러스 전나무는 아빠의 인생을 송두리째 바꾸게 되었다.

이 나무가 특별하다는 사실을 아빠는 바로 알아차렸다. 아빠가 보았던 어떤 나무보다 거대한 이 전나무를 베서 손질하면 엄청난 금액이 매겨질 터였다. 아빠는 빨간색 테이프로 표시를 남겨 두고 작업을 계속 진행했다. 하지만 그날 내내 이 나무가 자꾸만 생각났다. 아빠는 계속 이곳에 돌아와 나무를 올려다보길 반복했다. 마음속에 어떤 파장이 일었고, 마침내 빨간색 테이프를 떼어 내고 초록색 테이프로 나무의 표시를 바꾸었다. 초록색 테이프가 의미하는 것은 '살림'이었다. 이날을 끝으로 아빠는, 벌목꾼 알렉산더 플린은 경력의 막을 내렸다. 그때 아빠의 나이는 스물다섯이었다.

"그날 바로 일을 관두고 다시는 돌아가지 않았단다." 아빠가 전나무에 더 가까이 다가서며 말했다. "하지만 이미 늦었던 거야. 너무 늦었지." 아빠는 주변의 그루터기들을 바라보았다. "이제 멸종 위기에 처해 있으니까. 오래 자란 더글러스 전나무의 99퍼센트가 벌목을 당했고, 이 나무가 이제 유일하게 남은 거야."

"나무가 외로울까요?" 나는 아무리 찾아 헤매도 서로 기댈 뿌리가 없는 나무를 바라보며 마음이 아팠다.

"외롭겠지." 아빠는 전나무에 자신의 이마를 가져다 대었다. 그리고 우리가 전에도, 그날 이후로도 한 번도 보지 못한 모습을 보였다. 아빠는 눈물을 흘리고 있었다.

밴쿠버에서 시드니까지는 긴 여행길이지만 애기와 나에게는 익숙했다. 이 긴 여정은 벌목꾼에서 숲에 사는 자연주의자로 변모한 아빠에게서 도시 태생의 전투적인 범죄 전문 형사인 엄마에게로 가는 길이기도 했다. 엄마와 함께하는 삶은 완전히 다른 세상이었다. 콘크리트로 둘러싸인 아파트와 나무 한 그루 없는 모래사장 해변. 물론 경이로운 바다가 펼쳐져 있기는 했지만, 나는 여전히 외로운 전나무에 대한 꿈을 꾸고 있었다. 그리고 잠에서 깰 때면 나는 아무 기댈 곳도 찾지 못하는, 심지어 애기에게도 기대지 못하는 전나무의 뿌리가 되어 있었다.

엄마는 여행이 어땠는지 우리에게 묻지 않았다. 지금껏 단 한 번도 물은 적이 없었다. 사실 우리에게 많은 것을 물어본 적이 없었다고 해야 맞겠지. 질문하는 쪽은 대체로 나였다. 그리고 언제나 더 많은 것을 알고 싶어 하면서, 어차피 나를 만족시킬 수 있는 대답은 없다는 듯이, 유일하게 배운 단어라고는 '왜요'뿐인 앵무새처럼, 엄마의 말마따나 엄마를 돌아버리게 만들었다.

나의 집착 대부분은 부모님에 관한 것이었는데, 엄마와 아빠가 함께 사는 것은 고사하고, 왜 온 가족이 다 같이 모일 수 없는지에 대한 질문이었다.

왜 엄마랑 아빠는 이렇게 멀리 떨어져서 살아요?

"누군가는 비행기 표를 살 돈을 대야지. 그 외에 다른 것도 말이야." 엄마가 대답했다.

어디서 만났어요, 둘이?

"캐나다에서."

엄마는 왜 캐나다에 갔는데요?

"때때로 사람은 다른 나라에 가기도 하잖니, 인티."

그때가 몇 살이었어요?

"기억 안 나."

사랑에 빠진 거예요?

"너가 더 크면 그 단어는 다른 의미가 될 거야."

엄마가 임신했을 때 아빠가 행복해했어요?

"그때만큼 행복해한 걸 본 적이 없구나."

엄마도?

"지금 그걸 말이라고 하니?"

그럼 왜 헤어진 거예요?

"왜냐하면 난 내 일을 원했고, 아빠는 숲을 떠날 생각을 안 했으니까."

왜?

"왜라니?"

왜 아빠는 떠날 생각을 안 했는데요?

"나도 모르지, 인티. 그건 엄마가 이해할 수 있는 부분이 아니야." 엄마가 대답을 하면서 내 입술 위로 지퍼를 잠그는 시늉을 했다. 그 신호 뒤에는 항상 함께 웃음을 터트렸고, 그것을 끝으로 그날의 청문회도 막을 내렸다.

최근에 아빠에게 다녀오고 나서 한동안 죽은 나무에 대한 악몽이 계속되자, 엄마는 나를 엄마의 서재로 불렀다. 이는 무척 이례적인 일로 나를 바짝 긴장하게 만들었다. 엄마의 서재는 어떤 의미에서 아빠의 작업실과 마찬가지로 멍과 피와 죽음이 가득한 장소였고, 우리가 평상시에는 발을 들여놓을 수 없는 곳이었기 때문이다.

"여기에 앉아." 책상 앞에 앉은 엄마가 자기 옆으로 다른 의자를 하나 당겨 가져오며 말했다. 자리에 앉으면서 나는 애기가 문틈에 기대어 엿듣는 모습을 바라보았다. "이번에 아빠랑 뭐 했어?" 엄마가 물었다.

"그냥 캠핑도 하고, 이것저것 했어요."

"뭐가 그렇게 너희 둘 모두를 불안하게 하는 걸까?"

가만히 엄마의 질문에 대해 생각해 보았다. "나무가 전부 베어져 있었어요."

한참이나 길게 느껴지는 시간 동안 내 얼굴을 관찰하던 엄마가 목소리에 힘을 주어 또박또박 말했다. "인티, 강해져야 해."

그 말을 듣는 순간 나는 얼굴이 달아올랐다.

엄마는 내 머리카락을 한 번 쓰다듬고는 나를 힘껏 안아 올려 무릎 위에 앉혔다. 책상 위에는 서류철이 펼쳐져 있었다. 그 안에 있는 사진들이 보였다. 웃는 얼굴의 여자들. "여기 여자들 모두 이번 달에 남편이나 남자 친구한테 죽임을 당한 사람들이야."

이해가 안 됐다.

"호주에서만 일주일에 한 건씩 일어나고 있지."

"왜요?"

"글쎄. 하지만 내가 아는 건, 나무를 걱정하는 데만 힘을 쏟는 행위는 좋지 않다는 거야. 이런 일을 걱정해야 해. 다른 사람들을 위해서. 너의 그 공감각 능력은 너를 점점 더 약하게 할 뿐이지. 그리고 무엇보다 너무 착해서 탈이야. 인티, 너가 조심하지 않으면, 정신 바짝 차리지 않으면, 누군가가 너를 다치게 하고 말 거야. 무슨 말인지 알겠어?"

엄마는 책상 서랍에서 휴대용 칼을 꺼내 들었다. 서랍에는 경찰봉과 전기충격기도 있었다. 총은 일터에 두고 다녔다. 나는 엄마가 총을 지니고 다니는 모습을 한 번도 보지 못했지만, 애기는 항상 엄마가 총을 든 모습을 그림으로 그리곤 했고, 총에 대해서 물으며 궁금해했다.

엄마는 칼날을 빼내더니 아무런 경고도 없이 자신의 집게손가락을 칼로 그었다.

나는 고통 속에서 악을 내지르며 피가 나는 것을 막기 위해 내 손가락을 세게 움켜쥐었다. 하지만 피는 나지 않았고, 그럴 거라는 사실도 알고 있었지만 매번 속아 넘어갔다.

애기가 방으로 급하게 들어오며 외쳤다. "하지 마세요!"

"흥분하지 마, 애기." 엄마가 말했다. "인티, 괜찮아. 눈 떠 봐, 인티." 그리고 내가 보는 와중에 엄마는 자신의 두 번째 손가락을 베었고, 그와 동시에 내 두 번째 손가락도 베였다. 세 번째, 네 번째, 다섯 번째 손가락까지 모두 똑같이 베고 베였다. 나는 눈물이 멈추지 않았다. "네 손이 아니야. 네 것이 아니라고. 뇌에서 맞다고 하면 그건 거짓말이야. 그러니까 자기방어를 해야만 해."

"내가 방어해 줄 거예요." 애기가 말했다.

"좋아, 하지만 너희가 항상 같이 있을 순 없잖니. 그러니까 인티가 스스로 방어할 줄 알아야 해."

애기와 나는 서로를 바라보면서 엄마가 방금 한 말을 서로 받아들이지 않았다.

"어떻게요?" 내가 물었다.

"네가 할 수 있는 모든 방법으로. 왜냐하면 사람들은 서로에게 상처를 주거든. 엄마가 매일 보고 하는 일이니 잘 알지. 그러니 자신을 보호하는 방법부터 배워야 해. 네가 더는 느끼지 못할 때까지 엄마는 내 손가락을 벨 거야."

그리고 정말로 엄마는 그렇게 했다.

*

베이스캠프에 있는 카메라 모니터는 내가 원하는 장면을 다 비추지 못했다. 나는 우리에 있는 나무 위로 기어올라가 망원경으로 6호와 9호를 관찰했다. 서로 어떤 감정을 느끼는지가 궁금했다.

잘되지 않을 거야. 그런 확신이 들었다. *세상이 그리 호락호락하지가 않잖아. 나는 운도 지지리 없는 사람이고.*

그런데 그때 일이 일어났다. 세상은 정말로 내 의지나 운과는 아무런 상관이 없이 돌아가는 법이니까.

9호가 6호에게 걸음을 옮겼고, 그녀가 그를 맞으며 몸을 일으켰다. 나는 마침내 둘이 싸우겠거니 싶었다. 어느 한쪽이 죽을 때까지. 의심의 여지 없이 몸집이 더 작은 암컷 6호가 죽을 때까지.

하지만 9호는 자기 주둥이를 6호의 입에 가져다 대고 그 옆에 자리를 잡았고, 두 마리 늑대는 서로의 몸을 붙인 채 체온을 따뜻하게 유지했다. 그들은 서로 코를 비비고 서로를 핥으면서 얼굴을 마주하고 휴식을 취했다.

수백 년 만에 스코틀랜드에서 맺어진 첫 번째 늑대 한 쌍이었다.

이 성과가 그저 생물학적인 작용과 자연의 힘이라고 쉽게 말할 수도 있겠지만, 이로써 이 모든 생태계에 사랑이 존재하지 않는다고 감히 말할 수 있는 사람은 없을 것이다.

나는 나무에서 내려왔다. 이번 시즌에 암컷 중 누가 새끼를 배든지 간에 이제 총 세 쌍의 커플이 생겼고, 늑대를 스코틀랜드의 자연으로 돌려보내기 위한 목표에 한 걸음 더 다가서게 되었다. 그래야만 숲을 다시 살릴 수 있을 테니까.

집으로 가던 길을 우회해서 우리 프로젝트의 성사가 달린 언덕으로 향했다.

몇 주 전 내가 스코틀랜드에 도착했을 때, 에반이 처음으로 한 일은 나를 이 언덕으로 데려온 것이었다. 언덕에서 내려다보이는 지역은 식물생태 조사를 위해 선정된 곳으로, 그 결과는 최종적으로 정부 기관에 보고될 예정이었다. 한때 식물학자였던 에반은 독립적으로 조사를 진행하는 식물학 자문 기관과도 꾸준히 협력해 오고 있었다.

수백 미터에 달하는 커다란 표본 구역이 설치되었고, 그 안에 더 작게 사각 구역이 나뉘어 표시되어 있었다. "여기가 네 구역으

로 나눈 사분면이야." 첫날 에반이 내게 설명해 주었다. "식물종
이 얼마나 다양하고 풍족한지 관찰할 것이고, 앞으로 몇 년간 계
속 지켜보게 될 거야. 늑대들이 실질적으로 식물의 서식지 회생
에 어떻게 영향을 미치는지 말이지."

그리고 그들이 하는 것처럼 이 바람 부는 언덕 위에 서서 황폐
한 식물생태를 훑어보았다. 나무는 몇 그루밖에 없었고, 야생화
아래로 짧게 자란 풀이 있을 뿐이었다. 당연한 결과였다. 이 언덕
은 고산지대를 뒤덮은 붉은 사슴이 가장 풀을 뜯기 좋아하는 곳
이니까.

"이 땅이 우리 프로젝트의 성공 여부를 결정할 거라는 말이
지?" 내가 물었다.

"그렇지. 늑대가 잘해 주고 있는 것처럼, 여기도 서둘러 주면 좋
을 텐데."

다시 베이스캠프로 돌아왔을 때 내 휴대전화가 울렸다. 늑대보호
협회의 앤 배리였다. 지금은 그녀와 조금 껄끄러운 관계가 됐는
데, 늑대를 우리에 풀어 주는 문제에 있어서 그녀의 허가 없이 일
을 진행했기 때문이었다. 하지만 내 생각에 그녀가 화난 진짜 이
유는, 그녀도 그 자리에서 함께 늑대를 풀어 주는 모습을 지켜보
길 바랐기 때문이었다. 프로젝트 진행을 위한 그녀의 노력이 정
말 컸기에 나의 행동은 그녀의 화를 불러올 만했다. 하지만 그래
도 늑대들을 쇠창살에 계속 가두어 두는 행위는 그녀도 용납할
수 없었을 테니 한편으로는 내 행동을 이해할 것이다. 그래도 지

금은 또 욕을 얻어먹고 싶지 않은 기분이었다. 나는 끝까지 안 받으려 하다가 전화를 받았다.

"안녕, 앤."

"오늘 밤 미팅에 참석할 거라고 믿어." 나는 한숨이 나왔다. "꼭 참석해야 해, 인티. 프로젝트의 장이니까 얼굴을 비춰야지."

"그래, 알았어."

"근데 넌 아무 말도 하지 말고, 알았지? 그건 에반한테 맡겨. 에반은 매력이 있잖아. 너와 달리 말이야."

"고맙네."

"진심이야. 이번이 기회란 말이야. 그러니까 분란을 키우지 말고, 지금은 잠재워야 해."

"채식주의 옹호 팻말을 들고 가려고 했는데, 이게 통할까?"

"장난치지 마, 인티. 나 지금 시간 없어."

"그런데 왜 그 협회에 영합을 안 하는 거야?"

"좋아, 인제 그만. 너 그렇게 멍청하지 않잖아." 나는 슬며시 웃음 짓고 있었다. 앤은 놀리기 참 좋은 친구였다. "그냥, 제발, 거기서 흥분하지 말고, 알았지?"

"알았어. 안 그럴게."

학교 강당에는 히터가 없었다. 내부 공기가 오히려 바깥보다 훨씬 더 차게 느껴졌다. 뒷줄에 앉아 있는 닐스와 조 옆으로 이동해서 자리에 앉는 짧은 시간 동안 손가락이 점점 마비되어 갔다. 관객 중 한 여자가 들고 있는 팻말에는 '담배와 늑대의 공통점: 팩

(pack, 담뱃갑 또는 늑대 무리를 뜻한다)으로 다가오는 살인자'라는 글 귀가 적혀 있었고, 한 아이는 '내가 자라면 남아 있는 사슴이 있을 까요?'라고 적힌 팻말을 흔들고 있었다. 어이가 없었다.

강당 무대 위에는 일련의 사람들이 앉아 있었다. 그중에 우리 의 대변인인 에반도 있었는데, 그가 말을 잘하고 카리스마가 있 어서이기도 했지만, 우리 팀원 중 유일하게 스코틀랜드 출신이 기 때문이었다. 우리가 듣기로 같은 지역 출신이 현지인들에게 훨씬 더 잘 스며들 수 있다고 했다. 반면에 닐스는 고집 센 스칸디 나비아 출신으로, 자신의 분야에 있어서는 백과사전 수준의 지식 을 자랑하지만 사람을 대하는 기술이 빵점이고, 노르웨이 특유의 거친 억양을 구사했기에 알맞지 않았다. 조 또한 미국 출신의 데 이터 분석가로서 바깥 활동을 안 좋아하는데, 이를 대놓고 드러 내는 스타일이었다. 나 역시도 한 성격 하는 호주 출신으로, 감정 을 잘 숨기지 못하고 대중 앞에서 말하는 것에 영 소질이 없었다.

에반 옆에는 앤이 앉아 있었다. 우리 프로젝트를 단독으로 의 회에서 따낸 여전사이자, 나에게 골칫거리인 그녀였다. 그 외에 무대 위의 다른 사람들은 잘 알지는 못했지만, 지역 커뮤니티에 서 저명한 인사들로, 농장과 사냥터 관리 조합원, 산악인 단체 그 리고 케언곰스 전역의 땅 소유주까지 수십 명이 자리하고 있었 다. 이들은 모두 우리 프로젝트에 반대하는 처지였다. 내가 앤을 놀린 것과는 별개로, 나도 그들이 반대하는 이유를 충분히 이해 하고 있었다. 오늘 이 자리에 기업형 농장의 인사는 한 명도 참여 하지 않았다. 여기 모인 사람들은 대부분 심각한 경제적 부담을 안고 살아가는 지역 농장주였고, 그들이 공들여 기른 가축에게 감지된 위협은 두려움을 안겨줄 만했다. 바로 그 두려움을 조금이나마 경감시키는 역할을 에반이 할 터였다.

무대 위에 있던 한 남자가 발언하기 위해 자리에서 일어섰다. 백발에 전통의상인 격자무늬 킬트(kilt)를 입고, 위에 캐주얼한 니트 스웨터를 걸치고 있었다. "여기 모인 대부분은 저를 아시겠지만, 모르시는 분을 위해 소개하지요. 저는 시장 앤디 오크스입니다." 그가 입을 열었다. "이 자리는 여러분에게 필요한 정보를 제공하고, 또한 여러분의 걱정거리를 듣고 해결하고자 만든 자리입니다. 오늘 그런 정보를 제공해 줄 분은 스코틀랜드 생태복원협회와 협력하고 있는 늑대보호협회의 대표 앤 베리 씨와 케언곰스 늑대 프로젝트의 생물학자인 에반 롱 씨입니다."

앤이 먼저 짧게 감사 연설을 했다. 의도했는지 모르겠지만 아부하는 말로밖에 들리지 않았고, 에반에게 자리를 양보하며 상황에 대한 설명을 부탁했다. 케언곰스 국립공원 안 세 개의 우리에 총 열네 마리의 늑대가 나뉘어 있는데, 겨울이 지나면 스코틀랜드 고산지대에서 자유롭게 살도록 방생할 것이라는 계획을 말한 뒤, 이는 특히 재야생화(Rewilding, 생물다양성을 증가시키고 자연 과정을 복원하는 것을 목표로 하는 생태적 복원의 한 형태)를 위한 노력의 일환이고 조금 더 넓은 의미에서는 기후변화를 늦추려는 노력으로써, 모두 실험에 기반하고 있다는 설명을 덧붙였다.

"이곳 스코틀랜드는 현재 생태계의 위기 상황에 직면해 있습니다." 에반이 말을 이었다. "하루빨리 재야생화가 필요합니다. 삼

림지대를 2026년까지 수천 헥타르에 이르게 확장할 수 있다면, 기후변화의 주범인 이산화탄소 방출량을 기하급수적으로 줄일 수 있고, 토착종에 서식지를 제공할 수 있게 됩니다. 이를 위한 유일한 방법이 초식동물의 개체수를 통제하는 것인데, 가장 간단하고 효과적인 방법이 있습니다. 인간인 우리가 이곳에 정착하기 훨씬 오래전부터 이 지역에서 서식해 왔던 핵심 포식자를 다시 데려오는 것입니다. 바로 늑대입니다. 생태계에서 중요한 역할을 하는 이 포식자는 지난 수백 년 동안 이 땅에서 완전히 자취를 감췄습니다. 멸종 직전까지 사냥을 당했기 때문입니다. 우리 입장에서 늑대를 죽인 것은 중대한 실수였습니다. 생태계에는 최상위 포식자가 필요합니다. 먹이사슬에 파장을 일으켜서 더 커다란 생태학적 변화를 불러올 수 있기 때문입니다. 이는 '영양단계 연쇄 반응'이라고 알려져 있죠. 늑대들이 돌아온다면, 환경이 달라질 것입니다. 당연히 좋은 쪽으로 말입니다. 야생동물을 위한 서식지가 늘어날 것이고, 토양이 비옥해지고, 홍수가 줄고, 탄소 배출이 통제될 것입니다. 그리고 다양한 종과 크기의 동물들이 다시 이 땅에 돌아오게 될 것입니다."

나는 주변을 둘러보며 사람들의 표정을 살폈다. 대부분의 사람은 화가 잔뜩 나 있거나, 지루해하거나, 어리둥절한 표정을 짓고 있었다.

에반이 계속 말했다. "사슴은 나무와 식물의 싹을 모조리 먹어치웁니다. 그래서 식물생태는 회생할 기회조차 얻지 못합니다. 지금은 사슴이 넘쳐납니다. 하지만 늑대가 사슴의 개체수를 줄이고, 계속 서식지를 이동하게 만들면 식물과 초목이 자연스레 자라게 되고, 이어서 꽃가루를 나르는 곤충과 작은 포유류 그리고 설치류 등이 나타나게 될 것입니다. 그러면 차례대로 새의 먹잇감도 되살아나게 될 것이고요. 동시에 여우의 개체수를 통제하게 되면 오소리나 비버 같은 중간 크기의 동물도 늘어나게 될 것이고, 나무는 빠르게 자라서 우리가 숨 쉴 깨끗한 공기를 제공해 줄 것입니다. 이렇게 생태계가 건강해지고 다양해져야지만, 모든 것이 이롭게 됩니다."

군중 가운데 한 남자가 일어섰다. 주름 하나 없는 빳빳한 셔츠에 넥타이를 매고 손에 트위드로 만든 모자를 들고 있었다. 나는 그의 대각선 뒤쪽에 앉아 있었는데, 내 자리에서도 그의 잿빛 팔자수염은 유독 눈에 띄었다. "자연에는 다 좋겠죠." 그가 낮고 울림이 있는 목소리로 말했다. "하지만 내가 양을 방목하는 땅이 늑대로부터 위협을 받지 않습니까. 농업은 이런 시골에서 세 번째로 큰 산업인데, 당신들이 그것을 위협하고 있고, 우리 공동체를 위협하고 있는 것이죠."

여기저기에서 그의 말에 동의하는 웅성거림이 들렸다.

"우리 삶의 방식을 파괴하는 동물을 데려온다는 계획에 나는 찬성할 수 없습니다. 나는 우리 공동체가 번영하는 모습을 보고 싶고, 사람이 사슴이나 양과 함께 평화롭게 어우러지는 모습을 보고 싶을 뿐이죠. 자고로 땅의 주인은 사람 아닙니까."

휘슬이 울리고 어설픈 박수가 일었다. 나는 그 남자의 등을 노려보았다. 그가 묘사하는 세상은, 야생동물이 없는 공허한 장소였다. 사람 그리고 농경지만 넘쳐나는 장소. 이것은 죽은 세상을 의미했다.

"우리는 두 가지가 모두 가능하다고 설명하고 있는 것입니다." 에반이 끼어들었다. "균형이 무엇보다 중요합니다. 공동체가 농경지뿐만 아니라 늑대도 경제적인 쪽으로 잘 대처할 수 있다고 확신합니다. 세계 곳곳에서 우리가 실험을 통해 확인했고요."

"전에도 그랬죠." 농부가 에반의 말을 잘랐다. "당신들이 여기에 와서 흰꼬리독수리를 들이면 우리에게 이로울 거라면서 설득했죠. 우리는 그 말을 믿었는데, 그 결과 우리는 독수리가 양을 잡아먹는 모습만 지켜볼 수밖에 없었죠. 그런데 이제 독수리로 모자라서 늑대까지 불러온다니, 고산지대의 농장들을 아예 죽이려는 심산인가요?"

"늑대의 약탈을 막을 방법이 있습니다." 에반이 말했다. "경비견, 라마, 당나귀, 목양견도 있고, 오디오로 녹음된 늑대 소리를 내보내면 접근하는 늑대를 막을 수 있어요."

"이미 노르웨이에서 해 봤으니 방법이야 잘 알겠죠." 농부가 반박했다. "하지만 그다지 효과가 없었잖아요."

"미국에서도 시도해 봤는데, 그 결과가 훌륭했습니다. 우리가 이곳에서 프로젝트를 진행하려는 이유가 바로 여기에 있습니다. 그 선례가 분명하기 때문입니다. 미국 옐로스톤 국립공원(Yellowstone National Park, 미국 와이오밍주 북서부와 몬태나주 남부, 아이다호주 동부에 걸쳐 있는 세계 최초의 국립공원)에 늑대들을 데려갔을 때 엄청난 성공을 거두었습니다. 공원이 되살아났고, 지역 주민이나 농장에 부정적 영향도 거의 끼치지 않았고요."

"스코틀랜드는 미국보다 훨씬 더 작은 나라라는 사실을 내가 굳이 말할 필요가 있을까요?" 남자가 말하자 강당 전체에 웃음소리가 퍼져나갔다.

에반은 애써 차분함을 유지하고 있었지만, 점점 좌절해 가는 모습이 내 눈에는 보였다. "그래도 시도해 볼 수 있을 만큼 충분히 큽니다. 네, 맞습니다. 늑대로 인해 어느 정도의 손해를 입을 수 있습니다. 그게 정상입니다. 전 세계적으로도 그렇습니다. 하지만 다른 곳과 다르게, 여러분은 손해에 대한 경제적 보상을 받게 될 것입니다. 물론 통계 지표를 보면 그 손해가 지극히 적지만, 어쨌든 보상이 있다는 사실을 다시 한번 말씀드립니다."

"그렇다면 어떻게 보상할 건가요?" 농부는 낮고 차분한 목소리로 다시 말을 이었다. "내가 사랑하고, 평생을 기른 무언가가 잔혹하게 도살되는 광경을 지켜볼 수밖에 없는 참담함은 어떻게 보상받을 수 있을까요?"

"보고만 있으라는 것이 아닙니다." 에반이 대답했다. "만약 늑대가 가축을 공격하는 모습을 본다면, 늑대를 쏴 죽여도 됩니다."

장내에 침묵이 흘렀다. 아무도 이 말을 예상하지 못한 듯했다.

그때 무언가 강당 한편으로 내 시선을 강하게 끌어당겼고, 그곳에 그가 있었다. 오늘 아침에 강에서 만난, 이름도 알지 못하는 그 남자가 문 옆에 서 있었다. 그는 에반도 농부도 보고 있지 않았다. 그의 시선은 다른 군중들에게 향해 있었고, 사람들의 표정을 살펴보고 있었다. 사람들에게서 무엇을 찾으려고 하는지 문득 궁금해졌다.

"늑대의 수는 시험적으로 적게 유지될 것입니다." 에반이 설명을 덧붙였다. "물론 늑대가 보호종에 속하지만, 그 정도는 정해져 있습니다. 만약에 늑대가 가축을 공격했다는 증거가 확실하면 여러분은 총을 쏴도 됩니다. 혹은 우리에게 신고해 주시면 우리가 그 증거를 확인하고 직접 늑대를 처리할 것입니다. 그럴 법적 의무 또한 저희에게 있으니까요. 하지만 재미로 사냥한다든지, 혹은 단순히 눈에 띄었다고 해서 죽인다면 벌금형에 처하거나 수감될 수 있다는 점도 아셔야 합니다."

"늑대가 우리 아이들 근처에 얼씬거리게 놓아둘 거로 생각한다면 그건 당신네들 큰 오산이에요!" 한 여자가 소리 높여 외쳤고, 이에 동의하는 듯한 웅성거림이 일었다. "우리 아이들 중 누구 하나가 죽임을 당해야 당신들의 그 실험이 실패했다고 인정할 겁니까?"

"사람이 늑대에게 공격당할 확률은 거의 제로에 가깝습니다." 에반이 안심시키려는 듯 대답했다. "늑대는 선천적으로 낯을 가리는, 무리 중심의 온순한 동물입니다. 늑대를 무서워하는 건 잘못된 선입관 때문입니다."

"그건 거짓입니다, 선생님." 농부가 다시 말했다. "포식동물은 그들이 포식자이기 때문에 두려움의 대상이자 사냥의 대상인 것이죠. 늑대는 포식자이고 위험합니다. 우리 조상이 목숨을 걸고 이 땅에서 그 짐승들을 제거했는데, 이제 당신들이 집 문 앞에다가 그것들을 다시 던져 놓으려는 것입니다. 그렇다면 우리더러

아이들을 집 밖에 나가지 못하게 하라는 말입니까?"

성난 목소리들이 드높이 울려 퍼지는 가운데 팻말들 또한 분란하게 움직였다. 그동안은 에반이 그나마 분위기를 통제하고 있었지만, 이제는 급격하게 통제 불능상태가 된 상황이었다.

내가 자리에서 일어나 외쳤다. "정말 위험한 건, 바로 이러한 두려움이 불필요하게 퍼져나가는 것입니다."

농부가 몸을 돌려 나를 바라보았고, 다른 수많은 얼굴이 나를 향했다. 무대 위에 있는 앤은 안달하듯 한숨을 내쉬었고, 지금이 아닌 다른 상황이라면 제법 익살스러운 모습으로 보였을 것이다.

"늑대가 피바람을 불러올 거라고 진정으로 여러분이 믿고 있다면, 여러분은 눈뜬장님입니다." 내가 계속 토로했다. "우리가 그렇습니다. 우리가 사람들을 죽이고, 아이들을 죽이죠. 괴물은 늑대가 아닙니다. 바로 *우리 자신*입니다."

모두가 조용해진 가운데 나는 자리에 앉았다. 강당에 한기가 더욱 짙어진 듯했다.

내 시선이 다시 문 옆에 서 있던 그 남자에게 향했다. 그도 나를 바라보고 있었다. 문득 그가 군중 속에서 찾고 있던 것이 무엇인지 깨달았다. 그가 내게서 그것을 찾은 듯 보였으니까. 분열 그리고 위협이었다.

뒷문을 힘껏 밀고 나가면서 내 뒤로 문이 쾅 하고 세게 닫히게 내버려두었다. 두 손은 떨리고 있었고, 신선한 공기가 필요했다.

다른 사람들도 하나둘씩 정문을 통해 밖으로 나오기 시작했고 줄줄이 주차장으로 이동했다. 나는 강당의 차가운 벽에 기대어 하늘에 떠 있는 은빛 찬란한 달을 올려다보았다. 달에 묘한 동경을 가지고 있었다. 나를 쉽게 동요시키기도 하고, 편안함을 주는 대상이기도 하기 때문이다. 커다란 형체가 다가와 달과 내 시야를 가로막았다. 얼굴을 알아볼 수는 없었지만, 나는 그가 강당에서 목소리를 내던, 다른 사람들의 대변인 역할을 자처했던 농부라는 것을 알 수 있었다. 인상적인 수염만큼이나 짙고 날카로운 눈썹을 지니고 있었다.

"레드 맥레이라고 해요." 그가 손을 내밀며 말을 건넸다.

나는 그와 악수하며 대답했다. "인티 플린이에요."

"'레이'가 이름이지만 다들 나를 '레드'라고 부르죠. 당신에게 내 소개를 할 기회가 있었으면 했는데, 여기서 만나게 됐네요. 이제 당신은 앞으로 내 이름을 확실히 알게 될 테니까요."

"재미있는 상황은 아닐 것 같은 느낌이 드는데, 왜일까요?"

레드가 몸을 가까이 기울이자 모자의 그림자에 가려져 있던 그의 얼굴을 자세히 볼 수 있었다. 세월에 찌들어 거친 얼굴이었지만, 경멸 가득한 표정만 아니었다면 매력적으로 보일 수 있는 얼굴이었다. "만약 늑대가 내 양 떼를 한 마리라도 건드리기라도 하면……." 그가 이어서 대답했다. "나는 사람들을 이끌고 숲으로 들어가 한 마리도 남김없이 모조리 죽일 때까지 숲에서 나오지 않을 테니까요."

"당신은 그렇게 되길 바라고 있는 것 같네요, 레드 씨."

"지금은 그런 것도 같네요."

이어지는 침묵 속에서 나는 그의 속내를 들여다보려 했고, 그도 그러길 바라는 듯했다. 그가 상상하는 것 이상으로 훨씬 더 많은 것이 보였다. 이런 부류의 남자들을 수도 없이 만나봤기 때문에 웃어넘길 수 있었다. 하지만 다시는 똑같은 실수를 반복하도록 두고만 볼 수 없었다. 분노에 찬 남자가 무슨 짓이든 할 수 있다는 것을 잘 알고 있으니까.

나는 벽에서 몸을 떼고 똑바로 몸을 세웠다. "당신은 자신이 뭔가 바꿀 수 있을 줄 알고 한 말이었겠지만, 이미 결정은 났어요. 늑대는 보호 대상이고, 당신이 그들을 사냥하면 감옥에 가겠죠. 그것만은 확실히 말해 두고 싶네요."

레드는 아무 말 없이 모자를 살짝 기울여 인사를 한 뒤 멀어져 갔다.

그때 오늘 아침에 본 그 남자가 다시 눈에 들어왔다. 눈에 띄게 다리를 절뚝거리며 도로 쪽으로 서둘러 움직이고 있었다. 다친 지 얼마 안 되었거나, 언젠가 아주 아주 심각한 부상을 당한 것처럼 보였다. 매 걸음걸이를 내디딜 때마다 고통스러워했고, 내게도 그 고통이 고스란히 전해졌다. "이봐요!" 그를 쫓아가며 외쳤다.

그가 뒤로 고개를 돌렸고, 나를 알아보고는 걸음을 멈췄다.

"말은 어떻게 됐어요? 내가 물었다.

"죽인다고 하네요."

그를 가만히 쳐다보면서 농담의 기미가 있는지 살폈다. 진심 같았다. "언제요?"

그가 손목에 차고 있던 시계를 바라보았다. "곧이요. 어쩌면 이미 죽었을지도 모르겠네요."

나는 고개를 끄덕이고 차가 있는 곳으로 몸을 돌려 걷기 시작했다.

그런데 얼마 못 가고 걸음을 멈췄다.

"젠장, 그 사람들 어디 살아요?"

"뭘 하려고요? 쳐들어가서 막으려고요? 아가씨 혼자서?"

"어쩌면요. 어디에 살죠?"

그가 잠시 곰곰이 생각하더니, 다시 자신의 트럭을 향해 몸을 돌렸다. "이런 어둠 속에선 당신 혼자 절대 못 찾을 거예요. 같이 가요."

번즈 농장은 그 규모가 엄청나게 크고, 집까지 가는 길은 전부 비포장도로이고, 마구간으로 가는 길도 마찬가지라고 했다. 이 정도가 우리가 트럭에서 나눌 수 있는 대화의 전부였다.

"던컨 맥타비쉬입니다." 그가 다시 입을 열었다.

"인티 플린이에요."

던컨은 먼지와 거미줄, 그리고 지저분한 장비가 그득한 낡은 2인승 트럭을 몰았다. 우리는 가는 내내 창문을 열고 달릴 수밖에 없었는데 엔진 안쪽 어딘가에 쥐 같은 것이 죽어 있는지 아주 지독한 냄새가 올라왔고, 환기 장치마저 고장이 났기 때문이었다. 목적지에 도착할 즈음 내 코는 얼어 있었고, 오늘 아침에 보았던 던컨의 장난기는 완전히 사라진 듯 보였다. 그는 아무 말도 하지 않고 차를 몰면서 뭔가 골똘히 생각하고 있었다.

마구간 안에서 빛이 새어 나오고 있었고, 산의 그림자 속에서 빛을 내며 반짝이는 눈동자 같았다.

세 사람이 말 축사 밖에 서 있었다. 말도 아주 쌩쌩하게 살아 있었지만, 그녀의 눈은 불안하게 이리저리 움직이고 있었다. 번즈 부부에게 내 소개를 했다. 스튜어트 번즈는 키가 컸고, 입고 있는 셔츠의 단추가 뜯어져 나오지 않을까 싶을 정도로 불룩하게 배가 나와 있었다. 떡 벌어진 어깨와 다부진 몸에 호감형 얼굴이었고, 눌러쓴 모자 밖으로 나온 금발에는 먼지가 뽀얗게 앉아 있었다. 레이니 번즈는 그녀의 남편과 대조적으로 아주 작은 체구였지만, 나와 악수할 때 맞잡은 손은 생각 외로 힘이 있었다. 그리고 세 번째 사람은 이미 내가 잘 알고 있는, 우리 수의사 아밀리아였다. 그녀는 주사기가 든 가방을 들고 있었다. 그들은 뒤에 서 있던 던컨에게도 인사를 건넸고, 던컨은 단지 기사 역할로 이곳에 왔으며 다른 볼일은 없다는 점을 그들에게 알렸다. "오늘 협곡에서 저 말을 구한 사람이 바로 이 아가씨야."

그제야 그들이 내게 관심을 비쳤다.

"우리가 빚을 졌군요." 스튜어트가 나를 보며 말했다. "이 사람이 우리에 제대로 고리를 걸어 잠그지 않은 탓이죠." 그는 자신의 아내를 보지도 않고 손짓으로 가리키며 말했고, 레이니는 얼굴을 붉혔다. "이제 저 말을 죽일 참이지만, 어쨌든 고마워요, 플린 씨. 저걸로 그래도 개 사료는 조금 얻겠네요."

"그래서 왔습니다. 안락사시킬 필요까지는 없을 거 같은데요."

"아밀리아 말로는 앞다리 인대가 다 됐다고 하더라고요."

"정확히 그렇게 말한 건 아니잖아, 스튜어트." 아밀리아가 바로 잡았다. "인대가 찢어졌다고 했지."

"어쨌든 이제 못 타는 거잖아, 그렇지?"

"한동안은 그렇지."

"쉬고 재활하면 나을 수 있는 거지?" 내가 끼어들며 아밀리아 에게 물었다.

"아마도. 그래도 예전처럼 뛰거나 무거운 짐을 싣지는 못할 거야. 그리고 심리적 충격 때문에 다시 사람을 태울 수 있을지도 알 수 없고……."

"안타까운 얘기지만." 스튜어트가 다시 말을 이었는데, 그의 목소리에는 진심으로 아쉬워하는 듯한 기색이 역력했다. "이 말이 다시 일할 수 있을지 없을지 모르는 상황에서 재활에 필요한 인력도 없고 시간도 없으니 방법이 없죠. 자, 아가씨, 이제 그만하죠. 우리가 저 불쌍한 말을 불행에서 구해 주러 가는 길을 방해하지 마세요."

온몸에 피가 급류처럼 휘몰아쳤다. 맥박은 점점 불안정하게 빨라지더니 귀까지 압박해 멍해졌고, 순식간에 제대로 생각할 수 없는 지경이 되었다.

스튜어트가 축사로 발길을 옮겼고, 아밀리나는 마지못해 그 뒤를 따랐다. 레이니는 아무런 말도 못 하고 안락사시키는 모습을 볼 자신이 없다는 듯이 몸을 돌렸다.

"제가 살게요." 불쑥 내가 말했다.

"뭐라고요, 아가씨?"

"제가 산다고요. 얼마를 원하세요?"

"쓸모가 없어진 이 말을 사겠다고요?"

"네."

"왜요?"

왜냐하면 당신들 하는 짓이 역겨우니까. 엿이나 먹으라지. 그게 내 이유야.

내가 대답하지 않고 있자 스튜어트는 레이니를 바라보았고, 그다음에는 던컨에게 시선을 던졌다. 그 눈빛에는 의심이 가득했는데, 자신이 뭔가를 놓친 것이 있지는 않은지 생각하는 눈치였다. 그러더니 뭔가 생각이 났는지 어깨를 으쓱하며 다시 입을 열었다. "3천."

아밀리아가 웃음을 터뜨렸다. "왜 이래, 스튜어트."

그는 내게서 시선을 떼지 않았고, 그제야 나는 그가 보기보다 훨씬 더 약삭빠르다는 사실을 알아차렸다. "이 녀석이 다리는 이렇게 됐어도 여전히 훌륭한 말이죠. 길들이는 데 얼마나 공을 들였는지."

수완도 역시 좋네.

"조금 전까지만 해도 이제 쓸모가 없는 말이라고 했잖아." 아밀리아가 다시 한번 그가 했던 말을 상기시켰다. "말 상태를 봐서는 누구에게나 그럴 거고."

"그래도 가치가 전혀 없다고는 할 수 없지." 그가 태연하게 말을 받았다. 왜냐하면 그는 내 눈에서 내가 말을 원하고 있다는 마음을 봤기 때문이었다.

"천." 내가 값을 불렀다.

그가 축사로 몸을 돌리더니, 아밀리아에게 따라오라는 손짓을 했다.

"좋아요, 3천." 내가 말했다.

스튜어트가 미소를 보이며 내게 다시 한번 손을 내밀어 악수를 청했다. 내게 지금 3천 파운드(약 550만 원)라는 큰 액수의 돈은 없었지만, 어쨌든 나는 악수에 응했다.

"내일 아침에 다시 데리러 올게요."

"좋아요. 집사람과 다과라도 준비해서 기다리고 있죠." 나를 터무니없는 가격으로 등쳐 먹고도 그런 일 없다는 듯 쾌활한 목소리로 그가 말했다. 그와 달리 레이니는 얼굴에 웃음기라고는 전혀 없어 보였지만, 내심 안심한 듯 보였다. 나는 오히려 그런 그녀의 모습에 왠지 마음이 쓰였다.

"그럼 모두 만족한 거지? 어때, 스튜어트?" 던컨이 물었다.

"나야 좋지." 몸집이 큰 농부가 대답했다.

"레이니, 당신도 괜찮지?"

"응, 고마워." 그녀가 대답하며 웃어 보였다. 갑작스럽지만 환한 웃음이었다. 웃고 싶지 않은 때에도 잘 웃을 수 있구나, 하는 생각이 들었다. "내가 그렇게 바보처럼 굴지만 않았어도, 이런 문제는 없었을 텐데."

"별문제 아니에요." 내가 그녀를 위로했다.

"나도 우리의 문을 닫지 않고 열어 둔 게 수백 번은 될 거야." 아밀리아도 거들었다. "다들 그렇잖아."

"하지만 우리 농장에선 절대로 일어나면 안 되는 일이지. 안 그래?" 스튜어트가 아내를 쳐다보며 물었다.

레이니는 말없이 고개를 끄덕였다.

그들에게 작별 인사를 하고 트럭으로 걸음을 옮겼다. 저벅저벅거리는 부츠 소리가 공기 중에 울려 퍼지고, 하늘에는 무수한 별이 쏟아지고 있었다.

"내일 만나러 갈게." 아밀리아가 내게 말했다.

"고마워."

"늑대들은 언제 보여?"

"6호랑 9호가 짝이 됐어."

그녀가 활짝 웃으며 함성을 내질렀고, 그 환한 표정과 웃음소리에 찜찜하던 기분이 떨어져 나갔다. 우리는 그렇게 잠시 한바탕 크게 웃었고, 아밀리아가 먼저 손을 흔들어 작별 인사를 한 뒤 차를 몰고 떠났다.

스튜어트와 레이니도 흙길을 따라 집으로 향했고, 그 모습을 뒤로하고 던컨과 나도 트럭에 올랐다. 던컨이 시동을 걸고 천천히 트럭을 돌려 길을 나오는 동안, 부부는 집 안으로 자취를 감췄다. 그런데 던컨이 갑자기 트럭을 멈춰 세우더니 엔진과 전조등을 껐다.

"왜요? 무슨 일이죠?"

그는 아무런 대답 없이 촉각을 곤두세운 채 날카로운 눈빛으로 부부의 집을 관찰했다.

영문을 알 수 없는 그의 행동에 나는 어리둥절했지만, 곧 이 상황을 파악해 낼 수 있었다.

두려움을 속삭이는 존재마다 그 방식이 있다. 그리고 두려움 속에서 날이 선 분노를 가진 존재 또한 저마다의 방식이 있다. 나는 오늘 그 두 가지를 모두 본 것이다. 알래스카에서의 경험 이후로 나는 그것들을 숨 쉬는 것처럼 자연스럽게 느낄 수 있었다.

"그녀가 아주 위험한가요?" 내가 물었다.

던컨은 아무런 대답이 없었다.

"그가 우리를 본다면 상황이 더 안 좋아질 수 있어요."

다시 그의 침묵이 이어졌고, 내가 다시 말했다. "집으로 들어가 봐야겠어요."

안전벨트를 풀려고 하는 순간, 그가 내 손을 잡았다. 나는 그가 도대체 무슨 생각을 하고 있는지 궁금했다. 아무것도 하지 않을 작정이면 왜 여기서 무엇을 기다리고 있는 거지? 어쨌든 한참 동안이나 우리는 어둠 속에서 가만히 앉아 있었다. 집 안에서 무슨 소리가 들리지 않을까, 귀를 기울였지만 아무런 소리도 없었다. 집 안에 불이 모두 꺼지고 나서야 우리는 부부가 잠자리에 들었고, 이제 떠나도 되겠다고 판단했다. 하지만 내 머릿속에는 온통 그들이 트럭의 엔진 소리를 듣고, 전조등 불빛을 보고, 결국 창밖으로 멀어지는 트럭을 바라보며 우리가 여기에 숨어 있었다는 사실을 알아채리라는 생각뿐이었다. 우리가 여기 숨어 있었다는 것을 알게 된 스튜어트는 어떤 반응을 보일까.

나는 손을 움직여 던컨에게 수신호를 보냈다. *돌아서 가죠.*

하지만 그는 당연히 이 신호를 이해하지 못했다. "그게 무슨 뜻이죠?"

"아무것도 아니에요."

다시는 이러지 않을 거라고 맹세했는데. 입을 다물고 그냥 가만히 앉아 있는 짓 말이다.

던컨이 시내에 있는 내 차 앞에 나를 내려줬다. 차에서 진동하는 역한 냄새 때문에 속이 울렁거리던 참이었는데, 내릴 수 있어서 다행이었다.

"당신이 사는 곳에서 도로 쪽으로 조금만 더 내려오면 우리 집이에요." 그가 말했다. "사실 내가 유일한 이웃인 셈이죠. 혹시 도움이 필요할지도 몰라서 말하는 거예요."

그의 표현 방식이 약간 오싹하다는 생각이 들었다. "어쨌든 고마워요. 집으로 가시나요?"

"한두 시간 작업할 거리가 있어서 일터로 갑니다." 그의 시선은 이미 방향을 돌렸고, 마음은 앞선 어둠 속에 있는 듯했다.

"직업이 뭔데요?" 내가 물었다.

"경찰이죠."

나는 입이 떡 벌어졌고, 이어서 웃음이 새어 나왔다. "당연히 그러시겠죠."

그도 웃어 보였다. "오늘 아침에 보았던, 보호구역에서 트럭을 모는 그 멍청이는 신고할 건가요?"

나는 고개를 저었다. "하지만 그 사람한테 전해 주세요. 눈 아래에는 감춰져 있지만 소중한 것들이 많다고요. 그런 사실을 사람들이 자주 잊어버리더라고요."

그가 고개를 끄덕였다. "그렇게 전할게요."

나는 막 차에 오르려다가 말고 잠깐 멈춰 서서 그에게 물었다.

"그럼 왜 스튜어트를……?"

"체포하지 않냐고요?"

내가 고개를 끄덕였다.

"무슨 죄목으로요?"

아침에 말을 데리러 번즈 농장에 다시 갔을 때, 나를 맞이한 사람
은 일꾼 한 사람뿐이었다. 레이니는 사고를 당해 병원에 입원한
상태였다.

4

우리가 열두 살이 되었을 때부터 엄마는 증인 역할로 법원에 나가야 하는 일이 생기면 우리를 종종 데리고 가 재판 과정을 지켜보게 했다. 상황이 지루하게 흘러가면 우리는 바닥에 앉아 꼼지락거리면서 침묵 속에서 대화를 나누었다. 최근에 애기가 만들어 낸 수신호로 주고받는 의사소통이었다. 애기는 수어처럼 손으로 말할 수 있는 우리 둘만의 언어를 만들어 내는 데 한창 빠져 있었다. '잠자리'를 뜻하는 수신호를 만들었을 때 우리는 우리가 얼마나 많은 잠자리를 혼나지 않고 잡을 수 있을지, 그 잠자리가 어떤 색일지, 언젠가 과학자들이 사람이 타고 다닐 수 있을 정도의 크기로 잠자리를 기르는 방법을 알아낸다면 어떨지에 대해 소리 없이 의견을 주고받았다. '우주' 수신호를 만들었을 때는 먼저 우주가 무엇을 포함하고 있는지 여러 의견을 주고받았고, 그 안에 우리 둘만 있게 되면 어떨지 상상했는데, 결국 하나의 우주에 우리 둘만 있어도 충분할 거라는 결론을 냈다. '섹스' 수신호를 만든 뒤에는 집게손가락을 다른 손 집게와 엄지손가락 사이로 거칠게 찔러 넣었는데, 그 사인은 이미 존재한다고 내가 지적하자, 우리는 함께 웃음이 터져 나왔다. 우리는 판사에게 꾸지람을 들었고, 집에 가서는 엄마에게 아주 크게 혼이 났다. 그런 엄마를 이해할 수 없었다. 엄마가 뭘 기대하는 걸까? 왜 자꾸 우리를 이곳에 데려와 사람들이 겪는 최악의 모습을 보게 하지?

솔직히 말하면, 사실 나는 그 이유를 알고 있었다. 엄마는 나를 길들이고 있었다. 엄마는 자신이 옳다는 것을 내가 시인하게끔 만들고 싶어 했으니까. 그곳에서 재판을 받는 사람 대부분은 구제 불능이라고, 그러니 내가 강해지지 않으면 피해자석에 앉은 저 사람들 중의 하나가 되어 판사에게 내가 당한 일에 대해 말하게 될 거라고, 내게 가르치려고 했던 것이다.

하지만 나는 이 문제에 대해서만큼 절대 길들지 않았다. 나에게는 마법 아닌 마법의 힘이 있었으니까. 다른 사람의 감정을 느끼면서 그 손길이 어떤 느낌을 담고 있는지, 그리고 그 느낌 대부분이 다정하다는 것을 알고 있었으니까. 만약 좋은 감정이 아니라면 그렇게 다정하게 손대지도 않았을 테지.

어느 날 밤, 우리는 엄마의 파트너인 형사 아저씨 차 뒷좌석에 앉아 법원에서 집으로 돌아가는 길이었다. 애기는 이런 상황을 세상 무엇보다 좋아했는데, 우리가 체포된 범죄자가 된 설정으로 어떻게 하면 말을 잘해 감금에서 벗어날 수 있을지 머리를 쓰는 놀이였기 때문이다. 엄마의 파트너 짐 오웬 아저씨는 그럭저럭 잘생긴 편이고 땅딸막했는데, 비만이라고 보아도 딱히 이상하지 않았다. 우리가 태어난 이후로도 쭉, 누가 보아도 티 나게 엄마를 짝사랑하고 있었다. 아저씨는 항상 우리에게 아이스크림을 사 주었고, 그런 아저씨를 우리도 좋아했다. 심지어 사랑에 가까운 감정이라고 해도 좋을 것 같았다. 그런데 엄마는 그를 싫어하지 않는 정도였다. 나는 그런 엄마가 사랑에 빠지면 어떤 모습일지 상상이 되지 않았다.

그날은 짐 아저씨 특유의 시답잖은 농담으로도 내 마음을 딴 곳으로 돌리지 못했다. "그 아주머니, 타라 아주머니는 왜 애들을 아빠에게서 떨어뜨려 놓으려는 거예요?" 결국에 궁금증을 이기지 못하고 내가 물었다.

묻지 마. 애기가 내게 사인을 보냈다.

"내일 알게 될 거야." 엄마가 대답했다.

"지금 말해 주면 안 돼요?"

괜히 겁주려고 그러시는 거야. 애기가 내게 수신호를 보내며 눈알을 이리저리 굴리는데, 엄마가 룸미러로 그 모습을 포착했다.

"말로 해." 애기에게 경고한 뒤, 엄마가 내게 말했다. "아빠란 사람이 애들을 때리니까 그러는 거야."

"애들을요?"

엄마가 고개를 끄덕였다.

"아니요." 내가 잘라 말했다. "난 그 말 안 믿어요."

"그러든지."

나는 고개를 저으며 물었다. "왜 때리는데요?"

"그건 그 사람이 아프기 때문이란다, 인티야." 짐 아저씨가 끼어들었다.

"아니, 아픈 게 아니지." 엄마가 그 말을 받아쳤다. "인티에게 그런 식으로 가르치려 하지 마. 비열한 놈이라서 그래. 그게 이유야."

뒷좌석의 공기가 너무 뜨거웠다. 창문을 열려고 손을 가져갔지만, 그럴 수 없다는 사실이 떠올랐다. 이 차의 뒷좌석은 안에서 열 수 없도록 잠금장치가 되어 있었다.

애기가 손을 움직이더니 다이아몬드 모양을 만들어 보였다. "이제 이 사인은 '비열한 놈'이란 뜻으로 하자."

순간 차 안에 있던 사람 모두가 얼어붙으며 정적이 흐르는가 싶더니, 동시에 한바탕 웃음을 터트렸다. 애기에게는 이렇듯 긴장을 누그러뜨리는 재주가 있었다.

"그 사인을 보는 게 이번이 마지막이길 바랍니다, 꼬마 아가씨." 짐 아저씨가 의미심장하게 말했다. 하지만 여전히 낄낄거리고 있었기 때문에 그다지 무게감은 없었다.

조금 시간이 흐르고, 궁금증을 참지 못하고 내가 물었다. "엄마는 왜 그렇게 사람들을 싫어해요?"

"싫어하는 게 아니야. 그냥 실상을 말하는 것뿐이지."

"아빠는 사람들을 돌봐 주는 것이 우리 자신을 돌보는 유일한 방법이고, 그렇게 친절을 베풀어야 세상을 구할 수 있다고 했어요."

엄마가 콧방귀를 뀌었다. "네가 말하는 그 아빠라는 사람은, 세상과 담쌓고 숲에 들어가 혼자 살면서 사람들에게 연락 한 번 안 하는 정신 나간 그 사람을 말하는 거니?" 엄마가 고개를 흔들면서 창밖을 내다보는 모습을 나는 가만히 지켜보았다. "그 사람이 앞으로 평생에 걸쳐 돌볼 사람보다 내가 오늘 하루에 돌본 사람이 더 많을 거다."

"하지만 엄마는 우리를 돌보지 않잖아요." 애기가 불쑥 말했다.

엄마의 몸이 딱딱하게 굳었다. 애기에게는 필터가 없었다. 나는 애기가 한 말을 잡아서 다시 그녀의 입속으로 넣고 싶었다. 왜냐하면 아무것도 중요하지 않은 듯 행동하는 엄마지만, 그래도 여전히 감정이 있고, 당연히 상처받을 수 있다는 사실을 나는 알고 있기 때문이었다. 그리고 실제로도 엄마는 사람들을 도우려 노력하며 평생을 살고 있었다.

하지만 나는 이미 내 동생이 한 말을 주워 담을 수 없었고, 마침내 엄마도 참지 못하고 말했다. "나중에 너희 남편이 너희나 너희 애들을 죽기 직전까지 때리면 언제든 전화하렴."

*

차를 몰고 병원으로 향했다. 나도 그 이유를 몰랐다. 내가 상관할 바는 아니지만, 어느새 병원에 도착해 안으로 들어가고 있었다. 접수처에서 손가락을 들어 내게 방향을 알려 줬다. 긴 복도의 끝에 던컨 맥타비쉬가 서 있었다. 그는 병실 창문에 시선을 고정하고 있었다. 그의 옆으로 가 섰다. 그리고 안을 들여다보았다.

스튜어트는 침대 옆에 앉아 아내의 손을 잡고 있었다. 그녀에게는 잡을 수 있는 온전한 손이 한쪽뿐이었는데, 다른 한 손은 깁스를 하고 있었기 때문이다. 그리고 그녀의 얼굴은 더 이상 예전의 모습이 아니었다. 얼굴 반쪽 전체가 아주 심하게 부어 있었고, 한쪽 눈은 검푸른 덩어리에 가려 아예 보이지 않았다. 곧 내 눈 주변 조직들이 따끔거리고 부어오르기 시작하더니, 한쪽 시야가 흐릿해지면서 순식간에 시력이 아예 사라져 버렸다. 한쪽 눈이 완전한 어둠으로 덮여 버렸지만, 남은 반쪽으로 그녀의 머리에 난 상처를 계속 볼 수 있었다. 그 상처로 인해 내 이마도 욱신거리기 시작했고, 여섯 바늘을 꿰맨 살에서 올라오는 쓰라린 통증이 느껴졌다.

머리가 핑하고 돌면서 어지러움을 느끼고 벽에 등을 기댔다. *여기, 이곳에 있는 것이 너의 몸이야.* 나는 나 스스로에게 집중하면서 나 자신으로 돌아오려고 노력했다. 따끔거리던 감각이 서서히 사라지게 두고, 숨을 크게 들이마시며 천천히 호흡했다. *너의 고통이 아니야. 너의 몸이 아니야. 이건 속임수야.*

"이봐요." 던컨이 나를 불렀다.

눈을 뜨자 시력은 다시 돌아와 있었다.

"괜찮아요?"

나는 고개를 끄덕였다. 고통은 사라졌지만 아드레날린은 여전했고, 잔뜩 긴장한 탓에 기진맥진했다.

"그가 뭐라고 해요? 그녀에게 무슨 일이 있었다고 하던가요?" 내가 물었다.

"말에서 떨어졌대요."

"그녀도 그렇게 말하던가요?"

"아직 혼수상태예요." 그가 나를 바라보며 말했다. "그리고 못할 거예요."

"그녀가 못 깨어난다는 말이에요?"

"아니요, 말하지 않을 거라고요. 무슨 일이 있었는지 말하지 않을 것입니다. 절대로."

"그럼 이 문제를 어떻게 처리하려고요?"

그가 어깨를 으쓱해 보이며 다시 병실을 바라보았다. "그녀가 하는 일이 야생마를 길들이는 일이잖아요. 그런 일을 하다 보면 말에서 떨어질 수 있어요. 누구나 그런 일을 겪을 수 있죠."

"어제 당신도 나와 그곳에 있었잖아요. 그리고 트럭에 앉아서 아무것도 하지 않았죠. 우리 때문에 벌어진 일이에요."

그가 내 눈을 바라보며 말했다. "그냥 말에서 떨어진 것일 수도 있고요."

나는 몸을 돌려 복도를 성큼성큼 걸어 나왔다. 그 자리에 계속 있었다가는 주먹으로 창문을 깨고 말았을 테니까. 물어볼 누군가를 찾아야만 했다. 확증해 줄 수 있는 누군가를. 하지만 망설여졌다. 정말로 그가 그녀를 두들겨 팼다는 사실을 확인하게 된다면, 내가 그를 죽이려고 들 테니까.

아빠가 나의 가장 큰 재능은 다른 사람의 몸속으로 들어가 볼 수 있는 것이라고 말하곤 했다. 누군가의 몸 안에 머물며 다른 사람의 삶을 느껴 볼 수 있고, 그렇게 여러 사람의 몸을 체험하며 많은 것을 알게 되는, 다른 누구도 할 수 없는 기적적인 능력이라고 했다. 이것은 자연의 놀라운 섭리라고 했다. 또한 연민은 우리가 배워야 하는 가장 중요한 덕목이라고 했다. 누군가 우리에게 상처를 주면, 상대방의 입장에서 생각을 해 보고 용서하는 것이 가장 좋은 방법이라는 것을 가르쳐 주었다.

엄마는 전혀 동의하지 않았다. 엄마의 사전에는 친절과 비슷한 단어도, 용서라는 개념도 없었다. 사람이 서로를 대하는 방식에 대해 두 사람은 완전히 상반된 개념을 가지고 있었다. 나는 엄마가 지닌 생각이 무서워서 멀리했다. 그것은 거칠고 딱딱한 느낌이었고, 내가 타고난 본성은 달랐다. 나는 아빠의 방식에 맞추어 살아가기를 선택했고, 그 길을 걷는 편이 수월했다. 그렇지 않다는 것을 알게 될 때까지는 말이다.

이제는 분명하다. 아니 전부터 분명했다. 엄마가 옳았다. 엄마가 전적으로 옳았기 때문에 창피하고 부끄러울 뿐이다. 이제 나는 충분히 당했고, 내게 더 이상 용서라는 개념은 남아 있지 않았다.

*

죽은 사슴은 무거웠다. 늑대들의 먹이가 될 사슴이 내 손에서 묵직하게 툭하고 떨어졌다. 최남단에 있던 글렌쉬(Glenshee, 스코틀랜드 중부 퍼스셔에 있는 협곡) 무리의 늑대들은 서두르지 않고 울타리의 가장자리에서 움직이지 않았다. 울타리를 등지고 옹기종기 모여 있었다. 단 한 마리만 빼고. 늑대 10호는 그녀가 속한 무리에서 번식할 수 없는 암컷이었는데, 이는 그녀가 무리의 리더가 아니라는 의미였고, 더 이상 그들의 알파(Alpha, 한 집단에서 가장 높은 계급과 서열을 가진 개체를 지칭)가 아니란 의미였다. 그 타이틀은 그녀의 자매인 8호의 것이었다. 하지만 10호에게는 다른 늑대와는 다른 점이 있었다. 쉼 없이 계속 움직였다. 더 공격적이고, 가

두어 놓기 힘들었다. 그녀는 자유롭게 헤집고 다니며 늑대 중 유일하게 탈출을 시도한 녀석이었다. 그녀만이 홀로 울타리를 지나 내게로 다가왔다. 늑대와 함께한 수년 동안 단 한 마리도 이런 모습을 보인 적이 없었다. 내 눈을 마주 보고 이빨을 드러내며, 으르렁거렸다.

단 한 번도 이런 일이 없었기 때문에 머리털이 곤두섰다. 그녀는 군살 없이 호리호리하고 날렵했다. 그녀의 털은 갈색과 흰색이 섞인, 옆구리를 따라서 짙은 주홍빛이 도는 갈색이었고, 얼굴 주변과 목덜미는 거의 금색에 가까웠는데, 베르너의 책에 따르면 오피먼트 오렌지(Orpiment Orange) 색이었다. 이빨은 매우 날카로웠는데, 내게 그 사실을 확실히 인지시켜 주려고 하는 것 같았다.

알래스카에서 데날리(Denali, 북아메리카에서 가장 높은 산으로, 알래스카에 있는 데날리 국립공원과 보존지의 중심에 위치) 늑대 프로젝트에 참여했을 시절, 내 사수가 일을 시작한 첫날에 내게 경고한 바 있었다. 늑대를 예측할 수 있을 거라고 착각하지 마. 위험한 생각이야. 늑대들은 항상 돌발 행동으로 사람을 놀라게 하니까.

깊은 전율이 내 몸을 타고 흘렀다. 나는 그녀의 사나움이 너무 좋았다. 내 목이 간질간질해지는 것을 느낄 수 있었다. 아드레날린이 분출했고, 그녀도 그 냄새를 맡은 듯했다. 나는 알 수 있었다.

죽은 사슴을 배달했으니, 내가 더 이상 남아 있을 필요는 없었다.

하지만 남아 있고 싶었다.

이제 무슨 일이 벌어질지 눈에 그려볼 수 있었다. 내가 몸을 돌려 뛰어가면, 그녀가 달려들어 내 허벅지를 물고 갈기갈기 찢어

발겨 도망갈 기회조차 주지 않을 것이다. 그래서 가만히 그녀를 마주 보고 있는데, 갑자기 내 목을 노리고 달려든다. 내 몸에서 가장 취약한 부분이다. 그녀의 강인한 몸이 공중으로 날아올라 엄청난 턱의 힘으로 내 뼈를 으스러뜨린다. 그녀에게 나는 너무나 쉬운 먹잇감이다. 도망칠 속도도 없고 맞서 싸울 힘도 없다. 피부는 처참하리만치 연약하다. 그녀는 알고 있을까? 다른 늑대들은 모르는 것 같은데, 그녀는 감지해 낼 수 있을까? 보통의 늑대들은 사람의 목소리와 무기에서 나오는 힘과 그들을 가둬 두는 우리에 속고 있다. 하지만 이 녀석은 그 너머를 볼 수 있는 듯하다. 나의 연약함을. 어쩌면 보지 못할 수도 있지만, 그녀는 내가 지닌 힘에 대해 신경을 안 쓰는 것인지도 모른다. 그녀의 분노는 엄청났고, 싸우고자 하는 본능 또한 압도적이었다.

천천히 뒷걸음질 치며 우리에서 다시 나오는 동안에도 나는 그녀에게서 눈을 떼지 않았다. 여전히 그녀는 움직이지 않고 있었다. 나머지 늑대 다섯 마리가 사슴고기를 허겁지겁 먹고 있는데도 그녀는 서두르지 않았다. 그녀도 계속 나를 지켜보고 있었다.

철책 뒤로 물러서 나온 뒤에야 마침내 그녀가 무리에 합류하는 모습을 볼 수 있었다. 죽은 사슴은 여전히 온기가 남아 있었고, 그녀의 입을 가득 채웠다. 그리고 내 입도. 우리의 이빨은 너무 쉽게 살을 뜯었다. 시큼하고 비릿한 피 맛에 나는 압도되었다. 먹이에서 인간의 냄새가 나기 때문에 늑대들이 안 먹지 않을까 걱정했지만, 배고픔이 그런 우려를 말끔히 해결해 주었다. 그러자 나도 허기가 돌기 시작했고 신경이 곤두섰다. 나는 축제의 장에서 몸을 돌렸다.

일을 마친 후 현금 1천 파운드(약 180만 원)를 들고 빌린 화물차를
타고 번즈 농장에 다시 갔다. 맞아 주는 사람이 아무도 없었기 때
문에 나는 직접 말을 싣기 시작했다. 그녀는 조심성이 많고 굴레
를 쓰기 싫어했다. 살짝 끌려고 했을 뿐인데 뒷발이 날아와 하마
터면 맞을 뻔했다. 그저 우리 집으로 데려가 집 앞 들판에 풀어 두
고 마음껏 하고 싶은 대로 먹고 쉴 수 있게 하려는 것뿐인데, 그녀
의 신경질적인 모습이 나를 심란하게 만들었다. 때마침 진입로에
서 나를 부르는 소리가 들렸다. 나는 안도의 한숨이 새어 나왔다.
스튜어트가 이쪽으로 뛰어오더니 고삐를 잡고 거세게 끌어당겨
화물칸에 실었고, 그대로 불쌍한 짐승을 가둬 잠갔다. 내가 다가
가 그녀를 쓰다듬었지만 내 손길에 강하게 뒷걸음질 치며 내게서
도망가려 했다. 침착해, 애야, 흥분하지 마.
　"부러진 게 다리만은 아닐 거예요." 스튜어트가 말을 건넸다.
　"그럼 더 살살 다뤄 주면 좋지 않았을까요?" 대꾸하며 무심코
그가 차를 주차해 둔 곳을 올려다보았는데, 레이니가 불안정하게
차에서 내리고 있었다.
　"병원에 있어야 하는 거 아닌가요?" 내가 물었다.
　"휴식을 취하기 가장 좋은 곳은 집이죠." 그가 말을 이었다. "따
라오세요, 미스 플린. 집사람을 먼저 침대에 눕히고 마무리하죠."
　집 안은 생각보다 더 추웠다. 복도 끝의 침실 문은 열려 있었고,
그가 레이니를 침대에 눕히는 모습이 눈에 들어왔다. 멍한 표정

의 그녀는 아파 보였지만, 남편을 안심시키려는 듯이 웃어 보였다. 그가 그녀 옆에 앉아서 얼굴을 쓰다듬고 손바닥 안쪽에 입을 맞추는 모습을 보았다. 나는 그의 입술을 느끼지 않기 위해서 주먹을 꽉 쥐었다.

나는 부엌으로 가 주전자에 물을 채웠다.

"고마워요." 물이 끓기 기다리는 동안에 그가 다가와 말을 건넸다.

"마구간에 1천 파운드를 두고 왔어요."

"3천에 합의한 거 같은데요."

"맞아요. 안 그래도 나머지 돈을 모을 수 있는 시간을 좀 달라고 부탁할 참이었어요."

"그렇게 하세요." 그가 내가 하던 일을 받아서 세 개의 머그컵에 티백을 넣고 물을 가득 부었다. 그리고 자신의 컵에는 설탕 네 조각을 떨궜다. "솔직히 말해서 돈이 필요한 상황이었는데 시기가 딱 좋았네요." 그가 시인했다.

"던컨 씨 말로는 부인께서 말에서 떨어졌다고 하던데요?"

"가장 드센 녀석을 길들이는 중인데, 아내는, 사실 가끔 우리 모두 떨어질 때가 있거든요." 그러더니 아무런 예고도 없이 그가 울기 시작했다. 목이 메는 듯한 소리를 내며.

나는 마른침을 삼키고 시선을 돌렸다가, 어젯밤에도 못 본 척 고개를 돌린 것을 떠올리며 더는 그러지 않기로 했다. 그래서 그를 똑바로 바라보고 그의 어깨 들썩거림을 지켜보았고, 어찌 되었든 그에게서 동정심을 느끼지 않도록 했다. 그가 몸을 돌리고 방심하는 순간, 그에게로 건너가서 내 머그잔을 그의 뒤통수에 내리꽂는 내 모습이 보인다. 이게 나의 욕망인지 아니면 단순히 지나가는 생각일 뿐인지는 나도 잘 모르겠다. 입에 침이 가득 고이면서 아주 큰 목소리가 내면에서 들려왔다. *도대체 내가 왜 이러지, 내가 왜 이렇게 된 걸까?*

"이건 제가 부인께 가져다드릴게요." 내 입에서 나온 목소리가 너무 단호해서 나 자신도 그 소리가 다른 사람의 목소리에서 나온 것처럼 느껴졌다.

레이니는 다치지 않은 한쪽 눈으로 내가 침대 탁상에 차를 내려놓는 모습을 물끄러미 바라보았다. 대체 내가 그녀의 침실에 무슨 볼일이 있어서 온 것인지 의아해하는 표정이었다.

"빛이 좀 들어오게 할까요?"

그녀가 고개를 끄덕였다. 나는 창문으로 가 울새 그림이 그려진 커튼을 열어젖혔다. 햇살이 들어와 침실의 반 정도를 밝혔다.

"오늘 예쁘네요." 내 말에 그녀가 낄낄거리고 웃다가 얼굴에 통증이 있는지 움찔거렸다.

"웃기지 마세요. 지아라시(Gealaich, 스코틀랜드 게일어로 '달'을 의미한다) 때문에 왔나요?"

나는 고개를 끄덕였다. "이름을 다시 한번 말해 줄 수 있나요?"

그녀가 낱말을 천천히 내뱉었는데, '지-아-래쉬'같이 들렸다.

"따라 할 수도 없겠네요. 그냥 '젤'이라고 불러야겠어요."

이 말에 그녀가 또 웃음을 보였다. 약간 기분이 좋은 듯 보였다. "그이가 너무 많이 돈을 물렸죠? 미안해요."

나는 어깨를 으쓱해 보였다.

"힘든 시기거든요. 매년 언덕이 조금씩 사라지고 있어요. 가축들이 먹을 풀이 점점 줄고 있죠."

"이곳에 얼마나 오래 사셨어요?"

"여기는 아빠 농장이에요. 우리 가족이 세대를 거듭해서 살고 있죠."

"소랑 말을 주로 기르죠? 여기 온 뒤로 말은 많이 보지 못한 것 같아요."

"아니요, 이 지역 대부분이 양을 길러요."

"바깥분은 당신을 만나기 전부터 농부였나요?"

"아니, 천만에요. 농장 일은 하나도 몰랐는걸요. 전부 배운 거죠. 그이 성격에 잘 맞지는 않지만. 그래서 고마워하고 있고요."

"다른 삶을 생각해 본 적 없어요?"

"어딜 갈 수 있겠어요."

"세상은 넓어요."

그녀는 고개를 저었다. "여기가 좋아요. 제 집이니까요."

"아름다운 마을이죠."

"가장 좋아하는 곳은 숲이에요." 분명 약기운도 약간 있을 테지만, 그녀가 꿈을 꾸듯 말했다. "숲이 내뿜는 모든 것을 좋아하죠."

나도 미소가 지어졌다. "저도 예전에 숲이 나의 가족이고 나를 길렀다고 생각하곤 했어요."

그녀가 웃음 짓다가 다시 얼굴에 통증을 느끼고 멈칫했다. "좋네요." 그녀가 말을 이었다. "저도 알 거 같아요. 비밀 하나 알려 줄까요?"

"네."

"숲을 살리기 위해 당신이 이곳에 와서 기뻐요. 남편한테는 말하지 마세요."

"제가 살리는 게 아니에요, 늑대가 살리는 것입니다."

"그들을 설득하지 못할 거예요." 그녀가 한숨을 내쉬며 말했다. "다른 사람들이요. 그들 안에 너무 뿌리 깊게 박혀 있어요."

나는 침대 끄트머리에 살짝 걸터앉았다. "늑대들이 사냥하기 시작하면, 사슴은 원래 습성대로 돌아갈 거예요. 다시 이동하기 시작할 테고, 땅에 있는 모든 것이 자라날 기회를 얻게 되고, 많은 생명체가 다시 땅으로 돌아올 테며, 언덕이 다시 푸르게 변하는 모습을 볼 수 있을 거고요. 땅의 형태도 바뀌기 시작할 거예요." 그녀의 부어오른 눈을 마주 보며 따끔거리는 내 눈을 애써 무시했다. "늑대들이 강의 지형을 변화시키는 과정을 본 적이 있어요."

그녀가 미소를 지었다. "그럼 이곳에도 기회가 생긴 셈이네요. 정말 숲이 살아남을 수 있을지도 몰라요."

"아마도요. 혹시 지낼 다른 곳이 필요하다면, 우리 집으로 와도 괜찮아요. 안전한 곳이에요."

그녀가 당혹스러운 표정을 지었다. "여기가 제 집이잖아요. 당신이 지금 있는 이곳."

나는 고개를 끄덕였다.

그러자 그녀의 당혹스러운 표정은 사라지고, 지금 우리 두 사람이 함께하고 있는 시간이 즐거운 듯 다시 부드러운 표정으로 바뀌었다. "이제 좀 자야겠어요."

"그래요, 미안해요." 나는 일어나서 문으로 발걸음을 옮겼다. "얼른 나아요, 레이니."

"고마워요."

스튜어트가 문밖에서 나를 기다리고 있었다. "그녀에게 필요한 건 전부 여기 있어요." 그가 내게 말했다. "아내를 만난 날부터 지금까지 내가 잘 돌보고 있으니 염려하지 마세요."

대꾸할 말을 생각했지만 마땅한 표현이 떠오르지 않았다. 나는 그대로 문을 나섰고, 바깥에 나와 하늘 아래에 서고 나서야 다시 숨을 쉴 수 있었다.

5

말없이도 할 수 있는 언어가 있는데, 폭력이 그중에 하나이다.

십 대 때 애기는 이미 언어에 천부적인 재능을 보였다. 그녀는 네 가지 언어를 유창하게 했고, 몇 개의 언어를 더 배우고 있었다. 또한 음성 언어뿐만 아니라 음성이 필요 없는 언어도 여러 개를 구사할 줄 알았다. 우리가 열 살 때 애기가 만들어 낸 수신호가 있었고, 우리끼리 몰래 그 언어로 소통하곤 했다. 오직 우리 둘만을 위한 세상을 애기가 만들었고, 우리는 서로 그 안에서 더할 나위 없이 행복했다. 그리고 열여섯 살이 되었을 때, 그녀는 폭력의 언어를 배우기 시작했다. 한 남자아이의 코를 뭉개버렸고, 그건 나를 위해서 한 일이었다. 애기가 하는 대부분의 일이 모두 나를 위한 일이었다.

"당신은 내게 말을 가르쳤고, 거기서 내가 얻은 것은 저주하는 법을 알게 된 것이오." 어느 화창한 날 오후에 학교 운동장에서 내가 큰 소리로 글을 읽어 내려갔다. "역병에나 걸리시오, 내게 말을 가르친 대가로." 나는 글을 읽다가 말고 어리둥절한 표정으로 애기를 올려다보며 물었다. "이게 대체 무슨 뜻이야?"

그녀가 한숨을 내쉬면서 잔디 위로 털썩 드러누웠다. 그리고 내리쬐는 햇볕으로부터 얼굴을 가렸다. 그녀의 양 볼이 핑크빛을 띠었다. 바라보는 내 얼굴에도 살며시 그을린 열이 올라왔다. 그녀의 머리가 잔디를 짓누르고 있는 모습이 눈에 들어왔고, 내 목에 풀잎의 까슬거림이 전해졌다.

"칼리반(Caliban, 영국의 극작가 셰익스피어의 희곡《템페스트》에 등장하는 추악하고 짐승 같은 사나이)은 야만인이었잖아. 그래서 사람들이 그를 길들이려 했고, 그것 때문에 칼리반이 그들을 미워했지."

다시 한번 문장을 읽어 보아도 그녀가 어떻게 그 의미를 이해할 수 있었는지 도무지 알 수가 없었다. 하지만 그녀의 옆에 턱을 괴고 앉았을 때, 어렴풋이 이해할 수 있을 것도 같았다. 아빠의 앞마당과 말발굽, 말의 울음소리 그리고 아빠의 야생마를 떠올렸을 때 그럴 수 있었다. 아무리 아빠가 말을 사랑하고 아껴 주더라도 야생마는 자유롭고 싶어 할 테니까.

"만약에 우리가 그렇게 만들어진 언어 없이도 뭔가를 할 수 있다면……."

"모든 언어는 만들어지는 거야." 그녀가 말했고, 맞는 말이었다. "내가 칼리반을 해 볼게." 애기가 내게서 두꺼운 책을 낚아채더니 벌떡 일어섰다. 그리고 연극을 하듯 과장된 몸짓을 하며 문장을 크고 격정적으로 읽기 시작했다. 우리 주변에 있는 애들의 시선은 아랑곳하지 않았다.

"'역병에나 걸리시오!'" 애기는 마치 마녀가 저주를 걸 듯이 무서운 어조로 외쳤다.

나는 깔깔거리며 웃었다. "너의 야만적 본성이 이제야 본모습을 드러내는 거 같네."

그때 나무 아래에서 다니엘 멀리건 일당이 낮은 목소리로 속닥거리는 모습이 눈에 들어왔다. 늘 그랬듯이 망신을 줄 만한 희생자를 찾기 위해 작당 모의를 하는 것이 분명했다. 그들이 입고 있는 빳빳한 유니폼이 내게 가려움을 유발했고, 저 천을 찢어 벗기고 평상복으로 갈아입히고 싶은 충동이 계속 일었다. 한 남자아이는 축구공으로 저글링을 하며 나아갔는데, 그의 발등에서 통, 통, 통 튕기는 공의 느낌이 내게도 전해졌다. 한편 우리 뒤편에는 여자아이들이 코트에서 네트볼(netball, 농구와 비슷한 여성 스포츠)을 하고 있었는데, 빠르게 바닥을 내딛고 미끄러지는 그들의 발놀림은 내 발목을 자극해 왔다. 또한 우리의 왼쪽으로는 서로 머리를 땋아 주는 여자아이들이 있었고, 이번에는 내 손가락 사이로 미끄러지는 머리카락의 부드러움이 전해졌다. 이 모든 복합적 감각으로 인해 내 몸은 붕 떠올라 밝고 생생한 어딘가로 옮겨 다녔고, 어찌 된 영문인지는 몰라도 확실히 내 몸의 감각에 더 잘 집중할 수 있었다.

애기가 나를 바라보고 있었다. "오늘은 어떤 느낌이야?"

"전기가 흐르는 느낌." 정확하지는 않았지만 그렇게 표현했다. 사실 그보다는 조금 더 부드러운 느낌이었다. 나는 감각이 나를 통해 애기에게 전해지길 바라는 마음으로 그녀의 손을 잡았다. 모든 것을 공유하는 우리였기에, 이 감각도 함께하고 싶었다. "자, 내게서 이 느낌을 가져가 봐." 그녀도 이 감각을 느낄 수 있길 바랐다.

애기는 나의 손을 꼭 잡고 다른 아이들과 세상을 둘러보며 감각을 곤두세우는 듯했다. 하지만 그런 식으로 될 것은 아니었다. 그것은 갈망한다고 해서 될 수 있는 것이 절대 아니었다. 그녀는 실망했는지 한숨을 크게 내쉬었다.

나의 시선은 다시 가지가 축 늘어진 버드나무 아래에 모여 있는 다니엘과 그 일당들에게로 향했다. 그중에 한 명이 우리를, 아니, 나를 계속 지켜보고 있었기 때문이었다. 조용한 편이었던 존 앨런이 대놓고 나를 바라보고 있었고, 다분히 의도적으로 그곳을 만지기 시작했다. 당연히 내게는 남자의 성기가 없었지만, 어찌 됐든 발기가 느껴졌고, 그 사실을 그도 알고 있는 듯했다. 다리 사이를 더듬는 손길이 느껴졌고, 열이 나듯 몸과 얼굴이 벌겋게 달아올라 뜨거워지는 기분이 들었다. 색다른 느낌이었고, 전혀 좋게 느껴지지 않았다. 오히려 수치심을 불러일으키는 나쁜 느낌이었다.

"인티? 왜 그래?" 애기가 물었다.

나는 몸을 웅크리고, 역겨운 그 느낌이 어서 사라지길 바랐다. 몸에서 나 자신을 떼어내어 다시는 이 몸으로 돌아오지 않길 바랐다. 남자아이들의 웃음소리가 들려왔다.

"쟤가 무슨 짓이라도 한 거야?" 애기가 끈질기게 물었지만, 나는 아무 대답도 할 수가 없었다. 그러자 그녀가 손으로 사인을 보냈다. *쳐다보지 마.* 그러고는 몸을 일으켜 남자아이들에게 성큼성큼 걸어갔다. 그리고 아무런 경고도 없이 윌리엄 셰익스피어의 전집을 존의 얼굴에 휘둘렀다. 퍽.

어찌 될지 잘 알고 있었지만, 어쨌든 보고 있었다. 셰익스피어

전집, 수많은 작품이 수록된 두꺼운 책이 존의 얼굴에, 다른 의미로 나의 코에도 가져온 결과는 확실했다. 뼈가 으스러졌고, 눈꺼풀이 점점 가라앉더니, 이내 의식을 잃었다.

금빛과 초록이 섞인 색이 공중으로 부풀어 오르고, 날카롭게 내리쬐는 햇살을 맞으며, 뿌옇게 눈이 떠졌다. 다시금 나무에 매달린 잎사귀들이 천천히 시야에 들어왔고, 다시 나 자신으로 돌아왔다. 애기가 위에서 나를 내려다보고 있었다. *내 코를 부러뜨렸어.* 내가 사인을 보냈고, 애기가 답했다. *쳐다보지 말라고 했잖아.* 우리 둘 다 웃음을 멈출 수가 없었다.

애기가 학교에서 퇴학을 당한 것이 이번으로 세 번째가 되었다. 엄마는 문제의 해결 방안으로 우리를 아빠에게 보내 함께 살게 했다. 그러나 내게 있어서 이 방법은 내가 생각하는 처벌과 상당히 거리가 멀었다. 엄마가 말하기를, 이제 아빠가 우리를 상대할 차례라고 했지만, 나는 속으로 알고 있었다. 엄마는 애기의 불같은 성격과 싸움에 지체 없이 반응하는 성격을 마음에 들어 하고 있었고, 엄마가 어떻게 다루어야 할지 몰라 아빠에게 떠맡긴 사람은 애기가 아닌 바로 나였다. 너무 무르고 연약한, 바로 나. 자신을 보호하는 방법을 알지 못하는 나를 보며 엄마는 어찌 할 줄을 전혀 몰랐다. 대체 어떤 생명체가 그런 방어 본능도 없이 태어날 수 있을까?

브리티시컬럼비아는 내가 기대하던 모습이 아니었다. 처음 내 신경을 거슬리게 한 것은 아빠 작업장에 있는 장비들의 상태였다. 우리가 이곳에서 함께하는 내내 아빠는 작업장에서 몇 시간씩 완전히 몰입해 가며 장비들을 날카롭게 갈고 정성스럽게 닦으며 소중하게 다뤘다. 아빠는 언제나 잘 유지되어야 할 장비를 녹슬게 방치하는 것은 자원 낭비일 뿐만 아니라 우리를 먹여 살리는 데 도움을 주는 장비에 대한 모독이라고 생각했다. 그날 아침에 작업장에 들어서며 나는 익숙한 피비린내와 가죽, 톱밥 그리고 기름 냄새를 맡았고, 그 매캐하고 끈적거리는 공기는 내게 다시 집에 돌아온 듯한 기분을 들게 했다. 하지만 아빠의 장비들이 제각각 있어야 할 장소에 깔끔하게 걸려 있지 않고 벤치에 널브러져 있는 모습, 칼날에 핏자국이 남아서 녹슬어 있는 모습, 쏟아진 기름이 닦여져 있지 않은 광경, 그리고 잘 처리돼 저장되어 있어야 할 짐승의 사체가 썩어 문드러져 있는 광경을 보고 난 뒤에는 더 이상 집처럼 느껴지지 않았다. 나는 두려워졌다.

집 안도 역시 엉망진창이었다. 애기는 엄청나게 쌓인 설거지 더미를 처리하러 갔고, 나는 옷을 몇 겹 더 껴입은 뒤 거실 정리에 나섰다. 아빠는 거실을 재활용 창고처럼 사용하고 있었다. 거실은 펄럭거리는 널빤지와 종이, 빈 병으로 가득했다. 예전에는 재활용품을 시내의 재활용시설로 가져가곤 했는데, 꽤 오랫동안 그러지 않은 것 같았다. 아빠에게 그 이유를 물었더니, 그들이 매립

지에 쓰레기를 처리하는 방식 때문에 더 이상 그들을 믿을 수가 없다고 대답했다. "음, 아빠 말씀이 맞을지도 모르지만, 이걸 전부 다른 데로 치우지 않으면 정작 우리가 여기에 파묻혀 죽을지도 몰라요."

"가져갈 곳은 어디에도 없어. 이런 쓰레기를 만드는 사람들을 막는 수밖에."

"맞아요, 하지만……." 나는 무슨 말을 해야 할지 몰랐다.

나는 3일 내내 작업장에서 쇠수세미와 WD-40(금속 세척용제)으로 아빠의 연장들을 하나하나 손질하고 녹을 제거했다. 각종 나이프와 렌치, 수백 개의 크고 작은 드라이버에 이르기까지 해야 할 일은 끝이 없었다. 손바닥과 손가락이 다 까져서 쓰라렸다.

내가 작업실을 맡는 동안, 애기는 마구간의 말들을 전부 데리고 나가 한 마리 한 마리 운동시켰다. 마지막에는 나도 함께 나갔는데, 한때는 숲이었던 곳이 이제는 허허벌판으로 바뀐 모습을 목격할 수 있었다. 벌목꾼들이 다녀간 흔적이었다. 그들은 아빠의 소유지 바로 앞까지 엄청난 규모의 벌목을 했다. 나는 잘려 나간 그루터기들을 보면서 아빠가 외로운 더글러스 전나무를 우리에게 보여 주었던 그날에 느꼈던 감정을 다시 회상해 보았다. 아빠가 매일 느껴야 하는 감정이 이런 고통이라면, 그 고통이 너무 커서 아빠를 마비시킨 것이 아닐까 하는 의문이 들었다. 아니면 아빠가 스스로 파괴했던 것들에 대한 기억 때문일지도 몰랐다.

애기와 나는 말들이 풀을 뜯게 놔두고, 두 개의 그루터기 위에 각자 등을 대고 누웠다. 나이테가 새겨진 그루터기는 내 머리부터 발끝까지 나를 담을 만큼 엄청난 크기였다. 나이테를 모두 세면 족히 수만 개가 될 터였다. 그만큼 거대한 나무였다. 그때 애기가 분노에 찬 소리를 내질렀고, 나는 깜짝 놀랐다. 하늘 높이 울려 퍼지는 그 소리에는 내 가슴에 맺힌 슬픔도 가득 담겨 있었다. 그 소리는 우리가 너무 무기력한 존재라고, 우리 가족인 숲은 끝났다고, 이제 완전히 사라졌다고 말하고 있었다. 난생처음으로 나도 목소리를 높여 애기와 함께 소리를 내질렀다.

우리는 저장고에서 냉동 사슴고기를 꺼내 볼로냐 스파게티를 만들었다. 마지막 남은 고기였다. 찬장도 마찬가지로 거의 비어 있었는데, 절이거나 설탕을 넣고 졸인 과일도 없었다. 정원에도 신선한 채소는 없었다. 한계생존(限界生存)으로 살아간다는 것은 엄청난 노력이 필요한 삶이었고, 한쪽 실이 풀리면 나머지 전체가 풀려 망가지듯이 삶의 실도 그렇게 풀려나갔다.

식사하기 위해 식탁에 모여 앉았다. 땔감을 쪼개다가 손가락에 가시가 박혀서인지, 그 주변이 욱신거렸다. 하지만 덕분에 활활 타오르는 불 앞에서 따뜻하게 배를 채울 수 있었다.

"마지막으로 사냥한 게 언제예요, 아빠?" 내가 아빠에게 물었다.

"지난주. 아주 큰 사슴을 잡았지."

"어디 있는데요?"

아빠는 내가 정신 나간 소리라도 하는 양 의아한 눈으로 빤히 쳐다보았다. "아빠가 알려 준 것들, 벌써 다 잊어버린 거니? 항상 고기를 두는 곳에 있지. 부엌에서 건조 중이니까 아빠가 칼질할 때 너희도 도우렴."

"부엌에는 아무것도 없어요, 아빠."

아빠는 인상을 찌푸리며 상황을 곰곰이 생각하더니, 어깨를 으쓱해 보였다. "그럼 일주일은 더 된 모양이구나."

애기와 나는 서로 눈빛을 주고받았다.

"시내에 가서 장을 봐야겠어요. 저장고를 채워야 하니." 애기가 말을 건넸다.

"음식은 이곳에 많이 있어." 아빠가 대답했다.

"아빠가 다 먹고 이제 없잖아요."

"먹을거리는 어디에서 얻는다고 했지?" 이번엔 아빠가 물었다.

애기가 한숨을 내쉬며 대답했다. "뒤뜰에서요."

"정원에 채소가 가득하고, 숲에 동물이 넘쳐나잖니."

"겨울 막바지예요." 애기가 대꾸했다. "정원에는 거의 아무것도 없어요."

"고기도 사 와야 해요. 지금은 사냥도 못 하잖아요." 내가 거들었다.

"햇빛도 없이 철창에 가두고 항생제를 주입하며 기른 고기라면 안 먹을 거다." 아빠가 말을 이었다. "얘들아, 우리는 지구에서 일어나는 기후변화를 늦추고, 악화를 막기 위해서 노력해야만 해. 할 수 있는 대로 최대한 우리 인간의 영향력을 줄이고, 검소하게 살아야 한다는 뜻이야. 다 없어질 때까지 소비하면서 사는 삶은 안 돼. 우리는 이 땅의 주인이 아니라, 보호자니까. 만약 다른 사람들이 각자의 몫을 못 하고 있다면, 우리가 더 많이 해야만 하지. 기억하렴."

그 사실을 당연히 알고 있었기 때문에, 그리고 아빠가 우리를 기르며 했던 가르침을 다시 듣게 되어서 위안이 되었기 때문에 우리는 고개를 끄덕였다. 하지만 그렇다고 해서 아빠가 어딘가 변했다는 사실은 바뀌지 않았다. 아빠가 자신의 신념을 여전히 굳게 믿고 있다는 사실이 오히려 아빠의 한계생존 방식을 계속 지속하기 어렵다는 방증이었다. 안 하려고 하는 것이 아니라, 의지와 상관없이 못 하고 있었기 때문이다.

며칠 후, 애기와 나는 정원을 가꾸기 시작했다.

"아빠가 왜 저럴까?" 우리가 땅을 갈고 감자 묘목을 심을 때 애기가 물었다.

"몰라. 억지로라도 병원에 데려가 봐야 하지 않을까?"

애기가 코웃음을 쳤다. "우리가 무슨 수로 데려가? 수갑 채우고 안대 씌워서?"

그녀의 말이 옳았다. 내가 병원에 가자고 제안했을 때 아빠는 들은 체도 안 했다. 그리고 애기가 시내까지 한 시간을 운전해서 다진 고기와 절인 채소, 멸균 우유, 온갖 냉동식품을 잔뜩 사 왔을 때, 아빠는 그녀에게 되돌아가서 환불해 오라고 단호하게 말했다. 아빠는 애기가 그런 가공식품 산업에 일조하는 모습을 용납하지 않았다. 단순히 구매하는 것만으로도 얼마나 많은 탄소가 배출되는지 우리가 정말 몰랐을까? 하지만 아빠는 우리가 사 온 것들을 먹기는커녕 심지어 손도 대지 않았다. 이렇게 세상이 죽는 거지, 하고 느릿하게 말할 뿐이었다.

한때 남들이 가지 못하는 길을 갈 만큼 지혜로웠던 남자의 용기는 이제 서서히 광기로 변해가고 있었다.

정신이 오락가락하는 와중에도 아빠는 음식의 필요성에 대해서 인지하고 있었다. 그래서 아빠는 우리에게 추적과 사냥하는 방법에 대해 본격적으로 가르치기 시작했다. 그리고 우리가 훨씬 어렸을 때 배웠던 기억을 전부 떠올리도록 요구했다. 예전의 아빠는 애기가 살생하는 것을 바라지 않았지만, 이제는 그러도록 했다. 나는 추적에 더 능했고, 애기는 방아쇠를 당기는 데 거리낌이 없었다. 우리가 훌륭한 팀이라고, 아빠가 말했다. 우리는 사십 분 동안 버스를 타고 학교에 갔고 집에 올 때도 마찬가지였다. 그러고 나면 아빠는 우리를 숲으로 데리고 가 함께 몇 시간씩 사냥감이 나타나길 기다리며 숲을 지켜보았고, 최대한 소리 내지 않고 덤불숲을 살금살금 돌아다녔다. 그리고 다양한 동물들이 남긴 표시와 그들의 발자국, 배설물의 생김새 그리고 그들의 행동 패턴에 대해 우리에게 물었다. 아빠는 마치 우리를 시험하듯 그 어떤 학교 선생님보다 더 진지한 태도로 임했다. 우리에게 대비가 필요하다는 사실을 아빠 자신도 인식하고 있는 듯했다.

몇 달이 흐르고 어느 추운 날, 나는 홀로 숲에 들어가 큰 향나무 아래에 자라는 버섯을 채집하고 있었다. 나무의 몸통에서 마디지게 뻗어 나온 뿌리가 앉기 편한 모양으로 생겨서, 나는 조금 서두르는 와중에도 잠깐씩 누워 향나무의 뾰족한 잎사귀로 만들어진 차양 사이로 반짝이는 빛을 바라보았다.

그때 파란 날개의 움직임이 눈에 들어왔고, 곧이어 낮게 뻗은 가지에 새 한 마리가 날아들었다.

"안녕." 내가 인사했지만, 새는 나를 보지 못한 듯했다. 머리에 어두운색 돌기가 있었는데, 나는 곧바로 새의 이름이 무엇인지 아빠에게 물어봐야겠다는 생각이 스쳤다.

그때 무언가가 내 관심을 끌었다. 내가 버섯을 캐던 자리에서 그리 멀지 않은 흙바닥에 어떤 흔적이 하나 있었다. 발자국 같았다. 이 주변에 흔히 지나다니는 사슴이 만들어 낸 것과는 달랐다. 처음 보는 모양이라서 가만히 그 자리에 서서 자세히 살펴보았다. 따라가 볼 요량으로 주변을 더 살펴봤지만, 다른 흔적은 찾아볼 수 없었다.

집으로 돌아와서 버섯을 상자에 담아 둔 뒤, 정원으로 나갔다. 아빠는 비스듬히 햇볕을 받는 자리에 앉아서 골짜기 아래에 있는 말들을 바라보고 있었다.

"질문이 하나 있어요, 아빠." 아빠 옆에 앉으며 내가 말했다.

"하나보다 더 많길 바라는데, 언제나 그랬듯이."

"동물 발자국을 하나 찾았는데, 사슴 발자국 같지는 않았어요."

"얼마나 컸는데?"

"곰이라기에는 너무 작고, 그래도 꽤 컸어요. 대략……." 손가락으로 그 발자국 크기를 만들어 보였다. "이 정도 크기였는데, 딱 한 개뿐이었어요. 하나만 남기고 공중으로 사라진 것처럼요."

아빠가 미소를 지었다. "우리 딸이 늑대 발자국을 찾은 것 같구

나. 보기 드문 발자국이지."

"늑대요?" 전율이 몸을 타고 흘렀다. 평생에 딱 두 번, 언뜻 늑대를 본 적이 있었다. 그리고 두 번 모두 오래전, 아직 내가 어렸을 때였다. 그때부터 나는 늘 이런 순간을 꿈꿔 왔다. "추적할 수 있도록 도와줄 거죠?"

아빠가 고개를 저었다. "늑대는 추적할 수 없단다, 사실."

"그럼 어떻게 늑대를 찾아요?"

"못 찾아. 그냥 둘 수밖에 없지."

나는 기운이 쭉 빠지면서 실망감에 휩싸였다.

아빠가 곁눈질로 나를 바라보더니 내게 제안했다. "좋아, 비밀 하나 알려 줄게. 하지만 좋은 일에 써야 한다. 약속할 수 있니?"

"네."

"늑대를 추적할 수는 없어." 아빠가 말을 이었다. "우리보다 똑똑하거든. 그 대신 그 먹잇감을 추적하면 가능하지."

우리는 서로를 마주 보며 빙그레 웃었다.

하나만 남겨진 발자국에 관한 생각이 계속 머릿속에 떠올랐다. "어떻게 그렇게 발자국을 남기지 않고 움직일 수가 있어요?"

"늑대의 풀리지 않는 수수께끼 같은 거지." 아빠가 대답했고, 바로 그때였다. 나는 그 생명체의 비밀을 내가 풀어 보기로 결심했다.

6

늑대들은 자유를 갈망하지 않는 걸까. 달려 나가지 않고 있다.

겨울은 지나가고, 눈이 녹고 있다. 하지만 늑대들이 우리를 떠나고 싶어 하지 않는 것 같다.

케언곰스 늑대 프로젝트는 성공적인 선례가 있었기에 승인을 받을 수 있었다. 그 선례가 우리의 결정에 기반이 되기는 했지만, 전부는 아니었다. 늑대들은 옐로스톤에서도 서두르지 않았다. 그래서 어느 정도는 이런 결과를 예상할 수 있었다.

우리는 울타리의 양쪽에 출입구를 두 군데 만들어 두고 오직한 곳으로만 드나들어 다른 한 곳에는 사람의 냄새가 남지 않게 유지했다. 이제 출입구 양쪽을 모두 열어 두었고, 늑대들을 출구 밖으로 유도할 수 있도록 멀찌감치 떨어져 있는 나무에 죽은 사슴을 매달았다. 하지만 여전히 늑대들은 우리 밖으로 나오지 않고 있었다.

기다려 보자. 내가 팀원들을 격려했다. 곧 나갈 거야.

출구를 모두 연 지 이틀째 되는 날, 늑대 한 마리가 우리에서 조용히 걸어 나와 공기 중의 냄새를 한번 맡더니 북쪽으로 달려 나갔다. 10호였다. 어느 늑대보다 더 사나운 10호.

10호는 떠나온 집을 찾아 달려 나간 것이다. 이제 그 어디에도 그녀를 기다리는 집이 없다는 사실을 모른 채. 그녀가 향한 곳에는 오직 가축들과 그들을 기르는 사람들이 있을 뿐이고, 그녀에게는 치명적인 존재일지도 몰랐다. 그리고 그 너머에 건널 수 없는 바다가 있었다.

우리가 다시 그녀를 볼 수 있을까.

며칠이 더 흘렀다. 하지만 다른 늑대들에게서는 아무런 움직임이 없었다. 10호가 있던 남쪽에 있는 글렌쉬 무리에서도, 동쪽에 있는 타나(Glen Tanar, 스코틀랜드 동부 애버딘셔에 있는 협곡) 무리에서도, 그리고 새롭게 짝을 맺은 6호와 9호 그리고 한 살배기 새끼 13호로 구성된 북서쪽에 있는 에버네시 무리에서도. 늑대들은 가만히 상황을 지켜보는 듯했고, 확실히 우리보다 더 참을성이 많았다.

5일째 되는 날, 에반과 닐스는 공황 상태에 빠져 계속 서성거리면서 어떻게 하면 좋을지 끝없이 논쟁을 벌이고 있었다. 늑대들이 울타리 안을 영역으로 정한 걸까? 그래서 떠나길 거부하고 있는 건가? 그런 것이 맞는다면 재앙이었다.

기다려 보자. 내가 할 수 있는 말은 이것뿐이다.

6일째 되는 날, 글렌쉬 무리의 남은 다섯 마리가 그들의 자매 10호를 뒤따랐다. 10호는 지금쯤 아주 멀리 떨어져 있을 터였다. 그들을 이끈 것은 그들의 알파인 수컷 7호도, 암컷 8호도 아니었다. 바로 나이가 가장 많은 은빛 늑대 14호였다. 14호는 열 살로, 늑대의 수명으로 보면 노쇠한 나이에 속했다. 세상은 늑대에게 가혹하다. 그들은 병에 걸리거나 굶어 죽고, 다른 늑대 무리와의 싸움에서 목숨을 잃거나, 천재지변 같은 사고로 죽는다. 그 모든 위험에서 운 좋게 살아남더라도 결국에는 총에 맞아 죽는다. 십 년 가까이 사는 늑대는 거의 없기 때문에, 어쩌면 그들은 타고난 수명보다 일찍 죽을 운명을 지니고 태어난 것처럼 보이기도 한다. 하지만 이 은빛 수컷은 아주 드물게 그 운명을 이겨냈다. 다른 늑대보다 더 용감해서일 수도 있지만, 오래 살아남은 만큼 더 많은 경험의 지혜가 쌓여 있는지도 몰랐다. 어쩌면 단순히 언제 움직이고 언제 멈출지를 아는 것일 수도 있었다. 그래서 여태껏 무사히 살아남을 수 있었는지도 모른다. 그 이유가 무엇이든 어떤 목소리가 그에게 속삭였고, 숲의 속삭임일지도 모를 그 목소리를 따라 그의 가족들을 이끌고 천천히 울타리를 벗어난 것이다. 그리고 우리가 매달아 둔 사슴 사체를 곧장 지나쳐 듬성듬성한 나무들 사이로 흘러들어 갔다. 그들이 있는 남쪽 지역은 나무가 거의 없는 황량한 지대였다. 하지만 늑대들에게 숲은 필요치 않다. 그들이 자라나게 할 테니까. 무리 중에서 가장 어린 한 살배기 수컷 12호만 다른 방향을 택했다. 나중에 무리와 다시 만나 합류할 수도 있고, 아니면 영원히 무리를 떠나서 스스로 짝을 찾고 새로운 무리를 꾸릴 수도 있을 것이다.

그다음 날에는 늑대끼리 서로 약속이라도 한 듯이, 타나 무리도 움직임을 보였다. 늑대무리 중에서 유일한 검은 늑대인 그들의 알파 암컷 1호와 수컷 2호가 거의 성체가 된 새끼 세 마리를 이끌고 울타리를 빠져나와 곧게 뻗은 숲속으로 들어갔다.

이렇게 해서 에버네시 무리의 세 마리 늑대만 남았다. 그리고 자유가 주어진 지 일주일이 지난 지금도 그들은 여전히 우리 밖으로 나가길 거부하고 있다.

푸른 오두막에 도착해 현관을 열고 들어가니 애기가 부엌에서 요리를 하다가 나를 보며 빙그레 웃었다. 나는 울음보가 터질 뻔했다. 그녀가 자신의 몸으로 돌아와 있었다. 지금 여기에서 나와 함께 있는 애기를 보며 나는 다시 온전히 숨을 쉴 수 있었다.

저녁을 먹고 나서 그녀가 내게 수신호를 보냈다. *그들은 밖에 뭐가 있는지 모르잖아. 왜 떠난 거야?*

"이유는 간단해." 내가 대답했다. "이동하는 것이 본능이니까. 생존 때문이지."

언니가 이동시킨 거잖아. 그 일이 자연스러운 본능에 의한 행동이라 할 수 있을까?

딱히 할 말이 없어서 애기에게 내 손을 건넸고, 그런 나의 반응에 그녀가 조용히 웃음을 보였다. 그녀의 웃음소리가 너무 그리웠다. 그 어떤 것보다 간절히 동생의 웃음소리가 듣고 싶었다. 애기는 어려서부터 입을 꾹 다무는 성향을 곧잘 보였다. 네 살이 될 때까지는 전혀 입을 열지 않았는데, 입을 열 필요가 없었던 이유는 그녀가 무엇을 원하는지 내가 정확하게 알고 있고, 동생 대신

103

에 내가 말했기 때문이다. 하지만 이번이 가장 긴 침묵으로 이어
지고 있었다. 가끔은 그녀가 다시는 말을 하지 않을지도 모른다
는 생각마저 들었다. 그녀의 수신호는 이제 대부분 미국식 수화
였지만, 가끔 자신이 고안해 낸 사인도 섞여 있었다. 우리 쌍둥이
만의 언어를 통해서 다시 어린 시절의 세계로 되돌아가는 기분을
좋아했기 때문이다.

전화가 울렸다. 매주 그렇듯이 엄마였다. 엄마는 알래스카에서
무슨 일이 있었는지 전부 알지 못한다. 알게 된다면 엄마가 무너
질지도 모른다는 생각이 들었다. 그리고 엄마가 옳다고 입증하는
것이나 마찬가지니 더욱 알려줄 수 없었다. 물론 사악하고 잔인
한 생각이라는 것은 나도 안다. 엄마는 내가 왜 애기를 바꿔주지
않는지 그 이유를 알 수 없겠지만, 지난주에 통화할 때 엄마는 말
했다. 내가 말하는 방식이 점점 더 애기를 닮아가고 있다고. 뻔뻔
하고, 반항적이고, 사나운 면에서. 그 말에 어떤 감정이 들었는지
잘 모르겠지만, 가끔 애기와 내가 서로 몸이 바뀐 것이 틀림없고,
다시 돌아가는 법을 잊은 것 같다는 생각이 들었다.

"어떻게 돼 가고 있니?" 엄마가 물었다.

"그렇게 나쁘지 않아요. 세 무리 중에 두 무리가 떠났어요."

"주민들이 아주 좋아하겠네. 그들이 힘들게 하거나 그러진 않
고?"

"안 그래요." 거짓이었다. "잘해 줘요."

"뭐, 양 떼가 물어뜯기면 어떻게 나오나 한번 보자."

"그런 일은 기대하지 마세요, 엄마."

"하, 이제 웃길 줄도 아는구나."

"칭찬으로 들을게요." 내가 얼버무렸다.

"애기는 어딨니? 오랫동안 목소리를 못……, 끊어야겠다. 사건 연락이 오네."

"지금은 어떤 끔찍한 사건을 맡고 있어요?"

"알고 싶지 않을 거야, 딸은."

"애기는 시내에서 아이들한테 불어를 가르치고 있어요." 애기가 설거지하는 모습을 보며 엄마에게 말했다.

"*Au revoir*(또 통화하자). 안부 전해 주렴." 전화를 끊기 직전에 엄마가 물었다. "참, 세 번째 무리는 어때? 왜 우리를 떠나지 않는다고 생각하니?"

"모르겠어요."

엄마는 자신이 던진 질문에 대해 확신에 찬 목소리로 스스로 대답했다. "너도 알고 있잖니. 그들이 나머지보다 더 예민해서 그렇다는 사실을. 자신들 바로 앞에 놓인 위협이 더 크다는 것을 직감한 거지."

"위협 같은 건 전혀 없어요."

엄마는 그저 웃어넘기고 전화를 끊었다.

8일째 되는 날, 나는 에반, 닐스, 아밀리아와 함께 에버네시 무리에게 향하고 있었다. 직접 눈으로 봐야 할 것 같았다. 건강에 문제가 있는 것일 수도 있고, 막대기를 휘둘러 겁을 주고 우리에서 쫓아내야 할 상황일 수도 있다. 그저 가만 놓아두어야 하는 상황일 수도 있지만, 우리가 직접 눈으로 확인하기 전에는 알 수 없었다.

에반과 닐스는 산을 오르는 동안 다음에 어떻게 해야 할지에 관하여 서로 의견을 나누었다. 봄이 찾아온 숲속의 평화로움에 그들의 목소리가 훼방을 놓으며 나의 신경을 살살 긁었다. 야생화가 아침에 내린 서리의 틈새로 얼굴을 내밀기 시작하고 있었다. 나뭇잎은 다시금 가지에 모습을 드러냈고, 나무는 겨울의 추위를 털어 내고 태양을 향해 몸을 돌리고 있었다.

그때였다. 나는 발걸음을 멈췄다.

아무래도 냄새가 나는 것 같은데. 내 코가 이렇게 예민했나? 아니면 본능적인 직감인가?

나를 뒤따르던 팀원들도 숨을 죽이고 멈춰 섰다.

나는 산마루를 올려다보았다. 울타리는 그 너머에 있었다. 그런데 꼭대기에는 거대한 생명체가 울타리로 향하는 길을 가로막은 채 옆모습을 드러내고 존재감을 뿜어내고 있었다. 9호였다. 그는 자신의 영역을 관찰하고 있었다.

"젠장." 에반이 겁에 질린 목소리로 속삭였다. 아밀리아도 겨우 숨을 내쉴 뿐이었다. 마취해서 의식이 없는 늑대를 만지는 것과 우리 안에 갇힌 늑대를 관찰하는 것은 다른 이야기다. 하지만 야생에서 늑대를 마주하는 상황 또한 완전히 다른 차원의 일이다. 특히나 이렇게 가까이에서, 게다가 그가 군림하는 영역 안에서는 더욱 그렇다. 배 깊숙한 곳을 얻어맞은 느낌이었고, 말초신경까지 강하게 자극받은 느낌이었다. 가만히 우리를 지켜보고 있던 9호가 갑자기 몸을 움직여 시야에서 사라졌다. 바람에 날리는 그의 털에서 빛이 반짝였다. 애기가 지금 이곳에 함께 있었으면 얼마나 좋았을까. 그녀 없이 나 혼자 이런 광경을 목격한다는 사실이 크게 잘못된 것처럼 여겨졌다.

우리는 뒤로 조심스레 물러섰다. 9호가 그들 무리의 이름을 따온 에버네시 숲을 마음껏 탐험하도록 두고 싶었다. 이제 오늘부로 늑대 전부가 케언곰스 지역에서 자유를 찾았다. 스코틀랜드에서 다시 한번 그들에게 새 삶의 터전이 마련된 것이고, 이제 시간이 답을 줄 차례이다. 그곳이 그들을 품고 기를 것인지, 아니면 파멸시킬 것인지.

이를 기념하기 위해, 우리는 술집으로 향했다.

에반과 닐스는 데날리 국립공원 보호지역에서 내륙 알래스카 늑대(Interior Alaskan wolf, '유콘 늑대'라고도 알려진 회색늑대의 아종)를 연구할 때 처음 만났다. 그 당시 우리는 다른 생물학자들과 자주 어울려 다녔는데, 밤마다 맥주 한잔하러 가는 것이 일과 중 하나였다. 동떨어진 알래스카 지역 특성 때문에 서로의 존재가 외로움을 달래 주었고, 그때 처음으로 늑대를 전문으로 연구하는 다른 생물학자들과도 교류할 수 있었다. 그중 우리는 유별난 부류였다. 가만히 있지를 못하고, 직접 몸으로 뛰며 연구하길 좋아하는 부류라고 해야 할까. 책상이나 실험실에 가만히 앉아 있지 못하고 바깥에 나가 활동하길 선호했다. 그때의 나는 우리 그룹을, 동물을, 내 일과 세상을 사랑했다. 그래서 내가 케언곰스 프로젝트를 맡게 되었을 때, 에반과 닐스를 영입한 것은 당연한 선택이었다. 서로 잘 알고, 태도와 신념까지 비슷한 사람과 함께 일하고

자 하는 것은 당연한 선택이었다.

하지만 지금은 내가 전혀 모르는, 낯선 사람을 고용해서 일하고 싶다. 에반과 닐스는 아직도 밤마다 일을 마치고 맥주 한잔하러 가길 기대하고 있지만, 함께할 수 없는 내 처지를 전혀 이해하지 못하고 있다. 예전과 다른 내 모습을 보면서, 내가 왜 이렇게 된 것인지 그 이유를 이해하지 못하는 것이다.

아, 어쨌든 오늘 밤은 예외다.

술집 흰기러기(The Snow Goose, 1941년 발표한 폴 갈리코의 소설 제목)는 어둡고 조잡했고, 어둠에 눈이 적응되자 동물들이 눈에 들어왔다. 수사슴의 머리가 바 위쪽에 매달려서 텅 빈 눈으로 나를 내려다보고 있었다. 그 옆에 조금 더 작은 사슴들이 줄지어 매달려 있었고, 다른 쪽 벽에는 오소리, 독수리, 여우가 걸려 있었다. 내 상상 때문인지 모르겠지만 공기 중에 그들의 사향 냄새가 진하게 배어 있는 것 같았다. 온 사방에 박제된 동물들이 매달려 있었기에, 큰 돌을 쌓아 만든 벽난로를 지나 굽이진 나무 테이블에서 쇠붙이로 장식한 샹들리에로 계속 시선을 옮겨야 했다. 홀을 지나면 밀실들이 있었고, 모퉁이를 따라 쭉 깔린 낮은 가죽 소파에는 모두 사람이 앉아 있었다. 내가 듣기로 이곳은 이 지역 전체를 어우르는 술집이라고 했다. 나는 잔뜩 긴장한 채로 애써 박제된 동물들에서 시선을 돌렸다.

멀리 모퉁이에 있는 부스에 레드 맥레이, 오크스 시장과 스튜어트 번즈가 함께 앉아 있었다. 스튜어트는 전에 없이 더 활기 넘치고 나긋나긋해 보였다. 우리는 그 반대편 부스로 가서 자리를 잡았고, 나는 그를 마주 볼 수 있는 곳에 앉았다. 사람을 죽이는 방법은 여러가지다. 술잔에 독을 타거나, 차량 브레이크를 망가뜨리고 꽁꽁 언 도로에서 운전을 시켜도 되며, 밤에 뒤를 밟아 몽둥이를 휘둘러…….

"인티?"

나는 정신을 차리고 눈을 깜박이며 조를 바라보았다. "왜?"

"뭐 마실 거냐고?" 그녀가 천천히 말을 반복했다.

"아무거나."

아밀리아와 그녀의 아내 홀리와 함께 바에 앉아 있는 던컨이 눈에 들어왔다. 그는 두꺼운 빨간색 스웨터를 입고 있었다. 누가 보아도 손으로 뜬 티가 났고, 구멍도 몇 개 자랑스럽게 뚫려 있었다. 누가 뜨개질을 해 줬을까. 뭐, 짝이 있겠지. 그는 홀리가 말할 때마다 크게 웃어 보였는데, 그가 나를 못 보길 바라는 마음에 시선을 서둘러 다른 곳으로 옮겼다. 레드 맥레이가 맥주 피처를 들고 우리 테이블에 와 있었다. 그가 거칠게 피처를 내려놓자 끈적끈적한 테이블에 맥주가 넘쳐흘렀다. "축하할 일이 있다고 들었어요."

어색한 침묵이 흘렀다.

"고마워요." 에반이 말했다.

스튜어트는 레드 맥레이 바로 뒤에 서서 그의 어깨에 손을 가만히 얹고 있었다.

"자, 마셔요. 마실 수 있을 때." 레드가 말을 이었는데, 약간 취한 듯 보였다. "곧 이곳은 살인이 난무하는 아수라장이 될 테니까요."

"최소한 너무 극단적으로 가진 마시죠." 내가 대꾸했다.

"보복이 당신 집 대문을 두드릴 때도 좋게 받아들이길 바라죠." 그가 나를 보며 말했다.

"지금 협박하는 거예요?" 조가 끼어들었다.

레드가 웃어 보였다.

"협박 같은 게 아닙니다." 스튜어트가 말을 받았는데, 너무 친근하고 달래는 듯한 말투에 소름이 돋았다.

"동물을 위협하고 협박할 이유는 없어요." 레드가 동조했다. "자연의 섭리는 그런 게 아니니까요. 서로 문제가 있다면 해결 방법은 간단합니다." 그가 나를 똑바로 바라보면서 말했다. "누가 더 센 놈인지 직접 보여 주는 것이죠."

나도 모르게 그만 웃음이 나왔다. 그가 나를 어르며 신경을 긁고 있기 때문이었다. 나는 긴장을 풀기 위해 피처를 집어 들고 한 입에 꿀꺽꿀꺽 마셨다. "고맙네요." 그리고 의자에서 미끄러지듯 내려와 똑바로 섰다. 똑바로 서서 그들과 눈을 마주해야 했다. 그들이 이런 식으로 내 앞에 서서 나를 내려다보는 것이 꼴 보기 싫었기 때문이었다. "힘에 관한 이야기를 하고 싶으신가 본데, 그럼 해 보죠." 나는 말을 마치고 스튜어트를 바라보았다. 그의 벌겋게 올라온 목을 보니, 그가 불안해하고 있음을 알 수 있었다. 바로 그때 그에 대한 화가 갑자기 치밀어 올랐고, 더 이상 몸에 가둬둘 수가 없었다. 상처투성이가 된 레이니의 모습이 떠오르면서 그녀가 매일 얼마나 두려움에 떨고 사는지 내 몸으로 깊게 느낄 수 있었다. 좋든 싫든, 말해야만 해. "이 중에 있나요?" 그의 눈을 똑바로 바라보며 내가 물었다. "자기 아내를 폭행하는 사람이 강한 남자라고 생각하는 사람 말이에요."

침묵이 술집의 모든 공기를 빨아들였다. 그들이 아무런 목소리를 내지 않는 것을 보니, 내가 규칙을 깬 듯 보였다.

스튜어트는 순간 화가 머리끝까지 난 듯 보였다. "당신 방금 뭐라고 했어?"

"오늘 당신들이 한 짓이 있는데 여기를 올 생각을 하다니, 배짱 하나는 두둑하네요." 레드가 끼어들었다. 자신의 분노로 다시 대화 방향을 돌리려 했고, 감히 말하건대 확실히 덜 위협적인 듯했다. "이런 식으로 무례하게 굴지만 않았더라면 내가 경의를 표했을 텐데 아쉽군요."

"자, 우리는 어떤 문제도 일으키지 않을 것입니다." 에반이 중재에 나섰다.

"그건 맞아요." 나도 동조했다. "하지만 이렇게 대화하고 있자니 당신들에게 가지고 있었던 아주 작은 존중심마저도 아주 빠르게 잃어 가고 있기도 하죠."

"그 입 다물어." 스튜어트가 나긋나긋한 목소리로 말했다. "그리고 한 번만 더 뺑긋해 봐." 그가 어떤 사람인지 의심스러웠는데, 이런 그의 달라진 태도를 보니 그 모든 의심이 말끔히 사라졌다. 이것이 내가 보고 싶어 하던 그의 본모습이라는 생각이 들었다. 이제 확실해졌다.

나는 던컨을 바라보았다. 그는 앉은 자리에서 우리를 보고 있었지만, 도움을 줄 생각은 없어 보였다.

"물러서요." 바짝 붙어서 나를 내려다보는 스튜어트에게 내가 말했다. 그는 꿈쩍하지 않았고, 레드가 그를 뒤로 당겨 물러 세웠다. 나는 그제야 여태껏 숨을 참고 있었다는 사실을 기억해 내고 꽉 쥔 주먹을 펴면서 숨을 내쉬었다.

"됐어요, 됐어. 오늘은 이쯤에서 그만합시다." 레드가 말한 뒤 스튜어트를 끌고 자신들의 테이블로 돌아갔다. 하지만 스튜어트는 자리에 앉지 않았고, 모자를 집더니 문으로 걸음을 옮겼다. 내가 방금 레이니에게 또 다른 처벌을 얹어 준 걸까? 그런 일이 일어나게 내버려둘 수는 없었다. 하지만 얼마 지나지 않아 던컨이 스튜어트를 따라나섰다. 어둠 속에서 그를 감시하기 위해서일까? 바라건대 감시하려거든, 이번에는 제발 밤새 그를 잘 지켜보길. 그것이 최선의 방법일 테니까.

"술맛 다 버렸네." 조가 말했다.

"그래? 나는 우리가 이겼다고 생각했는데." 나 자신을 진정시키기 위해서 맥주를 들이켜고 내가 말했다.

"저 사람들이 어떻게 신경 안 쓰일 수가 있어?" 그녀가 물었다. "난 아까 정말 무서웠다고."

나도 무서웠다. 하지만 티 내고 싶지 않았다. "계속 협박하게 내버려두면, 저들이 이긴 거 같잖아."

술자리가 시들해져서 우리도 그만 일어섰다.

바깥으로 나오니 던컨이 자신의 트럭에 기대어 서 있었다. 나는 팀원들에게 작별 인사를 하고 그에게 다가갔다.

"술 마시지 않았어요?" 그가 말하며 조수석 문을 열었다.

나를 집에 바래다주는 내내 나는 창문을 계속 열어 두었다. 냄새 때문에 어떻게 숨을 쉬고 있는지 모를 정도였다.

"그 사람 집까지 따라갔어요?" 내가 물었다. "그녀가 괜찮을까요?"

그는 아무런 대답이 없었다.

"아까 그 사람 화가 제대로 났다고요, 던컨."

"맞아요, 그러니까 생각을 좀 하고 괴롭혀야죠."

나는 무슨 말을 하려고 입을 벌렸지만, 딱히 할 말이 없었다. 그의 말이 옳기 때문에, 나의 화가 쉽사리 누그러져 버렸다. 그가 옳았다. 하지만 또 그렇지만은 않았다. 그 남자의 분노와 폭력성은 그 누구의 책임도 아닌 당사자의 것이니까. "언제 끝날까요?" 내가 물었다. "아무도 말하지 않는다면, 그가 두려워서 아무 말도 하지 않으면, 이런 상황이 언제 끝나겠어요."

던컨은 한동안 아무 말이 없다가 입을 열었다. "나 대신에 감시하고 있는 사람이 있어요."

안도감이 물밀듯이 차올랐다.

"내가 언제든 그를 지켜볼 수 있다는 사실을 알게는 해 줘야죠."

각자의 집으로 갈라지는 길목에 다다랐을 때, 내가 말했다. "당신 집에서 걸어갈게요." 술기운에 아직도 화끈거리는 얼굴을 식혀 줄 찬 공기가 필요했다. 그는 자기 집 방향으로 트럭을 몰았고, 집 앞에 차를 댔다. 내가 사는 곳과 비슷하지만, 돌 색깔이 푸른색이 아닌 회색이었고, 어둠 속에서 우리를 맞아 계단을 뛰어 내려오는 개가 있었다. 던컨이 희고 검은 얼룩무늬가 있는 보더콜리를 반기는 동안에 나는 도로 쪽으로 몸을 돌렸다.

"잘자요."

"늑대들이 있어요." 던컨이 경고하듯 말했다.

나는 고개를 끄덕였다.

그가 가만히 나를 바라보았다. "충고 하나 할게요. 지역 주민이 방문객에게 하는 충고."

"난 방문객이 아니잖아요."

"다시 떠날 거잖아요. 언제가 됐든, 당신들이 데려온 늑대들이 죽으면."

그런 말을 아무렇지도 않게 말하는 그의 모습에, 나는 왠지 한 대 얻어맞은 듯했다.

"여기는 아주 외딴 지역이에요." 그가 말을 이었다. "사람들이 필요할 겁니다. 이곳에서는 누구나가 다 그래요. 이렇게 넓은 곳에서 혼자 그런 식으로 지내다 보면 미쳐버릴 겁니다."

"그래서 아까도 그렇게 재빨리 우리를 도와주러 오셨나 봐요?" 내가 꼼짝하지 않고 있던 그의 행동을 비꼬았다. "공익적 책임감 때문에?"

"경험에 비추어 보면, 경찰은 문제가 없는 곳에 가면 문제를 만들죠."

그의 눈을 바라보았다. "문제가 있었잖아요, 던컨."

제법 시간이 흐른 뒤에야 그가 다시 입을 열었다. "미안해요. 아까는 내가 상황을 잘못 봤나 봐요." 그러고는 덧붙였다. "그쪽도 술에 취한 멍청이들을 다루지 못할 사람처럼 보이지는 않는데요."

"그렇다고 내가 그래야 할 이유는 없죠."

이해한다는 듯이 그가 고개를 살짝 기울였다. "이제 이곳에서 당신은 어떤 위험한 상황도 겪지 않을 거예요, 인티. 내가 지켜보고 있을 겁니다."

그 말에 머리털이 쭈뼛 섰다. 그리고 마음 깊숙한 곳에서 전율이 흘렀다.

"오히려 더 걱정되는 것은 저쪽이죠." 그가 덧붙여 말하며, 고갯짓으로 나무 사이며 언덕, 산 그리고 황무지를 차례로 가리켰다. "괴물들에 대해 잘 아실 테니 설명은 생략하죠, 늑대 아가씨."

"야생에서 늑대를 만나 본 적은 한 번도 없어요. 그들은 저런 곳에 살지 않아요."

우리 사이의 공기에 어떤 변화가 생겼다. 아니, 어쩌면 이렇게 간질간질한 느낌은 이전부터 계속 있었는지도 모르겠다. 정확히는 모르겠지만 그의 배려에 무언가가 있었다. 그래서 내가 보는 것을 그도 봤으면 싶었고, 그가 이해해 주었으면 하는 마음이 컸기에 실망감이 차오른 것인지도 몰랐다. 이런 마음이 드는 이유를 가만히 살펴보니, 진정으로 내가 원하는 것이 이 사람이기 때문이라는 생각이 들었다.

누군가를 원했던 적이 언제였더라. 너무 오랜만이었다. 그래서 적잖이 놀랐다.

나는 결심을 굳히고 말했다. "뭐 하나 보여 줄까요?"

"뭘요? 여기에서요?"

"안으로 들어가죠."

그는 아무런 대답을 하지 않았다. 생각하는 눈치였다. 이 사람이 과연 늑대 아가씨를 안으로 들여 줄까? 그때 그가 앞장서더니 따뜻한 집 안쪽으로 나를 이끌었다. 뒷문을 여니 곧장 부엌으로 연결되었고, 내부는 돌과 목재로 지어져 있었다. 나는 창틀 옆에 서서 휴대전화의 볼륨을 높였다.

던컨은 문 옆에 서서 경계하듯 가만히 기다렸다. 불을 켜지 않아서 난로에서 뿜어져 나오는 빨간 불빛만이 우리를 비추고 있었다.

"가까이 와 봐요." 내가 말했다.

천천히, 고통스러운 듯 아픈 발을 끌면서, 그가 가까이 다가와 섰다. 휴대전화를 두고 우리는 서로 밀접해 있었다.

"눈을 감아 봐요."

그가 원하지 않는 것 같았지만, 결국 그는 내 말을 듣고 스르르 눈을 감았다. 오디오 파일을 재생하자 소리가 천천히 공간을 채우며 우리를 에워쌌다.

처음에는 새들의 울음소리가 들렸다. 두 마리의 새가 서로 주고받는 울음소리였다. 이어서 까마귀 한 마리가 머리 위를 날아다니며 우는 소리와 그 날갯짓에 공기가 갈라지는 소리가 들렸다. 작은 새들의 재잘거리는 소리, 풀숲에서 우는 귀뚜라미 소리, 나뭇잎이 바스락거리는 소리도 들렸다. 숲에서 나는 아주 작은, 균형 잡힌 생태계에서 들을 수 있는 소리가 너무 평온했기에 던컨의 자세가 변하는 모습을 볼 수 있었다. 한눈에 보기에도 그의 얼굴과 어깨의 근육이 편안해진 것을 볼 수 있었다. 그리고 나서 어떤 소리가 내 머리털을 곤두세웠다.

멀리서 들려오는 파도소리 같은.

폭풍이 몰려오는 첫 진동 같은.

나무 차양에 스치는 바람 소리 같은.

"늑대들이 속삭이는 소리예요."

던컨의 눈이 떠졌다.

"서로 다른 두 무리가 다가오면서 서로에게 말을 건네는 소리예요."

으스스하고, 무척 아름다운 소리였다.

"이렇게 녹음되기 전에는 그들이 이런 소리를 내리라고 아무도 몰랐어요. 순전히 우연히 알게 된 거죠."

나는 그가, 내가 늑대를 바라보는 방식으로 그들을 바라봐 주길 바랐다. 그에게 이 소리를 들려주면, 우리가 서로 통하게 되리라는 것을 나는 알고 있었고, 실제로 그랬다.

던컨이 내 손을 잡아 자기 입술로 가져갔다. "손이 꽁꽁 얼었네요." 그가 속삭이더니, 나를 침대로 이끌었다.

이 어둠을 알고 있다. 전에도 어둠 속에서 나를 잃은 적이 있었다. 그의 손이 나의 손이 되고, 그의 입술과 그의 혀가 내 것이 되고, 나는 그의 안으로 들어간다. 공기 중에 높이 떠올랐다가 깊숙이 들어간다. 빛은 없고, 오직 그의 살결과 감각, 그의 손길과 나의 손길만 있을 뿐이다. 너무 깊고 넘쳐서 헤어 나올 수 없는.

*

내 머릿결에 느껴지는 부드러운 손길에 잠에서 깨어났다.

높이 떠오른 태양이 그의 얼굴을 비추고 있었다. "살아 있네요."

하지만 그렇게 느껴지지 않았다.

그는 내 옆에 앉아 있었고, 내 무릎 사이에는 개가 편하게 자리를 잡고 자고 있었다. 그 둘 사이에서 나는 이러지도 저러지도 못하고 그대로 누워 있었다. "얼마나 오래 잔 거죠?"

"오후 두 시예요."

"아, 이런." 내가 일어나려고 애를 썼다. "미안해요."

그가 고개를 살짝 저으며 나를 관찰하듯 가만히 바라보았다.

부드러운 이불이 거칠게 변한 듯, 내 살결에 닿을 때마다 날것 그대로의 감촉이 느껴졌다.

애기는 나의 이런 상태를 일컬어 '감각 피로(Sensation-Fatigued)'라고 했고, 지금껏 나도 오직 몇 번밖에 경험하지 못했다. 내 거울 촉각 공감각의 둔화랄까.

"괜찮아요?"

나는 고개를 끄덕였다. "가 봐야 해요."

"집까지 태워다 줄게요."

"걸어서 갈게요. 좀 걸어야겠어요."

"밖에서 혼자 돌아다니는 건 그다지 좋은 생각 같지 않은데요."

"지난밤에 아무것도 배우지 못한 거예요?"

내 말에 그가 웃어 보였다.

문 앞에서 나는 한참 동안 개를 쓰다듬었다. 나를 올려다보는 눈빛이 너무 사랑스러워서 더 머물고 싶었다. "이름이 뭐예요?"

"평갈이요."

"안녕, 핑갈."

내가 인사를 건네자, 핑갈이 조용히 나를 반갑게 맞았다.

던컨은 알 수 없는 표정을 짓고 있었지만, 그렇기도 하거니와 여기에 더 있다가는 정말로 떠나고 싶지 않을 것 같았다. 내가 아무리 피곤에 지쳐 있더라도, 여전히 나는 그를 원하고, 더 오래 함께하고 싶으니까. 나는 애써 숲으로 몸을 돌렸다.

7

집에 도착하자마자 땔감부터 베었다. 애기가 난롯불을 꺼뜨린 상태였다. 상쾌한 공기 속에서 나의 숨결이 하얀 구름을 만들어 냈다. 새 식구가 된 잴이 방목장에서 나를 바라보고 있었고, 그녀의 주변에 까마귀들이 까만 점처럼 드문드문 풀 위에 앉아 있었다. 하던 일을 멈추고 뒤를 돌아보았다.

"이곳이 마음에 드니?" 잴에게 물었다.

그녀가 고개를 흔들었다.

"지낼 만해?"

이번에는 움직이지 않았다. 아직 마음을 정하지 못한 듯했다.

나는 땔감을 한 아름 모아서 집 안으로 옮기고, 벽난로 앞에 무릎을 꿇고 앉았다. 불쏘시개로는 나뭇가지와 신문을 사용하고, 잘게 자른 나무로 원뿔 모양을 만들었다. 애기는 창가 자리에서 담요를 두르고 웅크리고 앉아 책을 읽고 있었다.

"무슨 일 있었어?" 난롯불이 꺼진 상황에 대해 물었다. 그녀는 불을 다루는 방법을 알고 있었다.

언니가 어젯밤 집에 안 들어왔잖아. 그녀가 사인을 보냈다.

"걷지도 못하니?"

장작이 밖에 있잖아.

그 말에 나는 움직일 수가 없었다. 잠시 잊고 있던 성냥불에 손끝을 데였다. "젠장." 다시 성냥을 긋고 종이에 불을 붙이자, 신문이 검게 그을려 구부러지면서 연기가 솟았다. 불씨는 스스로 여기저기로 옮겨붙었고, 탁탁거리는 소리를 내며 불꽃을 키웠다. 우리는 바로 이사할 수 있는 집이 필요했기 때문에 나는 이 오두막을 보지도 않고 전화 통화만으로 계약했다. 집은 생각했던 것보다 더 작고 낡았으며, 가구나 실내장식 또한 시대에 뒤처져 있었다. 하지만 우리는 많은 것을 바라지 않았기에 괜찮았다. 처음 며칠 동안 애기는 밖으로 나가 간단히 산책하고 주변을 살펴보려고 돌아다니곤 했지만, 횟수가 점점 줄어들더니 어느 날부터는 아예 집 밖으로 나가지 않았다. 벽에 둘러싸인 이 공간을 벗어나는 생각만으로도 겁이 나는 모양이었다. 나는 난방과 그녀의 손이 닿지 않을 장작의 위치에 대해서 전혀 연관 짓지 못하고 있었다. "미안해." 내가 사과했다. "정말 미안해. 장작을 더 많이 집에 들여다 놓을게." 만약을 위해서 전기 히터를 하나 사 두어야겠어. 그리고 다시는 외박을 하지 말아야지. 그녀를 혼자 너무 오래 두면 안 되는 거였는데.

나는 창가 자리로 가서 그녀의 맞은편에 앉았다. 우리의 무릎이 서로 맞닿았고, 그녀가 담요를 내게도 덮어 주었다.

"늑대들이 모두 자유를 찾았어."

애기가 웃음을 보였다. *잘됐다! 그래서 어제 축하 파티를 했던 거구나?*

나는 고개를 끄덕였다.

그럼 친구도 사귀었어?

"난 친구 필요 없잖아."

그 말에 그녀가 가만히 생각에 잠겼고, 우리는 같은 질문을 떠올렸다. 그럼 어제 어디서 잤어? 하지만 그녀는 묻지 않았고, 나도 대답하지 않았다. 이 침묵을 끝낼 수만 있다면, 지금 당장에라도 나는 울음을 터뜨릴 수 있을 것만 같았다. 하지만 애기는 아무런 말 없이 내게 책을 건넸고, 나는 그녀에게 책을 읽어 주기 시작했다. 막 읽기 시작했을 때 내 목소리는 불안정하게 떨렸지만 점차 힘을 얻었고, 그녀는 유리창에 얼굴을 기댄 채 듣고 있었다. 내 얼굴에도 차가움이 전해졌다. 내가 식료품점에서 장을 보거나 빵을 굽는 시간을 제외하면, 우리는 이렇게 뒤엉켜 함께 책을 읽으며 남은 주말을 보냈다.

내가 제일 먼저 출근한 월요일 아침, 나는 혼자 있다가 에버네시 무리가 울타리를 뛰쳐나가는 데 왜 그렇게 오랜 시간이 걸렸는지 알게 되었다. 바로 그들의 어여쁜 새끼 13호를 두고 떠날 수 없었기 때문이었다. 13호는 울타리 뒤쪽 모퉁이에 있는 나무 아래에 몸을 말고 누워 있었고, 그래서 우리는 그녀가 우리에 남아 있다는 사실을 알아채지 못한 것이었다. 어쨌거나 그들은 결국 13호를 두고 떠났고, 그녀는 홀로 남겨졌다.

에반이 노란 야생화를 한 움큼 들고 들어왔다. "너를 위한 매쉬 메리골드(Marsh marigold, 동의나물) 꽃이야. 너의 아침을 밝게 빛내줄 선물." 그가 말했다. "걸어오다가 발견했어. 서리를 뚫고 나와 있던데, 이곳에서 첫 번째로 핀 칼타 팔루스트리스(Caltha palustris, 동의나물의 학명)가 아닐까 싶네." 그는 그것들을 꽃병에 꽂아 내 가까이에 있는 책상에 올려 두었다. 내가 그에게 고맙다는 인사를 전하기도 전에 그가 모니터 속의 혼자 우리에 남겨진 13호를 포착했다. "이게 무슨 일이지? 거기서 뭐 하고 있는 거니, 아가야? 혹시 13호만 남겨 두고 떠난 거야?"

"그래도 그들로서는 최선을 다했잖아. 머물 수 있는 한 오래 머물렀으니." 내가 답했다.

나는 답을 찾기 위해 밖으로 나섰다. 에버네시 무리가 왜 그녀를 혼자 두고 떠났는지, 그리고 왜 그녀는 홀로 남을 결심을 했는지 그 이유를 알아낼 가능성은 지극히 낮았지만, 어쨌든 노력은 해 봐야 했다.

이렇게 넓은 지역에서 늑대를 찾기 위해서는 높은 곳에서 내려다봐야 했다. 늑대들은 각각 GPS가 달린 통신용 목걸이를 하고 있지만, 그 데이터를 전송받기 위해서는 우선 그들의 위치를 파악해야 했다. 그리고 최대한 가까이 다가가 늑대 한 마리 한 마리에 추적기의 주파수를 맞춰가며 데이터를 전송받아야 하는데, 이는 육지에서보다 공중에서 쉽게 이뤄질 수 있었다.

우리가 섭외한 비행사의 이름은 퍼거스 먼로였고, 그에게는 술냄새가 진동했다.

"비행할 수 있겠어요?" 의심을 가득 품은 눈초리로 내가 물었다.

퍼거스가 크게 웃었다. "그럼요, 당연하죠. 아무리 술에 취한 밤이라도 비행에 있어서만큼은 아무런 문제가 없을 정도니까요." 철사같이 뻣뻣한 주홍빛 머리카락을 헝클어뜨린 그는 숙취에도 불구하고 소년 같은 미소를 지어 보였다. 누가 봐도 분명히 술이 덜 깬 듯한 모습에 걱정이 되었지만, 본인 소유의 비행기를 가지고 기꺼이 우리를 돕겠다고 나선 유일한 비행사였기 때문에, 어찌 되었든 오늘은 그와 함께 비행을 나가야 했다. 더 고민해 봐야 무슨 의미가 있겠어.

나는 작은 비행기에 몸을 싣고 안전벨트를 맸고, 퍼거스가 엔진에 시동을 걸면서 활기 넘치게 와 하고 짧은 함성을 질렀다. 그가 시동을 걸 때마다 매번 그렇게 소리를 지르는지, 아니면 나를 위한 배려였는지 문득 궁금해졌다. 뭐가 됐든 그 덕분에 내 얼굴에도 웃음이 번졌다. 프로펠러가 빠르게 돌아가면서 우리는 풀이 자란 작은 활주로를 따라 통통 튀며 나아가기 시작했고, 외견상으로 물리학의 법칙을 거스르면서 마침내 공중으로 솟아올랐다. 순간 멍한 상태가 잠깐 찾아왔고, 속이 살짝 뒤집어지면서 갑작스럽게 헛구역질이 나오는 바람에 연신 가쁜 숨을 내쉴 수밖에 없었다.

"이 비행기는 얼마나 오래 탔어요?" 내가 엔진 소리를 뚫고 외쳤다. 의사소통을 위한 헤드셋을 착용하고 있었지만, 엔진 소리는 여전히 강렬하게 들려왔다.

"비행을 한 지 20년째 되네요. 그리고 이 녀석은 나보다 훨씬 더 오래됐죠!"

그 말을 듣고 나도 모르게 깜짝 놀란 표정을 지었는지, 그가 뒤를 돌아보며 싱긋 웃어 보였다. "걱정하지 마세요. 제법 나이 든 녀석이지만, 여전히 잘 날아다니죠. 한 번도 나를 실망시킨 적이 없어요."

"모든 것에는 언제나 처음이 있기 마련이죠." 내 말에 그가 크게 웃음을 터트렸다.

크게 원을 그리며 비행하는 동안 나는 태블릿에 띄워 놓은 지도에 표시할 준비를 마치고, 주파수 탐지기를 손에 들고 신호가 잡히길 기다렸다. 퍼거스는 주변 지역에 훤했기에, 양 떼들이 주로 어디에서 물을 찾고 풀을 뜯는지도 잘 알고 있었다. 그리고 가장 최근의 GPS 신호도 그 근방에서 잡혔기 때문에, 우리는 그곳을 시작으로 점점 더 큰 원을 그려가며 수색 범위를 넓혀 나갔다. 나는 정신을 바짝 차리고 지켜보면서 지형을 익히려고 노력했다. 위에서 바라본 풍경은 너무 생소했기에 모양과 색깔을 이해할 필요가 있었다. 여러 숲과 길게 경사진 산등성이, 황량한 황무지가 보였고, 그 어느 곳이든 눈을 두는 데마다 양 떼가 있었다. 울타리 없이, 가둬지지도 않은 채로. 이 지역 사람들 모두 자신의 가축이 먹잇감이 되는 꼴을 보고 싶어서 안달이 난 것이 아닌가 하는 의구심이 일었다.

늑대를 발견하기까지 몇 시간이 걸렸다. 우리는 붉은 사슴 떼를 뒤쫓으며 강의 북쪽을 따라 그들을 추적했다. 물결치듯 쭉 뻗은 풀과 양옆으로 우뚝 솟은 갈색 계열의 산들 사이로 낮게 활공했다. 이곳은 해수면보다 지대가 높았고, 저 멀리 케언곰스에서 기둥처럼 솟아 있는 산들은 여전히 하얀 눈으로 덮여 있었다. 이 거대한 지역에서 우리는 한없이 작게 느껴졌다. 밑에서 풀을 뜯는 사슴 떼가 빨간 점으로 보이는 것만큼이나 작은 존재 같았다.

그때 내 시야에 뭔가가 포착됐다. "저쪽으로!" 내가 외쳤다. 퍼거스가 비행기를 선회하여 내가 가리킨 곳이 더 잘 보이는 위치로 이동했다.

가장 먼저 우리를 떠난 10호가 빠진 글렌쉬 무리였다. 그들은 사슴 떼를 쫓고 있었다. 어느 정도 거리를 둔 채 쫓고 있었지만, 속도를 붙이며 길게 자란 누런 풀밭을 내달리고 있었다. 비행기의 엔진 소리를 듣고 위를 한번 올려다보고는, 우리가 그들 위로 솟구쳐 지나가자 재빠르게 흩어지더니, 우리가 볼 수 없는 소나무 숲속으로 사라졌다. 나는 저절로 미소가 지어지며 감탄이 터져 나왔다.

"장관이네요, 그렇죠?" 퍼거스가 외쳤다.

"정말 아름다운 광경이에요!"

그들이 아프거나 다쳤을지도, 어쩌면 이미 죽었을지도 모른다는 걱정이 내내 사라지지 않고 내 마음 한구석에 남아 있었다. 그런데 무리가 한 마리 한 마리 모두 건강하게 사냥에 나선 모습을 두 눈으로 확인하고 나니 전율이 일었고, 너무 기뻐서 몸 둘 바를 몰랐다.

늑대와의 거리는 충분히 가까웠고, 나는 그들이 차고 있는 통신용 목걸이에서 최근의 GPS 데이터를 다운로드 받기 시작했다. 한 마리의 데이터를 받는 데 3분 정도가 소요됐고, 두 마리의 데이터를 받고 나니 나머지 늑대들은 전송받기엔 너무 멀리 흩어져 버린 상태였다. 하지만 두 마리로도 아주 훌륭한 출발이었다. 지난 한 주 동안에 그들이 지나다닌 모든 장소를 확인하고 그들의 이동 패턴을 기록할 수 있을 터였다. 그것을 토대로 조가 그들의 움직임에 따른 지도를 만들 수 있고, 그들의 영역이 그려지는 모습 또한 볼 수 있을 것이다.

"이제 이동해서 다른 무리를 찾아보죠. 사냥에 나섰는데 우리가 너무 방해하면 안 좋을 것 같아요."

"분부대로 하죠, 대장님." 퍼거스가 비행기 방향을 돌리며 동쪽으로 크게 선회하는 동안에 나는 글렌쉬 무리를 만난 장소를 지도에 표시했다. '국립공원 남쪽 방향, 마운트 힐(Mounth Hills, 스코틀랜드 북동부에 위치한 넓은 고원 구릉지대)로 향하는 글렌쉬 무리.' 그들이 새기게 될 영역의 크기가 과연 얼마나 될지 궁금했다.

길게 뻗은 이탄습지 지역을 비행하는 동안에 퍼거스가 내게 물었다. "예전에 이곳이 어땠는지 알아요?"

"숲이었죠?"

"네, 맞아요. 한때 이 지역 전체가 숲이었는데 전부 불태웠대요. 연기를 피해 숲 밖으로 도망쳐 나온 늑대들이 더 이상 숨을 장소를 찾지 못하게 만들어 버린 거죠. 전해 내려오는 얘기예요."

나는 깜짝 놀라서 몸을 돌려 그를 바라보았다.

"일종의 숙청이라고 할까요." 나의 큰 관심에도 대수롭지 않은 듯, 그는 자신의 이야기에 빠진 듯 말을 이었다. "옛날 왕국에서는 일 년에 세 번 늑대 사냥을 했다고 해요. 그리고 죄를 저지른 사람은 자신의 죗값을 치르기 위해 늑대의 혀가 필요했다고 하고요. 심지어 메리 여왕(Mary Stewart, Queen of Mary, 형장의 이슬로 사라진 스코틀랜드의 마지막 여왕, 1542~1587)도 이곳에 와서 늑대 사냥을 즐겼다고 하는데, 나라 전체가 늑대 사냥에 나선 셈이죠. 늑대들에게는 끔찍한 시기였지만, 그럼에도 한때 이곳에서 살아남아 있었어요. 영국과 웨일스에 있는 늑대보다 더 오래 살아남았죠. 버텨냈던 겁니다." 그가 계기판에서 뭔가를 만지작거리고 난 뒤, 마치 내가 그에게 계속 질문이라도 하듯이 다시 말을 이었다. "스코틀랜드의 마지막 늑대에 관해서 온갖 종류의 이야기가 넘쳐나요. 지역마다 이야기에 대한 주장이 다른데, 공통점이라면 모두 끔찍한 얘기뿐이라는 거죠. 아마도 마지막 늑대는 어딘가에 숨어 지내다가 혼자 죽지 않았을까 해요. 내 추측이지만."

나는 그의 이야기에 압도되어 눈을 꼭 감았다.

우리는 결국 타나 무리를 찾지 못했고, 어둠이 서서히 내려앉기 시작할 무렵에 이번 수색을 마치기로 결정했다. 국립공원의 서쪽 끝 부분으로 돌아 나갈 때, 우연치 않게 에버네시 무리와 조우하게 되었다.

적어도 무리 중 한 마리, 수컷 9호였다.

내가 퍼거스에게 한 바퀴 돌아서 낮게 비행해 달라고 소리를 높일 때, 9호는 숲속 빈터에 홀로 서 있었다. 이렇게 그를 마주하게 된 것은 천운이라 할 수 있었다. 울타리를 벗어난 뒤로 이렇게 멀리까지 이동해 있다는 것은 그가 사냥 중이라는 것을 의미했다. 하지만 늑대라는 동물 특성상 혼자서 사냥하기는 쉽지 않을 것이고, 그가 배다른 새끼를 남겨 두고 온 사실은 여전히 풀리지 않은 수수께끼였다. 늑대는 무리로 사냥할 때 최고의 성과를 얻을 수 있고, 무리를 이루는 수가 많으면 많을수록 더 좋으니까. 그러니 그의 새로운 짝이 된 6호도 이곳에 그와 함께 있어야만 했다. 그때 문득 떠오른 생각이 있었다. 6호가 9호의 새끼를 임신한 것은 아닐까. 출산이 임박해서 혼자 지내야 할 곳이 필요하고, 그래서 사냥에 함께 하지 못한 것은 아닐까. 그래서 13호를 우리에 두고 떠날 수밖에 없었던 것은 아닐까.

이런 생각이 미치자 온몸이 흥분으로 가득 채워졌다. 하지만 나의 시선은 계속 거대한 회색 늑대에게서 떨어지지 않았다. 현재 그는 모든 늑대 중에서 가장 강한 생명체라 할 수 있었고, 그의 존재는 우리 프로젝트의 지표나 다름없었다. 그는 내가 본 어느 늑대보다도 크고 웅장한 짐승이었다. 하지만 그보다 더 마음을 끄는 것은 그에게 고요함이, 그의 눈에서 뿜어져 나오는 확고한 침착함이 있다는 사실이었다. 우리가 더 낮게 선회할 때 그가 고개를 들어 비행기를 바라보았다. 그의 잘생긴 얼굴이, 그의 황금빛 눈동자가 아주 선명하게 보일 정도로 우리는 가까이 날았다. 자신의 서식지에서 자유를 찾은 그는 울타리에 갇혀 있을 때보다 더 안정되어 보였다.

다른 늑대들처럼 시야에서 몸을 숨기는 대신에 그는 그 자리에 그대로 서서 고개를 세운 채 우리를 지켜보고 있었다. 할 수 있으면 내려와서 덤벼 보라는 듯이, 한번 시도라도 해 보라는 듯이.

경외심이 가득 차올라 몸서리가 쳐졌다.

"대단하군." 퍼거스가 말했다.

나는 가쁜 숨을 참느라 입이 떨어지지 않았다.

9호는 우리가 멀어질 때까지 계속 그 자리를 지키고 서 있었고, 우리가 그곳을 떠나면서 나는 다시 한번 깜짝 놀랄 수밖에 없었다. 그가 숲의 끝자락에 얼마나 가까이 다가와 있는지 명백하게 보였기 때문이다. 그 말인즉슨, 개울만 건너면 바로 인간의 영역인 농장에 다다르게 되는 상황이었다.

마음속 한편으로 나는 분명히 알고 있었다. 그 후로 며칠 동안 나는 다른 늑대들보다 9호의 주파수를 훨씬 더 많이 확인해 보기 시작했으니까. 한 주가 아무런 문제 없이 지나갔다. 마음을 놓기 시작한 열흘째 되는 날, 그의 주파수에서 아무런 신호가 들리지 않았다.

목줄이 망가졌을지도 모른다. 어쩌면 잃어버렸을 수도 있다. 때때로 늑대들이 서로의 목줄을 물어뜯어 떼어버리는 경우도 있으니까. 그렇다면 어느 풀밭에 놓여 있을 것이다.

하지만 던컨에게 걸려 온 전화를 받았을 때, 내 이름을 부르는 그의 목소리에서 나는 알 수 있었다. 분명히 난 알고 있었다. 일이 일어나기 전부터 예상하고 있었다.

나도 모르게 외마디 탄식이 흘러나왔다. "안돼."

"늑대 중에 한 마리가 총에 맞아 죽었어요. 유감이에요, 인티."

*

나는 그 일이 누구 소유의 농장에서 일어난 일인지, 듣기도 전에 이미 알고 있었다.

레드 맥레이의 농장이 공원의 북서쪽 끝자락에 자리하고 있었고, 그곳은 우리가 9호 무리를 풀어 준 에버네시 숲과 인접해 있었다. 그는 수백 마리의 검고 흰 양 떼로 뒤덮인 구불구불한 언덕을 포함한, 광대한 땅을 소유하고 있었다. 레드와 던컨은 양 떼 목장에서 우리를 기다리고 있었다. 닐스와 내가 차에서 내렸다. 에반은 데려오지 않았다. 그가 감당하기에는 너무 큰 충격일 테니까.

"사체가 있는 곳으로 안내할 테니, 그 망할 놈의 것을 내 땅에서 어서 데려가시죠." 레드가 우리에게 인사말을 건넸다.

던컨과 눈이 마주쳤을 때, 나는 그 안에서 동정의 빛을 보았다. 나는 서둘러 외면해야만 했다. 안 그러면 미친 듯이 소리를 지를 것만 같았다. 너무 마음이 아파서 그의 동정심을 강하게 뿌리치고 싶었다.

우리는 한참을 걷기 시작했고, 네 사람 모두 아무 말이 없었다.

현장에 도착하기 훨씬 전에 9호의 몸이 보였다. 대지의 요람에 자리를 잡고 포근히 누워 있는 잿빛 털. 그는 그렇게 숲과 농장의 경계가 되는 개울 옆에 잠들어 있었는데, 숲 쪽이었다. 제대로 따지고 보자면, 맥레이의 농장으로 발을 들여놓지도 않았는데 총에 맞아 죽은 것이다.

당혹스러운 절망과 격렬한 분노가 강하게 치솟아 올랐고, 내가 비명을 지르고 있다는 착각에 휩싸였다. 혹은 구토를 하거나 몸을 돌려 레드의 목을 조르는 상상까지도 들었다. 하지만 나는 그러지 못하고, 그저 9호 옆에 털썩 주저앉아 그의 털에 나의 떨리는 손을 가만히 올릴 뿐이었다. 그가 살아 있다면 절대로 이렇게 하지는 못했을 테지.

"명백한 불법입니다." 닐스가 따지듯 말했다. "당신 땅에 들어간 것도 아니잖아요."

"들개인 줄 알았거든요." 아무런 문제가 없다는 듯이 레드가 대답했다.

그들의 모습이 내 시야에서 서서히 사라지고, 나는 이 늑대가 되었다. 내게 보이는 것은 오로지 그의 아름다움 그리고 여전히 넘치는 힘이었다. 심지어 이렇게 죽은 채로도 온전히 느낄 수 있었다. 그가 위험에 너무 근접해 있다는 사실을 알았으면서 나는 왜 다시 오지 않았을까? 왜 다시 와서 어떻게든 안전한 곳으로 유도하지 않았을까? 늑대 중에서 가장 강하고, 가장 웅장한 늑대였다. 이곳에서 가장 대단한 늑대가 이제는 완전히 파멸되었다.

9호의 털에 피가 묻어 있었지만, 어디를 맞았는지 아직 확인할 수 없었다. 하지만 멀겋게 뜬 눈과 송곳니 사이로 삐져나와 축 늘어진 혓바닥을 보고 있자니 너무 화가 나고 속이 뒤집어졌다. 이런 느낌이 들까 봐 그들에게 이름을 지어주지 않았다. 그들에게 너무 정을 주면 안 되니까. 그들은 너무 연약한 존재니까.

하지만 이제 와서 우리에게 남은 것은 그가 남긴 번호뿐이라는 사실이 잔혹하게 느껴졌다.

내가 레드를 올려다보자, 그는 내 얼굴에서 무엇을 보았는지 모르겠지만 살짝 움츠러들었다. 일종의 부끄러움 같은 것이 비쳤는데, 내가 너무 상처받아 마음 아파하는 모습이 대놓고 드러났기 때문일까. 아니면 불같이 화가 난 모습을 봤기 때문일까.

나는 9호의 눈을 감기고 입을 다물어 주고 그의 털을 계속 반복해서 쓰다듬었다. 여기 앉아서 평생 그를 쓰다듬어 줄 수 있을 것만 같았다. 하지만 더 이상 시간을 지체할 수 없다는 것을 알고 있었다. 닐스에게 9호를 차에 실어 달라고 부탁했다. 하지만 닐스가 들기에 9호는 너무 무거웠고, 그를 대신하여 9호를 팔에 안아 들고 언덕을 내려간 사람은 던컨이었다.

한 노인이 레드 맥레이의 집 밖에 앉아 있는 것이 보였다. 레드와 판에 박은 듯 똑같은 모습에, 단지 나이만 몇십 년 더해진 얼굴이었다. 나는 그가 레드 맥레이의 아버지라는 사실에 전 재산을 걸 수도 있었다. 그는 우리가 늑대를 트럭에 싣는 모습을 지켜보면서 자신이 쓰고 있던 모자를 가슴께로 내려 경의를 표했는데, 이런 상황을 결코 바란 적이 없었다.

아밀리아의 동물병원으로 9호를 데려가 부검하기로 했다. 어떻게 죽었는지 알고 있지만, 그의 몸에서 더 많은 정보를 얻어낼 필요가 있었다. 위 안에 있는 내용물과 그가 먹은 것을 확인할 수 있는 소화기 계통, 죽기 전에 그의 전반적인 건강 상태 등을 점검해 볼 수 있을 터였다. 그리고 부검이 끝나면 묻어 줄 것이다. 전에도 늑대들을 묻은 적이 있었고, 다시 한번 그 일을, 절대로 마음이 편할 수 없는 작업을 해야 했다.

던컨은 결과를 듣기 위해 대기실에서 기다리고 있었다.

"맥레이를 고소하고 싶어요." 내가 말했다.

"그가 말하길……."

"그가 한 말은 나도 들었어요. 그러니 이제 당신이 해야 할 일을 해 주세요."

어둠이 내리기 시작할 즈음에 집에 도착했다. 낮이 점점 더 길어지고 있고, 황혼이 신비로운 색으로 빛을 뿜어내고 있었다.

내가 현관문을 열쇠로 여는 순간, 소리가 들렸다.

늑대의 울음소리였다.

수백 년 만에 처음으로 이 땅에 찾아온 소리였다.

나는 손을 떨구고 몸을 돌려 숲을 바라보았다. 바람 한 점이 나무와 나뭇잎 사이를 지나치며 그 소리를 내게 데려왔다. 팔과 목 뒤로 소름이 돋았다. 절망과 아픔으로 가득한 질문이 담긴 울음소리였다. 아무리 물어도 대답 없는 그 울음은 밤새 계속되었고, 시간이 지날수록 점차 희망이 꺾인 소리로 바뀌어 갔다. 나는 그 섬뜩한 소리의 주인공과 그 의미를 알고 있었다. 눈처럼 하얀 늑대 6호가 잃어버린 자신의 짝을 집으로 부르는 소리였다.

8

숫자가 줄어든 에버네시 무리의 새로운 알파가 된 6호는 황혼부터 새벽까지 이 주 내내 쉬지 않고 하울링을 했다. 목소리가 닿는 거리에 있는 모든 사람의 화가 점점 극에 달해 가고 있었다. 나는 인근 지역의 거의 모든 주민으로부터 매일 전화를 받고 있었다. 그들은 에둘러 말하지 않았다. 대놓고 '저 늑대의 입 좀 다물게 해'라고 말했다. 마치 그녀가 내가 기르고 있는 강아지라도 되는 양. 그리고 그녀를 더 잘 훈육해야만 한다는 듯이. 나는 그녀가 야생동물이고, 지금은 그녀의 방식으로 죽음을 애도하는 중이라며 나름대로 열심히 설명했지만 소용이 없었다. 짝을 잃은 짐승의 슬픔을 그렇게 대놓고, 거의 인간적인 방식으로 표현한다는 생각이 대부분의 사람에게는 받아들이기 어려운 것 같았다. 우리 중 누구도 그녀의 목소리를 인간의 방식으로 빗대어 전할 수는 없었다.

새벽이 오기 전에 일어나 산책에 나섰다.

주차로를 지나 울타리 너머의 방목장을 가로질러, 전나무 숲의 어둑한 그림자 속으로 걸어 들어갔다. 길고 빽빽한 나무들 때문에, 심지어 한낮의 햇빛 아래에서도 밤처럼 어둑할 것만 같았다. 나무들을 스쳐 지나가며 얇게 벗겨지는 껍질에 손을 대 보고, 바늘처럼 뾰족한 잎사귀 끄트머리를 손가락으로 만져 보았다. 그리고 조용하게 그들에게 말을 건넸다. 이대로 홀로 남겨져 평화로울 수 있길. 하지만 그렇게 될 리 없다는 사실을 알고 있다. 길을 따라 여기저기 돌아다니다 보니, 눈에 보이지 않게 조용히 흐르는 개울을 건너고 있었다. 발이 축축하게 젖은 뒤에야 그곳을 건너고 있다는 사실을 알았다. 나에게는 목적지가 있었다. 정확하게 계산되어 벌목을 위해 인위적으로 만들어진 이곳 가문비나무 숲을 지나, 더 야생이 살아 있고 훨씬 더 오래된 장소로 가고 있었다. 빽빽한 전나무 숲을 빠져나오자, 비탈진 풍경이 눈앞에 펼쳐졌다. 수천 그루의 은빛 자작나무가 달빛을 받아 반짝이고 있었다. 길게 숨을 내쉬자, 숲이 나의 숨을 머금었다. 저 멀리 바다를 품은 바람이 잔잔하게 내게 불어와 내 볼에, 눈에, 그리고 입술에 입을 맞추었다. 이 입맞춤을 나는 기억한다. 전에도 느껴본 적 있었다.

*

아빠와 함께 숲에서 지낸 지 일 년이 흘렀다. 아빠는 정신이 오락가락했지만 대부분은 온전치 못했다. 애기와 나는 열일곱 살이 되었고, 우리는 여전히 학교에 다니고 있었으며, 졸업반이었다. 정원을 가꾸며 먹을거리를 확보하고, 말들을 보살피고, 집을 정리하고, 사냥으로 짐승을 잡아다 팔아서 약간의 돈을 마련하기도 했다. 우리는 외로웠지만 서로가 있었고, 사실은 너무 지쳐서 외로울 틈이 없었다.

아빠가 정신이 나가 있는 시간이 점점 더 길어졌고, 결국에는 그런 상태가 지속되어 우리를 알아보지 못하게 되었을 때, 내 영혼 깊숙한 곳에서 저항의 목소리가 들렸다. 무언가를 해야만 한다고, 시도라도 해 봐야 한다고 외치고 있었다. 그래서 어느 화요일 아침, 나는 우리 작은 가족을 태우고 덜덜거리는 낡은 자동차를 몰아 머나먼 여정을 시작했다. 처음에는 우리가 사는 곳에서 그리 멀리 떨어지지 않은 브리티시컬럼비아 서쪽 해안에 갔다. 기이하고 신비로운 늑대들이 살고 있다고 소문이 난 조수 웅덩이가 있는 곳이었다. 그 바다 늑대들은 파도를 타며 헤엄을 치고, 연어와 바다표범을 잡아먹는다고 했다. 이 늑대들은 산에 가 본 적도 없고 사슴을 본 적도 없으며, 이 외진 캐나다 원주민 땅에 살면서 인간이 두려움의 대상이라는 것조차 아직 배우지 못했다고 전해졌다. 우리는 차를 세우고 침엽수림을 지나 바위가 많은 해안가로 걸어갔다. 웅장한 태평양의 소금기를 머금은 바람이 우리의 얼굴을 스쳤고, 우리는 망원경을 손에 들고 자리를 잡고 앉아 바다 늑대가 나타나길 기다렸다. 단 한 마리도 오지 않았다. 늑대들은 모두 바다를 떠다니는 나무를 타고 또 다른 육지를 찾아 떠나고 없었다.

다음에는 미국으로 내려갔다. 워싱턴을 지나 아이다호, 몬태나 그리고 와이오밍으로 향하는 동안 드넓은 하늘이 쭉 펼쳐졌다.

정말이지 어마어마하게 컸다. 그리고 마침내 옐로스톤 국립공원 내에 위치한 라마 계곡(Lamar Valley)에 도착했다. 야생동물의 천국으로 알려진 광대하고 드넓은 라마 계곡. 구불거리던 도로가 칼처럼 곧게 직선으로 펼쳐지며 양옆으로 광활한 평원이 드러났고, 멀리에는 눈으로 뒤덮인 산이 자태를 뽐내고 있었다. 주차된 차들을 옆에 두고 줄지어 서 있는 수십 명의 사람들이 각자의 망원 카메라를 들여다보며 늑대나 곰이 나타나길 기다리고 있었다.

사람들로 북적대는 상황에 실망하면서 구경꾼들 제일 끄트머리에 차를 대었다. 애기는 차의 보닛에 앉아 햇볕을 쬐며 눈을 감았다. 어떤 이유에서였는지 모르지만 아빠는 풀로 바구니를 짜는 데 한창 빠져 있었다. 내가 바구니를 만드는 이유를 묻자, 아빠는 마치 내가 멍청한 질문을 한다는 듯이 바라보며 물건을 담을 용도라고 대답했다. 라마 계곡에 살고 있는, 그 이름을 딴 유명한 늑대 무리를 볼 수 있길 많이 기대했지만, 우리는 그곳에서 늑대를 볼 수 없었다. 하지만 들소 무리가 새끼들을 핥고 머리를 흔들고 강을 건너는 모습은 보았다. 그리고 새들이 먹이를 찾아 하늘을 선회하는 모습도 보았다. 우리 옆에 주차한 한 젊은 남자가 바로 어제 흑곰과 그 새끼들이 느긋하게 지나다니는 모습을 보았다고 우리에게 말해 주었다.

늑대들도 이곳 어딘가에서 숨 쉬고, 잠자고, 사냥하고, 놀면서 지낼 것이다. 우리가 그들을 보았든, 보지 못했든 간에 그들은 단지 그들의 존재만으로 이곳을 더 풍성하고, 더 생기있게 만들 것이다. 나는 그들을 느낄 수 있었다. 그리고 와이오밍의 황혼이 그들이 숨어 있는 대초원을 자줏빛에서 핑크빛으로, 그리고 황금빛으로 물들이는 모습을 보며 만족했다. 그들의 삶이 온전하고, 그들의 신비로움이 여전히 간직되어 있어서 만족했다.

애기는 이해하지 못했다. 지루하다며 떠나고 싶어 했다. 하지만 그러면서도 우리가 이곳을 찾아온 목적을 이루길 바랐다. 이 여정의 목적은 결국 늑대였으니까. 하지만 사실 그것은 진짜 목적이 아니었다. 나는 아빠가 다시 예전처럼 돌아오길 바랐다. 모든 것을 다 알고, 더글러스 전나무처럼 크고 듬직한 아빠로 다시 돌아오길 바라며 시작한 여행이었다. 아빠의 열정이, 그리고 아빠의 자연에 대한 사랑이 되돌아오길 바랐고, 나도 아빠와 똑같은 마음이라는 점을 보여 주고 싶었는지도 모르겠다. 내 안에서 깨어난 본성과 내가 배운 것을 함께하고 이제 내가 앞으로 어떻게 살아갈지 알려 주고 싶었다. 어쩌면 나를 자랑스러운 딸로 여겼으면 하고 바랐는지도 모르겠다. 이러한 희망이, 내가 영원히 끈을 잘라버릴 때까지, 한동안 우리를 괴롭히며 좇아왔다.

낡고 녹슨 쉐비 밴을 몰고 유타로 향할 때, 아빠는 잠이 들었고 애기는 잠에서 깨었다.

이제 남은 길이 멀지 않았다.

"집에 돌아가면 도움받을 곳에 대해 얘기해 봐야 할 때인 거 같아." 뒷좌석에서 애기가 말을 꺼냈다.

나는 대꾸하지 않았다.

"몇 군데 찾아봤어."

"아빠는 집에 있어야 해." 내가 말했다.

"상태가 점점 심해질 거야. 우리는 어떻게 돌봐야 할지 모르잖아."

"배우면 돼."

"밥도 떠먹이고 기저귀까지 갈아 주자는 거야? 난 못해."

나는 움찔하고 놀랐다. "그런 곳에 가면 아빠가 견디지 못할 거야." 실내에서 나가지도 못하고, 탈 수 있는 말도 없고, TV 앞에서 즉석식품이나 먹어야 하는 신세는, 아빠를 죽이는 것이나 다름없었다.

"어쩌면 빨리 돌아가시는 게 나을지도 몰라." 애기가 낮게 읊조렸다.

룸미러로 그녀를 바라보았다. "진심으로 한 말 아니란 거 알아, 애기."

내 눈을 마주 보며 그녀가 한숨을 내쉬었다. "그래, 그렇더라도 상황은 점점 나빠질 거야."

나는 고개를 끄덕이고, 애기가 이런 상황에서 벗어나 자유롭게 살 수 있는 방안을 고민하기 시작했다. 하지만 문제는, 내가 그렇게 해 줄 수 있다고 하더라도, 그녀가 떠나지 않을 터였다.

25번 고속도로로 핸들을 돌려 피쉬레이크 국립공원(Fishlake National Forest)으로 향했다.

차를 세우자, 아빠가 잠에서 깼다. 우리는 다 함께 차에서 내려 남은 길을 걸어서 이동했다.

"여기가 어디니?" 아빠가 물었다.

"피쉬레이크요." 내가 대답한 뒤에 덧붙였다. "미국에 있는 곳이요."[캐나다 앨버타주에도 이름이 유사한 도립공원 리틀 피쉬레이크(Little Fish Lake Provincial Park)가 있다.]

아빠는 혼란스러운 듯 주변에 있는 나무들을 둘러보았다. 처음 와 본 숲이었지만, 언젠가 아빠가 세상 어디에 있든지 숲은 모두 우리의 집이라고 말했듯이, 그 지혜가 아빠의 어딘가에 깊숙이 자리 잡고 남아 있길 바랐다.

"가요." 내가 말했다. "같이 가요. 보여 주고 싶은 게 있어요."

공기는 따사롭고 부드러웠다.

우리 셋은 경사가 심한 오르막을 올랐고 흔들리는 사시나무 숲 ['판도 숲(Pando forest)'이라고 불리며, '판도'는 라틴어로 '확산'을 뜻한다] 의 장관을 보았다. 수천 그루의 늘씬하게 뻗은 하얀 줄기와 그 위 로는 분무기로 뿌려 놓은 듯 강렬한 노란색의 잎사귀들이 하늘을 수놓고 있었다.

우리는 손으로 부드러운 나무껍질을 매만졌고, 내가 입을 열었 다. "한 그루의 나무야."

"그게 무슨 말이야?" 애기가 물었다.

"이곳은 숲이 아니고, 한 그루의 나무야. 하나의 거대한 뿌리 체 계를 지닌 유기체지. '트램블링 자이언트(The trembling giant)'라 고 불리는, 지구상에서 가장 오래된 생명체이자 가장 거대한 나 무라고 할 수 있어. 어떤 사람들은 이 나무가 백만 년은 됐다고도 하는데, 죽어 가고 있지. 우리가 죽이고 있는 거야."

나는 몸을 돌려 아빠가 웅크리고 앉아 큼지막한 손을 땅에 대 는 것을 지켜보았다. 하나로 연결된 거대한 뿌리에서, 하나하나를 복제해 유전적으로 똑같은 수천 그루의 줄기를 느끼고 있었다. 나는 아빠가 눈을 감고 우리 아래에서 거대하게 진동하는 소리에 귀 기울이는 모습을 가만히 바라보았다. 아빠가 다시 눈을 떴을 때, 눈에는 눈물이 가득 고여 있었다. 나무가 우리에게 아빠를 돌려주었다.

"우리 딸들." 아빠가 말했다. "많이 컸구나."

애기가 아빠를 끌어안았다. 나는 부드럽고 우아해 보이는 줄기 하나에 내 볼을 가져다 대었다. 바람 한 점이 가지 사이로 불어와 나의 눈과 입술에 속삭였다. 입맞춤이었다. 나무의 숨소리를 들은 것 같은 기분이었다. 나를 둘러싼 모든 곳에서 나무의 심장 박동을 느낄 수 있었고, 이것은 세상에서 가장 오래된 언어였다.

*

이제 나는 다른 숲속에서, 새벽이 밝아 오자 모습을 드러낸 고산지대를 바라보며 새 지저귀는 소리를 듣고 있다. 밤꾀꼬리일 것이다. 무슨 말을 하고 싶어서 저리도 지저귀는 걸까? 작은 호숫가로 다가가 그 끝자락에 앉아 새벽빛이 그리는 호수의 빛깔을 바라보았다. 처음에는 회색이었다가 푸른색에서 은색으로 그 모습을 변화시켰다. 이어서 수면 위로 안개가 서서히 깔리고, 물새가 잠에서 깨어나 서로를 불렀다.

이곳을 떠나고 싶지 않아. 그 누구도 다시 보고 싶지 않아. 지금의 나에게는 다른 무엇보다 이 순간이 너무 간절했다. 이렇게 홀로 있는 시간이 너무 좋았고, 평온했다. 9호가 다시 내 머릿속에 떠오르기 전까지는 그랬다. 9호가 죽임을 당하고 난 후로 계속 그 모습이 머릿속에 맴돌았고, 그를 죽인 남자의 모습도 함께 떠올랐다. 갑자기 맹렬한 증오에 휩싸여 뱃속부터 터져 나오는 분노를 내질렀다. 언젠가 애기가 고요함을 산산 조각내기 위해 내지르던 소리와 똑같았다. 기분이 나아졌지만, 그것도 잠시뿐이었다. 내지른 소리가 희미해지며, 깜짝 놀란 새들이 날갯짓하며 저 멀리 도망가 사라지는 모습이 눈에 들어왔다.

집으로 바로 가지 않았다. 내 발은 멋대로 길을 돌아 던컨의 오두막 뒤편이 건너다보이는 언덕으로 나를 이끌었다. 그의 부엌 창문이 보였다. 아침 안개가 덮여 있었지만 그가 돌아다니는 모습을 볼 수 있었다. 그를 바라보며, 언덕을 내려가 문을 두드리고 싶은 욕망에 사로잡혔다. 하지만 이 마음이 레드를 기소했는지 물어보거나 그저 화를 풀기 위해서 그를 만나고 싶은 것인지, 아니면 점점 부드럽게 커 가는 감정 때문인지는 확신이 서지 않았다.
　개가 짖어 대기 시작했고, 나는 던컨이 나를 보기 전에 몸을 돌려 집으로 향했다.

베이스캠프로 향하는 차 안에서 전화벨이 울렸다. 전화를 받자마자 에반이 말했다. "화내지 마."
　내용을 듣기도 전에 한숨이 새어 나왔다.
　"닐스가 밖에서 굴을 찾았어."

"뭐라고? 젠장!" 전화를 너무 세게 끊는 바람에 손가락이 아팠다. 베이스캠프에 도착해 차를 대자마자 문을 박차고 들어가 눈을 희번덕거리며 닐스를 찾았다. 그는 부엌에서 멋쩍어하는 표정으로 나를 바라보았다. 조와 에반은 모니터 뒤로 몸을 숨겼다.

"내가 잘못 들은 거죠? 내가 분명히 은신처를 찾지 말라고 몇 번이나 말했잖아요."

닐스는 나를 진정시키려는 듯 두 손을 위로 들어 올렸다. "장소를 파악해 둘 필요가 있었어."

"6호는 이제 곧 새끼를 낳을 거니까 자기만의 굴이 필요하다고 했잖아요."

"내가 발견했을 때 6호는 거기에 없었어."

"그게 더 안 좋아요!"

"일단 흥분 좀 가라앉히자." 에반이 끼어들며 눈짓으로 내 뒤를 가리켰다.

어깨 너머로 고개를 돌려 보니 던컨이 문 앞에 서서 상황을 지켜보고 있었다. 하지만 그가 지금 여기에 왜 와 있는지 신경 쓸 여유가 없었다. 나는 다시 닐스를 향해 돌아섰다. "도대체 무슨 생각이었던 거예요?"

"우리가 여기에 온 이후로 너는 계속 손을 놓고 있었지." 닐스가 차분한 목소리로 대답했다. 어떻게 저렇게 항상 침착할 수가 있을까. "이곳에 와서 줄곧 소심했잖아. 뭐가 너를 그렇게 만드는지 모르겠지만, 너도 알다시피 가끔은 우리가 개입해야만 하는 상황이 있잖아."

얼굴에 열이 올랐다. "오늘의 일이 6호를 은신처에서 쫓아낸 꼴이 될 수도 있어요." 내가 말을 이었다. "만약에 그렇게 되면, 정말로 난 당신을 죽일지도 몰라요. 여기 경찰도 있으니, 증인도 필요 없겠네요." 나는 대답을 기다리지 않고 성큼성큼 밖으로 나와서 열을 식혔다. 이곳에서 내가 제일 좋아하는 구부러진 향나무 줄기에 몸을 기대고 부드럽게 움직이는 숲을 바라보았다. 나뭇잎 사이로 여러 줄기의 햇살이 쏟아져 내리고 있었고, 허리 높이까지 자란 양치식물들이 서로 부딪히며 바스락거리는 소리를 내고 있었다. 나는 불간섭주의(Non-interventionism)를 표방하지만, 그렇다고 그것이 마냥 손을 놓고 있는 것과 같다고 생각하지 않았다.

잠시 후 문이 열리는 소리가 들리고, 에반이 내 옆으로 다가와 섰다. 그는 한참을 말없이 서 있다가 낮은 목소리로 말했다. "굴의 위치를 확인할 필요가 있었어."

"그래도 그렇게 단독으로, 출산이 임박한 시점에서 그러면 안 되는 거였어." 만약 6호가 먹을거리를 구하러 나가서 자리를 비웠다가 돌아와서 인간의 냄새를 맡는다면, 다시는 그곳으로 돌아가지 않을 가능성이 컸다. 심지어 새끼들이 그곳에 있다고 하더라도 그들을 버릴 수도 있다. 그만큼 인간에 대한 늑대의 두려움은 크다. 닐스도 이 사실을 잘 알고 있었다. 그래서 바로 어제, 지금은 그런 위험을 감수할 필요가 없다고 우리 모두 함께 결론을 내렸다. 아직은 아니라고.

"6호를 다시 데리고 와야 할지도 몰라." 내가 말했다.

"데리고 오면 되지."

옆으로 흘깃 그를 바라보며 내가 물었다. "내가 그렇게 소심해 보였어?"

에반이 고개를 살짝 갸우뚱해 보이더니 말했다. "그냥…… 너무 개입하지 않으려고 한 거겠지."

"늑대들이 자유롭기 바라니까."

"알아. 하지만 여기로 데리고 온 것도, 위험한 상황에 놓이게 만든 것도 우리야. 아직 우리의 도움이 필요할지도 몰라."

나는 천천히 고개를 끄덕였다. 예전에 아빠는 말하곤 했다. 우리가 야생에서 우리를 분리하고 자연의 일부가 되기를 거부한 채 행동하기 시작하면서, 세상은 잘못된 방향으로 흘러가게 됐다고. 우리 자신을 다시 자연의 일부로 되돌리는 방법을 찾아야만 실수를 만회하고 살아남을 수 있다고 했다. 하지만 그 연결고리가 될 생명체가 우리의 존재 자체를 두려워하는 상황에서 우리가 무엇을 할 수 있을까.

그들을 두려움에 떨지 않게 할 수 있다면 무엇이든지 할 수 있을 것 같았다. 이런 사실이 나를 절망하게 했다. 하지만 아이러니하게도 그들의 인간에 대한 두려움이 인간으로부터 그들 자신을 지켜 주고 있다는 사실도 부인할 수 없었다.

사무실 안에는 어색한 침묵이 흘렀다. 모두 내 화가 풀렸는지 가만히 지켜보고 있는 듯했다. 나는 닐스와 마주쳤다. "발견한 굴까지 가는 경로를 지도에 표시해 줄 수 있어요?"

"물론이지." 닐스가 책상에서 벌떡 일어나며 말했고, 나는 필요한 장비들을 챙기기 시작했다.

"대화 좀 할까요?" 던컨이 내게 물었다.

"지금은 안 돼요, 형사님. 그 굴에 바로 가 봐야 하거든요." 그가 오늘 아침에 내가 언덕에서 지켜보는 모습을 본 것이 아닐까 하는 생각이 문득 들었다. 만약에 내 생각이 맞는다면, 어쩌면 나는 창피해 죽을지도 몰랐다.

"그럼 나도 따라갈게요, 괜찮죠?"

웃음이 새어 나왔다. "아니요."

"왜요?"

"혼자 갈 거예요. 탐색할 때는 인원이 적으면 적을수록 더 좋거든요."

"이렇게 합시다. 당신이 밟은 자리만 밟고, 아무 소리도 내지 않을게요. 내가 있는지 없는지도 모르게 할게요. 어때요?"

그는 내게서 눈을 떼지 않았다. 나를 파악하려고 노력하는 것 같았다. 주변을 맴돌면서. 그의 편의를 봐 줄 필요가 없었기 때문에 눈으로 그의 다리를 흘깃 쳐다보며 말했다. "따라와 봤자 시간 낭비일 뿐이에요. 그리고 난 일부러 천천히 걸을 생각도 없고요."

나는 닐스에게 지도를 받아 들고, 가방을 어깨에 짊어지고 마구간으로 가서 말을 준비시켰다. 던컨도 나를 따라와 똑같이 따라 하기 시작했다. 내가 짜증 섞인 눈초리로 바라봐도 소용이 없었다. 대담한 면이 있는 사람이었다. 그 점은 인정해 줄 만했다.

그냥 내버려두자. 내 마음은 이미 늑대에 대한 걱정만으로도 가득하니까. "내가 시키는 대로 해야 해요, 알겠죠?"

"분부대로 하죠."

"밤에 계속 울부짖는 암컷 때문이라고요?" 아침햇살이 나타났다가 사라지길 반복하는 동안 말을 타고 가면서 내가 되물었다.

"네." 던컨이 말을 이었다. "민원이 계속 들어와요. 사람들이 그 소리 때문에 두려움에 떨고 있죠. 도대체 왜 그러는 거예요?"

"그녀의 짝이 레드가 총으로 쏴 죽인 수컷 늑대예요. 짝이 집에 돌아오길 바라면서 울부짖는 거죠."

"아, 그런 줄은 몰랐어요."

우리는 길게 구부러져 뻗어 내려온 소나무의 가지를 피해 몸을 웅크렸다. 한겨울에 쌓인 눈을 헤치며 이동하는 것보다는 한결 편했지만, 길이 나 있지 않고 잡목도 빽빽했기 때문에 말이 발을 헛디디지 않도록 우리는 천천히 이동했다.

"알파라고 불리는, 무리 중에 번식하는 늑대들은 한 번 짝을 이루면 평생을 함께해요." 내가 말했다. "우리는 이 암컷 알파 6호가 임신했다고 추정하고 있어요. 진짜 임신이든 가임신이든, 그녀를 찾아서 다시 데려와야 할지도 몰라요."

"왜요?" 던컨이 물었다. 그는 불편한 다리 때문에 말에 오르는 데 어려움이 있었지만, 말을 타고 있는 지금은 약간 긴장한 듯 보여도 괜찮은 듯했다. 하지만 말을 타 본 경험은 많지 않은 것 같았다.

"늑대에게 새끼를 기르는 것은 가족 단위의 일이에요. 무리 안에서 각각의 늑대에게 역할이 주어지죠. 생존을 위해서 서로에게 크게 의존하고요. 그런데 지금은 그 모든 역할을 6호가 혼자 해야 하는 상황이에요. 새끼를 낳으면 젖을 물리는 것과 동시에 사냥도 해야 하는, 엄청난 부담을 안게 되죠. 심지어 우리가 그녀를 굴에서 내쫓은 상황이 된다면 더더욱 그럴 테고요."

"그런 상황이면 그녀가 더 공격적으로 변할 수 있을까요? 사냥하기 더 쉬운 먹잇감을 찾으려고 한다거나?"

"가축을 말하고 싶은 거죠?" 그의 질문에 대해서는 나도 생각하고 있었다. 그 생각에 매일 밤잠을 설쳤으니까. 뜸을 들이다가 내가 대답했다. "그래서 그녀를 데려와야 할지도 모른다는 거예요."

나는 뭔가 계속 말해야 할 것만 같은 기분이 들었다. "늑대는 인간처럼 외로운 존재예요. 차이가 있다면, 늑대는 혼자 있으면 약해져요. 반면에 인간은 혼자 있을 때 더 안전하죠."

던컨이 자신의 희끗희끗한 수염을 매만졌다. "그 말에는 동의할 수가 없네요, 인티 플린 씨."

자작나무의 하얀 줄기가 반짝반짝 빛나는 것처럼 보였다. 작은 잎사귀들은 초록으로 일렁였고, 베르너의 책에서 나오는 '검은방울새 초록(Siskin Green)'과 콜마르(Colmar, 크리스마스의 별이라 불리는 프랑스의 작은 마을)의 잘 익은 배, 아일랜드 산 사과, '우라늄석(Uran-mica)'으로 불리는 반짝이는 광물 색과 가장 비슷했다. 자작나무 숲 전체가 봄의 기운을 세상에 뿜어내고 있었다. 심지어 블루벨(bluebell) 꽃도 피어 대지를 자줏빛으로 물들이며 한겨울의 삭막하고 위험천만하게 느껴지는 숲을 따뜻하고 예쁘며 활기찬 곳으로 변화시키고 있었고, 사방에서는 새들의 재잘거리는 소리가 아름답게 울려 퍼지고 있었다.

"인티 플린." 던컨이 반복해서 내 이름을 되뇌었다. "무엇에서 유래한 이름이에요?"

"솔직하게 말하면, 몰라요."

"뜻은 있어요?"

"우리 아빠는 캐나다 사람이지만 아일랜드 이름을 쓰고, 엄마는 호주 사람인데 영국 이름을 쓰죠. 그 윗세대는 스코틀랜드, 아일랜드, 프랑스 출신이고요. 내 이름이 어디에서 유래했는지 알 길이 없어요."

그가 미소 지었다.

나는 목을 가다듬고 물었다. "그럼 당신은요? 확실한 스코틀랜드 이름을 가진 스코틀랜드 남성인가요?"

"가족 모두가 스코틀랜드인이고, 수많은 세대에 걸쳐 스코틀랜드에 살았어요."

"좋겠네요."

던컨은 어깨를 으쓱해 보였다.

"당신 부모님은 마을에 사세요?"

"그랬어요." 그가 대답했다. "지금은 돌아가셨지만."

그의 대답에 나는 움찔했다. 괜히 물어봤구나 싶어 다시 화제를 돌렸다. "아까 내게 무슨 말이 하고 싶었던 거예요?"

그가 안장에서 약간 자세를 바꿔 앉았다. "알려 주려고 했어요. 레드 맥레이를 기소하지 않기로 했다는 사실을."

무슨 말을 하려고 입을 열었지만, 아무런 말도 나오지 않았다.

"들개인 줄 알았다는 그의 말을 반박할 증거가 없어요. 들개는 총으로 쏠 수 있는 권리가 있거든요."

나의 침묵에 그가 대답이라도 하듯이 말을 이었다. "증명할 방법이 없어요, 인티. 만약 당신이 말하지 않은 물증이 있다면, 그걸 제시하면 가능합니다." 그가 잠깐 뜸을 들이고 나서 덧붙여 말했다. "나는 이 지역사회를 생각하지 않을 수가 없어요. 늑대들을 방생하자마자 레드가 저지른 실수로 기소를 당한다면, 사람들이 동요할 거예요. 내게는 그들에게 연대감을 보여줄 필요도 있고요."

나는 던컨을 빤히 쳐다보았고, 그는 나와 시선을 맞추지 못하고 있었다. 나는 마음 한편으로 이 남자가 편견 없이 자기 일을 할 수 있는, 진정성 있는 사람이라고 생각했다. 믿은 내가 바보지. 역시 이곳에서 우리는 외로운 존재였다.

"아까 베이스캠프에서 말하지 그랬어요." 내가 아무렇지 않은 듯 말했다. "이렇게 고생할 필요도 없었을 텐데."

"당신이 이곳에서 하는 일을 더 잘 이해하려면 이렇게 하는 게 도움이 되지 않을까 하는 생각이 들었거든요."

그날 밤에 강당에서 그랬던 것처럼, 그는 자신이 담당하는 지역에 어떤 위협이 있는지 살펴보는 중일 뿐이었다. 지금 내가 알고 싶은 것은, 그가 생각하는 위협이라는 것이 늑대인지, 아니면 나라고 생각하는지였다.

닐스가 건네준 지도에 따르면 굴은 숲에서 가파르게 떨어지는 물길 옆으로 6미터 정도 아래에 위치했다. 그 밑에까지 가서 어떻

게 굴을 찾아냈는지 알다가도 모를 일이었다. 며칠 동안 이 지역
을 샅샅이 기어다닌 것이 분명했다. 우리는 말에서 내려서 물이
떨어지는 끄트머리까지 조심스레 기어가며 입구의 흔적을 찾기
시작했다. 6호는 자신의 굴을 아주 멋지게 숨겨 두었다. 잡목들
과 바위, 떨어진 나뭇가지들이 촘촘히 얽혀 있어서 어떠한 흔적
도 찾을 수 없었다.

나는 말의 안장에서 푼 밧줄을 나무에 둘러 고리를 만들기 시
작했다.

"뭐하는 거예요?"

"뭔가 결정을 내리기 전에 6호가 있는지 없는지 확인부터 하려
고요."

"만약에 있으면요?"

나는 등에 둘러매고 있던 두 개의 마취총 중 하나를 던컨에게
건넸다.

"이 빌어먹을 걸 어디에다가 쓰라고요?" 그의 말에 나는 그가
긴장하고 있다는 사실을 깨달았다. 그가 바쁘게 눈을 치켜뜨고
이곳저곳을 둘러보았다.

"별일 없을 거예요. 단순히 만약을 위해서죠. 그녀가 근처에 있
을 것 같지는 않아요."

나의 대답에도 그는 여전히 진정이 되지 않는 듯했다. 그런 그
의 모습에 웃음이 나왔고, 그가 나를 볼 수 없도록 나는 슬며시 몸
을 돌렸다.

허리에 밧줄을 꽁꽁 둘러 묶고 도랑을 따라 옆걸음질 치면서

아래로 내려갔다. 우리 사이를 갈라놓은 도랑 너머로 던컨의 얼굴이 마주 보였다. 시간이 꽤 오래 걸렸고, 여기저기 긁힌 상처가 많아진 뒤에야 굴의 입구를 발견할 수 있었다. 굴 안은 비어 있는 듯했다. 하지만 그것은 어리석고 섣부른 판단이었다. 늑대와 관련해서는 어떤 것도 예측하려 들지 마. 언제든 깜짝 놀라게 할 수 있으니.

어두운 틈 사이로, 그녀가 보였다. 두 개의 반짝이는 황금빛 눈동자가 나를 바라보고 있었다. 나는 꼼짝하지 않고 그녀를 바라보았다. 안녕, 아가씨. 돌아왔구나.

이 늑대를, 너무 많은 일을 겪은 그녀를 마취총으로 쏘고 싶지 않았다. 또 스트레스를 받으면 이런저런 문제가 많이 생길지도 몰랐다. 마취총으로 잠들었다가 다시 깨어난 곳이 우리 안이라면 충격이 클 테니까. 그렇다고 이곳에 그냥 남겨 두고 죽게 내버려둘 수도 없었다. 그것만큼은 절대로 받아들일 수가 없었다. 9호가 그렇게 죽었기 때문에 더욱 그럴 수 없었다. 내가 막을 수 있었을지도 모를 그의 죽음이었으니까. 레드의 농장 주변에서 그를 발견했을 때, 그곳에서 멀리 벗어나게 했다면 막을 수 있었을 텐데. 그가 위험에 처했다는 사실을 알면서도 그를 두고 온 나였으니까. 내가 소심하다는 닐스의 생각은 옳았다. 만약에 내가 지금 마취총을 사용해서 6호를 베이스캠프로 데리고 간 다음, 페니실린과 비타민 주사를 놔주고, 그녀가 진짜로 임신했는지를 확인하고, 새끼를 낳을 때 도움을 주고, 새끼에게 젖을 먹이는 그녀를 위해 영양가 높은 먹이를 제공해 주고, 새끼들이 자라서 사냥을 배우기 시작할 즈음에 다시 한번 그들을 자유롭게 풀어 주면 어떨까. 내 머릿속에 이런 계획이 빠르게 자리를 잡으면서 마음이 조금 편안해지기 시작했다.

가벼운 마취총을 등에서 돌려 들고, 긴 원통형의 마취제가 든 화살을 조심스럽게 장전했다. 화살 뒷부분에는 목표물을 쉽게 찾을 수 있도록 빨간색 깃털이 달려 있었고, 마취제의 주성분인 테라졸(Telazole)은 인간에게 매우 치명적이기 때문에 해독제도 가방 안에 함께 가지고 있었다. 혹시나 실수로 자기 자신을 찔러서 코마 상태에 빠지는 것을 예방하기 위해서였다.

"손전등 좀 던져 줄래요?" 던컨에게 작은 목소리로 외쳤다. "무전기도요."

그는 던져 주는 대신에 내가 사용한 밧줄을 타고, 불편한 다리로 어설프게 움직이며 아래로 내려왔다.

나는 에반에게 이동용 컨테이너를 가지고, 이동하는 동안에도 6호의 상태를 확인할 수 있도록 아밀리아와 함께 최대한 빨리 이곳으로 오라고 무전을 보냈다.

던컨이 손전등으로 틈새를 비췄다. 이제 제대로 그녀의 모습을 볼 수 있었다. 그녀의 호리호리한 몸매가 드러났고, 짙은 눈동자와 주둥이도 보였다. 그녀는 밝은 불빛 때문에 눈을 깜박이며 고개를 살짝 낮출 뿐, 별다른 움직임은 보이지 않았다. 나는 마취총을 쏠 공간을 만들기 위해 뒤로 살짝 물러난 다음, 그녀의 뒷다리 윗부분을 겨냥했다. 감각이 비교적 둔한 근육 부위를 맞춰야 고통을 느끼지 못할 터였다. 더 밝으면 좋겠지만 가까운 거리였기에 이 정도면 괜찮았다. 종종 먼 거리에서 깃털이 달린 마취총을 쏘면 셔틀콕처럼 어느 순간에 속도가 줄어들다가, 정작 화살이 도달할 때면 목표물은 이미 도망가고 없는 경우가 많았다. 나는 깊게 숨을 들이마신 뒤, 눈을 감고 방아쇠를 당겼다. 화살이 제대로 맞았는지 보지 못했지만, 희미한 비명 소리는 들을 수 있었다.

우리는 만반의 준비를 마치고 약 효과가 나타나길 기다렸다. 던컨에게는 말하지 않았지만, 그녀가 흥분해서 날뛸 가능성도 있고, 이런 상황에서는 어떤 반응을 보일지 예측하는 것이 거의 불가능하다. 하지만 그녀는 가만히 제자리에 누워 서서히 잠이 들었고, 잠시 후 나는 그녀를 살며시 끌어낼 수 있었다. 손전등으로 빠르게 훑어보니 굴 안에는 그녀 외에 다른 흔적은 없는 듯했다. 의식이 없는 그녀의 모습은 죽은 그녀의 짝 9호를 떠올리게 했다. 뼈만 드러난 앙상한 몸을 들어 올리자, 그녀의 머리가 힘없이 축 늘어졌고, 나는 거의 본능적으로 그녀의 몸에서 손을 거두었다.

"왜 그래요, 인티?"

"미안해요."

그녀의 맥박을 확인해 보니 강하게 뛰고 있었고, 이제 이곳에서 그녀를 위로 옮길 방법을 찾아야 했다. 먹구름이 스멀스멀 몰려오면서 하늘이 어둑어둑해지기 시작했는데, 폭풍이 오려는 징조였다. 밧줄을 더 가지러 가기 위해 다시 위로 오르려는 순간, 무슨 소리가 들렸다. 너무 작고 희미해서 잘못 들었나 싶을 정도로 작은 소리였다. 나는 가만히 움직임을 멈추고 귀를 기울였다. 하지만 그 소리는 다시 들리지 않았다.

"손가락을 여기에 대고 있어요." 던컨에게 지시했다. "맥박이 느려지면 나에게 소리쳐서 알려줘요."

"난 안 만질 거예요." 그가 대꾸했다.

"의식이 없는 상태예요, 던컨."

그는 고개를 절레절레하면서도 조금씩 그녀에게 가까이 다가가 심호흡을 하더니 마침내 조심스럽게 맥박에 손을 가져다 대었다.

나는 다시 밧줄을 오르려다가 다시 움직임을 멈췄다. 마음에 걸렸다. 반드시 확인해 봐야 할 것 같은 불편한 느낌이 들었고, 확실히 할 필요가 있었다. 분명히 어떤 소리를 들은 것 같았다.

빗방울 하나가 내 얼굴 위로 떨어져 내렸다.

나는 다시 굴 앞으로 미끄러지듯 내려가 쭈그려 앉았다. 굴 안은 더욱 어두웠고, 더 좁게 느껴졌다. 어떻게 이 좁은 굴 안에 6호가 있었는지 믿을 수가 없었다. 어둠에 내가 속고 있는 것인지도 몰랐다. 손전등으로 안을 비췄을 때 아무것도 보이지 않았고, 굴은 텅 빈 듯 보였다. 내가 무엇을 찾고 있는 것인지 나도 몰랐지만, 그 소리는…… 이미 사라졌고, 거의 동물적인, 그리고…….

저기, 뭔가가 움직인다. 숨을 쉬고 있다.

나는 최대한 깊숙이 팔을 넣었다. 팔 여기저기가 긁혔지만, 손끝에 부드러운 뭔가가 닿았다. 왜 6호가 다시 이 굴에 돌아왔는지, 심지어 닐스의 냄새가 온통 주변에 배어 있는데도 불구하고 그녀가 다시 돌아온 이유를 새삼 깨달았다. 내가 첫 번째 작은 생명체를 밖으로 끄집어냈을 때, 녀석은 사랑스러운 울음소리를 내었다. 나를 올려다보는 눈동자에는 달콤함과 호기심이 가득했다. 수컷이었고, 보송보송한 털은 아빠를 닮아 잿빛을 띠었다. 눈동자는 어두운 코코아색이었다. 내 마음이 사르르 녹아내렸다.

"젠장." 던컨이 말했다. "이제 우리 어떻게 해야 하죠?"

내 팔에서 새끼 늑대가 꼼지락거리며 다시 한번 가냘픈 울음소리를 내더니 가만히 자리를 잡았다. 비가 내리기 시작했기 때문에 바깥 공기는 제법 찬 기운이 돌았다. 그래서 내 팔에 자기 몸을 밀착시켜 체온을 유지하기 위해 애쓰는 것이었다. 나는 작은 생명체가 주는 놀라움으로 웃음이 번져 나왔다. 녀석은 태어난 지 고작 몇 주 안 되어 보였는데, 시기를 생각해 보니 6호와 9호가 합사를 시작하고 얼마 지나지 않아 교미한 모양이었다.

이제 어떻게 해야 할지를 생각하면서, 앞으로 일어나게 될 일들을 머릿속으로 떠올려 보았다. 닐스가 했던 말이 다시금 내 안에서 크게 울렸다. *소심했잖아.* "안에 더 있어요." 내가 말했다. "새끼들도 데려가야겠어요."

수컷 새끼를 던컨에게 건네자, 그는 마치 풋볼 공을 들 듯이 손을 앞으로 쭉 내밀어 그를 받았다.

"부드럽게 안아요."

그는 마지못한 얼굴로 새끼를 가슴에 안았고, 나는 나머지 새끼들을 한 마리씩 꺼내어 던컨에게 건넸다. "잠깐만요." 그가 당황한 목소리로 외쳤지만, 나는 아직도 꺼내야 할 아이들이 남아 있었다. 마지막 녀석은 너무 깊숙이 들어가 있어서 굴 주변의 돌들을 이리저리 치워야만 했고, 어깨뼈가 빠지기 바로 직전까지 팔을 쭉 뻗어야만 겨우 닿을 수 있었다. 다른 새끼보다 더 왜소하고 약해 보이는 암컷이었는데, 회색보다는 흰색에 더 가까웠다. 자기 엄마인 6호를 꼭 빼닮아 있었다. 그녀가 코를 비비며 내게로 파고들었고, 나는 그 모습이 너무 사랑스러워 어찌할 바를 몰랐다.

"전부 여섯 마리예요." 던컨을 돌아보며 내가 말했다. 자기 무릎에 꼬물거리는 늑대 새끼 다섯 마리를 안고 있는 그의 표정은 뭔가 할 말이 많아 보였다. 나는 또다시 웃음이 나왔다. "애들이 당신을 편안해하네요."

그는 짜증이 난 듯한 표정이었다. "애들을 어떻게 다 데려간다는 거죠?"

"수송차가 올 거예요. 우리는 말이 있는 곳까지 데려가기만 하면 돼요."

하지만 나는 망설여졌다. 우리 옆에 가만히 누워 있는 6호와 이 조그만 생명체들, 그들이 꼼지락거리면서 자기들 엄마 곁으로 가려고 애쓰는 모습이 눈에 들어왔기 때문이다.

나를 제외한 나머지 팀원들은 이들의 삶에 개입하고 도움의 손길을 주고 싶어 한다. 항상 그랬다. 하지만 내 안에서는 다른 목소리가 크게 울려 퍼졌다. 6호는 강한 늑대야. 기회가 필요해. 그리고 어느 순간에 이르자, 나는 내 본능을 믿기로 했다.

"이들을 두고 가야겠어요." 내가 말했다.

"뭐라고요?"

"그녀는 해낼 수 있을 거예요. 다시 돌아와서 새끼들 곁에 남았죠. 우리가 개입하면 더 성장하지 못할 거예요."

나는 내 팔에 안긴 새끼를 바라보며, 아주 잠깐만 나 자신에게 관대해지기로 했다. 그녀를 내 볼에 비비고 그녀의 향기를 깊숙이 들이마셨다. 그녀가 내 몸으로 파고들었고, 아, 내 마음속으로도 스며 들어왔다. 그리고 나서 그녀를 다시 안전하고 따뜻한 굴 안에 놓아두었다. 나머지 새끼들도 다시 돌려놓고 난 뒤, 6호를 굴 입구에 잠든 채로 놓아두었다. 불안해하던 새끼들이 모두 어미의 품으로 파고들더니 만족한 듯 이내 얌전해졌다. 던컨과 나는 다시 밧줄을 잡고 도랑을 기어올랐다.

두 손을 포개어 머리에 올려 두고 눈을 감았다.

"왜 그래요?" 던컨이 물었다.

"내가 망쳤어요. 애초에 마취하지 않았어야 했는데. 새끼들이 있다는 걸 알았다면 그렇게 하지 않았을 거예요. 그냥 아무것도 하지 말았어야 했는데."

"무슨 차이가 있는데요?"

"절대적으로 필요한 상황이 아니면 동물을 마취해서는 안 돼요. 그들에게 치명적일 수 있거든요."

던컨이 어깨를 으쓱해 보였다. "아까는 필요한 상황이었잖아요. 잊어버려요."

손에 힘이 풀려 팔이 옆으로 툭 떨어졌다. 마음이 아프지만 사실이었다.

한동안 기다린 끝에 에반과 닐스, 아밀리아가 이동용 컨테이너를 가지고 도착했다. "계획이 바뀌었어요." 내가 그들에게 말했다. "이미 새끼를 낳았고, 그냥 여기에 두기로 했어요."

"그럼 왜 마취한 거야?" 에반의 질문과 동시에 닐스도 입을 열었다. "현명한 처사가 아니야. 모두 데려가서 6호가 새끼들에게 젖을 먹이는 동안, 우리가 6호를 보살펴야 해."

"그렇게 하면 새끼들은 평생 우리에서 지내야 해요. 이 야생이 아니라." 내가 고개를 저으며 반박했다. "우리가 여기서 이루고자 하는 목적은 그게 아니잖아요." 나는 아밀리아에게 고개를 돌려서 말을 이었다. "지금 6호에게 필요한 주사랑 페니실린을 놔 줘. 그리고 깨기 전에 할 수 있는 검사도 모두 부탁할게. 죽지만 않게 해 줘."

"알았어." 아밀리아가 대답했고, 에반은 곧바로 그녀가 골짜기 아래로 내려갈 수 있도록 돕기 시작했다. 점점 더 많은 인간의 체취가 이 지역을 오염시키고 있었다. 후회가 가득하지만, 한 번 인간이 다녀갔다는 것을 알고도 새끼들을 위해 돌아온 6호가 다른 어떤 늑대보다 더 용감하다는 강한 확신이 생겼다. 그리고 적어도 그녀와 새끼들이 오늘 우리가 떠나기 전까진 건강한 상태라는 것을 확인할 수 있었기 때문에 완전한 낭패는 아니라고 나 자신을 위로했다.

나는 닐스와 둘만의 대화가 필요했다. 나는 조용히 그를 옆으로 잡아끌었다. "오늘 아침에 있었던 일 때문에 내 머릿속이 뒤죽박죽이었어요. 내가 내린 결정은 너무 성급했고, 잘못된다면 결국 내 잘못일 거예요. 나도 모르는 게 아니에요. 하지만, 한 번만 내 뜻을 따라줘요."

늘 그렇듯 그의 표정을 읽을 수가 없었다. 하지만 그가 고개를 끄덕였고, 그것을 끝으로 이 일에 대해서 더 이상 왈가왈부하지 않았다.

"6호가 뭘 먹어야 하지 않겠어요?" 던컨이 내게 물었다. "깨어나서 곧장 가까운 농장으로 향하지 않는다는 보장 없이, 이대로 떠날 수는 없지 않아요?"

마음 한구석에 두려움이 차올랐다. 방금 전의 환희는 벌써 잊힌 지 오래다. 그녀를 여기 남겨 두기로 한 나의 결정에 대한 대가로, 내가 반드시 해야 할 일이 생겼다. 하지만 내 동생 애기도 없이 어떻게 나 혼자 사냥을 끝낼 수 있을까?

"우리가 6호가 먹을 식량을 찾아오기로 해요." 내가 말했다.

"그게 무슨 말이죠?"

"여분의 마취제도 있고, 칼도 있어요."

"사냥 허가증은 있어요?"

"네." 거짓말이었다.

"맙소사." 그가 중얼거렸다. "그냥 속는 셈 치죠. 하지만 당신이 하려는 것이 무엇인지는 확실하게 알고 하면 좋겠네요."

말에 안장을 잘 올려 두고 몸을 띄워 단숨에 올라탔다. 수컷 말이 코를 힝힝거리며 살짝 몸부림쳤고, 잠시 뒷걸음질 치는 듯했다. 늑대의 냄새와 폭풍이 오는 낌새를 알아챘기 때문이었다. 내가 무릎에 힘을 주고 고삐를 꽉 잡은 채 그의 목에 손을 가져가 달래자 조금씩 진정이 되었다.

팀원들이 늑대를 돌보는 사이, 우리는 사냥을 나섰다. 때마침

하늘이 갈라지며 비를 쏟아붓기 시작했고, 말발굽이 진흙 속에서 조금씩 미끄러졌다. 던컨은 사실 사냥할 줄 모른다고 고백한 뒤, 하지만 사슴 떼가 풀을 뜯는 장소는 알고 있다고 말했다. 사냥꾼들이 자주 집결하는 장소를 알아야 하는 의무가 그에게 있기 때문이었다. 우리는 그중 가장 가까운 장소부터 탐색하기로 했다. 내가 혼자 사냥을 마무리할 수 있을까 하는 의문이 있었기 때문에, 그의 동행에 내심 안도하고 있었다. 개간지에는 사슴이 한 마리도 없었지만, 주위를 살펴보니 배설물이 보였다. 들여다보니 이곳을 떠난 지 오래되지 않아 보였다. 나는 사슴 떼가 어디로 이동했는지 방향을 가늠했고, 우리는 그들을 쫓아 동쪽으로 향했다.

"추적하는 방법은 어디서 배웠어요?" 던컨이 물었다.

"아빠한테서요."

"캐나다에서요?"

내가 고개를 끄덕였다.

"언젠가 캐나다에 가 보고 싶었어요. 좋은 숲이 많잖아요."

"나무를 좋아해요?"

"목재를 좋아하죠."

실망감에 미간이 찌푸려졌다.

"목재가 얼마나 아름다운데요." 그가 변호하듯이 말했다.

"그렇겠죠. 죽은 나무니까 오죽 멋지겠어요?"

그가 크게 웃었다. "오, 신이시여! 혹시 나무줄기를 잘라서 그 안을 자세히 들여다본 적이 있어요?"

나는 고개를 끄덕였다. 내가 직접 자른 적은 없지만, 본 적은
있다.

"그 모양이 꼭 음파 같아요. 가끔은 수백 년 된 것도 있는데, 하
나같이 다른 모양이죠. 이전에 누구도 본 적이 없는, 나무의 심장
을 보는 첫 번째 사람이 되는 거예요."

"그렇게 하면 나무를 죽이는 거잖아요." 그가 하는 말이 이해되
지 않았다.

그가 고개를 저었다. "어떻게 자르느냐에 따라서 나무가 자라
는 데 도움이 돼요. 더 튼튼하게 자라나죠."

우리는 사슴 떼의 흔적을 쫓아서 좁은 경사면에 도착했다. 경
사면의 아래쪽은 풀이 자란 개간지였고, 그 너머로 소나무가 듬
성듬성 솟아 있는 언덕이 보였다. 그 사이에서 붉은 사슴 떼가 휴
식을 취하고 있었다. 던컨이 멀찍이 우리가 내려갈 수 있는 완만
한 곳을 가리켰고, 우리는 그 길을 따라 미끄러지듯 내려갔다.

쏟아지는 비 때문에 사슴들이 우리의 접근을 눈치채기는 어려
워 보였고, 그들은 움직이지 않고 가만히 그 자리에 서 있었다. 우
리는 그들 뒤쪽으로 돌아가 자리를 잡고 말에서 내렸다. 나는 화
살 하나를 총에 장전하고 두 발은 주머니에 넣었다.

"빨리 찾았어요." 내가 그에게 조용히 말했다. "운이 좋네요. 며
칠이 걸릴 수도 있었는데."

그가 나를 빤히 바라보았다. 내가 어떻게 행동할지 재고 있는
시선이 느껴졌다.

"늑대들이 사냥할 때 어떻게 하는지 알아요?" 내가 입을 열었

다. "아주 천천히 해요. 인내심이 강하죠. 한 무리가 며칠씩 먹잇 감을 따라다니면서 관찰해요. 그리고 가장 약한 녀석을 목표물로 고르죠. 가장 느린 녀석도 마찬가지고요. 늑대들은 그 먹잇감만 지켜보면서, 그 특성이나 성격을 파악해요. 늑대들이 본격적으로 사냥할 즈음이면 그 대상에 대해 너무 잘 알고 있어서, 세밀한 움 직임까지 예측할 수 있게 되죠. 효율적이에요. 늑대는 사냥에 성 공하리라는 확신이 설 때까지 섣불리 움직이지 않는 법을 잘 알 고 있는 짐승이에요."

던컨은 아무런 대꾸도 하지 않았다. 내 뒤에 너무 가까이 붙어 있어서 그의 온기를 느낄 수 있었다. 사냥을 곧잘 할 때의 느낌이 기억났다. 과연 내가 늑대처럼 할 수 있을까. 짐승처럼. 하지만 나 는 한 번도 방아쇠를 당기려고 해 본 적이 없었다. 항상 동생에게 그 순간을 맡겼다.

우리는 나무와 관목 뒤에서 몸을 낮추고 웅크리고 있었다. 너 무 가까이 붙어 있어서 대화조차 하기 어려웠다. 하지만 내 시선 은 조금 멀리 떨어져 앉아 있는, 몸집이 작은 수컷 사슴에게 꽂혀 있었다. 그리고 천천히 조준을 했다. 한 번에 맞추지 못하고 겁만 주게 된 꼴이 되면 그들은 재빨리 도망칠 것이고, 우리는 처음부 터 다시 시작해야 한다. 그리고 사슴들은 자신이 쫓기고 있다는 사실을 알게 되었기 때문에 더욱 경계할 터였다. 실수하지 않는 것이 최선이었다.

화살은 아무 소리 없이 날아갔다. 내 눈꺼풀이 감길 때 들려온 것은 오직 빗소리뿐이었다. 그 소리를 들으며 서서히 나는 사라지고, 저 사슴 안으로 녹아들었다. 아무런 감각도 느낄 수 없었다.

내가 다시 눈을 떴을 때, 던컨이 내 위에 있었고, 거의 헤엄을 치고 있었다. 비가 완전히 우리를 감싸고 있었다.

"기절했어요." 그가 말했다.

기절한 것이 아니다. 내가 너무 느렸고, 그래서 화살에 맞은 것이다.

물줄기가 그의 코를 타고 흘러, 그 끝에 맺혔다 떨어져 내리면서 바로 내 입술로 스며들었다.

그 물줄기를 따라 내 입이 그의 코를 향했다. 그의 코끝에서, 그의 입술에서 떨어지는 물방울을 나는 모두 입에 담았다. 그가 나를 꽉 움켜잡았고, 내게 입을 맞췄다. 우리는 마치 서로를 잡아먹듯이 키스를 했다. 온몸이 떨려왔다. 사라졌던 내 몸이, 이제 다시 진짜 내 몸으로 돌아온 것이었다. 다시 온전한 내가 되자, 욕망이 차올랐다.

그리고 기억이 떠올랐다.

그만. 내가 말했다.

"그만해요." 내가 외쳤다.

던컨이 뒤로 물러났고, 우리 사이에는 숲이 남았다.

나는 몸을 일으켜 앉았고, 그가 짓고 있는 표정만큼이나 정신이 멍했다. 이런 것을 원하지 않았다. 내가 이곳에 온 이유는 세상으로부터 멀리 떨어져서, 세상으로부터 상처받지 않기 위해서니까.

"사슴은요?" 내가 물었다.

"잡았어요."

비의 장막 속에 희미한 형체 하나가 누워 있었다. 발걸음을 그쪽으로 옮기며, 내가 앞으로 저지를 행동에 대한 고통을, 이번이 처음은 아니지만, 나 또한 함께 견뎌야만 한다는 사실이 조금이나마 위안이 되었다. 아, 가엾은 녀석. 뒷다리에 꽂힌 화살을 제거했다. 그리고 가방에서 칼을 꺼냈다.

할 수 있을까? 꼭 해야 할까?

숨이 붙어 있어 부드럽고 온기가 가득한 짐승에게 너무 큰 동정과 사랑이 느껴졌다. 내가 어떻게 해를 가할 수 있을지, 그 짐을 짊어지고 앞으로 어떻게 살아갈 수 있을지 상상이 가지 않았다. 하지만 선택의 여지가 없잖아. 그렇지 않아? 늑대를 위해서 해야만 하는 일이니까. 늑대에게는 먹이가 필요하니까.

"내가 할게요." 나의 고통을 눈치챘는지 던컨이 말했다.

"아니요, 내가 할 수 있어요." 그들은 나의 늑대이고, 이 일은 내가 짊어질 짐이니까.

하지만 몸이 움직여지지 않았다. 결국 나는 그에게 칼을 넘겨주고 몸을 돌렸다.

우리는 숨이 멎은 사슴을 잠든 6호에게서 그리 멀지 않은 곳에 놓아두었다. 6호의 건강 상태는 양호하다고 전해 들은 뒤였다. 그녀가 우리가 한 일을 원하지 않을 가능성도 있었다. 인간의 냄새가 너무 많이 배어 있으니까. 하지만 그녀의 생존 본능과 어미로서 현실을 직시하는 능력이 발동하기를 기대하는 수밖에 없었다. 새끼들이 고개를 들고 우리를 빤히 바라다보았다.

가장 작고 하얀 녀석이 가장 호기심이 강해 보였다. 녀석은 굴에서 기어 나와서 여전히 온기가 남아 있는 사체의 냄새를 맡기 시작했다. 그리고 나서 마치 이 갑작스러운 상황을 설명해 줄 사람이 나라는 듯이 내 눈을 똑바로 올려다보았다. 직감이 좋네. 그래, 바로 나야.

"다시 안으로 들어가렴." 비가 오기 때문에 녀석에게 소곤소곤 전했다.

녀석은 나를 바라보며 고개를 갸웃거렸고, 사슴이 있는 곳까지 기듯이 다가가 그것이 자신의 소유물이라는 양 앞발을 사체 위에 올려두었다.

"재미있는 녀석이네요." 던컨이 빙그레 웃으며 말했다.

녀석은 어미의 지시를 기다리려는 듯, 다시 굴 안으로 들어갔다. 이 작은 녀석이 이곳에서 가장 중요한 역할을 할 늑대들 가운데 하나였다. 여기서 태어난, 녀석과 그 형제들은 이 땅을 자신의 터전으로 삼을 진정한 기회를 얻게 되었다. 그리고 이곳은 앞으로 태어나게 될 그들이 낳을 새끼들의 터전 또한 될 수 있을지도 모른다.

"늑대를 싫어하죠?"

"오늘 이후로 작은 녀석들은 조금 덜 싫어하게 될 거 같아요."

"그런데 왜요? 왜 늑대를 싫어하는 거예요?"

"이곳 주민 모두 착한 사람들이에요. 주어진 일도 열심히 하죠.

그들이 두려워하는 모습을 보고 싶지 않아요. 두려움은 위험을 낳게 되죠. 애초에 그것이 있었든 없었든 상관없이요."

9

던컨일지도 모른다는 기대감에 분주해지는 내 모습을 보며, 이런 열정적인 내가 마음에 들지 않았다. 하지만 현관문을 두드린 사람은 다름 아닌 스튜어트 번즈였다. 애기는 방에서 자고 있고 나도 잠이 절실했지만, 저녁 식사를 마치고 주방을 정리하는 중이라 아직 잠자리에 들기에는 할 일이 많이 남아 있었다. 그녀가 컨디션이 좋을 때는 내가 일하러 나가 있는 동안에 청소도 하고 요리도 하지만, 그렇지 않고 너무 피곤할 때는 잠자리에 들기 전 몇 시간 동안 이 모든 것을 나 혼자 해치워야만 했다.

"할 말이 있어서 왔어요, 미스 플린." 스튜어트가 입을 열었다. 나는 동생이 깰까 봐 밖으로 나와서 문을 닫았다. 내 앞에 우뚝 선 그와 단둘이 있자니 소름이 돋았다.

"내게 갚을 돈 2천 파운드(약 360만 원)가 있잖아요." 그의 목소리는 우리가 처음 만날 날처럼 친근하지도, 술집에서 그랬던 것처럼 분노로 들끓지도 않았다. 중립을 지키기 위해 상당히 자제하고 있는 목소리였다.

"알아요, 스튜어트. 돈을 모을 시간이 필요해요. 월급이 많지 않거든요."

"부모님께 전화라도 하세요. 도와주실 거 아닙니까."

인상이 찌푸려졌다. "우리 부모님에 대해서 모르지 않아요?"

"이봐요, 그건 그쪽이 알아서 할 문제고, 빨리 해결하세요. 내가 인내심이 많지가 않아요." 체급 차이에서 오는 우월감을 즐기는 듯 그가 내게 더 가까이 다가와 섰다. 남자들의 이런 꼴사나운 태도가 미치도록 싫기 때문에, 나는 그가 원하는 대로 뒤로 물러서지 않고 오히려 턱을 치켜들었다.

"사유지예요. 여기서 나가세요."

"돈부터 갚고 말하시죠. 그리고 갚으려거든 집으로 가져오지 마요. 보아하니 당신이 내 아내를 귀찮게 하는 모양이니까. 돈을 다 갚을 때까지 매일 밤 내가 여기로 찾아오죠. 그러는 쪽이 당신에게도 편할 테니."

그가 말을 마치고 차에 올라타더니 그대로 몰고 가 버렸다.

무의식적으로 내 발이 움직이기 시작했고, 어느 순간 던컨의 집 앞에 다다라 현관문을 두드리고 있었다. 손이 꽁꽁 얼어 있어서 두드릴 때마다 아팠다.

문을 열고 나온 그는 나를 보고는 아무 말도 하지 않았다.

그러더니 잠시 후 입을 열었다. "참 변덕이 오락가락하네요, 늑대 아가씨."

그의 말이 맞다. 그래, 나도 나 자신을 어쩔 줄 모르겠으니. "미안해요." 내가 말했다. "그만 갈게요."

그가 내 손을 붙잡고 집 안으로 나를 이끌었다.

우리는 잠들지 않고, 그의 침대 양쪽 끝에 각자 알몸으로 누워 있었다. 램프가 방을 밝히고 있었고, 난로 덕분에 따뜻했다. 장작이 타는 듯한 냄새가 방에 맴돌았고, 아빠가 쓰던 작업실의 모습이 강하게 스쳐 지나갔다. 뭐라고 형용할 수는 없지만, 이 냄새 때문에 집에 있는 듯한 편안한 기분을 느낄 수 있었다. 펑갈은 난로 앞 러그에 엎드려 자고 있었고, 꿈을 꾸고 있는 듯이 이따금 꼬리를 까닥까닥 움직였다.

부드러운 불빛 속에서 던컨의 얼굴을 몇 시간, 아니, 평생을 바라볼 수 있을 것만 같았다.

"이런 식으로 애인들을 곁에 붙잡아 두나 봐요?" 던컨이 물었다. "또 싸우길 기다리면서?"

나는 터져 나오는 웃음을 애써 참았다. "애인들이라고 하지 마요." 그러고 나서 덧붙였다. "당신 애인들은 어땠는데요?"

"그들이 뭐요?"

"연애할 때 어떤 타입인지 묻는 거예요."

그는 나의 발을 가만히 잡은 채로 잠시 생각에 잠겼다. "썩 잘하는 편이라고 할 수는 없을 것 같네요."

나는 다음 말을 기다렸다.

"그동안 함께했던 몇 명을 보면, 내가 줄 수 없는 걸 원하는 것 같더라고요. 항상 그랬어요. 아마도 내 잘못이겠지만. 애초에 서로에게 원하는 바를 분명하게 밝히지 않았으니까. 그중 한 명은 이런 말을 하더군요. 내가 온전한 사람인 것처럼 가장하고 있다고."

나는 움찔 놀랐다. 그 말이 무슨 뜻인지 다시 물어보고 싶었다.

무엇 때문에 그가 온전하지 않다고 여기는 것인지 궁금했다.

"그들은 모두…… 우리는 겉으로만 나돌았죠. 나는 그들의 진짜 모습을 모르고, 그들도 나를 몰랐어요. 그런 관계를 바라기도 했고. 그러다가 매번 같은 순간이 찾아와요. 정확하게 똑같이 그 순간이 오죠. 그러면 나는 아이를 원하지 않는다고 말하고, 그들은 그런 나를 믿지 않고 그저 내게 시간이 필요하다고 생각하죠. 대부분의 남자에게는 그 생각이 맞을지도 몰라요. 자기 자신에 대해서 잘 알지 못하니까. 물론 나도 마찬가지이고요. 하지만 내가 아빠가 된 모습을 도저히 상상할 수가 없어요. 아마도 내가 내 아버지를 너무 많이 닮았기 때문일 텐데, 바로 그 점이 용납할 수 없는 부분이죠."

그가 하는 말을 이해할 수 있었다. 내적 친밀감이 느껴질 정도였다. 서른이 되던 해, 정확하지 않아도 거의 그즈음에 나도 아이에 대해서 고민하기 시작했다. 그때 내 몸속에서 어떤 목소리가 외치고 있었다. *지금이야, 지금. 이것이 네가 이 세상에 태어난 이유이고 삶의 의미야.* 그전에는 믿지 않았던 촉박한 시계가 실제로 있었던 것이다. 실제로 울리기 전에는 몰랐다. 내 몸 안의 세포들은 양육을 원했고, 사랑하고 보호할 대상을 원했다. 애기는 나의 이런 생물학적 신호를 공감하지 못했고, 내가 느낀 공황 상태를 경험하지 못했다. 그러던 중에 결국 애기는 아이를 가질 능력 자체를 빼앗기게 되었고, 그 사건으로 인해 내 몸 안에서 들끓던 세포들의 욕망도 사라져 버리게 되었다. 완전히 흔적도 없이 사라져서 존재했는지조차 모를 지경이 되었다. 그렇게 모든 좋은 것들이 몽땅 사라져 버렸다.

던컨이 나의 발을 들어 자기 입술로 가져갔다. 나는 눈을 감았다.

"어머니는요?" 내가 물었다. "어떤 분이셨어요?"

"좋은 분이셨죠." 그가 대답했다. "내 기억에는 정말 좋은 분이 셨어요. 그래서 누구도 그분에게 상처 주려 하지 않았어요. 못된 사람들한테도 친절한 분이셨으니까요. 무엇보다도 동정심이 넘 쳤죠. 그 감정에 대해서는 아마도 남자보다는 여자가 더 잘 이해 할 수 있는 부분일 거예요."

"모든 여자가 그렇진 않아요."

잠시 침묵이 이어졌고, 그가 내게 물었다. "오늘 밤은 어쩐 일로 오게 됐나요?"

"스튜어트 번즈가 집에 찾아왔어요."

던컨이 순간 긴장한 기색이 역력했다. "이유가 뭐죠?"

"돈 받으려고요. 없어서 못 줬지만."

"협박하던가요?"

"그 사람 그다지 좋은 사람이 아니잖아요, 던컨."

"다음번에도 이런 일이 있으면 나한테 전화해요. 바로 갈게요."

"겁먹어서 여기에 온 것은 아니에요. 그런 뜻으로 말한 것도 아 니고. 나 자신 정도는 돌볼 수 있어요, 나도."

내가 방금 한 말이 사실인지는 나도 잘 몰랐다. 아니, 사실 그렇 지 않을 것 같은 의구심이 강하게 들었다.

"그럴 수 있는 사람인 거 나도 알아요." 그가 말했고, 그 말은 진 심처럼 들렸다.

173

그가 있는 쪽으로 몸을 굴려 그의 얼굴에 내 얼굴을 가까이 가져갔다. 그의 손이 나의 등을 쓰다듬었다. 크고 굵직한 손과 거친 손가락을 가진 그였지만, 그 손길은 부드러웠다. "당신을 떠나간 그 여자들을 전부 사랑했나요?"

그의 손길이 나의 목과 턱 그리고 입술로 이어졌다. "그랬죠. 단지 그들에게 내가 충분하지 못했을 뿐."

지금 순간에는 어떻게 그럴 수 있었는지 상상이 가지 않았다.

"그럼 이유가 뭐예요? 스튜어트 때문이 아니면." 그가 다시 물었다.

내가 여기에 왜 왔을까.

내 입술이 그의 입술 언저리를 스쳤다. *왜지?*

오늘이 마지막이 될 것이다. 내 발이 그의 집으로 향하는 마지막 날이.

*

트램블링 자이언트에 다녀온 뒤로 아빠는 오랜 시간 동안 정신이 멀쩡했다. 우리가 이곳에 온 이후에 가장 긴 시간인 듯했고, 그래서 나는 희망을 품기 시작했다. 아빠가 우리에게 영원히 돌아온 것인지도 모른다는 희망을. 하지만 마음속 깊은 곳에서는 그 생각이 그저 착각이며 시간을 벌고 있을 뿐이라는 사실을 알고 있었다. 곧 열여덟 살을 맞이할 애기와 나는 이미 학교에서 나왔고, 그래서 우리는 생존을 위한 작업에 몰두하며 시간을 보냈다. 그렇게 우리 셋은 우리의 삶이 다분히 평범하고 정상인 척 행동하며 살아가고 있었다.

처음으로 일이 발생한 것은 어느 날 밤, 지하 창고에서 절인 복숭아를 병에 담고 있을 때였다. 애기는 아빠에게 스페인어로 단어를 반복해서 따라 하게 하면서 아빠의 발음에 깔깔거리며 웃고 있었다. 나는 녹슨 금속 조각에 베여 점점 염증이 심해지는 종아리의 상처를 살펴보면서, 어떻게 하면 아빠 몰래 마을로 가서 항생제를 구해 올 수 있을지 구상하고 있었다. 그래서 두 사람을 신경 쓰지 않고 있었다. 그러다가 갑자기 뭔가가 깨지는 소리가 들리고, 짧은 비명이 잇따랐다.

무슨 일인가 싶어서 고개를 들자, 애기의 손에서 미끄러져 떨어진 듯한 병 하나가 수많은 파편으로 산산조각 나 있었다. 그리고 그녀의 볼에는 아빠가 남긴 새빨간 자국이 선명하게 남아 있었다. 그들은 방금 일어난 일을 믿을 수 없다는 듯이 충격 속에서 서로를 마주 보고 서 있었다. 한 번도 일어난 적이 없는 일이었다. 단 한 번도. 우리가 실수해도 웃어넘기는 부드러운 아빠, 우리가 무언가를 깨부숴도 상냥하게 미소 짓는 아빠였으니까.

검은 그림자가 지하 창고를 채우고 있었다. 짙은 먹구름이 우리에게 다가오는 것이 느껴졌다.

아빠가 자리를 떴다. 애기는 마치 자신의 손바닥에 그 흔적을 새기려는 듯이 얼굴에 잠깐 손을 가져다 대었다. 그러고 나서 깨진 유리 조각들을 치우기 시작했다.

나는 아무 말도 하지 못하고 가만히 있었다. 애기의 고통이 얼마나 클지 너무나 잘 알았지만, 어째서인지 이번만큼은 그녀와 그 사건에 대해 함께 공유하지 못했다.

이런 일이 잦아졌다. 아빠의 마음속 무언가가 망가져 버렸다. 아빠의 정체성이 바뀌어 버린 것이다. 엄마라면 그것을 아빠의 동물성이라고 부를지도 모르지만, 사실은 모두 인간적이었다. 아빠는 그럴 때마다 좌절하고, 두려워하고, 부끄러워하는 모습을 보였다. 폭력적인 모습까지도. 아빠는 어딘가가 잘못되었음을 느꼈고, 갑자기 기억을 잃었다가 되찾았기도 했고, 아빠는 자신의 그런 나약한 모습을 감당할 수 없었는지 그 화를 애기에게 쏟아부었다. 때리기도 하고 세게 밀쳤는데, 우리 모두에게 그런 상황은 너무 낯설어 마치 꿈처럼 여겨졌고, 점점 불신으로 물들어 갔다. 그런데 아빠의 공격성이 왜 애기에게로만 향하는지 그 이유를 알 수 없었다. 그녀가 항상 나보다 더 강했기 때문일까. 그래서 나는 그 모든 폭력 행위를 확실히 지켜보면서 그녀와 나누려고 했다. 처음에는 그것이 연대감이자 그녀를 지킬 수 있는 방법이라고 생각했다. 그렇게 2주가 흘렀고, 하루는 폭행의 강도가 너무 강해서 그녀의 입술이 찢어졌다. 나는 그때야 결심이 섰다. 내가 해야 할 일은 가만히 지켜보는 것이 아니라, 그녀를 보호할 수 있는 구체적인 방법을 찾는 것이었다.

　"시설을 알아봐야 할 것 같아." 아빠의 폭력이 3주 차에 접어들던 날 새벽, 내가 말했다.

　애기가 몸을 돌려 내 얼굴을 마주 보았다. 우리는 여전히 같은

방을 썼고, 방 안에는 어렸을 때부터 사용하던 싱글 침대가 두 개 놓여 있었다. "그런 곳에 아빠를 보낼 수 없다며."

"전에 한 말은 취소야. 그리고 엄마한테도 알려야 할 것 같아."

"아니, 그건 안 돼. 엄마가 알면 별일 아닌 것도 사건으로 처리하니까."

아니, 사건이 맞아. 별일이 아닐 수가 없지. 우리가 이제 더 이상 아빠를 믿을 수가 없게 되었으니까. 그리고 우리는 무엇보다 심한 배신을 당한 셈이니까.

우리는 일어나서 맨발로 조심조심 방을 나와 아빠 방문 앞으로 다가갔다. 진심이야? 애기가 내게 수신호를 보냈다.

나는 고개를 끄덕였다.

하지만 우리가 방문을 열었을 때 아빠의 침대는 비어 있었다.

거의 일주일 동안 주변 지역을 샅샅이 찾아다녔다. 결국에 우리는 아빠가 사라졌다는 사실을 받아들일 수밖에 없었다. 아빠가 사라진 날 아침, 아빠가 가장 좋아하는 말도 함께 사라졌다는 사실을 확인했고, 이틀 동안 말의 흔적을 쫓았지만, 운이 나쁜 건지 아니면 아빠가 의도했는지 몰라도 어느 시점부터는 그 흔적을 전혀 찾을 수 없었다. 가슴이 아팠다. 어디로 갔는지 알 방법이 없었다. 하지만 아빠는 우리가 따라오기를 바라지 않는 것이 분명해 보였다. 그럼에도 불구하고 우리는 반경을 넓혀가며 계속 아빠를 찾아다녔다.

우리는 마음속 깊은 곳에서 느끼고 있었다. 아빠는 동물들이 그러하듯이, 소란스럽지 않게 조용히 스스로 목숨을 끊기 위해 떠난 것이다. 변해 버린 자기 자신을 끝장내기 위해, 얼마 남지 않은 통제력을 발휘한 것이다. 어쩌면 아빠가 알고 있는 유일한 방법으로 두 딸인 우리를 보호하기 위해서일지도 몰랐다.

아빠를 다시 볼 수 있으리라는 생각이 들지 않았다. 그리고 실제로 보지 못했다. 우리 아빠를.

10

애기의 항우울제 처방전을 작성하고 있을 때, 레이니 번즈가 약국으로 들어왔다. 나는 카운터에서 애비모어(Aviemore, 케언곰스 국립공원 안에 있는 도시) 근방에 있는 상담센터에 관한 팸플릿 몇 장을 집어 들었다. 애기는 머지않아 새로운 의사가 필요할 것이고, 방문 치료를 부탁해야 할지도 모르는 상황이었다. 그러고 나서 레이니가 서 있는 진통제 통로로 걸어갔다.

"안녕하세요."

그녀가 나를 보고 환하게 웃으며 인사했다. "안녕하세요."

온통 부어 있던 한쪽 눈은 이제 완전히 가라앉았고, 검은 멍도 화장으로 가려 잘 보이지 않았다. "훌륭한 솜씨네요." 그녀의 깁스를 고개로 가리키며 내가 말했다. 꽃과 동물들이 그려져 화려하게 장식되어 있었다.

레이니가 살짝 웃어 보였다. "남편 작품이에요."

내가 너무 놀란 표정을 지었는지, 그녀의 얼굴에서 미소가 걷혔다. "사람들은 첫인상과 다른 경우가 많잖아요."

뭐, 확실히 그녀의 말이 틀린 말은 아니긴 하지.

"지아라시는 어때요?"

"잘 있어요. 그런데 여전히 경계가 심해서, 내가 근처에도 못 오게 해요."

"시간이 많이 필요할 거예요. 무서운 일을 당했잖아요."

무슨 말을 하려고 입을 열었지만, 막상 말하자니 적당한 표현을 찾지 못했다. 그래서 나는 그냥 직설적으로 물었다. "괜찮아요, 레이니?"

그녀는 화를 내는 대신에 가만히 내 눈을 마주 바라보았다. "괜찮아요. 당신은요, 인티?"

당신 남편이 밤마다 집 앞으로 와서 차에 앉아 있을 때마다 오싹할 정도로 무섭다는 말은 차마 할 수 없었다. 그녀가 더 심한 상황을 견뎌 내고 있다고 확신하기 때문이었다. "저도 괜찮아요. 고마워요."

그녀가 내 손에 들린 팸플릿을 흘깃 보았고, 나를 조금은 달리 보는 시선을 느낄 수 있었다. 나는 이것이 내 동생을 위한 것이라는 설명이나, 그다지 큰 도움이 되리라는 기대는 하지 않는다는 말은 굳이 덧붙이지 않았다. 그때 문 위에 걸린 종이 울렸고, 스튜어트가 약국 안으로 들어왔다.

"왜 이리 오래 걸리나 보러 왔어." 그가 나를 주시하며 말했다.

"미안해요." 레이니가 말했다. "이제 가려던 참이에요."

"내 아내한테서 떨어지라고 분명히 말했을 텐데요." 그가 내게 말했다.

"내가 뭘 할 거라고 생각하는 거예요? 레이니를 매수하기라도 할까 봐 그래요?"

"서로 잠깐 마주친 거예요." 레이니가 끼어들었다. "그냥 인사하는 중이었고, 그게 다예요."

"그래, 좋은 게 좋은 거니까." 스튜어트는 레이니가 들고 있던 아스피린을 도로 선반 위에 올려 두고 그녀를 이끌고 문으로 향했다. "안녕히 계세요, 도일 부인, 좋은 밤 보내시고요." 그가 계산대에 있는 나이 든 여자에게 인사를 전했다. 아주 공손한 태도였다.

나도 그들을 따라나섰다.

약국 맞은편에는 술집 흰기러기가 있었는데, 그 앞에 레드 맥레이와 오크스 시장이 가로등 불빛을 맞으며 각자 한 손에 맥주를 들고 담배를 피우고 있었다. 이쪽 가로등은 꺼져 있어서 내가 스튜어트의 이름을 부르고 그가 멈춰서 나를 바라봤을 때, 우리 세 사람은 어둠 속에 갇혀 있었고, 레이니는 조심스러운 듯이 머뭇거리고 있었다.

나는 오직 한 가지 생각뿐이었다. 그녀가 신고를 못 하는 상황이라면, 내가 신고할 거리를 만들 때까지 그를 도발하면 된다. 레이니에게 향한 그 분노의 화살을 나에게로 돌리면 된다.

"도대체 왜 그러는 거죠?" 내가 질문을 퍼붓기 시작했다. "왜 밤마다 우리 집 밖에 숨어 있는 거예요? 담장 너머에 있으면 아무런 문제가 없다고 생각하는 건가요? 무슨 생각인 거예요? 그런 식으로 나를 협박하면서 즐기나 봐요? 그러고도 처벌을 안 받을 줄 알아요?"

"더러운 입 그만 나불대시지." 그가 말했다. "빚진 돈을 받으려는 것뿐이니까."

"그러면서 흥분하나 봐요? 여자들을 겁줄 생각을 하면서? 하지만 어쩌죠? 나는 겁을 안 먹거든요. 난 당신이 무섭지가 않은 걸 어떡하죠? 불쌍할 따름이죠. 창가에 서서 당신이 저 밖에 서 있는 모습을 보면 웃음밖에 안 나오거든요."

여러 가지 상황이 동시에 벌어졌다. 그가 나를 향해 다가왔고, 바로 이런 순간을 원했던 나는 승리의 전율과 한줄기 타오르는 두려움을 동시에 느끼며 각오를 다지고 있었고, 저편에서 레드와 앤디가 길을 건너오는 모습이 눈에 들어왔고, 레이니가 남편의 팔을 잡았지만 연약한 팔로는 그를 막을 길이 없었고, 그 사실을 우리 둘 다 인지하고 있었다. 그때 가로등 사이로 미끄러지듯 흘러들어 오는 목소리가 있었는데, 그 소리에 스튜어트가 자리에 멈춰 섰다.

"어째서 내가 이 파티에 초대받지 못한 거야?"

스튜어트는 꽉 쥐었던 주먹을 풀었고, 그와 나는 동시에 몸을 돌려 다가오는 던컨을 바라보았다.

"파티가 아니야." 스튜어트가 말했다. "작은 계집 하나가 문제를 일으키는 중이지."

던컨이 그와 나 사이에 들어섰다. 그리고 내게 말했다. "술집에 가서 기다려요."

"싫어요, 난……."

"인티."

젠장.

아드레날린이 진동하는 것을 느끼면서 나는 길을 건넜다. 거의 다 됐는데, 젠장. 나는 아쉬운 마음에 뒤돌아서 모여 있는 그들을 바라보았다. 던컨이 그들에게 무슨 말을 하고 있는데 들리지 않았고, 단지 그들의 윤곽만 확인할 수 있었다. 레이니도 빠르게 걸음을 옮기며 자리를 뜨고 있었다. 그러다가 문득 던컨이 수적으로 불리한 상태로 혼자 있는데 내가 다시 돌아가야 하나 싶었지만, 어리석은 생각이라는 사실을 금세 깨달았다. 그는 경찰이고, 그들은 대부분의 경우에 정상인 사람들이니까. 아마도 그의 친구들이기도 할 테고. 나는 술집 안으로 들어갔다.

후끈한 공기가 얼굴을 강타했다. 술집 안은 북적대는 사람들의 목소리로 가득했다. 나는 와인 한 잔을 주문하고 부스 한편으로 가서 가죽이 벗겨진 의자에 털썩 주저앉았다. 몸에 열이 너무 올랐기 때문에 스카프를 홱 잡아당겨서 벗고 외투도 벗어 던진 뒤에야 다시 온전히 숨 쉴 수 있었다. 던컨이 오기를 기다리는 동안에 밖에서 무슨 일이 벌어지고 있을지 상상하면서 고통스러운 시간을 보냈다. 단순히 그들을 집으로 돌려보내는 것이라면 이렇게 시간이 오래 걸릴 이유는 없었다. 왜 레이니를 스튜어트에게서 떨어뜨려 먼저 돌려보냈을까? 시간이 흐르면 흐를수록 밖으로 나가봐야겠다는 나의 결심은 점점 더 확고해졌다. 다시 스카프와 외투를 집어 들려는 순간, 던컨이 다가와 내 맞은편 자리에 앉았다.

그의 얼굴에는 멍이 들어 있었고, 입술은 찢어진 상태였다.

"도대체 무슨 짓을 하려던 거예요?" 그가 내게 물었다.

"난 아무것도……."

"거짓말할 생각 말아요. 다 보이니까."

나는 입을 다물었다. 얼굴이 너무 화끈거렸다.

"그를 조심하라고 했지, 한밤중에 길거리에서 시비를 걸라고 했나요? 다시 한번 말할게요. 스튜어트에게서 떨어져 있어요, 알겠어요?" 그가 이런 식으로 화를 내며 말하는 모습은 처음이었다. 그의 분노 저 밑바닥에 두려움이 자리하고 있다는 생각이 들었다.

"얼굴은 누가 그런 거예요?" 이번에는 내가 물었다.

그때 웨이트리스가 그에게 맥주를 가져왔다. 그가 들어오면서 주문했는지, 아니면 그가 뭘 주문할지 정도는 그녀도 알고 있는 것인지 모르겠지만, 그가 고맙다는 뜻으로 고개를 끄덕였고, 그녀가 자리를 떠날 때까지 그의 시선은 계속 내게 꽂혀 있었다. "내게 변명할 말이라도 있어요?"

"네."

"해 봐요, 그럼. 당신 입장을 말해 봐요."

와인을 한입 가득 들이마시자 곧 몸이 따뜻해졌다. 잔을 잡은 그의 손과 의자에 기댄 그의 등, 얇은 티셔츠가 닿은 그의 쇄골 그리고 맥주를 마실 때 느껴지는 그의 피멍과 입술의 상처가 내게도 고스란히 전해졌다. 나는 내가 나 자신을 통제하고 있다고 생각했지만, 이렇게 그가 내게 영향력을 미치고 있었다. 애기를 혼자 남겨 두는 것에 대한 죄책감과 나의 굳은 결심에도 나는 숲으로 빠져나와 그의 집에 너무 자주 드나들고 있었다.

"뭐가 그렇게 두려운 거예요, 던컨?" 내가 물었다.

그는 대답이 없었다.

"당신 자신의 본모습에 대해서 두려워하고 있는 것 같아요. 그리고 알고 있는 사실에 대해 아무런 행동도 하지 않는 것에 대해서도요."

"그럼 내가 어떻게 해야 하죠?"

"뭐든지 해 봐야죠."

"해 봤다면요?"

손가락을 내 얼굴로 가져다 대자 아픔이 느껴졌다. "뭘 해 봤는데요?"

그는 대답이 없었다.

"두려워하고 있잖아요." 내가 반복해서 말했다.

"우리는 모두 두려워하죠."

"변명이라고 하는 말이에요?"

"단지 사실을 말하는 거죠."

"그 사람은 괴물이에요." 내가 말했다.

"지나치게 과한 평가를 하는 거예요. 그도 그냥 사람입니다." 던컨이 대꾸했다.

"바로 그런 생각이 위험한 거예요. 사람들이 끔찍한 짓을 저지르게 내버려두는 것이나 다름없죠."

그는 내 말에 공감하지 않았다. "절대 그를 가볍게 여기는 게 아니에요. 당신이 그를 괴물로 묘사한다면, 그건 그를 상상 속의 인물로 만드는 거예요. 하지만 여자를 폭행하는 남자도 그냥 사람일 뿐이죠. 우리 같은 사람이요. 세상에 빌어먹을 만큼 많고, 모두 다 똑같은, 그냥 사람이에요. 그리고 폭행당하는 여자들이라고 해서 전부 다 소극적인 피해자도 아니고, 프로이트가 말하는 마조히스트(masochist, 피학대 성애자)도 아니에요. 그들 역시 똑같은 사람이고, 매시간 매초, 그들은 최선을 다해 자신이 사랑했던 사람으로부터 어떻게 살아남아야 할지 치열하게 전략을 짜고 있는 것뿐이죠. 그리고 누구도 겪으면 안 되는 일이고요."

그에게 이런 말을 듣게 될 줄은 예상하지 못했다. 내가 그를 과소평가하고 있던 모양이었다.

던컨이 자신의 명을 살피려고 손을 댔고, 내가 움찔거리며 제지했다. "만지지 마요."

그가 이해하는 부분도 있을지 모르겠지만, 그런 두려움 속에서 살아간다는 것이 어떤 느낌인지는 모르는 것 같았다. "당신을 사랑했던 여자에게 상처를 준 적이 있나요?"

그의 얼굴에서 핏기가 사라졌다. "우리가 그렇다고 전부 다 스튜어트 번즈 같은 사람은 아니에요." 그가 대답했다. "하지만 누구나 실수할 수 있고, 그 실수로 인해 나쁜 사람이 되는 것도 아니에요. 그건 별개의 문제죠."

우리는 서로를 물끄러미 바라보았다.

"우리는 서로에게 상처를 줄 뿐이에요." 내가 말했다.

그가 내 손을 잡았다. "상처 말고 우리는 다른 것도 공유하잖아요."

"우리가요? 나는 점점 숨이 막혀 와요."

"인티."

"나는 다른 건 원하지 않아요. 나는 벗어나고 싶어서 이곳에 왔으니까요."

"그러다가 외로워하며 서서히 죽어가겠죠."

"그게 뭐가 그렇게 문제예요?" 내가 고개를 저었다. "그렇게 과장해서 말할 필요 없어요. 나에게는 늑대가 있고, 할 일도 있죠."

"늑대들이 인간보다 더 위험한 존재예요."

"정말 그렇게 생각해요? 더 야생적이긴 하죠, 확실히."

"그게 그거 아니에요?"

"난 다르다고 생각해요. 우리를 폭력적으로 만드는 것은 문명이에요. 그리고 서로에게 전염시키죠."

"그렇다면 동물처럼 살면 되겠네요. 숲에 들어가 문명에서 동떨어진 채로 사람들과 마주칠 일 없이 살면 되잖아요. 하지만 지난번에 당신 본인 입으로 뭐라고 말했죠? 늑대들에게는 서로가 가장 필요하다고 하지 않았나요?"

나는 아무 말도 할 수가 없었다. 지금 이 순간, 이 사람이 너무 얄미웠다.

"무슨 일이 있었던 거예요?" 그가 물었다.

"아무 일도 없었어요."

그러자 그가 혼잣말로 중얼거렸다. 하지만 사실 그것은 질문에 가까웠다. "당신이란 사람은 대체 어떤 사람인지."

나는 어떤 사람일까.

"누군가는 그녀를 보호해 줘야 해요." 내가 말을 돌렸다. "당신이 그 일을 하지 않겠다면, 내가 하겠어요."

갑자기 그의 눈빛이 어두워졌다. "신경 *끄*라고요, 미스 플린. 못 알아들어요?"

그의 분노가 나를 자극했고, 으르렁거리며 드러낸 이빨이 얼마나 날카로운지 그에게 보여 주는 상상을 하게 만들었다.

"나도 한때 사람들이 선하다고 생각한 적이 있었어요." 내가 말했다. "대부분의 사람이 친절하고, 모두 용서할 만하다고 생각한 적이 있었죠."

"지금은요?"

"이제는 세상을 더 잘 알게 됐죠."

잡동사니들이 많은 던컨의 거실은 작고 따뜻했다. 우리는 말없이 이곳으로 왔다. 순전히 본능적으로, 항상 우리에게 남게 되는 것은 본능뿐인 것처럼. 불타오르는 욕망과 그것을 외면하려는 마음이 교차했고, 다른 무언가가, 고요한 무언가가 동시에 작용했다. 나는 낡은 가죽 의자에 앉아서 그가 불을 지피는 모습을 지켜보았다. 빨간 벽돌, 회색빛 석재, 그와 내 발 아래에 놓인 거친 밤색 러그, 희미하게 일렁이는 불빛 속에서 모습을 드러냈다가 사라지는 가구들. 가구들은 모두 목재로 만들어졌는데, 어딘가 부러지거나 비뚤어지거나 휘어지거나 거꾸로 뒤집혀 있었고, 마술처럼 갑자기 나타나듯이 점점 더 많은 것들이 불빛 속에서 모습을 드러냈다. 마치 꿈을 꾸고 있는 것 같았다. 전기에 감전된 것처럼 위태로웠다. 내게 남아 있는 통제력이 없다는 사실을 인지했고, 내면 깊숙이 항복을 선언하고 있었다. 그가 몸을 일으켜 불편한 다리로 내 쪽으로 다가왔다. 외면하려 했지만 그러지 못했다. 어쩌다가 다치게 된 것인지 물어보고 싶었다. 묻지 않은 질문들이 너무나 많았다. 지금까지는 궁금하지 않던 질문들이었다. 그는 내게 술을 권하지 않았고, 나도 원하지 않았다. 나는 이미 잠에 취해 있었다.

던컨이 내 옆자리에 앉았고, 우리는 서로를 마주 보았다.

"얼굴이 상했네요." 내가 중얼거렸다.

"당신은 대체 어떤 사람인가요?" 우리의 입술이 맞닿은 채로 그가 말했고, 이번에는 확실한 질문이었다.

그의 침대에서 그가 나를 안았을 때, 몸 안에 마치 화롯불이 놓여 있는 것처럼 그의 몸이 너무 뜨겁게 느껴졌다. 그때 깨달았다. 내가 너무 오랫동안 추위에 떨고 있었다는 것을.

*

얼굴을 세게 두들겨 맞는 꿈을 꿨다. 너무 생생해서 정말로 통증이 느껴지는 듯했다. 눈을 뜨자 아직 깊은 밤이었고, 그의 침대에는 나 혼자뿐이었다.

11

휴대전화는 방전 상태였다. 아주 이른 새벽이라서 그런지 더 추웠다.

불은 숯 조각만 남긴 채 사그라들었다. 나는 서둘러 옷을 입었다. 혹시 그가 집 안 다른 곳에 있는지 확인하려고 그의 작은 집을 돌아다니는 동안 핑갈이 내 발뒤꿈치를 졸졸 따라왔다. 새벽 3시에 어딜 간 거지? 조금 당황스러웠고, 깊이 잠든 내가 바보처럼 느껴졌다.

"아빠는 곧 올 거야, 핑갈." 걱정 어린 개의 얼굴을 몇 번 쓰다듬고, 그를 집 안에 둔 채 밖으로 나와 문을 닫았다. 내 차가 여전히 약국 앞에 주차되어 있었기 때문에 어쩔 수 없이 집까지 걸어가야 했다. 머리가 너무 지끈거려서 그의 서랍장이라도 뒤적여 아스피린을 찾아야 하나 싶었는데, 차가운 공기가 고맙게 여겨졌다.

불빛이 거의 없었기 때문에 길이 잘 보이지 않았다. 발 아래 있는 모든 것이 암흑으로 보였고, 나무들을 따라 걸었다. *조용히, 천천히 가렴.* 나무들이 속삭였다. 짙은 안개까지 자욱하게 깔려 있어서 길을 잃을 것이 불 보듯 뻔했다. 달빛조차 없었다. 아무리 생각해도 그가 집에 없는 이유를 이해할 수 없었다. 아마 별일 아닐 거야. 하지만 다른 한편으로는 별일처럼 느껴졌다. 어젯밤은 평소와 달랐으니까.

조심히 가렴. 나무들이 소곤댔다.

계속 발걸음을 옮기며 나무들을 지나칠 때마다 하나하나 손으로 더듬으며 더 천천히 걸었다. 어느 순간, 덤불과 나뭇가지 사이로 발을 내디디다 그만 가지 하나를 잘못 밟아 미끄러졌고, 그 바람에 폭신한 푸른 이끼 위에 엉덩방아를 찧고 말았다. 바로 그때, 내 옆에 눈을 뜬 채로 멍하게 안개를 노려보고 있는 시체 한 구가 눈에 띄었다.

순간 나도 모르게 짧은 비명이 거칠게 새어 나왔고, 허둥지둥 뒤쪽으로 발버둥 치며 물러났다.

시체의 갈라진 복부에서는 내장이 흘러나와 있었다. 내 배에서도 내장이 쏟아져 나오는 듯했다. 나는 눈을 질끈 감았다.

가장 먼저 뇌리를 스치는 생각이 있었다. *늑대의 이빨이 저렇게 해 놓은 걸까?*

온몸의 피가 너무 빠르게 흐르기 시작했고, 그 박동이 몸 전체로 전해졌다. 봐야만 해. 하지만 너무 두려웠다. 시체의 상처나 엉망진창이 된 몸을 보는 일이 두려운 것이 아니라, 멀쩡해 보였던 그 얼굴을 보는 것이 두려웠다.

스튜어트 번즈였다. 뜨고 있는 눈은 유리알처럼 투명했지만, 텅 비어 있었다.

나는 고개를 숙이고 속을 전부 게워 냈다.

애써 몸을 일으켰을 때, 이 사건이 의미하는 바가 무엇인지 내 몸 전체를 관통했다. 앞으로 펼쳐질 일들이 너무 선명하게 펼쳐졌다. 모든 늑대의 운명이 달린 사건이었다. 이로 인해 모든 늑대가 죽임을 당할 것이 분명하다. 톱니 모양의 무기와 동물 이빨로 생긴 상흔이 법의학적으로 봤을 때 어떤 차이가 있는지 내가 잘 알지 못하는 데다가, 당장에 조사해 볼 시간도 충분하지 않지만, 분명한 사실은 이 사건이 사람들에게 어떤 식으로 보일지였다. 모두가 늑대가 저지른 만행이라고 믿을 것이고, 숲으로 사냥꾼들을 보내 모든 늑대를 죽일 것이다. 사람을 죽인 대가로. 그렇게 되면 선대부터 내려온 이 숲 또한 사라질 것이다. 우리가 구하려고 애쓰는 나무들은 물론이고, 스코틀랜드 지역을 다시 야생화 시키려고 했던 지난 시간 동안의 모든 노력, 그 모든 것이 사라질 것이다. 그리고 이 모든 일들은 순식간에 찾아와 곧바로 현실이 될 것이다. 이곳에 앉아 펑펑 울 수도 있었다. 하지만 내 눈물은 이 남자 때문이 아니었다. 그가 저지른 행위는 차치하고 그를 불쌍히 여겨줄 수는 있다. 누구에게나 이런 결말은 좋지 않으니까. 하지만 지금 내가 느끼는 감정은 오직 그가 지금 여기에 죽어 있는 것에 대한 분노와 나의 늑대들에 대한 두려움뿐이었다.

늑대들이 이 남자를 죽였을지도 모른다. 매우 그렇게 보였다. 늑대가 공격하는 방식으로, 그들은 목이나 내장처럼 가장 취약한 두 곳을 먼저 노리는 습성이 있다.

하지만 나는 늑대들이 이러지 않았을 것이라는 사실 또한 알고 있다. 그럴 리 없다. 그들은 이런 식으로 사람을 공격하지 않으니까. 누군가가 스튜어트 번즈를 죽이고 이곳에 둔 것이다. 그리고

그 사람은 스튜어트가 죽기를 바라거나, 혹은 늑대들이 죽기를
바라는 자가 분명했다.

나는 매우 어두운 선택을 했다. 아니, 그렇게 할 수밖에 없었다.

나는 그의 시체를 묻기로 했다.

12

내가 가진 삽으로는 단단한 땅을 파기가 여간 힘든 것이 아니었다. 충분한 크기의 구멍을 파는 데 온 힘을 다 썼고, 한참의 시간을 잡아먹었다. 그의 위로 다시 묵직한 양의 흙을 뿌려서 덮기 시작하자 조금씩 그의 모습이 사라져 갔다. 흙이 그를 다 덮고 나면, 그는 땅과 뿌리로 스며들어, 천천히 세상의 일부로 돌아갈 것이다. 하지만 내가 그의 얼굴을 흙으로 덮기 시작했을 때, 더 이상 그의 얼굴이 아니라 나의 얼굴이 되어, 내 얼굴이 흙으로 덮이고 차가운 흙이 내 목을 막아 숨을 조르고, 내 몸을 통째로 삼켜 버렸다.

흙으로 온통 범벅이 된 몸을 샤워기 아래에서 씻어 내렸다. 손톱 밑도 박박 닦았다. 다른 생각을 할 겨를도 없이 빠른 속도로 목욕을 했다. 다시 깨끗한 상태로 돌아왔을 때, 날은 완전히 밝아 있었다. 지금 즈음이면 애기도 깨어 있을 시간이었다. 확인차 방으로 들어가자 잠에서 깬 그녀는 침대에서 멍하니 허공을 바라보고 있었고, 그녀의 이불을 들치자 침대 시트에는 피가 묻어 있었다. *안 돼. 제발. 오늘은, 오늘 아침만은 안 돼.* 나는 지금 그녀를 돌볼 마

음의 여유가 하나도 없었다. 하지만 해야만 하고, 나는 그러기로
했다.

　다시 욕실로 향했다. 나는 흐르는 물줄기 속에서 그녀를 씻겼
다. 그녀가 나와 함께 이곳에 있다면 익숙하고 친밀한 상황일 수
있겠지만, 그저 그녀의 몸만 함께인 지금은 끔찍한 외로움으로
가득했다. 물줄기가 그녀를 타고 흘러내렸고, 바뀐 그녀의 몸이
눈에 들어왔다. 더 부드러워졌고, 더 살이 올라 있었다. 처음으
로 우리의 육체적인 모습이 서로 달라진 것을 확인했다. 나는 그
녀를 껴안고 그녀의 어깨에 얼굴을 묻었다. 우리를 떠나간, 우리
에게서 사라져 버린 동질성을 그리워하며 눈물을 쏟았다. 그녀가
너무 그리웠다. 그래서 너무 세게 그녀를 껴안고 있는 것 같았다.
그러다가 문득 내가 그녀에게 상처를 주면, 그녀를 아프게 하면
그녀가 깨어나지 않을까 하는 생각이 들었다.

　그녀를 꼭 잡고 있던 손의 힘을 풀었다. 애기는 내가 이끄는 대
로 욕실에서 나왔는데, 이런 점이 나를 가장 힘들게 했다. 어쩌면
단지 그녀의 몸이 기억하는 것뿐일지도 모르지만, 그런 그녀를
보고 있으면 아직 어느 정도의 의식이 있는 것 같았다. 그녀의 무
언가가 계속 남아 있는 것 같다는 생각이 나를 불안하게 했다. 동
생의 몸을 말리고 속옷에 패드를 부착하고 그녀의 다리 위로 속
옷을 가져다 대었다. 그녀는 유순하게 속옷 속으로 다리를 넣었
지만, 내가 그녀의 눈을 마주 바라봤을 때 아무런 인식을 하지 않
는 듯 보였다. 너무 지쳐 있는 탓이겠지. 그녀가 더 좋은 곳에 있
기를 바랐다. 그리고 나도 더 좋은 어딘가에 있기를 바랐다. 이곳

은 너무 빌어먹을 엿 같은 곳이니까. 깨어 있는 지옥이나 다름없으니까.

실종 신고가 접수되기까지 얼마나 걸릴까? 비나 동물 때문에 땅이 파헤쳐져 시체가 발견되기까지 얼마나 걸릴까? 발자국 등의 모든 흔적을 제거했고, 평생을 해 온 일이라서 잘 처리했다는 자신감이 있었다. 기억을 되짚어 봤을 때 놓친 것이 없다고 판단했다. 하지만 나보다 더 훌륭한 사냥꾼이 내가 꾸며 놓은 은폐물을 꿰뚫어 보면 어쩌지? 형사도 그런 능력이 있을까? 내가 정신이 나가서 저지른 일을 던컨에게 말하기까지 얼마나 걸릴까?

정말로 무슨 생각이었던 걸까? 나는 도대체 무슨 생각으로 그런 짓을 저지른 거지?

솔직히 털어놓기에 늦지 않았을지도 모른다. 지금 던컨에게 털어놓으면 그가 조사에 나설까? 아니면 스튜어트의 죽음을 늑대의 공격으로 단정 짓고 더 이상 조사를 진행하지 않을까? 그러면 레드 맥레이가 아주 신이 나서 총을 집어 들겠지. 아니면 던컨이 내가 스튜어트를 죽였다고 생각하면 어쩌지? 내가 그를 묻었으니까. 어떤 제정신인 사람이 그런 짓을 하겠어?

그냥 내버려두는 수밖에 없다. 이미 벌어진 일이고, 이미 나는 발을 들였으니까. 그저 그가 발견되지 않기를 바라는 것이 내가 할 수 있는 전부이고, 만약에 그가 발견되더라도 그의 몸에 나의 DNA를 남기지 않았기를 바랄 수밖에 없었다.

정말로 늑대가 그를 죽였다면 어쩌지? 내 안에서 작은 속삭임이 들려왔다. 하지만 나는 이미 그 물음에 대한 대답을 알고 있었다. 늑대가 스튜어트를 죽인 것이 사실이라면, 그의 시체를 묻은 것은 잘한 일임에 틀림없었다.

캠프에 혼자 남아 일하고 있는데 누군가 문을 두드리는 소리가 들렸다. 에반과 닐스는 타나 무리의 데이터를 수집하기 위해 밖으로 나갔고, 조는 우리가 먹을 점심을 사 오라고 시내에 보낸 상황이었다. 문 앞에 서 있는 사람이 누군지 보는 순간, 조를 아무 데도 보내지 말아야 했다는 후회가 밀려들었다.

던컨이 모자를 손에 들고 서 있었다. "오늘 아침에 일찍 나간 모양이더라고요."

혹시 그가 나를 체포하러 온 것은 아닐까 하는 생각에 가슴이 철렁했다.

"당신도 그런 것 같던데요." 그를 안으로 들이면서 내가 말했다. "차 한잔할래요?"

"금방 가야 해요. 시내에 일이 있어서요."

그와 나는 왠지 서로 어색하게 서 있었다. 우리 사이에 어색함이 있다는 사실이 이상하게 느껴졌다. 전에는 한 번도 이런 적이 없었다. 그렇다는 것은 그가 뭔가를 알고 있다는 의미일까?

"잠깐 좀 걷고 왔어요." 그가 말했다.

"안 물어봤어요." 내가 대답한 뒤, 미간을 찌푸렸다. "새벽 3시에요? 왜요?"

"머릿속을 정리할 필요가 있을 때마다 산책을 나가거든요."

나는 그 말이 무엇을 의미하는지 되묻지 않았다.

"다시 집에 갔을 때 당신이 여전히 자고 있을 줄 알았죠." 그가 덧붙였다.

나는 어깨를 으쓱거렸다. "상관없어요."

이제 모든 상황이 달라졌다. 나에게는 여유가 없었다. 시체를 발견했고, 내가 그것을 땅에 묻었다. 그리고 지금 이 남자가 그 시체를 찾아 나설 것이다.

"그러는 편이 더 나았어요." 내가 그에게 부드럽게 말했다. 마음이 아팠다. 예상했던 것보다 훨씬 더 많이.

그도 내 말의 의미를 묻지 않았다. "주말에 저녁 먹으러 올래요? 주기적으로 모이는 친구들이 있는데, 당신도 오면 재미있을 거예요. 당신이 와 주면 좋겠어요." 그에게서 애써 내색하지 않는 여린 부분이 보였고, 그게 내 마음을 아프게 했다. 그도 뭔가 바뀐 분위기를 감지하고 있었다.

"난 못 가요, 던컨." 내가 대답했다. "이제 나는 당신에게 줄 수 있는 게 아무것도 없어요."

"그럼 내게서 가져가요. 나한테 충분히 있으니까요."

눈시울이 붉어져 그에게서 눈을 돌렸다. 저런 식으로 나오면 너무 위험한데.

나의 긴 침묵이 충분한 대답이 되었다고 생각했는지, 그가 점잖게 고개를 기울였다. "뭐든 필요한 게 있다면 나에게 연락해요, 미스 플린. 무슨 문제가 생겨도 그렇고요. 항상 내가 곁에 있다는 걸 잊지 마요."

그가 떠난 후에도 나무 바닥에 부딪히는 그의 부츠 소리가 한

동안 귓가에 울려 퍼졌다.

*

나의 목과 눈과 치아까지, 피곤이 몰려들었다. 온몸이 아팠다. 하루가 너무 느리게 흘러가서 끝나지 않을 것만 같았다. 하지만 여전히 준비해야 할 일이 남아 있었다. 저녁을 준비하고, 애기를 또다시 욕실에 데려가 씻는 것을 도와야 했다. 그리고 그녀의 침대시트를 바꿔 주는 것도 있었다. 잊고 있었지만 그런 것도 다 일이었다.

　그때 한줄기 연기처럼 문득 피어오르는 생각이 있었다. 우리의 생리 주기는 항상 똑같았다. 애기가 생리를 시작했으면, 나도 똑같이 시작했어야 했다.

불과 며칠 사이에 두 번 약국을 오게 되면서 더 이상 낯선 기분이 느껴지지 않았다. 도일 부인은 종이봉투에 임신 테스트기 두 개를 넣어 주면서 응원의 말을 건넸다. "힘내요, 아가씨." 그녀가 내 얼굴에 비친 두려움을 읽은 것 같았다. 다시 집으로 향했다. 욕실은 서늘했다. 테스트기를 꺼내어 그 위에 소변을 보고, 안절부절못한 상태로 몇 분의 시간이 흐르기를 기다렸다. 하지만 테스트기가 제대로 작동하지 않았다. 조준을 잘못한 것이 틀림없다. 두 번째 테스트기를 꺼냈다. 이번에는 물을 1리터 정도 벌컥벌컥 들이켠 뒤 컵에 소변을 보고, 그 안에 테스트기를 집어넣었다.

솔직히 결과는 볼 필요도 없었다. 이미 나는 알고 있었다. 하루 종일, 심지어 생각이 떠오르기도 전부터 눈치채고 있었으니까. 하지만 확실히 확인할 필요가 있었다. 테스트기를 꺼내자 두 줄로 표시가 생긴 것도 아니고, 희미하지도 않게, 작고 파란 글자로 '임신'이라고 쓰여 있었다. 혼동의 여지가 없었다.

13

"아시다시피, 미스 플린, 우리 경찰은 스튜어트가 사라지기 전날에 그와 접촉한 사람 모두와 대화를 나누고 있습니다."

회의실은 작았고, 하나 있는 창밖으로 소나무 숲이 보였다. 영화에서처럼 저쪽에서 이쪽을 들여다볼 수 있는 반투명 거울은 없었다. 카메라 한 대와 녹음기도 있었지만, 전원이 꺼져 있었다. 던컨이 테이블을 사이에 두고 내 맞은편에 앉아 있었다. 여자 경찰관 보니 파텔은 그의 옆에 앉아 있다가, 차를 가지러 나가서 아직 돌아오지 않았다. 던컨은 그녀 없이 진행할 생각인 듯했다.

"토요일에 있었던 일을 전부 말해 주겠어요?" 던컨이 내게 물었다. 마치 우리가 처음 만나는 사람인 것처럼 정중하고 거리감이 느껴지는 그의 목소리에 내가 새삼 놀란 표정을 짓자, 그가 덧붙여 말했다. "그냥 일반적인 절차라고 생각해요. 스튜어트의 이동 경로에 대해 퍼즐을 맞추기 위해 가능한 한 많은 정보를 모으기 위해서니까요."

나는 불편한 마음에 자세를 가다듬었다.

"일하러 갔어요."

"주말에요?"

"늑대들에게는 주말이 없으니까요."

"좋아요, 일을 마치고 난 다음에는요?"

"시내에 갔어요. 약국에 가려고요."

"무슨 용무로 갔나요?"

나는 믿을 수 없다는 표정으로 그를 바라보았다.

"알았어요, 그런 다음에 무슨 일이 있었죠?" 그가 다시 물었다.

"거기서 레이니를 만났어요. 우리가 대화하는 모습을 보고는 스튜어트가 잔뜩 화가 나서 들어왔죠."

"왜 화가 났을까요?"

"사람 자체가 머저리니까요."

그가 고개를 들고 나를 바라보았다. 내 태도가 거슬렸을까. 나는 예의를 차리고 최대한 빨리 조사를 마치고 이 상황에서 벗어나야 한다는 사실을 상기했다.

그는 단지 자기가 할 일을 하는 것뿐이지만, 그가 나를 이곳에 데려왔다는 사실이 어쩐지 나에게는 상처가 되었다.

"몇 시 즈음이었나요?"

"약국이 문을 닫을 시간이었으니까, 그즈음이었을 거예요."

"7시였죠. 그런 다음에는요?"

"스튜어트와 레이니를 따라서 밖으로 나왔어요. 그리고 그와 몇 마디를 더 나눴죠. 그러다가 당신이 나타났고요."

"대화의 주된 내용은 무엇이었나요?"

"도발이었죠, 아마도."

그는 말을 이어가는 대신 자신의 눈썹을 들어 올려 보았다. 정말로 내 입으로 말하기를 바라는 걸까?

"그의 화를 돋우려고 했어요." 내가 시인했다. "그가 궁지에 몰리면 어떻게 변하는지 내 눈으로 직접 봐야 했으니까요."

"그가 어떻게 할 거라고 생각했는데요?"

"폭발했겠죠. 나를 때렸을 거예요. 자기 아내한테 그러는 것처럼 말이죠."

"왜 그가 당신에게 그러길 바란 거죠?"

"그래야 내가 그를 고소할 수 있으니까요."

던컨이 뒤로 기대어 앉으며 팔짱을 꼈다. 그리고 긴 한숨을 내뱉었다. "그가 아내를 폭행한다는 사실은 어떻게 알게 된 건가요?"

"당신이 말해 줬잖아요."

"내가요?"

"말로 직접 알려준 것은 아니지만."

"말이 아니면 어떻게 알려줄 수 있죠?"

"다양한 표현으로 할 수 있죠."

그는 나를 관찰하면서 내가 한 말의 뜻을 되짚어 보는 듯했다. "두 사람 사이에 적대감이 있었다고 봐도 무방합니까?"

"네."

"그에게 빚을 졌어요, 맞나요?"

"2천 파운드요. 그에게 산 말 때문이죠."

"그 빚 때문에 그가 당신을 협박한 적이 있나요?"

사실을 시인할까 하고 잠시 고민했지만, 더 이상 나 자신에게 더 많은 동기를 부여하지 않는 것이 좋을 듯싶었다. "아니요, 그냥 돈을 달라고 요구했을 뿐이에요."

"그가 스스로 자기 아내인 레이니 번즈를 폭행했다고 시인한 적이 있나요?"

나는 눈살을 찌푸리면서 몸을 앞으로 기울였다. "정말로 그가 그녀에게 아무 짓도 하지 않았다고 몰고 가려는 거예요?"

그는 아무런 대답이 없었다.

"나약한 모습이네요." 내가 말을 이었다. "당신은 지금 그가 실종됐기 때문에 마음이 약해진 거예요."

"그럼 그런 일이 실제로 일어났다는 것을 어떻게 알죠?"

"나는 알아요." 내가 쏘아붙였다. "전에도 이런 일을 본 적이 있죠. 너무 뻔한 일이에요. 당신도 알잖아요."

"그다음에는 무슨 일이 있었죠?" 그가 물었다.

여기저기로 날뛰는 생각의 고삐를 꽉 움켜잡았다. 토요일 밤만 생각하자. "말했잖아요. 당신이 와서 내게 술집에 가 있으라고 했죠. 그러니 그 뒤에 일어난 일에 대해서는 나보다 당신이 더 잘 알 것 같은데요."

"그때가 스튜어트를 마지막으로 본 건가요?"

나는 고개를 끄덕였다.

"그날 밤에 그가 다른 사람과 다투는 모습을 보진 못했나요?"

당신뿐이지. 얼굴을 다쳐서 돌아왔으니까. 내가 실제로 보지 못했다는 사실만 빼면, 그렇지 않을까? 하지만 술집 밖에서 무슨 일이 있었는지 나는 정말로 알지 못했다. 나는 본 사람이 없다는

뜻으로 고개를 저었다.

"혹시 다른 사람 중에 당신만큼 뿔따구가 난 사람이 있을까요?"

"뿔따구가 뭐죠?"

"화난 사람 말이에요."

나는 헛웃음이 났다.

"그의 실종과 관련해서 잠재적 용의자라고 지목할 만한 사람이 없는지 묻는 거예요." 그가 말을 바꿔서 다시 말했다.

"없어요. 내가 이곳에서 아는 사람이라곤 동료들뿐인데, 그들은 스튜어트가 누군지도 모를 거예요."

던컨은 의자 등받이에 몸을 기댄 채로 무심하게 펜을 만지작거리며 물었다. "스코틀랜드에는 무슨 일로 온 거죠, 인티?"

"케언곰스 늑대 프로젝트의 책임자로서 왔죠. 만약에 녹음기가 켜져 있는 상황이었다면, 이미 당신도 알고 있는 대답을 위해 이 모든 질문을 하는 상황을 납득이라도 하겠어요. 도대체 이 가식은 누구를 위해 하고 있는 것인지 모르겠네요."

"가식이 아니에요. 그저 명확히 하고자 할 따름이죠. 이곳에 오기 전에 다른 프로젝트에 참여하려고 했던 거 같은데, 맞나요?" 조사를 좀 한 모양이었다.

"유타에서요. 트램블링 자이언트라고 알려진 판도를 살리기 위해 늑대들을 그곳에 데려가려고 했죠."

"그런데 왜 가지 않았나요?"

"현지인들의 심한 압박이 있었어요. 이곳도 심하다고 생각할 수 있지만, 유타에서는 아예 발도 못 붙였죠."

"옐로스톤에서도 그랬나요?"

"물론이에요. 힘든 싸움의 연속이었죠. 그곳 사람들도 숲을 구하는 일보다는 농장이나 사냥에 더 많은 관심이 있었으니까요."

"그럴 수 있잖아요. 왜 그러면 안 되나요?"

"이 지구가 그들의 소유가 아니니까요." 내가 쏘아붙이듯 말했다. "우리는 그럴 자격이 없고, 애초에 우리의 것도 아니니까요."

잠시 그는 아무 말도 없이 나를 가만히 바라보았다. "땅을 일구며 살아가는 일도 만만치 않게 힘든 일이에요."

"힘들지 않다고 말하지 않았어요."

"환경론자 대다수가 사회적이나 경제적으로 좋은 배경을 가지고 있는 이유에 대해서 생각해 본 적 있어요? 그들은 돈이 많으니 먹고살기 위해 땅에 의지할 필요가 없어서 모르는 거예요. 단 한 번도 하루하루 먹고살아 갈 걱정을 해 본 적 없는 사람들이죠."

"환경보호의 영향력이 시골과 도시에서 똑같은 비율로 반영되지 않다는 점도 이해하고 있고, 기후변화에 대한 부담은 똑같이 짊어져야 한다는 것도 잘 알죠." 내가 반론에 나섰다. "나도 알고 있어요, 던컨. 그리고 이곳 사람들은 내가 무슨 앙심을 품고 있다고 생각하는 듯한데, 나는 그들에게 별 감정이 없어요. 내가 느끼기에는 오히려 그들이 내게 적대감을 품고 있는 것 같아요."

"당신의 그 프로젝트가 그들의 생계를 위협해서 그래요."

"사실은 그렇지 않아요. 그들은 그저 부담을 짊어지는 걸 바라지 않을 뿐이죠." 나는 문득 아빠 생각이 스쳤다. "당연히 땅에 의지하면서 땅을 일구고 농작물을 수확해 먹고살 수 있어요. 그러면서 동시에 자연을 아끼고 보살피며 살 수 있고, 기후변화에 끼치는 영향도 줄일 수 있어요. 그것은 돈하고 전혀 상관없는 문제예요. 그래야 할 책임 또한 우리에게 있고요. 재야생화를 하는 것이 기후변화에 대응하는 가장 중요한 방법인데, 그 사실을 모두가 잊은 것 같아요. 확실히 신경을 안 쓰고 있죠." 나는 잠시 말을 끊었다가 덧붙였다. "어쩌면 인간 종족을 멸종시켜서 한없이 짓밟히기만 한 불쌍한 지구에 자비를 베푸는 방법이 가장 좋을지도 모르겠네요."

"그런 걸 에코파시즘(ecofascism, 생태학적 관심사에 파시스트 정치 개념이 결합된 형태)이라고 하죠."

나는 놀라서 웃음이 나왔다.

"좌절감이 크겠어요." 그가 말을 이었고, 나는 가만히 그가 무슨 말을 할지 기다렸다. "당신은 다른 사람들보다 똑똑하지만, 사람들이 당신 말을 듣지 않아서."

어이가 없었다.

"진심으로 하는 말이에요." 그가 말을 이었다. "당신은 이곳에 도움을 주러 왔는데, 사람들에게 반감을 사고 있으니까요." 그가 다시 몸을 앞으로 기울였다. "화가 날 만합니다. 나라도 그러겠어요." 그러고는 깍지를 꼈고, 나는 마치 그가 내 손을 잡은 것처럼 느껴졌다. "문제는 그 화가 얼마나 크냐는 거죠."

"누군가를 죽일 만큼의 화라는 말을 하고 싶은 거예요?"

"아무도 누군가가 죽었다고 말하지 않았어요."

"하지만 우리 둘 다 그렇게 생각하고 있잖아요. 그리고 우리 둘 다 그가 인간쓰레기라는 사실도 알고 있고요."

"잘 알지 못하는 사람에 대한 의견이라고 보기에는 너무 센 표현이네요."

"그렇긴 했네요." 나도 동의할 수밖에 없었다.

"나는 스튜어트를 평생 알고 지냈어요." 그가 말을 받았다. "여기에서는, 이런 곳에서는 가끔 머리에 악령이 낄 때가 있죠."

놀라움과 실망감으로 그를 빤히 쳐다보았다. "그의 행동을 정당화하려는 건가요? 그걸 원하는 거예요, 형사님? 하지만 세상 곳곳에서 많은 남자들이 자기 아내를 폭행하고 있잖아요. 그 사람이 어디에 사는지는 전혀 관련이 없는 문제 아닌가요? 그리고 사실 그들이 왜 그런 짓을 저지르는지도 중요한 문제는 아니죠."

"그들이 왜 그러는지 알지 못하면, 그들을 멈추게 할 희망도 없다는 뜻 아닌가요?"

나는 팔짱을 꼈다. "어쨌든 그는 이제 멈춘 듯 보이네요."

던컨의 시선이 나와 마주쳤고, 그는 아무런 말도 하지 않았다.

"굳이 나와 늑대들을 이 상황에 끼워 넣지 않아도 그가 사라질 만한 동기는 많잖아요." 내가 말했다.

"그건 그래요. 하지만 당신과 늑대들이 오기 전에는 여기서 이렇게 죽은 사람은 아무도 없었죠."

"누군가가 죽었다고 말한 사람은 아무도 없다고 하지 않았나요?"

그가 한쪽 입꼬리만 올리며 보기 드문 웃음을 지어 보였다. "아,

내 실수네요." 그가 잠시 뜸을 들였다. 나는 이것이 끝이길, 그가 이제 상황을 마무리하기를 바랐다. 하지만 그러는 대신에 그가 다시 물었다. "결혼한 적이 있나요, 인티?"

"아니요."

"진지한 관계는요?"

거의 움찔할 뻔했지만 잘 참아냈다. "없어요."

"부모님이 폭력적인 관계에 있었나요?"

"우리 부모님은 서로 지구 반대편에 살았고, 서로를 잘 알지 못했어요."

"당신이 잘 알지도 못하는 여자를 왜 그렇게 보호하려 드는지 알아보려고 묻는 거예요."

"누군가는 해야 하니까요." 나는 책상 위로 손을 펼쳤다. 떨리고 있었다. "우리 모두가 그래야 하는 거 아닌가요? 얼마나 많은 여성이 더 죽어 나가야 그 분노가 정당화될까요?" 내 목소리가 갈라졌다. "우리는 왜 화를 내면 안 되나요? 왜 분노하면 안 되죠, 던컨?"

그는 내 얼굴을 빤히 바라볼 뿐, 아무런 대답도 하지 않았다.

나는 숨을 깊게 들이마셨다.

"나는 스튜어트를 죽이지 않았어요." 내가 차분하게 말했다. "그에게 무슨 일이 있었는지 몰라요. 하지만 망해 가는 농장을 걱정할 필요도 없고, 매일 아침 침대 맞은편에서 자기를 바라보는 시선을 마주하며 피어오르는 스스로에 대한 수치심도 생각할 필요가 없는, 그런 따뜻한 어딘가로 도망가 있을지 누가 알겠어요."

"그럴지도 모르죠. 아니면 정말로 어딘가에서 죽어 있을지도 모르고요."

"그럴지도 모르죠."

"지난 일요일 새벽 두 시 반 이후의 행적에 대해 말해 주세요."

이제 정말 극복해야 할 것이 왔구나. 이곳에서 뛰쳐나가고 싶은 마음이 간절했다. 나는 깊게 숨을 들이마시고, 그에게 애정이 있을 때는 할 수 없었던 내 사실을 말하기로 했다. 나는 마치 무기처럼 그에게 던지듯이 말을 쏘아붙였다. "나는 스튜어트를 죽이지 않았어요. 나는 누구에게도 신체적 해를 가할 수 없는 결정적 이유가 있으니까요."

"어떻게 그렇죠?"

"나는 거울 촉각 공감각이라고 하는 질환이 있어요. 눈에 보이는 타인의 감각을 내 몸이 그대로 느끼게 되는 증상이죠."

그가 어리둥절한 표정으로 미간을 찌푸렸다.

"그간의 의무기록을 제출할게요." 발급받은 의무기록은 이미 많이 가지고 있었다. 진단을 받는 데 시간이 오래 걸리기도 하고, 드문 증상이라 이를 진단할 수 있는 전문의도 그렇게 많지 않기 때문이었다. 하지만 이 질환이 치료될 수 있는 병이나, 해결될 수 있는 문제가 아니고, 단순히 존재의 방식이 다른 것이기 때문에 의료기관을 통해 진단을 받았다 하더라도 크게 달라지는 것은 없었다. 유일하게 엄마만이 이 증상을 안고 살아가는 방법을 터득하도록 충분한 훈련과 보살핌을 주었고, 이상하게도 그 시절에 만난 의사들에 대한 기억은 거의 없었다.

던컨은 가만히 나를 바라보았다. 그는 자신의 기억을 되짚어 보면서 이 사실을 받아들이려는 듯 보였다. 우리가 함께 보낸 밤들과 그의 얼굴에 난 상처를 본 나의 반응을 되뇌고 있을 것이다. 그가 손가락으로 들고 있던 펜의 플라스틱 부분을 톡톡 쳤다. "모든 감각이라고 했죠?"

나는 고개를 끄덕였다. 그렇다고 이 자리에서 입증해 보이고 싶은 기분은 아니었다.

"느껴지나요? 어디에 느껴지죠?"

"손가락에요. 마치 내 손에 펜이 있는 것처럼 생생하게."

그의 눈동자가 조금 커졌다. "정말이에요? 보이는 것은 뭐든지 다 느껴진다는 거예요?"

"맞아요."

"전부 다요, 인티?"

"전부 다요."

긴 침묵이 이어졌다. 나는 그가 나를 더 테스트해 보리라는 생각에 잠자코 기다렸다. 그의 신체 부위를 만지고 내가 똑같이 느끼는지 지켜보겠지. 만약에 그가 그렇게 한다면 나는 이 남자를 증오하게 될지도 모르겠다.

하지만 그는 그러는 대신에 천천히 입을 열었다. "그렇다면, 정확히 말해서 불가능한 것은 아니네요."

"뭐가요?"

"어렵기는 하겠지만, 불가능하지는 않잖아요, 그렇죠? 다른 사람을 해치는 것도 마찬가지 아니에요? 다른 사람을 죽인다고 해서 당신이 죽는 것은 아니잖아요."

나는 그를 노려보았다. 나로서는 그와 나누는 이 대화를 심각하게 받아들이지 않을 수 없었다. 그는 진심으로 스튜어트의 살인범이 나이기를 바라는 걸까?

"정말로 내가 그럴 수 있다고 생각하는 거예요?" 나는 목소리에서 상처받은 티가 나지 않게 조심하며 물었다.

"내가 아는 확실한 한 가지가 있어요." 던컨이 대답했다. "우리는 모두 뭐든 할 수 있다는 거예요. 오늘은 이만 마치죠, 인티. 필요한 내용은 다 얻었어요. 와 줘서 고마워요."

*

난롯불이 활활 타오르고 있었다. 작은 거실은 따뜻했고, 애기는 불을 등지고 앉아 책을 읽고 있었다. 나는 그녀의 옆자리로 가 낡은 카펫 위에 털썩 주저앉았다. 여기저기에 석탄 불똥이 튄 자국이 있었고, 한쪽 구석에는 와인을 흘렸는지 붉은 얼룩이 보였다. 그 밖에도 집 안 구석구석이 낡아서 새 단장이 필요했다. 우리가 직접 꾸미는 것도 상관없었지만, 나는 점점 꽃무늬투성인 이 작은 집이 마음에 들기 시작했다. 애기가 책에서 눈을 떼지 않고 내 손을 잡더니 한 번 꼭 쥐었다. 오늘은 그녀의 컨디션이 좋은 날이었고, 그 점이 고마웠다. 나는 너무 지쳐서 쓰러지듯 바닥에 등을 대고 누워 낮은 천장을 바라보았다. 실타래 같은 연기가 난로에서 빠져나와 구불거리며 위로 피어올랐다. 연기를 바라보고 있자니 시야가 살짝 흐려졌다. 양손을 배 위에 가만히 올려놓고 있다가, 문득 정신을 차리고 손을 배에서 내렸다. 아까 조사를 받는 동안 내가 그에게 불쑥 이 얘기를 했다면 그가 어떤 반응을 보였을까.

"남자 한 명이 사라졌어." 내가 애기에게 말했다.

그녀가 책을 내리는 모습이 얼핏 눈에 들어왔다.

"내일부터 그를 찾기 위해 숲을 수색할 거야. 지원자를 모집하고 있어."

가려고? 그녀가 수신호를 했다.

나는 고개를 끄덕였고, 속에서 뭔가가 뒤틀렸다. 그를 찾길 원하는 척해야 하는 나 자신이 역겨웠다. 어째서인지 모르겠지만, 그를 묻은 것보다 이런 가식이 더 심각한 범죄처럼 느껴졌다.

나도 같이 갈까?

나는 고개를 옆으로 돌려 그녀의 얼굴을 바라보았다. "갈래?"

그녀는 대답이 없었다. 하지만 나는 그녀가 그러고 싶어 하는 것을, 나와 함께 가고 싶어 하는 것을 알고 있었다. 나도 그녀를 내 옆에 둘 수만 있다면 무엇이든 내줄 수 있기에 그런 그녀의 마음을 이해할 수 있었다. 하지만 이 작은 오두막은 사슬로 그녀를 가두고 있었고, 그녀 또한 사슬에 갇힌 채 옴짝달싹 못 하고 있었다. 어쨌든 그녀가 마주하기에는 상황이 너무 안 좋았기 때문에, 선뜻 그녀에게 함께 가자고 할 수 없었다. 만에 하나 우리가 그를 찾으면 어떡하지?

"아니야." 내가 말했다. "괜찮아."

그 사람이 죽었다고 생각해?

대답하려고 입을 열었지만, 아무런 말도 나오지 않았다. 대신에 힘들게 고개를 끄덕였다. 내 몸의 모든 근육이 작동을 멈춘 듯했다. 갑자기 몇십 년은 더 나이를 먹은 것 같았다.

왜 그렇게 생각하는데?

모든 것을 털어놓고 싶었다. 알래스카에서 겪은 사건 전이라면, 그럴 수 있었을 것이다. 내가 알고 있는 전부를 그녀도 알고 있었으니까. 하지만 지금은 세상으로부터 그녀를 지켜야 하고, 폭력으로부터 보호하는 것이 우선이었다.

"왜냐하면 그런 남자들은 갑자기 모습을 감추는 법이 없거든. 그가 가진 모든 것을 포기하는 것과 같을 텐데 그랬을 리가 없지. 그가 사라졌다면, 그 이유는 그가 죽었기 때문일 거야."

내 말을 듣고 무언가가 애기의 몸을 관통했다. 끔찍한 기억이었다. 그녀는 순식간에 그 기억에 잠식당했고, 나는 그녀가 다시 멀리 가버리기 전에 그녀를 붙잡으려고 꽉 끌어안았다. "나 여기 있어." 내가 말했다. "괜찮아, 내가 여기 있으니까." 그리고 내가 실수를 저질렀다는 사실을 뒤늦게야 깨달았다.

그가 오고 있어? 그녀가 물었고, 매번 이 질문을 한 뒤에는 어린아이처럼 굴었기 때문에 나는 불안해지기 시작했다.

아니. 내가 수신호로 대답했다. 수신호가 그녀가 믿는 유일한 언어였기 때문이다.

나는 새벽에 스튜어트 번즈의 종마장에 도착했다. 지역 경찰과 탐색견 몇 마리를 포함해 지원자까지 총 60여 명이 집결해 있었다. 늘대 13호가 여전히 우리 안에서 나오지 않고 있어서 그 이유와 그녀의 상태에 대해서 신경을 쓸 일이 많은 상황이었지만, 협조 요청도 받지 않은 닐스와 에반 그리고 조까지 모두 이곳에 나와 있었다. 근처에 아밀리아와 홀리가 서 있는 모습도 보였다. 아무런 표정이 없는 레이니 곁에는 젊은 남자 몇 명이 그녀를 둘러싸고 서 있었는데, 다른 도시에서 온 그녀의 형제들 같아 보였다. 그리고 레드 맥레이와 오크스 시장도 보였다. 던컨과 경찰들이 지시를 내리기 위해 앞으로 나섰다. 서로 두 걸음 정도의 간격을 유지하여 다 같이 움직이되, 시선은 전방의 땅에 고정하고 사람의 흔적이라고 여겨지는 어떤 것이든 찾아보라는 지시가 떨어졌다. 발자국이라든지, 천 조각 혹은 개인 소지품 등 무엇이든지 단서가 될 만한 것이면 어떤 것이든 찾아내기만 하면 성과가 있을 것이라고 했다. 아무도 시체를 찾는다는 말은 하지 않았지만, 우리는 모두 알고 있었다.

우리는 하나같이 숲으로 이동했다. 원래는 조용했을 숲은 금세 시끌벅적한 소음으로 점철되었다. 우리의 발이 잡목들을 무참하게 짓밟았고, 우리의 손이 길을 막아서는 낮은 가지들을 사정없이 잡아 뜯었다. 이 부근에 있는 모든 동물은 우리의 소리를 듣고 황급히 도망칠 것이고, 그들의 집과 둥지는 우리의 발밑에서 모두 파괴될 것이다.

늘대들이 이곳에서 멀리 떨어져 있기를 나는 간절히 기도했다.

밤이 내려앉을 즈음이 되자 모두가 추위에 지쳐 있었고, 아무것도 찾지 못했다. 그도 그럴 것이 스튜어트 번즈는 우리가 수색한 땅의 남쪽에 묻혀 있었다. 얼마나 더 오래 이 짓을 해야 하는지, 얼마나 더 많은 땅을 수색해야 하는지 던컨에게 묻고 싶었다. 하지만 나는 그럴 수가 없다. 어찌 되었든 나는 나머지 사람들처럼 아무것도 모르는 척 연기해야 하니까. 나는 땅에 그를 묻은 것보다 훨씬 더 깊은 내 마음속에 그를 묻어 두어야만 했다.

14

아빠가 사라지고 난 후 애기와 나는 시드니에 있는 집으로 갔다. 엄마는 우리가 떠나 있는 2년 동안 변한 것이 하나도 없었다. 단지 짙고 풍성했던 머리카락이 희끗희끗해졌을 뿐이었다. 우리는 그 사소한 변화를 모르는 체하고 다시 예전의 생활로 돌아갔다. 하지만 나는 몸 안에 갇혀 있던 야생 본능이 스멀스멀 나오는 것을 느꼈고, 나를 부르는 소리를 들었다. 오직 숲속에서만 살아 있음을 느꼈다.

나는 쉬지 않고 열심히 공부했고, 스물다섯 살이 되기 전에 두 개의 과학 분야 학위를 받았다. 애기는 놓치고 지나간 사춘기를 이제야 맞은 듯했다. 내가 졸업할 즈음 그녀는 시드니에 있는 남자의 절반은 만나고 다닌 듯했다. 나는 내 것이 아닌 그녀의 삶을 원한다고, 만지고 맛보는 욕망을 충족하기 위해 내 핏속에 들끓는 야생성을 표출하며 살기를 원한다는 사실을 인정하지 않았다. 그렇게 인정할 필요가 없었다. 이미 그녀도 알고 있었으니까.

내가 박사과정을 시작하고 얼마 지나지 않은 어느 더운 날 밤, 나는 엄마 집을 찾았다. 애기와 나는 학교 근처의 작은 테라스 하우스(terraced house, 벽을 공유하는 저층 집합 주택)로 이사와 살고 있었다. 가능하면 자주 엄마를 찾아오려고 노력했다. 엄마는 매일 혼자 범죄자나 희생자의 사진을 자세히 살펴보며 밤을 지새웠는데, 그러기에 그들은 너무 암울한 동반자였기 때문이었다.

오늘 밤 엄마는 뜨거운 바람만 이리저리 날리는 선풍기 두 대 앞에 앉아 있었다. 엄마는 와인과 얼음을 번갈아 가며 입에 넣기를 반복하면서 현재 맡고 있는 사건을 눈앞에 펼쳐두고 있었다. 나도 와인을 한잔 따라서 엄마 옆에 자리를 잡고, 방충망을 아직도 설치하지 않았기 때문에 벌레 퇴치용 스프레이를 팔과 다리에 듬뿍 뿌렸다.

"이번 사건은 뭐예요?" 내가 물었다.

엄마는 그제야 나의 존재를 인식한 듯한 표정으로 나를 빤히 바라보았다. "실종자야." 엄마가 사진 한 장을 슬며시 내밀었고, 사진 속에는 십 대 소녀의 얼굴이 들어 있었다.

"가출했을 수도 있잖아요?" 웃고 있는 어린 소녀의 얼굴을 뜯어보면서 내가 물었다.

"가출하지 않았어."

"그럼 무슨 일인데요?" 궁금해서 묻기는 했지만, 한편으로는 알고 싶지 않았다. 항상 그랬다. 알고 싶지만, 반대로 알고 싶지도 않았다. 이기기를 바라는 경기에서 승자는 항상 내가 아닌, 바로 엄마였으니까.

"이 소녀는 살해당했어." 엄마가 대답했다.

"어떻게 알아요?"

"누군가 실종되면 항상 그런 사건이 벌어지기 마련이야. 경찰들은 다 아는 사실이지."

"아닐 수도 있잖아요." 내가 차분한 목소리로 대꾸했다. 자기만의 모험을 찾아 떠났을 수도 있으니까.

"네가 살고 있는 세상에 한번 가보고 싶구나, 딸." 엄마가 말했다. "여기보다 훨씬 좋은 곳 같으니." 그러고 나서 물었다. "늑대들은 어때?"

"여기에서 아주 멀리 떨어져 있어요."

"그럼 너는 왜 여기에 있는 거니?"

"박사과정을 마치면 더 좋은 직업을 가질 수 있을 테니까요."

"애기랑 떨어지기 싫어서 시간을 끄는 것은 아니고?"

"그게 무슨 말이에요? 애기를 두고 혼자 떠나는 건 생각해 본 적도 없어요. 엄마는 아직도 우리를 이해하지 못하는 거예요?"

엄마는 얼음 한 조각을 짚어 이마를 문지르며 어깨를 으쓱했다. "너희 둘 중 한 명은 결국에 떠나야만 할 거야."

"왜요?"

"애기는 숲에서 지낼 수 없고, 넌 그래야만 할 테니." 엄마가 태연한 어조로 말했다.

갑자기 눈에 눈물이 고였다. "하지만 애기 없이는 그러고 싶지 않아요."

엄마가 나의 얼굴을 가만히 바라다보았다. 눈물이 차올라 엄마의 얼굴이 흐려졌다. "강해지렴, 인티."

몇 주 후, 나는 시드니대학교 캠퍼스 잔디밭에 홀로 앉아 늦은 오후의 햇살을 즐기고 있었다. 눈이 스르르 감기기 시작했을 때, 그림자 하나가 책 위로 드리워졌다. 고개를 들자 그 실루엣만 눈에 들어왔다.

"안녕하세요." 누군가 말했다.

"안녕하세요." 내가 답했다.

낯선 체구와 특징의 남자는 내가 자기를 볼 수 있도록 몸을 움직였다. 큰 키와 각진 얼굴, 짧게 자른 머리에 면도도 깔끔한 모습이었다. 그에게서 풍기는 산뜻한 향수 냄새가 내게 내려앉았고, 왠지 익숙한 느낌이 들었다. "수업 전인가요, 후인가요?" 그가 물었다.

"후요."

"술 한잔 살게요. 수업이 어땠는지 말해 줄 수 있어요?"

왠지 호기심이 생겼다.

나는 시간을 흘깃 확인했다. 애기가 학생들 언어 수업을 마치려면 아직 몇 시간이 더 걸릴 터였다. 그녀가 없는 상황에서 낯선 사람과 친구를 맺는 것은 나답지 않은 행동이었지만, 내게는 좀처럼 일어나지 않는 상황이었다.

"그래요, 안 될 이유는 없죠." 내가 대답하고 책들을 모아 가방에 집어넣었다. 내가 일어서도록 그가 손을 내밀었고, 그의 손에는 땀이 배어 있었다.

학교 근처 술집에 간 우리는 시끌벅적한 학생들을 비집고 해가 비치는 바깥 자리를 잡았다. 늦은 시간까지 어두워지지 않는 이

길고 긴 한여름 밤을 나는 좋아했다.

"무슨 수업이었어요?" 남자가 물었다. 나보다 나이가 있어 보였지만, 그렇게 차이가 많이 나는 것처럼 보이지 않았다. 학생일까, 아니면 강사?

"그냥 지도교수 면담이 있었어요."

"지도교수라면……?"

"제 PhD(Philosophiae Doctor, 라틴어에서 유래한 박사 학위의 약칭) 과정이요."

"아하, 이런 식으로 놀라게 하겠다면야."

나는 인상을 찌푸렸다. 기분이 나빠야 하는 것인지, 무슨 소리를 하는 것인지 전혀 감이 오지 않았다.

"주제가 뭐예요?"

"늑대요."

그가 웃었다. "당연히 그렇겠죠. 실제 늑대와 동떨어진 이런 나라에서 무언가 연구한다는 것은, 컴퓨터 뒤에서 벗어나지 못하는 전형적인 헛소리 학문이니까."

내가 그를 노려보았다.

"책에서 늑대에 대해 무엇을 배웠는지 말해 줄 수 있어요?" 그가 말했다.

나는 고개를 돌려 오리들이 노닐고 있는 잔디 너머의 연못을 바라보았다. 연못 주변의 둔덕을 따라 포동포동한 거위들이 행복한 듯 꽥꽥대고 뒤뚱거리며 거닐고 있었다. 산들바람이 불어와 내 앞머리를 흩날렸다. 그의 이름이 궁금했지만, 어쩐지 우리가 게임 같은 것을 하고 있다는 생각이 들었다. 그가 먼저 묻기 전에 는 묻지 않기로 했다.

"어서요, 꼬마 아가씨." 그가 재촉했다. "흥미가 생겼어요. 인정할게요."

고개를 돌려 그를 다시 바라봤을 때 그는 아까보다 더 가까이 기대고 있었다. 몸집이 큰 남자, 라인배커(linebacker, 미식축구의 포지션 중 수비수)처럼 덩치가 컸고, 저녁 햇살을 받으니 예전 영화배우 같았다. 얼굴의 모든 각이 살아 있고 깔끔한 모습이었다. 문득 그가 잘생겼다는 생각과 함께 그가 싫기는커녕 심지어 본능적으로 그를 원했다. 그리고 놀랍게도 그에게 좋은 인상을 남기고 싶은 욕망이 강하게 일었다.

"늑대 무리가 자신의 영역을 표시하는 인지적 지도에 대해 연구하는 중이에요. 그들은 이러한 지역적이며 시간적 제약이 따르는 지도를 세대를 거듭해 전승해 왔죠. 그들은 자신들의 영역에 대해 너무 잘 알고 있어서 의도적으로 그러지 않는 이상 다른 곳으로 가지 않죠. 늑대들은 떠돌아다니는 법이 없어요. 언제나 목적을 가지고 움직이고, 새끼들에게도 똑같이 가르쳐요. 심상(心象)을 서로 공유할 수 있죠."

"어떻게 그럴 수 있나요?"

"하울링을 통해서요. 그들의 목소리가 이미지를 그려내죠."

마침내 그가 나를 진지하게 바라보기 시작했다. 지금까지 나를 이렇게 욕망 가득한 눈빛으로 바라본 사람은 없었다.

"그래요, 꽤 멋지네요." 그가 고개를 끄덕였다. "그래서 원리가 뭘까요?"

나는 어깨를 으쓱해 보였다. "흥미로운 부분인데, 어떤 생명체는 기억을 전승할 수 있고, 또 그 기억이 아주 깊숙이 뿌리내리면 정신만이 아니라 몸에 각인되어 살아가게 되죠."

"사실 그렇지 않아요. 몸에 각인되어 살아가는 기억은 없죠. 그건 뇌에 속고 있는 것뿐이에요." 그가 진토닉 잔을 들고 있는 내 손을 따라 자신의 손가락을 쓸어 움직였다. 나는 깜짝 놀랐다. "이 감촉을 느끼는 건 당신의 손이 아니라, 당신의 뇌예요."

"그럼 뇌를 의지할 수 없을 때는요?" 가끔 내 거울 촉각 공감각 때문에 삶이 대단히 어려워질 때도 있다. 물론 가끔은 이 정신 기능이 경이로울 때도 있었다. 하지만 이를 그에게 말하려고 한 것은 아니었다. 오래전에 위험으로부터 경계해야 한다는 사실을 깨달았으니까. 남자들은 내가 그 사실을 말하면 나를 시험하고 만져도 된다는 허락으로 여겼다. "그쪽은 무슨 공부를 하세요?" 화제를 돌리기 위해 내가 물었다.

"신경외과요."

"뇌외과 의사예요? 젠장."

"맞아요. 뭐, 곧 그렇게 되겠죠."

"괜히 아는 체한 제 자신이 비참하네요."

"뭐, 나도 그저 칼질하는 사람일 뿐인걸요. 자, 같이 산책이나 하죠."

내가 눈을 깜빡이며 물었다. "술 한잔 하자면서요?"

"이제 갈증이 좀 가서서 괜찮아요."

그는 공원을 한 바퀴 돌아 시내 쪽으로 나를 이끌었다. 나는 애기에게 나중에 집에서 보자는 짧은 메시지를 보냈다. 그녀가 나의 이런 예상 밖의 만남에 대해 얼마나 좋아할지를 생각하니 몸에 전율이 흘렀다. 와서 같이 만나자고 말할까. 애기 없이 재미난 일을 한다는 것이 내게는 부자연스러운 일이니까. 나는 잠시 망설여졌지만, 나도 혼자 해야 하는 *뭔가*가 있어야 한다는 사실을 상기시켰다. 엄마의 말이 문득 내 머릿속을 스쳤다. *너희 둘 중 한 명은 결국에 떠나야만 할 거야.*

우리는 한참을 걸었다. 이름 모를 남자와의 대화는 대체로 잘 통했는데, 가끔 너무 갑작스럽게 대화 주제를 바꾸는 바람에 진땀을 빼기도 했다. 그럴 때면 그의 눈빛에 어떤 기색이 감돌았는데, 지루해하는 느낌이랄까? 그리고 나서 그는 다른 곳으로 방향을 틀어 성큼성큼 걸어 나갔고, 나는 허둥대며 그를 따라잡아야 했다.

그는 몇 번이고 대화 주제를 바꾸는 것만큼이나 급격하게 방향을 바꾸었고, 그러는 사이 우리는 한 아파트 건물 앞에 도착해 있었다. 그는 나에게 묻지도 않고 안으로 들어가더니 내가 따라와 주기를 바라며 가만히 기다렸다.

나는 망설여졌다. 머릿속에 많은 생각이 들었다. 이건 너무 하찮아. 비약이 심해. 게다가 위험하기도 하고. 하지만 솔직히 말하면 이런 생각은 눈 깜짝할 사이뿐이었다. 아드레날린의 불길이 두려움을 품고 치솟았지만, 어떤 무언가에 대한 갈망 또한 강하게 일고 있었다. 다른 어떤 것보다 더 크게 자리하고 사라지지 않는 호기심이 내 안에 항상 있었다. 내가 찾아 나서지 않았지만, 이미 내 몸이 알고 있는 것들. 나는 그를 따라서 엘리베이터를 타고 가장 높은 층수에 있는 그의 아파트 안으로 들어갔다. 나 스스로 그 무언가를 얻어 내기 위해서, 단순히 보는 것에 그치지 않고 직접 느끼기 위해서.

다음 날 아침, 그가 나를 차로 집까지 데려다주었다. 나는 아직도 그의 이름을 몰랐다. 그도 역시 내 이름을 묻지 않았다. 어젯밤의 자극적인 감각이 떠올라 얼굴이 붉어졌다. 내 손목을 감싼 실크 넥타이의 감촉과 침대에 묶인 나, 내 몸에 닿은 그의 입술, 매 순간 휘몰아치는 흥분의 소용돌이. 다른 세상에 온 듯한 기분이었다.

우리 집 앞에 그가 차를 세웠을 때, 나는 머리를 한 대 얻어맞은 듯했다. 그제야 나는 그에게 내가 사는 곳을 알려주지 않았다는 사실을 깨달았다.

온몸이 서늘해졌다.

하지만 나의 가장 어두운 내면은, 침묵하고 있었지만 아주 조금은 의심하고 있었다. 아니야? 그 순간에 이미 알고 있었잖아?

그는 편안해 보였지만, 약간 조바심을 내고 있었다. 일을 가야 하기 때문일까. 그가 내게 키스했을 때 여전히 어젯밤의 열정이 묻어 있었지만, 조금 서두르는 감이 없지 않았다. 하지만 다른 종류의 익숙함이 느껴지는, 전에도 내게 똑같이 해 본 것 같은 느낌을 풍기는 키스였다.

"잘 들어가요, 꼬마 아가씨." 그가 말했다. "부탁 하나 할게요. 오늘은 내 생각만 해 줘요. 샤워할 때도."

나는 차에서 내렸고, 머리가 멍한 상태로 집에 들어갔다.

애기가 부엌에서 기다리고 있다가 내게 환호성을 질렀다. "얼른, 지금 바로 다 털어봐."

나는 부엌 의자에 앉았다. 애기가 커피포트에서 커피를 따라 주며 말했다. "뭔가 묘해 보이네."

"사실 뭐라고 말해야 할지 모르겠어." 내가 털어놨다. "그 건…… 예상하지 못한 일이었거든."

어쩌면 그에게 내 주소를 말했을지도 몰라. 그랬을 거야. 아침에 정신이 없었으니까. 이렇게 생각하자 다시 전율이 감돌기 시작했다. "심지어 그 사람 이름도 몰라."

"미쳤어, 말도 안 돼." 애기가 고개를 뒤로 젖히더니 늑대처럼 하울링을 했다.

"쉿." 내가 깔깔거리며 웃었다.

그때 갑자기 문이 덜컥 열리더니 누군가 집 안으로 성큼성큼 걸어 들어왔다. 깜짝 놀랐지만 그 남자인 것을 확인하고 내 입가에 저절로 놀라움의 미소가 가득 번졌고, 이후의 모든 일은 동시다발적으로 일어났다. 그가 "차에 휴대전화를 두고 갔어요, 꼬마 아가씨" 하고 말했고, 내가 "아" 하고 말했으며, 애기가 "안녕, 멋쟁이" 하고 말하는 것과 동시에 어떤 이유에서인지 몰라도 우리 둘이 같이 그에게 다가갔고, 그가 멈춰 서자 우리도 멈춰 서서 서로를 번갈아 가며 바라볼 뿐이었다. 그리고 우리는 경악하고 말왔다.

"맙소사." 그가 말했다. 그러고는 나를 한번 흘깃 바라봤는데, 뭔가를 간청하는 듯한 눈빛이었다. 아마도 자비를 바라는 눈빛이겠지. 그리고 그의 시선은 애기에게로 향했고, 그렇게 내내 애기에게서 시선을 떼지 않았다. "몰랐어." 그가 분명한 어조로 말했다. "몰랐어, 애기. 정말 넌 줄 알았어."

애기가 나를 바라보았고, 나도 그녀를 마주 바라보았다.

"사실일 거야." 내가 말했다. "너인 줄 알았을 거야. 내 이름은 묻지도 않았거든."

우리는 고통 속에서 그녀의 반응을 기다렸다.

애기가 옅은 미소로 입을 열었다. "웃어넘겨야겠지? 아니면 이 사람을 죽여 버릴까?" 나는 한없이 넓은 애기의 마음에 가슴이 무너져 내리는 듯했다.

그의 이름은 거스 할로웨이였다. 애기의 사귄 지 얼마 되지 않은 새 남자 친구였고, 그의 미친 듯이 바쁜 일정 때문에 내가 아직 만나 보지 못하고 말로만 들어 아는 사람이었다. 당시 서른 살의 로열 프린스 알프레드 병원 레지던트로, 화요일 밤마다 럭비를 하고, 아침마다 여섯 조각의 설탕을 넣은 커피를 마시며, 파이어볼(Fireball Cinnamon Whisky, 시나몬 향의 캐나다산 위스키)을 신봉하듯이 마셨다. 두 사람은 애기가 그의 조카에게 일본어를 가르치게 되면서 만나게 되었는데, 그는 눈빛만으로 애기를 압도하는, 규칙을 따르지 않는 자기 확신의 화신이었다. 그리고 일곱 개나 가지고 있는 프렌치 리넨 침대 시트를 매일 갈아 주었다.

이것이 내가 거스를 직접 만나기 전에 알고 있던 그의 특징들이었다.

그날 밤 이후로 알게 된 그의 특징은 내가 알아야 할 권리가 없는 것들이었다.

그리고 내가 몰랐던 사실이 있었다. 그때는 미처 알지 못했던 그에 대한 것들은, 그의 영혼 깊숙이 가장 추악한 곳에 꼭꼭 숨겨져 있었다. 엄마는 진작에 봐서 알고 늘 우리에게 경고하려고 애썼던 그곳에. 하지만 나는 그런 엄마의 경고를 듣지 않으려 했을 뿐이고, 끝내 듣지 않았다.

그는 오후가 되어서야 떠났다. 나는 그의 얼굴을 어떻게 다시 마주해야 할지 몰라 내내 방 안에 숨어 있었다. 그들은 거실에서 몇 시간 동안이나 대화했고, 그러고 나서 다른 것도 했다. 그들이 항상 해 온 것처럼 보이는, 아마도 그들이 화해했다는 의미로 받아들일 수 있는 행위를. 어젯밤에 나는 그가 평상시 함께 한 열정적인 존재와 비교해서 얼마나 작고 보잘것없어 보였을까. 그런데도 어떻게 그가 몰랐을 수가 있지?

애기가 내 방 침대로 미끄러지듯 들어와 내 옆에 누웠다.

"나랑 하던 연기 놀이를 계속하는 줄 알았다고 하네." 그녀가 말을 꺼냈다. "서로 각자의 캐릭터를 정해서 그 인물인 척하는 거야. 가끔 그렇게 하거든. 내가 연기 연습하는 걸 그가 도와주면서 시작됐어." 애기는 아마추어 연극 단원이었다. 그녀가 캐스팅된 유일한 이유는 독일어를 할 수 있기 때문이었다.

나는 고개를 끄덕였지만, 무슨 말을 어떻게 해야 할지 몰랐다.

그래, 몰랐을 수도 있지. 나라도 몰랐을 테니까. 아니, 실제로 난 몰랐잖아. 의식적으로는 말이지.

오늘 아침에 애기와 내가 같이 서 있는 모습을 바라보던 그의 얼굴을 떠올렸다. 그의 눈동자에는 놀라움의 흔적 같은 것은 없었다. 죄책감만 있을 뿐이었다.

"미안." 내가 입을 열었다. "애기, 내가 다 망쳤어."

"우리 공유하자."

"뭐라고?"

"그도 싫다는 말은 안 할 거 같아." 애기가 나의 손을 꼭 쥐었다. 그녀는 다소 흥분한 듯했고, 농담이 아니라 어딘가 머리에 나사가 빠진 것 같았다. "나는 언니 없이 아무것도 못 하잖아. 그런 사이는 우리가 아니니까. 우리는 뭐든 공유해야 해."

나는 그녀의 삐져나온 머리카락을 귀 뒤로 넘겨 주었다. "아, 동생아. 넌 세상에서 제일 착하고 정신 나간 사람일 거야."

애기가 내 어깨에 얼굴을 묻고 낄낄거리며 웃었고, 나는 그런 그녀가 정말 웃고 있는 것인지, 아니면 울고 있는 것인지 구분할 수가 없었다.

"언니가 그를 좋아하는 걸 아는데 내가 계속 만날 수 없지." 그녀가 말했다. "그럴 수는 없어. 내가 찰 거야."

"나 그 사람 안 좋아해." 내가 말했다. "내가 말하는 내내 지루해하더라고."

그녀는 울음이 섞인 웃음을 터뜨렸다. "그 사람 원래 그래. 사실
은 좀 머저리 같은 놈이지."

15

그녀는 아직도 어떤 밤이면 울부짖을 때가 있었다. 늑대 6호. 에반은 그녀를 애쉬라고 부르길 원했다. 그녀는 영원히 돌아오지 않을 짝을 찾아 하울링을 했고, 이제는 자신의 영역을 확실히 굳히고 적의 접근을 막고자, 자신의 강함을 드러내기 위해서도 울부짖었다. 그리고 자기 새끼들에게도 하울링 하는 법을 가르쳤는데, 어둠 속에서 도전적이고 날이 갈수록 점점 더 강해지는 소리였다. 머지않아 새끼들에게 사냥하는 법도 가르칠 것이다. 그들에게는 함께 사냥해 줄 든든한 무리가 없기에 일찍 배워야만 할 테니까.

스튜어트 수색에 대한 마을 회의가 학교 강당에서 열렸다. 이번 모임에서 무대에 오른 사람은 아무도 없었다. 던컨은 문 옆의 자기 자리에서 이전과 똑같이 사람들을 지켜보고 있었다. 경찰이 소집한 회의가 아니라 사람들 앞쪽에 모여 있는 레이니의 형제들이 마련한 자리였다. 그들 중 한 명이, 레이니보다 적어도 열 살은 더 어려 보이는 남자가 마이크를 잡고 말했다. "와주셔서 감사합니다." 고작 십 대 정도로밖에 안 보이는 그는 분명하고 자신감 넘치는 목소리로 말을 이었다. "매형이 실종된 지 이제 2주가 지났습니다. 경찰에 따르면 매형의 도주를 의심할 만한 어떤 이유도 없다고 합니다. 전화 기록과 은행 계좌, 카드 이력 등 모두 살펴보고 있지만, 어떠한 흔적도 없다고 합니다. 심지어 휴대전화도 집에 두고 간 상황이기에, 그에게 무슨 일이 생겼다는 의혹이 점점 더 짙어지는 상황입니다. 그게 사고든 아니든 누군가는 그 행방을 알고 있을 테고, 그것을 밝혀내고자 합니다. 매형의 행방에 대해 경찰에 도움이 될 만한 어떤 정보라도 제공하는 분께 보상금을 지급하겠습니다."

군중 가운데에서 한 여자가 일어섰다. "그 누구도 앞으로 나서는 사람은 없을 거란다, 얘야. 늑대들이 자신의 죄를 고백하지 않는 이상은 말이지."

아, 이런 젠장.

내 옆에 에반이 앉아 있었는데, 내 손을 잡고 힘껏 꼭 쥐었다. 나보다는 자기 자신을 더 위로하려는 듯 보였다. 이런 날이 오지 않기를 우리는 바라고 있었다.

"무슨 일이 일어났는지 우리 모두 알고 있잖아요." 그녀가 사람들을 향해 말했다. "우리는 그 불쌍한 사람의 명복을 비는 수밖에 없어요. 그의 시신이 사라진 걸 알고 있는 이상 그렇게 해야 합니다."

"사라진 게 아니죠." 다른 누군가가 대꾸했다.

"정확히 이런 일이 일어날 거라고 알고 있었잖아요." 또 다른 목소리가 끼어들었다.

나는 자리에서 일어나서 무대 위로 성큼성큼 걸어갔다. "잠깐 실례해도 될까?" 내가 소년에게 양해를 구하자, 그는 내게 뭐라고 대꾸하려 하다가 말고 어깨를 으쓱해 보이며 옆으로 물러섰다. 나는 분명한 어조로 말을 꺼냈다. "상황이 더 심각해지기 전에 설명해야 할 것 같네요. 늑대가 누군가를 죽였다면, 우리는 그 사실을 바로 알았을 것입니다. 사체를 찾았을 테니까요. 늑대는 사냥감의 내장을 먹지 않기 때문이죠. 뼈를 으깨서 골수만 빼 먹고 나머지 뼛조각은 먹지 않고 남깁니다. 장담하건대 그 흔적이 남아서 우리가 찾을 수 있었을 것입니다. 최소한 혈흔이라도 있어야 하죠. 그것도 엄청난 양의 피일 테고요."

무거운 침묵이 흘렀고, 그때 나는 내가 그들을 더 동요시켰을 뿐이라는 사실을 깨달았다.

회의는 그렇게 끝이 났다. 하지만 그들의 얼굴에서 내가 두려워하던 것을 보았다. 저들은 나를 믿지 않는다. 내가 한 말을 전혀 신경 쓰지 않는다. 폭풍과 같은 거대한 무언가가 다가오고 있다. 막아 보려고 애를 쓰겠지만, 머지않아 그들의 두려움이 폭발할 것이다. 범인이 밝혀지지 않는다면, 저들은 무기를 들고 숲으로 쳐들어갈 것이다.

밖에서 나는 레이니를 불렀지만, 그녀는 가족들에 이끌려 차로 떠밀리듯 올라타고 있었다. 모두 다섯 명이었는데, 마이크를 잡던 어린 형제가 아닌, 나이 많은 한 명이 내 앞길을 막아섰다. "지금은 안 돼요." 그가 말했다. "많이 지쳐 있어요."

"괜찮은지 확인하고 싶은 것뿐이에요. 저는 인티라고 하고, 친구예요." 친구라는 말이 쉽게 나왔는데, 과연 그럴까?

"우리 모두 당신이 누군지 알고 있죠. 그러니 레이니에게 늑대가 뼈를 부수는 장면을 더 이상 설명해 줄 필요 없을 것 같네요. 알겠죠?"

기운이 확 빠졌다. 레이니는 결연하게 앞쪽을 응시하고 있었고, 나와 대화를 나누고 싶어 하지 않는 것이 너무도 분명해 보였다. 이곳에 왔을 때만 해도 친구를 바라지 않았는데, 지금은 그녀 옆에 있어 주고 싶은 마음이 간절했다. 하지만 그렇게 될 수 없었다. 내가 그녀의 삶에서 갈등을 부추기는 역할을 했고, 상황을 악화시키는 데 일조했다. "죄송해요." 그녀의 오빠에게 내가 말했다. "그런 의도로 말한 건 아니에요. 하지만 그런 일이 실제로 일어나지 않았다는 것도 아시죠? 그렇죠? 그렇지 않으면 보상금을 내걸지 않았을 테니까요."

"우리는 단지 해야 할 기본적인 조치를 하는 것뿐이에요." 그가 딱 잘라서 말했다. "보상금을 지급해야 할 상황은 생각도 하고 있지 않아요."

*

태어난 지 이제 두 달 정도 된 새끼 늑대들이 굴에서 나와 모습을 드러냈다. 새끼들은 깡마른 몸에 꾀죄죄한 털이 덥수룩하게 자라 있었고, 발과 귀는 몸집에 비해 너무 컸다. 그들은 끊임없이 서로를 올라타고 나뒹굴며 장난쳤고, 신이 나서 요란하게 짖어 댔다. 그들은 굴에서 그리 멀지 않은 만남의 장소로 이동했다. 무리에 다른 늑대들이 더 있었다면 함께 만나 어울리면 좋을 만한 곳이 었고, 운 좋게도 듬성듬성한 나무 사이에 풀밭이 펼쳐져 있어 내 시야에도 들어왔다. 나는 최근에 그들을 찾아가 방해되지 않을 정도의 거리에서 머물며 지켜보곤 했다. 그들도 내가 와 있는 것을 알았다. 늑대들은 족히 3킬로미터 떨어진 곳에서도 나의 냄새를 맡을 수 있을 정도로 후각이 발달했으니까. 내가 더 자주 올수록 그들은 나에게 더 익숙해질 것이다. 정확히 이런 점은 내가 조심해야 하는 상황이 맞지만, 그럼에도 나는 계속 올 수밖에 없었다. 그들에게 마음을 온통 빼앗긴 탓도 있지만, 어느 날 갑자기 사냥꾼들이 나무 뒤에서 걸어 나와 그들을 모두 총으로 쏴 죽이는 순간이 올지도 모른다는 두려움이 점점 커지고 있었기 때문이다.

내가 정한 규칙인데도 나는 늑대 6호를 애쉬로 받아들이고 있었다. 그녀는 어쩔 수 없이 사냥할 때를 제외하고는 내내 새끼들 곁을 지켰는데, 보통의 늑대 무리에서는 새끼들을 대신 돌볼 다른 늑대들이 있지만, 지금은 그런 상황이 못되기에 그녀가 사냥하는 시간 동안만이라도 내가 침낭 속에 웅크리고 자리를 지키려는 것이었다. 하지만 사냥꾼들이 나타나면 내가 과연 무엇을 할 수 있을지는 나도 몰랐다. 그들 사이를 내가 가로막아 서야겠지. 그런다고 해서 마땅히 제지될지는 모르겠지만.

무방비한 새끼 늑대들에게 닥칠 수 있는 위협이 사냥꾼들만은 아니었다. 다 자란 다섯 마리의 강한 늑대로 구성된 타나 무리가 이곳에서 그리 멀지 않은 곳에 있었고, 자신들의 영역을 넓혀 나가고 있었다. 이 지역을 차지하겠다고 마음을 먹는다면, 새끼들이 자라서 위협이 되기 전에 죽이고자 공격해 올 수 있다. 다행히 아직 다른 늑대들은 나타나지 않았고, 새끼들은 여전히 서로 장난을 치거나, 모여서 낮잠을 자거나, 형제들 몰래 접근해 덮치는 방법을 습득하면서 시간을 보내고 있었다.

애쉬가 먹이로 가득 채워 넣어 불룩한 배로 두 번 정도 돌아오는 광경을 목격했다. 그녀를 애타게 기다리고 있는 굶주린 여섯 마리 새끼 때문이었다. 배고프다고 보채며 어미의 주둥이를 핥는 새끼들에 둘러싸인 애쉬는 자신이 먹었던 고기를 되새김질하여 내뱉었고, 새끼들은 더 큰 고기를 차지하려고 서로 싸우면서 허겁지겁 배를 채웠다. 가끔 새끼들이 계속해서 그녀의 주둥이를 핥으면 그들의 어미는 으르렁거리며 그들의 탐욕을 제지했다. 순간적으로 상황을 지배하는 그녀는 리더이자 알파임에 틀림이 없었고, 새끼들은 순순히 뒤로 물러섰다.

이들이, 이 어린 무리가 생존하기 위해서는 애쉬가 새로운 구성원을 영입해야 할 필요가 있었다. 그녀와 함께 사냥에 나설 수 있고, 새끼들을 기르는 데 도움을 주며, 다른 무리와 대적하고 싸워서 물리칠 수 있는 늑대가 절실했다.

이들을 두고 쉽게 발걸음이 떨어지지 않았다. 점점 골치가 아파 왔다.

애기가 집에서 채식 라자냐를 만들었다. 이렇게 외진 스코틀랜드

시골에서 가지를 구하는 것은 내 능력 밖이라고 설명한 적이 있었는데, 그래서인지 버섯을 주재료로 해서 만든 라자냐였다.

"요리하느라 하루 종일 걸렸겠다!" 그녀가 호일을 벗기자 천상의 냄새가 코를 찔렀다. 애기는 아직 집 밖으로 나가서 젤을 만나지 않았다. 다른 어떤 것보다 그 순간이 그녀의 정신 건강이 호전됐다는 징표가 될 터였다. 애기는 아빠만큼이나 말을 사랑했으니까.

13호는 아직 우리에서 안 떠나고 있어? 애기가 물었다.

"가끔 먹이를 찾아서 나갔다가 들어오곤 하는데, 아직이야. 확실히 나간 건 아니야. 그런데 12호가, 글렌쉬 무리의 어린 수컷 하나가 주변을 어슬렁거리고 있어."

위험한 상황인 거야?

망설이다가 고개를 끄덕였다. 그녀에게 거짓말해 봐야 소용없으니까.

울타리를 닫아.

"그녀를 다시 가두라고? 안 돼. 그럴 수는 없어."

나는 애기가 라자냐를 잘라서 접시에 옮겨 담는 모습을 지켜보았다. 나에게 화가 난 상태였다. 나는 애써 설명하기 시작했다. "어떤 상황에서든 13호가 스스로를 돌보지 못하면 살아남을 수 없을 거야. 다른 늑대를 두려워한다면 도망치거나, 그게 아니면 맞서 싸우려고 하겠지. 하지만 우리에 갇혀 지내는 건 늑대의 삶이 아니잖아. 차라리 자유롭게 살다가 죽는 게 낫지."

애기가 고개를 들고 나를 바라보았다. 거기에 머물러 있는 이유가 있을 거야.

나는 고개를 내젓고 음식을 먹기 시작했고, 입 한가득 음식을 머금고 내가 중얼거렸다. "두려움 때문이야. 단지 두려워서 그러는 것뿐이지. 그런 게 나약함이고."

그러자 애기가 내게 뭐라고 수신호를 보냈는데 마침 내가 보지 못했고, 그녀는 나를 세게 밀치며 다시 자기 손에 집중하라고 했다. *언니는 모든 것을 쥐고 있어.*

"뭐라고?" 내가 무슨 의미인가 싶어서 짜증 투로 쏘아붙였지만, 그녀는 다시 똑같은 말을 반복해서 보냈다. "내가 무슨 말을 하길 바라는 거야?"

보내 줘.

"정말 맛있네." 나는 입에 라자냐를 다 욱여넣었지만, 아무런 맛도 느낄 수 없었다. "오늘 밤에는 나가 있어야 할 것 같아."

남자 친구 만나러?

"남자 친구 같은 거 없어."

그녀가 눈썹을 들썩였다.

"그동안 늑대들한테 가 있었어."

애기는 의심의 눈초리로 가만히 나를 바라보았다. 그러더니 다시 수신호를 보냈다. *블루베리.*

"응?"

그녀가 고개를 옆으로 기울였다. *배 속의 아기 말이야. 크기가 블루베리만 하다고.*

순간 얼굴이 달아올랐고, 모든 짜증이 사라져 버렸다. 나는 애기의 손을 잡았다. 당연히 알고 있었겠지. "중요하지 않아. 오늘 밤에 그에게 말할 거야. 낳지 않을 거라고."

그게 누구든 어떤 말도 할 필요는 없어.

그녀가 옳다. 그 말이 맞았다. 그에게까지 부담을 짊어 줄 필요는 없겠지. 아이를 원한 적이 없다고 내게 분명히 말했으니, 내 의견에 당연히 동의하겠지. 게다가 그가 결정할 문제도 아니잖아. 그런데도 나의 마음이 숲을 가로질러 그의 집으로 향하고 있는 것을 느꼈고, 그에게 말해야 한다는 것도 알았다. 하지만 이와 동시에 나는 그 이유에 대해서 깊게 파고들고 싶은 마음이 들지 않았다.

누구 아이야? 애기가 물었다.

"아무도 아니야. 그냥 실수였어."

그가 언니를 아프게 한 거야? 그녀가 이렇게 묻는 이유는 아이의 아빠가 누군지 궁금하다기보다, 사실은 내가 상처받았을까 봐 걱정되어서였다.

"아니."

애기가 나를 가만히 바라보았다. *나를 위해서 그러지 마. 나 때문에 그러지 말라고.*

"나를 위한 거야." 내가 말했다. "너와 나. 기억나지?"

애기가 나를 꼭 껴안았다.

"너와 나." 내가 다시 한번 말했다. 그녀를 온전하게 잡아 주는 주문이었고, 나에게도 마찬가지였다.

여전히 둔덕이 있었지만, 누군가가 만든 것이라는 사실을 알지 못한다면 구분하기 어려워 보였다. 그 옆에 잠시 머물면서 저 밑에 시체가 지니고 있는 비밀이 무엇일지 생각해 보았다. 그를 발견했던 순간을 다시 떠올렸다. 벌어져 드러난 육신과 공허한 눈동자. 자리에 웅크리고 앉아 그의 몸 안에 내 손을 얹고, 흘러내린 것들을 다시 집어넣은 뒤, 그가 다시 눈을 뜰 때까지 그의 살갗을 봉합하는 상상을 해 본다. 안개 자욱했던 그날의 아침이 꿈이었다면 얼마나 좋을까. 그가 죽어 버렸으면 좋겠다고 바랐던 나였지만, 막상 그가 죽고 나니 그로 인해 많은 문제만 불러왔을 뿐이다.

나는 자세를 낮게 유지한 채 웅크리고 앉아 생각을 돌려 보았다. 속이 메스꺼웠지만 그의 몸에 대한 기억을 되짚어 보면서 내가 놓쳤을지도 모를 단서를 찾으려고 노력했다. 여느 상처와 다른 점이 있는지, 나에게 어떤 실마리를 줄 수 있는, 내게 유리한 방향으로 작용할 수 있는 그 어떤 단서라도 있기를 바랐다. 누가 그를 죽였는지 내가 기적적으로 밝혀낼 수만 있다면, 늑대들의 무고함을 입증해 줄 수도 있었다. 그러면 그들은 안전해질 것이다. 나는 그렇지 못하겠지만, 그것은 또 다른 문제니까.

만약의 경우 스튜어트의 몸에 그러한 단서가 있었다 하더라도 나는 보지 못했을 것이다. 내가 본 것이라고는 피와 흘러내린 내장처럼 전에는 바라볼 수도 없었던 것들이 전부였으니까.

나는 그날 아침에, 그리고 그전에도 무수히 많이 오갔던 어두운 숲길을 따라 계속 걸었다. 던컨의 집에서 말소리가 작게 울려 퍼졌고, 그 소리는 집 안의 붉은 빛이 시야에 들어오기 전부터 들리던 것이었다. 사람들과의 만남을 기대하지 않았지만, 어쨌든 여기까지 온 이상 마음을 단단히 먹고 문을 두드렸다.

"내가 나갈게." 여자의 목소리가 들렸다. 가슴이 철렁 내려앉았다. 황급히 몸을 돌리려는 순간, 문이 활짝 열리면서 아밀리아의 모습이 눈에 들어왔다.

"안심하는 듯한 표정이네." 그녀가 웃으며 인사를 건넸다.

"나는…… 뭐, 그래, 안녕." 내가 말했다.

"안녕." 그녀가 내 볼에 얼굴을 맞대고 나를 안으로 이끌었다. "네가 올 줄 몰랐어. 왠지 기분 좋은 서프라이즈네."

"던컨과 할 얘기가 있어서 왔는데, 다음에 다시 와도 돼."

"말도 안 되는 소리하지 마."

던컨의 저녁 파티에 대해서 까맣게 잊고 있었다. 작은 거실은 사람들로 꽉 차 있었다. 홀리도 있고, 비행사 퍼거스 먼로도 있었는데, 그와 던컨이 친구라는 사실을 몰랐기 때문에 살짝 놀랐다. 여자 경찰관 보니 파텔도 와 있었다. 그들은 마룻바닥 보호용으로 깔아 둔 넓은 옥양목(玉洋木) 위에 서로 끼어 앉아 목공예 작업 같은 것을 하고 있었다. 던컨은 혼자 부엌에서 요리를 하고 있었는데, 나와 눈이 마주치자 미간을 찌푸렸다.

오늘 밤 나는 그에게 어떤 사람일까? 실종 사건에 연루된 용의자? 아니면 며칠 전 자신을 찬 여자? 뭐가 됐든 그로서는 내가 이곳에 나타난 것이 달갑지 않겠지. 그가 와인을 한 잔 따라서 내게 건네면서 우리의 손가락이 맞닿았는데 일부러 그런 것 같다는 생각이 들었다. 일종의 게임 같은 것을 해 보자는 뜻인데, 그는 두 여자 사이에 엮여 곤경에 빠질 수도 있는 상황이었다. 내가 이 게임을 잘 해낼 수 있을까? 뭐, 사실 못 할 것도 없었다.

"다들 뭐 하는 중이에요?" 내가 사람들에게 물었다.

모두 낄낄거리며 웃었지만, 던컨은 웃음을 감추려는 듯 등을 보였다. "던컨 일생일대의 목표가 목수가 되는 건데, 정말 거짓말 하나도 안 보태고 말해서 재능이 전혀 없거든." 아밀리아가 설명에 나섰다. "그래서 가끔 이렇게 우리가 모여서 저 사람이 만든 허섭스레기들을 좀 손봐주는 대신에 저녁 대접받고 있지. 요리 하나는 정말 잘하니까."

이제야 그의 집에 형편없는 가구들이 가득한 이유를 알게 되었다.

"사포질 좀 할 줄 아세요? 보니가 내게 물었다.

나는 그녀의 옆에 자리를 잡고 앉았다. 그녀는 작고 묘하게 뒤틀린, 커피 테이블처럼 생긴 것의 다리를 사포질하고 있었다. "제 특기죠." 내가 대답했다.

그녀가 빙긋 웃어 보이며 말했다. "그럼 솜씨 좀 보여 주세요."

함께 작업하는 동안 나는 다른 사람들이 나누는 대화를 들었는데, 작업에 열중하게 되면서 점점 그들의 목소리는 허공을 맴돌며 사라졌다. 그들이 대화를 나누며 주고받는 감정에 압도되고 싶지 않았다. 오늘 밤은 너무 피곤해서 내 감정을 추스르는 것만으로도 벅찼기 때문이다.

던컨이 요리를 마치고, 우리에게 각각 셰퍼드 파이(shepherd's

pie, 다진 고기와 으깬 감자로 만든 오븐 요리) 한 그릇씩을 가져다주었다. "난 괜찮아요." 내가 말했다.

"벌써 식사를 한 거예요?"

"직접 사냥한 고기가 아니면 안 먹거든요."

그가 크게 웃음을 터뜨렸다. "그건 너무 과하네요, 인티 플린."

나도 웃음이 터졌다. 그는 손으로 짠 처음 보는 울 스웨터를 입고 있었는데, 크림 색에 다이아몬드 무늬가 있었다. 옷 때문에 그의 눈이 더 어둡게 보였다.

"두 사람한테 조사받았다면서, 인티?" 아밀리아가 웃음기 없는 목소리로 내게 물었다.

"관련된 사람들 전부 인터뷰했다고 했잖아." 보니가 내 대답을 가로채며 말했다. "해야만 했으니까."

"사실 던컨한테만 조사를 받았어." 내가 던컨을 바라보면서 아밀리아에게 말했다. 그리고 잠시 동안 우리는 그 취조실로 돌아갔다.

"그럼 조사 결과가 어때, 던컨?" 아밀리아가 던컨에게 물었다. "우리 중에 살인자가 있기는 한 거야?"

"아직 결정난 건 없어." 그가 한쪽 입꼬리를 살짝 올려 특유의 웃음을 보이며 대답했다. 그의 말이 농담인지 진담인지 확실히 알 수가 없었다.

"사실은 알리바이가 있거든." 보니가 끼어들었다.

"무슨 알리바이?"

보니도 이 상황이 재미있는 듯 보였다. "내가 말할 입장은 아니라서."

던컨이 그녀에게 말한 모양이었다. 그가 나의 알리바이이고, 내가 그의 알리바이라고. "제게 물어 본 적 없잖아요." 내가 보니에게 말했다.

"뭘요?" 보니가 되받아 물었다.

"제 알리바이요. 직접 물어 본 적이 없잖아요. 물었어야 했다고 생각하지 않아요?"

"벌써 다른 사람한테 들은 뒤라서요."

"그럼 그 사실을 확인하는 추가 조사를 했어야죠. 안 그래요?"

그녀는 다소 당황한 모습이었다.

나는 시선을 옮겨 던컨을 바라보았다.

"당신을 불편하게 만들고 싶지 않았어요." 그가 말했다.

"대체 무슨 일인데?" 아밀리아가 추궁하듯 물었다.

"그날 밤에 내가 여기 있었거든." 내가 말했다. 던컨이 어떻게 반응하는지 보고 싶었다.

"당신의 알리바이가 던컨이라고요?" 퍼거스가 말하더니 크게 웃음을 터트렸다. "그렇다면 약간 이해관계의 충돌이 있겠군요."

아밀리아와 홀리도 이 상황이 흥미진진한 듯 보였다. 반면 보니는 불편한지 안절부절못했다.

"제가 저 사람의 알리바이가 되기도 하고요." 내가 말했다. "부탁받은 적은 없지만요."

"참, 깜빡한 게 있어요." 던컨이 말했다. "편할 때 다시 경찰서로 와줘야겠어요. 추가로 조사할 부분에 대해서 묻고 싶었던 몇 가지 질문이 더 있거든요.”

“얼마든지요.”

“전부 다 시간 낭비하는 거야, 내 말이 틀려?” 홀리가 끼어들었다. “그 나쁜 자식이 도망갔다는 거 우리도 알잖아. 빚이 머리 꼭대기까지 찼으니.”

그 말에 귀가 쫑긋했다. “누구에게 빚을 졌는데요? 은행이요?”

“특히 그렇죠.” 홀리가 대답했다.

“그 녀석의 재정 상태까지 우리가 말해 줄 필요는 없잖아.” 퍼거스가 끼어들었다.

“없긴 하지. 하지만 현실에서 도망치기에 딱 좋은 이유잖아.” 그녀가 대꾸했다.

“레이니일 수도 있어.” 아밀리아가 말을 꺼냈다.

“쉿, 아밀.” 보니가 입단속을 시켰다.

“그냥 말도 못 해? 그놈이 그렇게 두들겨 팬 사람이 나였다면 옛날에 이미 묻어 버렸을 거야. 레이니가 가장 유력한 용의자가 아니라고 어떻게 장담할 수 있겠어?”

“아직 그가 죽었다고 결론 난 건 아니잖아.” 보니가 말했다.

“단순히 두들겨 패기만 했으면 다행이지.” 홀리가 끼어들었다.

“내 말은 이거야.” 아밀리아가 단호하게 말했다. “그 새끼는 아주 저질 양아치였다는 거.”

“옛날에는 안 그랬는데.” 퍼거스가 중얼거렸다.

“그랬던 것까지 우리가 신경 써 줘야 해?” 아밀리아가 그의 말을 되받아쳤는데, 그녀의 한결같던 유머도 이 시점에서는 사라지고 없었다. 그녀에게 분노의 감정이 일었고, 스튜어트와 오래전부터 알고 지낸 사이였다는 사실을 알 수 있었다. 여기에 모인 모두가 그렇겠지만.

"뭐 때문에 그가 변한 걸까요?" 내가 모두에게 물었다.

아무도 대답이 없었고, 모두 그저 어깨를 으쓱해 보이거나 고개를 흔들 뿐이었다.

침묵을 깬 사람은 던컨이었다. "남자들은 자신이 속한 주변을 통제하도록 배우는데, 현대 사회는 더 이상 그런 가르침을 받쳐주지 못해요. 그래서 어떤 남자들은 그 가르침이 멀어져 가는 것을 느끼고, 그로 인해 모욕을 당하기도 하죠. 그 수치심이 그들을 분노하게 하고 폭력적으로 만드는 것이고요."

"그런 가부장적 사고는 때려치워!" 아밀리아가 부르짖었다.

"깜짝이야." 퍼거스가 놀란 듯 가슴을 움켜쥐고 중얼거렸다.

"나는 레이니가 한눈판 거 탓하지 않아. 왜냐하면……" 홀리가 말을 꺼냈다.

"홀리!" 아밀리아가 재빨리 그녀의 말을 잘랐다.

"미안."

그리고 다시 침묵이 흘렀다. 나는 이 상황을 이해하느라 머리가 어지러웠다. 레이니에게 다른 남자가 있었다고? 그 상대가 누구일지 상상해 보면서, 그가 누구인지 몰라도 그 사람이 스튜어트의 죽음에 관련된 가장 유력한 용의자일 것이라는 생각에 이르렀다.

핑갈이 조용하게 다가와 내 옆자리에 몸을 말고 누워 머리를 내 무릎에 기댔다. 내가 쥐고 있던 사포를 바닥에 놓고 핑갈을 쓰다듬자 잠이 오는지 눈꺼풀이 내려앉기 시작했다. 바로 그때, 늑대의 울음소리가 오두막집을 날카롭게 관통했다.

"맙소사." 퍼거스가 한숨을 내쉬며 말했다. "또 시작이군."

핑갈이 고개를 들더니 잔뜩 긴장한 채로 귀를 쫑긋 세웠다. 호기심 어린 눈으로 나를 한 번 바라본 후, 자기 주인을 바라보며 지시를 기다리는 듯했다. 우리를 보호하려는 걸까? 아니면 핑갈에게 늑대 울음소리는 부름이나 경고 또는 초대같이 받아들여지는 걸까? 그의 원초적 본능을 자극하는 걸까?

핑갈도 주둥이를 들고 오래도록 격하게 하울링을 하기 시작했다. 그 모습을 보자 나는 온몸에 소름이 돋았고, 정말 그럴 수도 있다는 생각이 들었다.

"아, 신이시여!" 이번에는 더 크게 퍼거스가 외쳤다.

두 짐승의 울음소리가 집 밖과 안에서 메아리쳤다.

"당신이 내게 무슨 짓을 한 건지 이제 알겠죠?" 던컨이 말했는데, 나는 뒤늦게 내게 한 말이라는 사실을 깨달았다. "매일 밤 이런 식이죠."

나는 웃음이 흘러나오는 것을 어찌할 도리가 없었다. 개가 이렇게 늑대의 울음소리에 반응하는 모습은 나를 전율하게 만들었다.

"난 마음에 들어." 홀리가 말하고는 고개를 돌려 내게 물었다. "새끼 한 마리 구해서 키울 수 있을까요?"

"늑대 새끼를?" 아밀리아가 웃으며 물었다.

나를 바라보는 홀리의 얼굴은 사뭇 진지해 보였다. 나는 고개를 저었다.

"왜 안 돼요?" 그녀가 다시 물었다. "어린 새끼 때부터 데리고 키우면, 개들을 길들이는 것처럼 아무런 차이를 모르게 한다면 괜찮지 않을까요? 개들도 오래전 누군가가 그렇게 길들였을 테니까요."

"4만 년 전이라면 가능하겠지." 퍼거스가 말했다. "중석기 시대에는 그랬으니까."

내가 빙그레 웃었다. "역사광이군요. 맞죠, 퍼거스?"

그가 어깨를 으쓱했다. "많은 것에 대해 조금씩 알려고 노력하긴 하죠."

"하지만 어떤 것에 대해서도 깊이 있게 알지는 못하지." 그를 제외한 다른 사람들이 합창하듯 말했는데, 한두 번 놀려 본 솜씨가 아닌 듯했다.

나는 핑갈을 진정시켜 주려고 쓰다듬었고, 잠깐 하울링을 멈추고 숲에서 늑대의 울음소리가 들려오는지 귀를 기울였다. 다만 그 울음소리는 핑갈을 위한 것이 아니었다. 애쉬는 보다 더 위협적인 존재를 경계하기 위해 하울링 하고 있었던 것이다.

"새끼 늑대는 사람을 알아볼 수 있어요." 내가 홀리에게 말했다. "훈련도 시킬 수 있는데, 지능이 높아서 뭐든지 빨리 배우죠. 충성심도 대단하고요."

"거봐!" 홀리가 외쳤다.

"그런데 왜 그러고 싶은 거예요?" 내가 물었다. 이곳에 모인 모두가 나를 바라보고 있었다. 그들의 따가운 시선을 느낄 수 있었다. 바로 이것이 문제였으니까, 그렇지 않겠어? 바로 이것이 지금 그들이 안고 살아가는 두려움의 실체였다. 우리 내면에 있는 동심은 형태를 갖춘 괴물을 갈망한다. 서로를 두려워하고 싶지 않기 때문에 늑대를 두려움의 대상으로 만들고 싶은 것이다. "하지만 늑대는 태어날 때부터 훈련시키며 키웠다고 하더라도 개와 같은 방식으로 사람을 이해하거나 어우러지지 못해요. 사육은 기르고 길들이면서 형성되는데, 야생동물의 경우에는 수많은 세대를 거듭해야만 가능하게 되죠. 따라서 이 개와 저 숲속에 있는 늑대는 더 이상 같은 종으로 볼 수가 없을 거예요. 늑대 새끼에게 아무리 많은 사랑을 준다고 하더라도 말이죠. 자연의 섭리대로 늑대는 포식자로 성장할 것이고, 그런 늑대를 묶어 두거나 집에 가두어 놓는 것은 상상할 수 없을 만큼 잔인한 행위라고 생각해요."

갑자기 펑갈이 또다시 크게 소리 내 우는 바람에 우리는 모두 깜짝 놀랐다.

던컨이 엉거주춤하게 내 옆으로 오더니 그를 자신의 무릎으로 끌어당겼다. "착하지, 우리 강아지. 저 늑대는 너 때문에 울부짖는 게 아니란다."

펑갈은 꼬리를 흔들며 주인의 손을 핥았다.

"오늘 밤은 못 참겠다." 퍼거스가 외치더니 자리에서 일어나 음악을 크게 틀었다. 다른 사람들이 저마다 다시 작업을 하며 수다를 떨기 시작했을 때, 나의 시선은 던컨에게 머물러 있었다. 그는 생각에 잠겨 있었다. 아마도 지금이 그에게 말할 기회일지도 몰랐다. 빨리 말해 버리고 끝내는 거야. 하지만 좀처럼 말이 입 밖으로 나오지 않았다.

"그럴 수 있다고 생각해요?" 그가 나지막한 목소리로 내게 물었다. "길들일 수 있다고 생각해요?"

"야생동물이요?" 나는 펑갈을 쓰다듬으려고 손을 뻗었고, 나와 그의 손은 거의 맞닿을 정도로 가까웠다. 그의 손을 잡고 싶은 마음이 너무 간절해서 심장이 터져 버릴 것만 같았다. "우리도 그랬던 것 같아요." 내가 낮은 목소리로 중얼거리듯 말했다. "평상시에는 우리도 그들과 크게 다르지 않다고 봐요. 우리도 천천히 길들면서, 이제 동물적이라기보다는 기계적이라는 표현에 더 가까워졌죠."

"그럼 특별한 날에는요?" 그가 물었다.

"그런 날에는 말이죠." 내가 천천히 말을 건넸다. "내 안의 야생성이 미쳐 날뛸지도 몰라요."

문을 두드리는 소리가 들렸을 때는 벌써 몇 시간이 흐른 뒤였다.

"오늘 밤은 꼭 그랜드 센트럴 터미널에 와 있는 거 같네!" 퍼거스가 말했다. 그는 시간이 지나면서 꾸준하게 취기가 오르며 점점 억양이 강해졌고, 언젠가부터 나는 거의 알아들을 수 없는 지경이 되었다. 앉아 있는 동안 계속 몸을 이리저리 흔들었고, 여전히 작업하는 시늉을 했지만 이미 오래전에 도구를 제대로 사용하지 못하고 있었다.

문에서 제일 가까운 곳에 널브러져 있던 아밀리아가 일어나 내가 이곳에 왔을 때처럼 응대를 했다. "안녕, 자기구나." 아밀리아가 인사를 건넸지만, 아무런 대답 없이 그녀를 밀치고 거실로 들어선 사람은 레이니 번즈였다. 그녀의 시선은 던컨을 찾아 빠르게 움직이고 있었다.

"대체 뭐 하는 짓이야?" 그녀가 그에게 쏘아붙였다. "내가 말했잖아……." 레이니가 이어서 말하다가 나를 보더니 갑자기 입을 다물었다.

던컨이 바닥에서 일어나려고 애를 썼고, 그의 다리가 정말 아파 보였기 때문에 내가 손으로 그를 밀어 올려 주었다. 그가 눈빛으로 내게 고맙다고 말한 뒤, 레이니에게 다가가 그녀를 복도로 이끌었다.

"그를 묻어야 한다고, 던컨." 그녀의 말소리가 들렸다. "이제 끝내고 싶어."

그들은 던컨의 침실로 들어가 문을 닫았고, 그들의 목소리도 더 이상 들리지 않았다. 그녀가 정말 연기를 잘하는 영화배우가 아닌 이상, 스튜어트를 죽인 범인은 그녀가 아닐 것 같다는 생각이 들었다.

나는 잊고 있던 와인을 한 모금 가득 마셨다.

"딱하게 됐어." 퍼거스가 말했다.

"더 잘 된 거지." 아밀리아가 말을 받았다.

"야." 퍼거스가 외쳤다. "그래도 옛 친구인데 너무하잖아."

"그놈은 내 친구도 아니었어."

"그게 사실인지는 몰라도, 산 채로 먹혔을지도 모르는 마당에 그렇게 말할 필요는 없잖아."

어색한 침묵이 내려앉았다. 그들 모두 나와 눈을 마주치지 않으려고 조심하는 듯 보였다.

"우리 모두 그렇게 생각하고 있잖아, 안 그래?" 보니가 말하기 시작했다. "빌어먹을 늑대들한테 잡아먹혔기 때문에 어떤 흔적도 못 찾고 있는 거잖아. 우리 모두 모르는 척하고 있는 것뿐이고. 당신도 그렇게 말했잖아요, 인티. 늑대들은 포식자고 어떤 것도 그들을 바꿀 수 없다고."

나는 자리에서 일어섰다.

"인티……." 아밀리아가 나를 말리려는 듯이 말했다.

"그냥 화장실 가려는 거야." 내가 말했고, 정말 그럴 생각이었다. 복도를 따라 화장실로 가다가 침실 앞에 도달했을 때, 잠시 멈춰서 귀를 기울였다. 그들의 목소리가 들렸는데, 그들의 말투와 억양, 그 리듬을 듣고 있자니 내 머릿속을 스치는 생각이 있었다. 속삭이듯 소곤거리며 친밀하게 말하는 그들의 태도나 그가 그녀의 팔을 붙잡고 복도로 이끄는 행동, 아무렇지 않게 그의 침실로 들어가는 그녀의 행동이 다시 내 눈앞에 펼쳐졌다. 물론 친구니까, 오래전부터 알고 지낸 사이니까 그럴 수도 있지. 하지만 내 안의 본능이 이미 그 이상의 사실을 알아챈 뒤였다. 그들의 목소리가 완전히 사라졌을 때, 내 안의 목소리는 더욱 커졌다. 친구 이상으로 가까운 사이라는 사실을, 나는 이 긴 침묵을 통해서 느낄 수 있었다.

나는 화장실에 가지 않고 거실로 돌아왔다. 그리고 퍼거스가 앉아 있는 소파 옆자리에 앉아서 아무도 엿들을 수 없는 작은 목소리로 물었다. "던컨이었군요, 그렇죠? 레이니가 만나는 남자 말이에요."

"아니, 당연히 아니죠." 그가 대답했지만, 거짓말하기에 그는 너무 취해 있었기 때문에 나는 쉽게 그를 꿰뚫어 볼 수 있었다. "자, 우리는 몰라요. 누가 설명 좀 해 줄래?" 그가 진땀을 빼며 말했다. "둘이 한때 잠깐 사귀긴 했죠. 고등학교 때였나, 아무튼 레이니가 스튜어트랑 만나기 전이었는데, 워낙 사이가 좋아서 우리는 두 사람이 결혼하겠구나 생각했어요. 하지만 결국에는 그렇게 안됐죠. 던컨이 그 힘든 시절을 보내면서 말이에요. 요즘 다시 그런 소문이 돌긴 했지만, 소문은 그냥 소문일 뿐이라는 거 알잖아요."

나는 겉옷을 챙겨 들고 문으로 향했다. 더 이상 이곳에 있기 싫었다. 서둘러 모두에게 작별 인사를 하고, 더 머물다 가라는 외침을 뒤로하고 밖으로 나왔다. 뜨겁게 오른 얼굴에 밤공기가 신선하게 와 닿았다. 내가 나무들이 줄지어 있는 곳에 도달했을 때 등 뒤로 문이 열리는 소리가 들렸고, 낮고 깊은 목소리가 들렸다. "인티?"

멈출 필요는 없었다. 집에서 새어 나오는 불빛은 내가 있는 곳까지 미치지 못했고, 그가 나를 알아보기 전에 그냥 가 버릴 수도 있었다. 하지만 속에서 무언가가 치밀어 올랐다. 너무나 익숙한 분노였고, 그 밑바닥에는 더 사악한 무언가가 있었다. 내가 마주해야 했을 두려운 사실에 대한 깨달음이 천천히 밀려왔다.

"여기 있어요." 내가 외쳤고, 어둠 속에서 그가 오기를 기다렸다.

그는 항상 그렇듯이 천천히 다가왔다. "내게 할 말이 있다고 했잖아요."

"왜 보니는 내게 추가 조사를 하지 않은 거예요? 왜 내게 당신의 알리바이를 확인하지 않은 거죠?"

그가 뜸을 들이다가 자세를 바로 하고 입을 열었다. "왜냐하면 내가 당신하고 그날 밤에 같이 있었다는 내 말을 믿었기 때문이죠. 당신을 창피하게 하고 싶지 않아서 그랬을 거예요."

"내가 왜 창피해야 하는데요?"

그가 어깨를 으쓱해 보였다.

나는 그의 얼굴을 올려다보았다. "보니가 당신을 믿어야만 하나요?"

이런 빛에서 던컨의 눈은 더욱 검게 보였다. 그의 얼굴과 코, 입술의 윤곽만을 겨우 알아볼 수 있을 정도였다.

"우리가 밤을 같이 보낸 건 아니지 않아요? 밤새 같이 있지는 않았으니까요. 내가 깼을 때 당신은 없었어요, 던컨."

침묵이 이어졌다.

"어디 갔던 거죠?"

"말했잖아요."

"그래요, 산책했다고 말했죠."

당신 집 근처에서 남자가 살해당한 바로 그 시간에 산책을 갔고, 그의 아내와 자고 있었겠지.

온몸의 피가 얼굴로 쏠렸다.

"차로 데려다줄게요." 던컨이 말했다.

"걸어서 갈래요." 내가 대답했다. 그와 함께 차에 타고 싶지 않았다. 이 남자를 알 수 없었다. 자기 입으로 말한 적이 있었지. 그가 자신이 저지른 진실을 내게 말했지만, 내가 듣지 않았던 거야. 우리는 모두 누군가를 죽일 수 있다고.

16

거스 할로웨이와의 사건이 있고 나서 일 년 남짓이 지났을 때였다. 그날따라 애기와 만나기로 한 약속에 늦었는데, 이걸 가지고 그녀는 내가 대형 사고라도 친 것처럼 굴었다. "하고많은 날 중에서 하필 오늘 늦을 건 뭐야." 이 말을 계속 반복하면서 그녀는 내 입술에 립스틱을 문질러 바르고 나를 거리로 잡아끌었다.

"하고많은 날 중에 오늘이라니?" 내가 물었지만, 그녀는 멈출 줄 모르고 나아갔다. 그녀는 티셔츠 드레스를 입고 있어서 날씬한 다리가 더욱 길어 보였고, 세련된 단발머리에 스모키 화장을 한 커다란 눈에 앞머리가 닿을 듯 말 듯 내려와 있었다. 무척 아름답고 매력적으로 성장한 그녀의 모습은 더 이상 숲속에서 지내던 시절의 소녀가 아니었다. "잠깐만, 우리 어디 가는 건데?" 내가 재차 따지듯이 물었다.

애기는 그저 미소만 지어 보일 뿐이었다. 그리고 출생이나 사망 그리고 혼인 신고를 하는 등록 기관으로 나를 이끌었다.

거스의 사촌동생인 제임스도 두 번째 증인으로 그곳에 와 있었다. 사촌이라고 하지만 겉으로 보기에는 눈에 띄게 닮은 점이 많아서 거의 친형제나 다름없었다. 제임스가 조금 더 작고, 더 마르고, 덜 잘생긴 버전의 거스라고 보면 되었다. 우리 넷 사이에서 우스갯소리로, 직소 퍼즐의 마지막 조각이 맞춰지는 것처럼 그와 내가 사랑에 빠지면, 우리 모두의 삶이 훨씬 편해질 것이라는 말을 종종 하곤 했다. 그럴듯한 말이기는 했다.

애기와 거스가 혼인 서약을 할 때 제임스가 나를 보며 미소를 지었다. 나도 미소로 화답하려고 애썼다. 하지만 내 안의 피가 모조리 빠져나가는 듯했고, 솔직히 말해서 토하고 싶은 심정이었다.

그 후, 우리는 덤플링(dumpling, 밀가루 등으로 반죽을 빚어 만든 음식)을 먹으러 갔다. 그 식당은 오히려 술집에 가까웠는데, 낙서가 가득한 까만 벽과 어두침침한 붉은 조명 그리고 벨벳으로 꾸민 은밀한 공간들이 자리하고 있었다. 거스와 제임스는 항상 그래왔듯이 파이어볼을 연달아 마셔댔다. 애기와 나는 그 술을 싫어했지만, 그날 애기는 기분이 좋아서 그런지 아무튼 두 잔 정도를 마셨다. 그녀와 거스의 궁합은 놀라울 정도였다. 둘이 함께 있는 동안에는 활기가 넘쳤고, 서로에게 뿜어내는 매력이 대단했다. 그가 테이블 위로 그녀의 손을 잡았고, 그 모습을 보았기에 나의 손을 잡은 것과 같았다.

나는 맞잡은 두 사람의 손에서 애써 시선을 돌렸다. 내 것이, 날 위한 것이 아니기에 도둑질한 것이나 다름없을 테니까.

나는 화장실로 가서 얼굴에 찬물을 끼얹었다. 그때 애기가 들어오더니 옷이 젖는 것도 개의치 않고 세면대 위로 올라 앉았다.

"이제 말해 봐." 그녀가 말했다.

나는 고개를 저었다.

"걱정할 필요 없어." 그녀가 이어서 말했다. "이제 내가 저 사람과 새끼손가락 걸었잖아."

"잘했어."

"그럼 뭐가 문제야?"

"아무 문제 없어."

"거짓말하지 마, 인티."

나는 거울에 비친 그녀의 모습을 바라보았다. "뭐하는 거야?"

그녀가 팔짱을 끼었다.

"이게 뭐 하는 짓이냐고?" 내가 추궁하듯이 말했다. "이게 다 무슨 미친 짓이야?"

"흥분하지 마."

"뭘 증명하고 싶은 건데?"

"아무것도 아니야! 그런데 왜 그렇게 화가 났어?"

"갑자기 이런 짓을 저질러 놓고 왜 화가 났냐니. 엄마가 그를 싫어할 게 뻔하니 엄마는 초대도 안 하고 이렇게 급하게 할 일이야? 지금 나는, 네가 정말 통제 불능이라는 생각밖에 안 들어."

"통제 불능이 뭐가 어때서?"

"너 자신을 아프게 하잖아."

그녀가 내 눈을 바라보았다. "언젠가 거스가 언니한테 갈 거라고 생각한 거야?"

온몸에 힘이 빠졌다. 아무런 경고 없이 훅 치고 들어오는 성격은 여전했다. 나는 그녀에게 다가가 두 손으로 얼굴을 감쌌다. 맞닿은 그녀의 볼은 너무나 뜨거웠다. "아니야, 이 바보야. 너처럼 강하고 멋진 여자 대신 나를 택할 사람은 아무도 없어."

"집어치워." 그녀가 내 손을 뿌리치며 쏘아붙였다. "그런 말 좀 하지 마."

"난 그를 원하지 않아." 내가 말했다. 그리고 이 말은 정말, 진짜로 진심이었다. 나는 그를 내 남자로 원하지도 않았고, 애기의 상대로도 마찬가지였다. 우리의 삶에서 그를 원하지 않았다. 그런데 이제 이렇게 그가 우리와 법적으로 엮이게 되어 버렸다. "나한테는 말해 줄 수 있었잖아." 내가 차분한 목소리로 말했다. "미리 말해 주지 않았다는 것이 믿기지 않을 뿐이야."

"하지 말라고 할까 봐 말하기 싫었어."

"나 일 구했어." 비참한 심정으로 내가 말했다.

그녀가 나를 빤히 바라보았다. "그럼 우리 알래스카에 가는 거야?"

"이제 넌 남편이 있잖아."

"그래서?" 애기가 따지고 들며 젖은 세면대에서 미끄러지듯 내려왔다. "그래서 젠장 어쩌라고? 거스는 따라 오든지 말든지 중요한 건 언니랑 나잖아. 항상 그랬잖아, 아니야?"

깊은 안도감이 밀려왔고, 그런 나 자신이 창피했다. "맞아."

그녀의 얼굴에 미소가 떠올랐다. "늑대를 볼 수 있는 거야, 인티. 망할 늑대를 보러 우리가 간다고." 그러고 나서 나를 붙잡더니 고개를 뒤로 젖히고 늑대처럼 하울링을 했는데, 마침 화장실로 들어서던 여자가 우리를 한번 슬쩍 쳐다보더니 바로 발길을 돌렸다. 우리는 함께 웃고 또 웃었고, 나도 그녀와 함께 울부짖었다.

한바탕 소동이 끝나고 애기는 먼저 테이블로 돌아갔고, 나는 화장실을 사용하기 위해 남았다. 손을 씻으면서 거울에 비친 내 모습을 바라봤다. 그래, 나가서 신나게 놀자. 내 동생은 자기가 한 일에 대해 책임질 줄 알잖아. 항상 그랬으니까. 이번에도 괜찮을 거야.

내가 화장실에서 나올 때 누군가가 어두운 통로에서 화장실 안으로 걸어 들어오다가 서로 가볍게 부딪혔고, 그 바람에 내가 벽 쪽으로 밀려났다. 거스였다. 어두워서 잘 보이지 않았지만, 나는 그라는 것을 직감으로 알 수 있었다.

"보고 싶었어, 자기야." 그가 갑자기 내 귀에 뜨거운 입김을 불어 넣으며 말했고, 손을 올려 내 가슴을 만졌다.

나는 그를 거세게 밀쳐 냈다. "거스, 미쳤어?"

그가 눈을 깜박이며 놀란 표정을 지어 보였다. "오, 젠장. 인티, 너였어?"

"헛소리 집어치워!" 내가 소리를 질렀고, 얼굴이 화끈거렸다. "머리랑 옷이 전혀 다른데, 미쳤어?"

그는 놀란 표정을 거두고 웃음기 어린 목소리로 말했다. "장난이야, 장난. 옛날 일이 생각나서."

나는 어이가 없는 표정으로 그를 바라보았다. "더 이상 그러지 마, 알았어? 그게 무슨 장난이든지 간에 앞으로 절대로 하지 마."

"이제 장난 끝." 거스가 말했다. "친구로 지내는 거야, 알았지?"

나는 차가운 눈길로 그를 응시했다.

그가 천역덕스럽게 웃으며 내게 팔을 둘렀고, 다시 나를 테이블로 이끌며 말했다. "사실 이제는 가족이지, 처형."

*

그리 크지 않은 경찰서에 들어갔을 때, 보니는 컴퓨터 앞에 앉아 있었다. 안내원이 내게 무슨 일로 왔는지 물었지만, 보니가 나를 발견하고 그쪽으로 오라는 손짓을 보냈다. 개방형 사무실에는 책상 여섯 개 정도가 놓여 있었는데, 대부분 두 명의 경찰관이 공유하며 사용하는 듯 보였다. 한편 유리 벽으로 분리된 공간에는 가장 큰 책상이 놓여 있었고, 명판에는 '던컨 맥타비쉬, 경무관(警務官)'이라고 적혀 있었다. 이곳에 오기 전에 미리 확인한 바대로 그는 사무실에 없었다.

"잘 지내요, 인티?" 보니가 물었다.

"네, 고마워요. 알리바이 관련해서 추가 조사가 필요한 듯해서 왔어요."

그녀가 고개를 끄덕였다. "개인정보 보호 차 던컨의 사무실을 쓸까요?"

그녀를 따라 그의 사무실로 들어갔다. 그녀는 책상 뒤의 의자에 앉고 나는 맞은편 의자에 자리했다. 작고 정리가 안 된 책상 위에는 서류 더미들이 쓰러질 듯 높이 쌓여 있었다. 사진이나 개인용품 같은 것은 없었다. "던컨은 디지털 시대에 살고 있지 않은가 봐요."

보니가 엉망진창인 그의 사무실을 새삼스레 둘러보며 미소를 보였다. "네, 그러게요. 하지만 사실 바로 눈앞에 서류들을 펼쳐 놓으면 사건을 명확하게 파악하기가 더 쉽기도 하죠. 서면으로 진술할래요, 인티?"

"그냥 말로 할게요, 그러는 편이 더 간단하다면요."

"덜 형식적이긴 하죠."

"그럼 그렇게 할게요. 여기서는 형식적인 부분을 별로 신경 쓰지 않나 보네요."

그녀가 한숨을 내쉬며 말했다. "먼저 알라바이 관련해서, 당신에게 직접 묻지 않았던 거 미안해요. 던컨은 제 상사이고, 그의 진술 특성상 그에게 그 정도의 재량권은 부여할 수 있다고 생각했어요. 당신도 그 방법을 더 선호하리라 생각했고요."

"그냥 정말 이해가 되지 않아서 그래요. 제가 용의선상에 있나요?"

"지금 단계에서는 아니에요. 관심의 대상일 뿐이에요. 그래서 아직 초기 조사에 관한 후속 조치를 하지 않은 상태이기도 하고요." 잠시 뜸을 들이더니 그녀가 의자에 몸을 기대어 앉았다. "그래도 그가 녹음하지 않은 부분은 이상하다고 생각하긴 했어요. 그래서 그에게 녹음 관련해서 물어봤는데, 그가 조사 형식을 제대로 취하지 않은 이유는 당신이 그날 밤 어디에 있었는지 본인이 알고 있다고 대답했고, 저도 그 정도면 충분하다고 생각했죠." 다시 정적이 이어졌다. "당신은 용의자가 아니에요, 인티. 제가 아는 선에서는 그래요. 하지만 뭔가 하고 싶은 말이 있다면, 도움이 될 만한 그런 단서가 있다면……."

"제가 마지막으로 스튜어트를 본 건 그날 술집 밖에서 던컨과 함께 있을 때였는데, 술집에 들어온 던컨의 얼굴은 주먹이나 뭔가로 맞은 것 같았어요. 그가 말하던가요?"

보니가 고개를 끄덕였다. "그날 새벽 스튜어트가 사라진 시간까지 그의 행방에 관한 확실한 타임라인을 확보했으니까요."

"마지막이 어디였어요?"

"아쉽지만 이 자리에서 당신에게 그런 자세한 부분까지 말씀드릴 수 없어요. 그런데 여기에 관심을 가지는 특별한 이유라도 있나요?"

"물론이에요. 그는 자신의 아내를 학대했고, 그에게 무슨 일이 일어났는지 알고 싶어요."

"말씀드릴 수 있는 것은 우리 경찰이 아직 그가 떠났다는 증거를 찾지 못하고 있다는 점이에요."

"그 의미는……?"

"그렇다는 것은, 그의 실종이 살인 사건으로 처리될 확률이 높다는 뜻이죠."

"사고를 당했거나 다른 일이 있었을 수도 있잖아요?"

"그렇죠. 이런 외진 곳은 꽤 위험하니까요. 험한 지형에서 등산객의 실종도 간혹 있었고요. 하지만 항상 수색을 통해 그 시신을 찾아냈죠. 그래서 지금은 동물의 습격도 염두에 두고 있어요."

"그것도 흔적을 남기죠." 내가 확신에 찬 어조로 말했다.

그녀가 고개를 끄덕였다. "우리 경찰도 당신의 전문적인 조언은 받아들이는 입장이에요. 하지만 당신은 우리를 확실히 설득시켜야 할 거예요, 그렇지 않겠어요? 만약 늑대들이 사람을 죽였다면, 그들 전부 떼죽음을 당하게 될 테니까요."

"뭐, 전부라고요?"

"만약 당신이 한 마리를 특정하지 못한다면요. 그리고 그 늑대 혼자서 저지른 일이라는 확실한 증거가 필요할 거예요."

그녀도 알겠지. 단 한 마리일지라도 내가 지목하기 무척 힘들어할 것이라는 사실을.

"그럼 제가 질문해도 될까요?" 그녀가 물었다. "스튜어트 번즈가 사라지기 전날에 당신은 어디에 있었나요?"

"시내에 있는 술집에 있다가 던컨과 함께 집으로 갔어요."

"그의 집으로요?"

"네."

"그때가 몇 시였죠?"

"아마도 아홉시 정도였을 거예요."

"그리고 밤새 그곳에 있었나요?"

"네."

"협조해 줘서 고마워요, 인티. 당신의 파일에 모두 추가해 둘게요."

보니는 내게 던컨도 밤새 거기 있었냐고 질문하지 않았다. 그래서 나도 굳이 아무런 말을 하지 않았다. 그의 거짓말이 밝혀지면 내 알리바이의 허점이 드러날 테니까. 그리고 또한 아직은 말할 때가 아니라는 내면의 목소리가 들려왔다. 나의 이 끔찍한 본능적인 감각보다는 그가 정말로 스튜어트를 죽였다는 다른 증거를 찾거나, 혹은 적어도 더 확실한 느낌이 올 때까지 기다려야 했다. 실제로 그가 아무런 짓도 안 했는데 이 더러운 의혹을 그에게 덮어 씌워 그를 곤란하게 만들고 싶지 않았다.

"이런 경우에는 어떻게 용의자 목록을 추리나요?" 내가 물었다.

그녀가 어깨를 으쓱해 보였다. "스튜어트와 갈등 관계에 있을 만한 사람들을 눈여겨보죠. 그가 사라지길 바라거나 해하려고 하는 이유를 가진 사람들이요. 하지만 그것도 시신이 없으면 어려운 법이죠."

"만약에 갈등이나 그에 대한 원한 같은 게 전혀 없다면요?"

"무슨 말이죠?"

"글쎄요……. 누군가를 철저하게 살해한 뒤 흔적을 전혀 남기지 않은 점이…… 그가 이곳에 새로 나타난 늑대들에게 잡아먹힌 게 틀림없다는 결론을 모든 사람에게 믿게 만들려는 좋은 전략 같아서요. 사람들 모두 늑대들이 끝장나길 바라고 있으니까."

그녀가 천천히 고개를 끄덕였다. "이해했어요. 그 점도 고려할게요."

"고마워요, 보니." 나는 나가려고 의자에서 일어섰다.

"다음에도 던컨의 집에서 보는 거죠?" 그녀가 밝은 표정으로 물었다.

나는 문가에서 멈춰 섰다. "글쎄요, 보니. 그가 썩 내키는 상황은 아니잖아요. 유부녀랑 바람피우는 동시에 여러 여자를 만나 잠자리나 갖고."

보니가 불편한 듯 몸을 꼼지락거렸다. "뭐라 말해야 할지 모르겠네요, 인티."

"그가 좋은 사람인지 아닌지 당신 생각을 말해 줘요."

"어쨌든 그도 사람이잖아요."

"맞아요, 그게 바로 제가 그를 못 믿는 이유죠."

나는 차에 앉아서 구글 검색창에 '던컨 맥타비쉬, 경무관'을 입력했다. 관련 링크들이 올라왔다. 대부분은 스튜어트 번즈에 관한 뉴스 기사였는데, 던컨이 조사를 총괄하는 담당자이기 때문이었다. 그리고 수년 전으로 거슬러 올라가 이 지역에서 발생한 크고 작은 사건에 관한 다른 기사들에서도 그의 이름이 언급되었는데, 그가 사건 대부분을 브리핑했기 때문이다. 나는 기사들을 차례로 읽기 시작했다. 그러다 잠시 숨을 돌릴 겸 고개를 들어 보니 벌써 몇 시간이 흘러 있었고, 밖은 이미 어둑해져 있었다. 이를 통해 나는 여전히 그가 어떤 사람인지 정확히 알아낼 수 없었지만, 그가 훌륭한 경찰이라는 것은 알게 되었다. 내가 알아낸 바에 따르면 그의 업무 능력은 훌륭했다. 물론 공공 기물 파손이나 농기구 도난 사건 등 몇 가지 해결하지 못한 사건도 있기는 했다.

그는 몰래 훔쳐볼 수 있는 소셜 미디어 계정도 없었다. 그래서 나는 퍼거스에게 만나서 술 한잔하자고 전화를 걸었다.

오늘따라 술집은 한가했다. 퍼거스와 나는 구석 자리 테이블에 자리를 잡고 맥주 피처 한 병과 감자튀김 한 그릇을 주문했다. 나는 맥주를 마시는 척만 했는데, 퍼거스는 이를 눈치채지 못했다. 한동안 우리는 잡담을 나누었다. 사실 나는 듣기만 하고 퍼거스가 혼자서 떠들었는데, 산만한 그의 성격을 알아볼 수 있었다. 그는 새벽이 될 때까지 다 함께 파티를 즐기던 시절을 그리워하고 있었다. 그는 친구들 모두 에너지가 넘쳤고, 서로를 특히 아꼈으며, 그와 마찬가지로 늘 불안했지만 모험에 대한 열망은 강했고, 작은 마을에서 함께 커 가면서 점점 지루해져 갔던 질풍노도의 청소년 시절을 꿈에 그리듯 회상했다.

"솔직히 말해서 난 과거에 갇혀 사는 거 같아요." 퍼거스가 인정하듯이 말했다. "몸은 마흔인데, 정신은 아직 열여섯 살에 머물러 있는 거죠."

"스튜어트도 어울리는 무리 중 한 명이었나요?" 내가 물었다.

"그럼요. 레이니도 그렇고, 던컨하고 아밀리아도요. 우리 모두 학교를 같이 다녔죠."

"그에게 무슨 일이 일어났을까요?"

그가 고개를 저으며 말했다. "어쩌면 모든 걸 끝내고 싶었는지도 몰라요."

"모든 것이라뇨?"

"농장일이요. 보람이라고는 하나 없는 삶이었죠. 몰라요, 아무튼 기구한 인생이죠."

그는 말하던 중 나 같은 외지인에게 말하는 것이 옳지 않다고 판단한 듯 보였다. 나 나름대로 조심스럽게 캐보려고 노력했는데, 그런 쪽에는 영 소질이 없는 모양이었다. "그래서 그런 식으로 아내를 버리고 떠나버렸다고 생각하는 거예요? 갑자기, 그것도 아무런 말도 없이요?"

"그랬을 리는 없어요. 그래요, 아닐 거예요. 스튜어트가 아내를 사랑하지 않았다고 말할 수 있는 사람은 없을 테니."

"맞아요. 죽을 때까지 사랑하리라 단단히 마음먹은 사람 같았으니까요."

퍼거스의 몸에 힘이 들어갔다. "우리가 제법 어렸을 때부터 그 둘은 함께했어요." 마치 이 말 한마디면 모든 것이 설명된다는 듯이 그가 말했고, 어쩌면 그럴지도 몰랐다. "이 근방의 녀석들은 모두 한 번씩은 레이니를 짝사랑했죠. 하지만 결국에 레이니의 선택은 스튜어트였어요. 잘생기고, 착하고, 뭐 하나 빠지는 게 없었으니, 언젠가 그들이 함께하게 되리라는 걸 우리도 짐작하고 있었어요."

"그런데 뭐 때문에 그렇게 변한 거죠?"

"아무것도요."

나는 고개를 저었다. 이 빌어먹을 마을 전체가 위험에 처한 여자 한 명을 못 본 체하고 있다니.

"내 말은, 그러니까……." 퍼거스가 잠시 동안 생각에 잠겼다가 말을 이었다. "술은 누군가에게 독과 같아요. 사람을 제정신이 아니게 만들어 버리죠. 그래서 녀석도 계속 끊으려고 노력했어요. 하지만 한때는 둘 중 누군가가 떠난다면, 그건 레이니일 거라고 장담하던 시절도 있었죠."

"떠난다는 게 무슨 말이에요? 살해당한다는 뜻이에요?" 내가 꼬집어 물었다.

"그냥 떠나는 거요!" 그가 큰 소리로 말했다. "맙소사, 레이니가 살해당할 걸 생각했다면, 나는 아마······."

"아마 뭐요?"

퍼거스가 나를 빤히 바라보았다. "참 집요하네요."

나는 계속 밀어붙였다. "그를 증오했을 만한 사람이 있나요? 질투나 분노, 그 이유가 뭐든지요."

"이젠 아주 맥처럼 말하네요. 수사하듯이 말이죠."

"맥이라면 던컨을 말하는 거예요? 당신도 조사받았어요?"

"당연하죠. 마을 사람들 전부 받았을걸요."

우리는 한동안 아무런 말도 하지 않았다.

마침내 퍼거스가 입을 열었다. "만약 누군가가 그를 없앴다면, 당신이 물어봤으니 하는 말이지만, 정말 엄청난 배짱이 필요했을 거예요. 아무나 쉽게 제압할 수 있는 상대가 아니었을 테니까, 그 녀석은 말이죠. 그리고 그것으로 끝나는 것이냐는 또 다른 얘기예요."

"왜요?"

"왜냐면 맥이 끝까지 파고들 테니까요. 블러드하운드(bloodhound, 뛰어난 후각을 지닌 사냥개 품종) 같은 녀석이죠."

"항상 그런 식이었나요?" 내가 조심스럽게 물었다.

"네, 내가 기억하는 한은 그래요. 집착이 장난이 아니죠. 그렇게 타고난 것인지, 아니면 그 끔찍한 일을 겪고서 그렇게 됐는지는 아무도 알 수 없겠죠."

"그에게 무슨 일이 있었는데요?"

"신문에 실렸던 사건이니 더 이상 비밀도 아니죠 뭐."

나는 잠자코 기다렸다.

퍼거스가 한숨을 내쉬며 말했다. "던컨은 자기 아버지를 죽였어요."

퍼거스는 취하려고 작정하고 퍼마셨다. 나는 그의 마음이 어떤지 바로 알아차릴 수 있었다. 그는 당시 무슨 일이 있었는지 말했지만, 단편적인 것뿐이었다. 사건이 벌어진 후에 그곳에 있었다는 것과, 무슨 일이 벌어졌는지 두 눈으로 보았고, 결코 그 장면을 잊을 수 없었다는 정도의 얘기였다. 그들 모두 그곳에 있었다. 던컨의 가장 친한 친구들 모두. 던컨은 경찰을 부르기 전에 그들을 먼저 불렀다. 당시 여자친구였던 레이니, 퍼거스. 그리고 아밀리아. 퍼거스가 기억하는 한 던컨은 울지 않았다. 그리고 그 후에도 그는 단 한 번도 울지 않았다.

퍼거스를 차에 실어 집까지 데려다주었다. 휘청거리는 그를 부축해서 침대에 눕히고 물을 한 잔 따라 주고 났더니, 그에 대한 아픈 연민의 감정이 일었다. 그러고 나서 나는 집으로 향했다. 애기는 이미 자고 있었다. 나는 내 침대로 기어들어 가 이불 속에 몸을 파묻고, 25년 전 그날의 사건을 다룬 기사가 나올 때까지 휴대전화에서 눈을 떼지 않았다.

크리스마스 밤이었다. 경찰이 도착해서 시체 두 구를 발견했다.

던컨의 아버지는 몽둥이에 맞아 즉사했고, 그의 어머니 또한 심한 구타로 숨을 거둔 상태였다. 처음에 경찰들은 끔찍한 범죄 현장을 이해할 수가 없었다. 단순히 가택 침입으로 생각했다. 하지만 위층에서 던컨과 그의 친구들이 모여 있는 것을 발견했고, 그제야 무슨 일이 벌어졌는지 짜맞출 수 있었다.

던컨은 자신의 어머니를 보호하려고 했다. 하지만 그럴 수 없었다.

그의 행동은 정당방위로 판결되었다. 당시 그의 나이는 고작 열여섯 살이었다. 나는 사진 속 그의 모습을 자세히 들여다보았다. 바싹 깎은 머리에 그늘진 눈빛. 나를 마주 보고 있는 소년은 어딘가 망가져 있었다.

나는 불을 끄고 진정하려고 애를 썼다. 하지만 떨림이 멈추지를 않았다. 트라우마는 새로운 패턴을 만들어 낸다. 나도 이미 알고 있는, 익숙한 사실이었다.

*

파티가 한창이다. 내 주변이 움직이고 있다. 소리도 없고, 무게도 없다. 내 몸은 사람들에게 섞여 살아 움직인다. 우리 집에 모인 사람들의 몸, 누구인지 모르지만 느낄 수 있는 그들의 몸 안에서. 나는 거실에서 빠져나와 거스를 찾는다. 애기를 찾고 있다. 내 신경이 점점 무뎌진다.

발은 천천히 계단을 오른다. 틀림없이 거기에 있겠지. 내 정신은 주저하지 않고 그들의 침실로 향한다.

문이 잠겨 있다.

그런데 어찌 된 일일까. 나는 방 안으로 들어와 있다. 그들의 침대 위, 흔들리는 침대 위에 내가 있고, 내 목을 감싸고 있는 손이 느껴진다. 나는 숨을 쉴 수가 없다. 도무지 빠져나갈 수가 없다.

"인티!"

나는 몸부림을 치며 잠에서 깼다. 동생이 내 침대에 앉아서 내 팔과 옷깃을 잡고 있었다. 나를 부르는 그녀의 목소리가 들린 것 같은데. 꿈속에서 들은 걸까? 누구보다 언어에 뛰어난 내 동생이지만, 지금은 말할 수 있는 상태가 아니니까.

자면서 울부짖고 있었어. 그녀가 수신호로 말했다.

메스꺼움이 물밀듯이 몰려왔다. 내게 남은 모든 힘을 쥐어짜 내 화장실로 달려갔다. 애기가 따라와 내 머리카락을 뒤에서 잡아 주었고, 내가 구역질을 멈추자 입 주변을 닦으라며 화장지를 건네줬다. 그리고 우리는 차가운 타일 바닥에 마주 보고 앉았다.

아주 멋진 한 쌍이네, 우리. 애기가 말했다.

나는 고개를 끄덕였다. 힘이 하나도 없었다.

입덧이야?

"그런 거 같아." 꿈의 내용을 말하는 것보다 이러는 편이 더 나았다. 어쨌든 그녀는 알고 있을 터였다. 당연히 알고 있겠지.

"오늘은 잴이랑 함께 해 봐." 내가 갈라지는 목소리로 말했다. "그녀도 사랑이 필요해."

하지만 난 밖에 나갈 수가 없잖아.

"애기, 왜 안 된다고만 하는 거야?"

그 사람이 밖에 있을 수 있잖아. 그녀가 솔직히 대답했다.

나는 가만히 동생을 바라보며 생각에 잠겼다. 그리고 진정으로
그런 생각을 한 것이 이번이 처음이라는 사실이 이상했다. 나도
이렇게 정신이 이상해지는 것은 아닌가 싶었다.

또 꿈을 꾸었다. 하지만 이번에는 괴물이 나오는 꿈이 아니었
다. 늑대들이 나왔다. 그들과 함께 숲의 어둠 속으로 뛰어 들어가
는 꿈이었다.

17

정말로 힘들었던 날이 몇 번 있었다. 그중 한 번은 내가 늑대를 죽인 날이었다.

처음으로 총을 들고 비행기에 올랐다. 나는 데날리 국립공원의 알래스카 베이스캠프에서 수개월째 일하는 중이었고, 나는 곧 맞이할 순간을 두려워하고 있었다. 늑대를 마취시키기 위해서 방아쇠를 당겨야만 하는 순간이었다. 그 과정에서 내게 무슨 일이 일어날지 모르지만, 어느 순간에는 알게 될 거라는 사실을 인지하고 있었다. 마침내 우리는 비행기에 탔다. 나는 안전벨트를 맨 채로 어떻게 옆으로 매달려 있어야 하는지 배웠다. 그런 자세로 저공비행을 하며 땅에 가까워졌을 때 목표물을 정확하게 맞춰야 했다. 우리는 오래 걸리지 않아 길게 뻗은 초원을 내달리고 있는 늑대를 발견했다. 수년 동안 아빠와 함께 연습해 온 페인트칠한 표적 사격의 기억을 되살려 호흡을 조절하고, 손에 힘을 빼고, 가늠쇠를 바라보며 그녀를 조준했다. 그리고 방아쇠를 당겼다. 화살은 명중했고, 그녀가 땅에 쓰러지는 모습을 보며 나는 참았던 숨을 토해냈다. 쓰러지는 그녀를 지켜보고 있었기에 내 다리에도 힘이 풀리는 것을 느꼈고, 충격 때문에 가슴에 찌르는 듯한 통증이 전해졌다. 안전벨트를 하고 있어서 다행이었다.

비행기가 선회하여 땅에 착륙할 즈음이 되어서야 나는 다시 제정신을 찾을 수 있었다. 함께 비행기에 타고 있던 닐스가 앞장서서 쓰러진 늑대에게 다가갔다. 그녀의 앞에 웅크리고 앉은 우리는 뭔가가 잘못됐음을 감지했다. 그녀가 숨을 쉬지 않고 있었다.

내가 쏜 화살이 그녀의 폐를 관통해서 죽음에 이르게 한 것이었다.

그와 동시에 나도 숨이 쉬어지지 않았는데, 이것이 나의 거울 촉각 공감각 때문인지, 아니면 내가 너무 심하게 오열했기 때문인지 나도 알 수가 없었다. 숲에서 지냈던 그 모든 시간 동안 나는 살아 있는 생물을 단 한 마리도 죽여 본 적이 없었다. 그녀의 털을 움켜쥐고 그곳에 앉아 있는 그 순간을 견딜 수가 없었다. 수개월 동안 그녀를 지켜보며 보살폈고, 그녀를 통해 많은 것을 배웠다. 그때 우리가 하는 행위가 옳은 것인가에 대한 의문이 들기 시작했다. 그들의 삶에 우리가 개입하는 것이 너무 과한 것은 아닐까. 그들을 보호하기 위해서 시작한 일인데, 동시에 그들을 죽이고 있었다. 세상 이곳저곳을 짓밟고 다니며, 우리가 지나간 자리에 파괴의 흔적을 남길 뿐이었다. 너무 인간 중심적이고, 더 이상 생물은 안중에도 없었다.

애기와 거스랑 아파트를 공유해서 살던 때였고, 집에 도착하자마자 나는 욕조에 들어가 앉아 샤워기를 틀어 놓고 한참을 울었다. 내가 기절한 줄로 착각한 거스가 문을 마구 두드려 댔다. 첫날 밤 이후로 거스가 짜증을 냈지만, 그 후로 며칠 동안 애기는 내 침대에 와서 나와 함께 잠을 잤다. 그는 엄마와 똑같은 태도를 보이며, 내가 강해져야 할 필요가 있다고 잔소리를 해 댔다. 일인데, 안 그럴 수 있냐면서, 살아 있는 생명체와 일을 하면 그런 일은 다 반사라고 했다.

일주일 후, 애기는 내가 수년 동안 그렇게 떠들어 대던 하이킹에 데려가 달라고 졸랐다. 전에는 가고 싶어 한 적이 없었던 그녀였기에, 내 기운을 북돋아 주려는 뻔한 의도임에 틀림없었다. 하지만 나도 그녀의 말에 따랐는데, 그간 우리가 함께 보낸 시간이 너무 적었기 때문이었다. 일은 혼란 그 자체였고, 완전히 새로운 삶을 요구했다. 애기도 언어학 공부를 시작하게 되면서 우리가 일정을 맞출 수 있는 날이 그동안 거의 없었다. 그래서 우리는 내가 일하고 있는 국립공원으로 향했고, 늘 그렇듯이 거스도 따라왔다.

우리가 가파른 오르막 꼭대기를 비틀거리며 힘겹게 올라섰을 때, 나는 눈앞에 펼쳐질 경관을 예상했는데도 숨이 멎었다. 가을의 색채가 만연한 세상. 축제였다. 산의 한쪽 경사면은 낙엽송, 사시나무, 검은 미루나무로 뒤덮여 있었는데, 모두 샛노란 색으로 변한 모습이 너무 강렬해서 보고 있자니 눈이 아플 정도였고, 듬성듬성 불타는 듯한 주홍빛이 일렁거렸다. 그리고 여기저기에 선명하게 붉은 잎을 가진 자작나무들과 늘 푸른 가문비나무가 점점이 박혀 있었다. 하지만 호수를 사이에 두고 맞은편의 풍경은 전혀 다른 모습이었다. 오히려 툰드라(tundra, 동토대)에 더 가까웠다. 나무가 없는 경사면에는 꽃분홍색과 붉은색 관목이 줄지어 자라

원더호수(Lake Wonder) 끝자락까지 감싸고 있었고, 이제 막 지기 시작한 금빛 황혼의 빛줄기 속에서 라일락이 희미한 빛을 뿜어내며 반짝였다. 그리고 멀리 어렴풋이 보이는 데날리산 꼭대기는 뽀드득거리는 새하얀 눈으로 뒤덮여 있었는데, 그 웅장함에 경외심이 일었다.

한 번도 이런 풍경을 본 적이 없었고, 앞으로도 볼 수 없을 것만 같았다.

뒤늦게 도착한 애기가 가쁜 숨을 내쉬었다. "아!" 그러고는 한마디 탄성을 지르더니, 그 광경에 할 말을 잃은 듯 더 이상 말을 잇지 못했다.

"야생동물을 볼 수 있을까?" 마침내 거스가 입을 열었다.

"아마도." 내가 대답했다. "물론 운이 좋다면 말이야. 우선 텐트부터 치자."

저녁 무렵 우리는 작은 모닥불에 둘러앉아 이야기를 나누었다. 애기는 어렸을 적 재미 삼아 자리를 바꿔 앉고서 그 사실을 알아채는 사람이 있는지 확인하던 이야기를 거스에게 들려주었다. 선생님들은 물론이고 친구들도 우리를 몰라보았다. 알아본 사람은 단 한 명, 오직 엄마뿐이었다.

"자주 자리를 바꿨어?" 거스가 물었다.

"아니." 내가 대답했다.

"항상 그랬지." 애기가 끼어들었다. "그런데 언니는 자기가 그렇게 즐겼다는 걸 창피해하더라고."

나는 얼굴이 달아올랐다. 황혼이 우리를 비추고 있어서 다행이다 싫었다.

"뭐가 그렇게 좋았던 거야?" 거스가 내게 물었다.

잠시 그 시절을 떠올려 봤다. 생생히 기억이 났다. 진실은 단순했다. 애기는 나보다 삶을 더 즐겼고, 세상과 더 긴밀하게 연결되어 있었다. 그녀의 탈을 쓰면 내가 나 자신으로 있을 때보다 더 살아 있음을 느낄 수 있었다.

하지만 거스에게는 굳이 말하지 않았다. "그냥 챌린지 같은 거였는데, 재미 삼아 그랬겠지 뭐."

"어떻게 가능했지? 자세히 보면 너희 두 사람은 제법 다른데……."

"자기야, 그런 걸 연기라고 하는 거야." 애기가 말했다.

"내가 나 자신에게 익숙한 만큼 애기한테도 그러니까." 내가 말했다. "애기가 되는 건 쉽지."

거스는 이 화제를 재미있어하는 듯했다. "하기야 내게도 쌍둥이가 있었다면 사람들에게 장난칠 거리가 한도 끝도 없었을 거야."

"알아줘서 고맙네." 애기가 중얼거렸다.

"나한테도 바꿔서 행동한 적 있지?" 그가 물었다.

우리는 입을 다물었다. 이 주제는 우리가 다시는 건드리고 싶지 않은 영역이기 때문이었다.

"안 그랬다는 거 알잖아." 애기가 말했다. "의도적으로 한 적은 없지."

"내가 어떻게 알아보겠어?"

"그냥 알아볼 수 있었을 거야."

"물론 처음에는 나도 몰랐지." 그가 말했다.

헛소리하고 있네.

그때 무언가가 어둠 속에서 움직였다. 나는 재빨리 자리에서 일어섰다.

저벅거리며 움직이는 발걸음 소리가 언덕 아래에서 다가오고 있었다.

"이게 무슨 소리지?" 거스가 숨죽인 채 말했다.

나는 손전등을 들고 경사로를 비춰 보았다. "진정해." 내가 그에게 말했다. "그냥 사람들이네."

"안녕하세요!" 불빛을 보고 말을 붙이러 온 듯한 등산객들에게 애기가 인사를 건넸다.

"호주 사람이에요?" 미국인으로 보이는 두 명의 중년 남성 중 한 명이 물었다.

"진정한 호주인이죠." 애기가 좀 과장되게 대답했는데, 우리가 여행할 때면 애기는 항상 억양을 강하게 넣곤 했다.

"우린 콜로라도에서 왔어요." 그들은 사냥을 목적으로 여행을 온 사람들이었다. 그들은 등에 얇고 긴 총열을 가진 사냥용 소총을 걸치고 있었다.

"뭘 사냥하고 있어요?" 내가 물었다.

"늑대요."

"왜죠?" 애기가 따지듯이 물었다.

"왜냐하면 여기가 늑대 사냥이 아직 합법인 유일한 지역이라서 그렇죠." 남자가 당연하다는 듯이 대답했다.

"왜 하필 늑대를 사냥하는 건데요?" 애기가 다시 캐물었다.

"다른 게 뭐가 있는데요? 영양들을 쏠까요? 자기들 생사가 걸려 있어도 공격도 못 하는 불쌍한 녀석들을요?"

"진정한 스포츠가 뭔지 알아요?" 다른 남자가 말을 받았다. "포식자를 사냥하는 거죠. 그들의 먹잇감을 좇는 것보다 더 도전적이기도 하고, 이보다 더 공평한 경기가 어디 있겠어요."

"공평한 경기를 하려면 그 소총은 버려두고 맨손으로 늑대를 죽여 보는 건 어때요?" 거스가 제안했다.

그들은 거스가 농담한 줄 알고 한바탕 웃었다. "이봐요, 우린 사람이니 사람이 만든 기술을 이용할 뿐이고, 늑대들도 똑같이 그들이 원하는 기술을 쓸 수 있잖아요." 한 명이 대꾸했다.

"역겹네요." 애기가 또박또박 말했다. 어두운 밤을 가르는 그녀의 목소리가 너무 매몰차서 모든 것이 한순간에 조용해졌다. 이어서 어색하게 발을 움직이는 소리가 들렸다.

"이제 가봐야겠군요." 한 명이 말했다. "방해해서 미안합니다."

"당신들이 진짜로 방해하는 게 뭔지 알아요? 바로 이 전체 생태계예요." 내 동생 애기가 말했고, 나는 그런 그녀를 사랑하지 않을 수가 없었다.

"수많은 늑대가 이곳에 있어요." 다른 남자가 대꾸했다. "멸종위기종도 아니고요."

"당신 같은 사람들이 이렇게 돌아다니는데, 그게 얼마나 오래 지속될 거라고 생각하세요?"

"알겠어요, 우린 이만 가는 게 좋겠군요. 그럼 즐거운 밤 보내세요." 그 말을 남기고 그들은 떠났고, 나는 정중한 태도를 보이는 그들이 싫었다. 겉으로 보기에 완벽히 착한 사람들이 생존을 위해서도 아니고, 먹기 위해서도 아니고, 스포츠라는 명목을 내세워 단지 사냥을 즐기기 위해서, 그저 다른 생물보다 힘으로 앞선다는 우월감을 맛보기 위해서, 이런 흉악한 짓을 저지르기 위해서 이곳에 와 있다는 사실이 너무나 싫었다.

나는 호수를 향해 비탈길을 걸어 내려갔다.

"어디 가, 언니?"

"바람 좀 쐬고 올게."

이제 완전히 어둠이 내려앉았지만, 무수히 많은 별과 만월에 가까운 달이 밝고 환하게 떠 있었다. 하늘의 빛이 얼기설기 얽힌 관목들과 오르내리는 길, 작은 토끼 굴들 위로 쏟아지며 내 앞길을 열어줬다. 나는 계속 길을 걸어 내려와 반짝이는 별들이 떠다니는 호숫가에 다다랐고, 불타는 듯 찬란한 산자락 아래에 자리를 잡고 앉았다.

얼마나 지났을까, 인기척이 들리더니 내 옆으로 누군가 다가왔다. 애기인 줄 알았는데, 거스였다.

"그 사람들 말이야, 한 마리도 못 잡을 거야." 그가 입을 열었다.

"이곳에 있는 늑대들 가운데 몇 마리는 내가 직접 길렀어." 내가 말했다. "태어날 때부터 기른 녀석들이지. 내가 거들어 먹이고 같이 놀아 주기도 했어. 그렇게 키워서 자유롭게 풀어 줬는데, 이렇게 사냥당하고 총에 맞아 죽으라고 풀어 준 게 아닌데." 사냥꾼들뿐만 아니라, 우리에게, 그리고 내게 한 말이기도 했다.

거스는 한참 동안 아무런 말도 않다가 마침내 입을 열었다. "모든 것은 다 죽어."

"모든 것이 다 살해당하지는 않아."

그가 불쑥 말을 꺼냈다. "나도 사람을 죽인 적이 있어."

"뭐라고?"

"첫 해였지. 뇌출혈 수술을 하고 있었어. 손을 잘못 쓰는 바람에 한 여성 환자를 죽게 만들었지."

나는 무슨 말을 해야 할지 몰랐고, 머릿속으로 그 의미를 되새겨 보았다.

"애기한테는 말한 적 없어." 그가 고백했다.

"왜 안 했어?"

"애기가 남편의 그런 부분에 대해서까지 알 필요는 없잖아."

나는 눈살을 찌푸리고 별빛에 비친 그의 얼굴을 바라보았다. "그런 부분이라니?"

"나도 실수를 할 수 있다는 사실."

"음, 솔직히 이런 말은 하기 싫은데, 애기는 자기 남편이 실수할 수도 있다는 사실을 당연히 알고 있을 거야."

"적어도 모르게 하려고 노력하고는 있거든."

"그 일에 대해서 자주 생각해?" 내가 물었다.

"아니." 그가 대답했다. "전혀."

"왜 안 해?"

"일부러 안 해. 그렇게라도 하지 않으면 다시는 수술실에 못 들어갈 테니까."

나는 그가 한 말의 의미를 이해하기 위해 잠시 생각해 보았다. 내 일을 계속하고 싶다면, 내가 저지른 일을 떨쳐내야만 했다. 하지만 과연 내가 그럴 수 있을지 자신이 없었다. 그렇게 하면 나 자신을 용서하게 될 것 같았다.

"어쨌든 더 이상 중요하지 않아." 한층 더 힘 있는 목소리로 그가 말했다. 마치 자기 자신에게 확신을 심어 주려는 것처럼 보였다. 그리고 땅에 손을 짚고 뒤로 기대더니, 우리 위로 우뚝 서 있는 거대한 산을 올려다보았다. "다 고깃덩어리야. 전부 다 그냥 빌어먹을 고깃덩어리일 뿐이지."

나는 놀라서 움찔했다. "그저 칼질하는 사람."

"그래, 맞아. 그리고 너도 그렇게 되는 편이 나을 거야. 네가 삶에서 상처받는 모습을 보고 싶지 않으니까, 인티. 너는 내 가족이잖아."

18

늘대들이 모두 하울링을 하기 시작했다. 자신들이 새로 구축한 영역을 돌아다니면서 그 영역의 경계를 규정하기 위해서, 다른 늘대들에게 발을 들이지 말라고 경고하기 위해 밤낮으로 울부짖었다. 진정으로 이곳을 터전으로 삼으려는 행동이었고, 후손에게 전수해 줄 지도를 만들고 있었다.

나는 매일 밖으로 나갔다. 퍼거스와 비행기를 타고 나가기도 했고, 팀원들과 말을 타고 다니기도 했다. 가끔은 빨리 움직일 수 있도록 혼자서 돌아다니기도 했다. 늘대들의 움직임을 추적하고, 그들의 배설물이나 그들이 죽인 먹잇감의 사체에서 데이터를 수집했다.

애쉬가 이끄는 에버네시 무리의 새끼들은 이제 태어난 지 삼 개월째에 접어들었고, 하루가 다르게 성장하고 있었다. 청소년기에 들어선 그들의 털은 성체의 것처럼 두꺼워졌고, 눈동자는 옅은 황색으로 눈에 띄게 바뀌어 있었다. 그들은 이제 고기를 먹을 수 있었지만, 아직은 자기가 사냥할 수 있는 설치류만 잡아서 먹었다. 그들은 자신만만함을 뽐내며 하울링을 했다. 할 수만 있다면 깨어 있는 모든 시간에 그들과 함께하고 싶었다. 갓 태어났을 때 내가

안고 있었던, 무리에서 제일 작고 약한 새하얀 녀석인 늑대 20호
는 여전히 무리에서 가장 왜소한 모습이었다. 하지만 형제 중에서
가장 용감한 녀석이기도 했는데, 다른 형제들보다 두 배 이상으로
먹이를 많이 잡고 있었다. 나는 언젠가 그녀가 작은 체구에도 불
구하고 무리의 리더가 될 수 있겠다는 생각이 들었다.

동쪽에 있는 타나 무리는 가장 넓은 지역을 차지하고 있었고,
그중 이제 한 살이 된 세 마리의 늑대들은 성체 크기로 자라서 성
적으로도 성숙한 시기에 접어들었다. 머지않아 자신들의 짝을 찾
아 무리를 떠나야 한다는 의미이기도 했다. 하지만 아직은 무리
의 다섯 마리 늑대가 모두 함께 사냥에 나섰고, 사냥에 있어서만
큼은 감히 어떠한 무리도 넘볼 수 없을 정도로 가장 단합이 잘 되
는 무리라는 사실을 입증해 보이고 있었다. 그래서 이 타나 무리
는 내게 희망을 안겨 주고 있었다. 적극적으로 사냥에 나서고 점
점 강해지는 무리의 모습을 보면, 스코틀랜드 고산지대의 조건이
그들에게 적합하다는 의미로 해석할 수 있기 때문이었다.

그리고 너무 겁에 질려 우리를 떠나지 않고 있다고 예상했던
예민한 늑대 13호는 결국 두려움 때문에 떠나지 않고 있는 것이
아닐지도 모른다는 결론에 도달했다. 아마도 그녀는 기다리고 있
었는지도 모른다. 바로 어제, 그녀의 울타리 주변을 맴돌아서 우
리 모두를 걱정하게 했던 한 살배기 늑대 12호가 마침내 사슬이
둘린 울타리 안으로 들어갔으나, 13호를 공격하지 않고 그녀와
짝을 맺었기 때문이다.

거의 날마다 잠에서 깰 때면 혹시 오늘이 어린 암컷 늑대가 사유지로 들어서서 총에 맞았다는 신고 전화를 받게 되는 날은 아닐까 하는 생각에 사로잡혔다. 어쩌면 덫에 걸린 채 부상을 당해 죽었다는 신고가 될 수도 있었다. 글렌쉬 무리의 울타리를 개방한 바로 그날, 우리를 뛰쳐나간 사나운 늑대 10호는 아직 돌아오지 않고 있었다. 현장을 확인할 때마다 나는 특정한 늑대를 찾아야 하는 상황이 아니면 혹시나 내가 그녀의 주변을 그냥 지나치지는 않는지 확인하기 위해 항상 주파수를 그녀에게 맞추어 놓았다. 하지만 한 번도 그런 일은 일어나지 않았다. 우리는 그녀의 행방을 완전히 놓친 상태였다. 하지만 무리에는 그녀 외에 다른 늑대들이 남아 있었고, 그들 역시 내 호기심을 충분히 자극하고 있었다.

나는 멀리 떨어진 언덕에 자리를 잡고 배를 깔고 누웠다. 지독하게 물어대는 각다귀들을 애써 외면하며 쌍안경을 들여다봤다. 글렌쉬 무리의 다섯 마리 늑대가 산비탈 남쪽 어느 한 지점에 계속 모이는 이유를 알아내야 할 필요가 있었다. 그곳은 산맥을 가로지르는 강줄기 옆에 위치해 있었고, 그들 영역의 심장부였기에 다른 늑대들이 가까이 접근할 가능성이 희박한 가장 안전한 장소였다. 감히 추측할 수는 없었지만 나는 내심 그들이 은신처를 만드는 중이라고 생각했고, 지금 그들을 지켜보면서 그 생각이 맞았음을 확신했다. 그들 무리의 암컷 알파인 늑대 8호가 굴을 파고 있는 것처럼 보였다. 나는 환호성을 터뜨리지 않기 위해 할 수 있는 한 모든 자제력을 동원해야만 했다. 하지만 작게 웃음이 터져 나오는 것은 어쩔 수 없었고, 서서히 긴장이 풀리면서 손이 떨려왔다.

그때 갑자기 가방 안에 있는 추적기에서 딩동 하고 작은 GPS 신호음이 들렸다. 저들 중 한 마리에게 주파수를 맞춰 둔 모양이라고 생각하고 있던 차에 다시 한번 딩동, 이어서 더 빠르게 한 번 더 딩동 하고 신호가 울리며 가까이에 있는 무언가를 감지하고 있었다. 추적기를 들여다보니 관찰하고 있던 인접한 산의 글렌쉬 무리보다 훨씬 더 가까운 거리에 있는 신호를 받고 있었다.

이곳은 사방이 트인 곳으로, 광활하고 강한 바람이 몰아치는 산과 언덕뿐이었다. 몸을 가릴 만한 것이 많지 않아 마땅히 숨을 곳도 없었다. 하지만 내가 있는 언덕 아래쪽은 습한 이탄지가 이어져 있었고, 특별히 몸을 숨기는 재주가 있는 야생동물이라면 그 안에 숨을 수 있을 정도의 높이로 풀이 자라 있었다.

아래쪽을 살펴보면서 나는 기다렸다. 바람이 강하게 불어서 흔들리는 풀숲은 완벽한 위장막이 되어 주었다. 또한 차로 돌아가는 유일한 길이기도 했다.

"어디에 있는 거니?" 내가 중얼거렸다.

나는 알 것 같았다. 분명히 그녀라고 생각했다.

나는 똑바로 몸을 일으켜 크고 요란한 소리를 내며 아래로 걸음을 옮겼다. 마치 뱀에게 겁을 줘서 쫓아내려고 할 때처럼. 내가 겁먹은 먹잇감처럼 행동하면 그녀도 나를 그렇게 대할 것이기 때문이었다. 성큼성큼 걸음을 옮기면서 추적기를 꺼내 울려 대는 스위치를 끄고, 근처에서 잡힌 신호의 데이터를 다운로드하기 시작했다.

　차로 돌아가는 길이 아주 멀게 느껴졌다. 한 걸음 한 걸음마다 머리털을 쭈뼛 서게 만들었다. 부츠는 지독한 냄새를 풍기는 이 탄지에서 질퍽거렸고, 공격을 당하기에 딱 좋은 최악의 장소였다. 이런 곳이라면 도망칠 수 있는 가망이 없었고, 그렇다고 뛰어서 도망치는 것은 상황을 더 악화시키는 대응이라는 것도 알았다. 물론 그녀도 이 진흙에서 나를 공격하려면 제법 애를 먹겠다는 생각이 들었다. 하지만 그녀처럼 유연하고 민첩한 능력이 나에게도 있다고 착각해서는 안 된다. 내가 안전하다고 착각해서도 안 되고. 계속 울려 대던 추적기의 신호음을 통해서 그녀가 어디에 있든지 간에 나와 매우 근접해 있고, 내게서 달아나지 않고 있다는 사실을 확인했기 때문이다. 그렇다면 지금도 어디선가 나를 지켜보고 있다는 것인데, 대범한 녀석이네.

　이제부터 우리가 계속 글렌쉬 무리를 지켜보기 위해서는 이곳에 몸을 숨길 만한 장소가 필요했다. 늑대 10호가 돌아온 이상, 그녀는 자신의 무리가 위험에 처하는 상황을 허락하지 않을 테니까.

　마침내 차에 도착했을 때, 어쩐지 차에 타고 싶지 않았다. 두려움에 떨며 걸음을 옮기던 일분일초가 몸서리치게 좋았다는 것을 뒤늦게 깨달았다.

　베이스캠프로 복귀해서 늑대의 신원을 확인해 보았다. 암컷 늑대 10호가 맞았다. 나와 우리 팀원들은 모니터에 표시되는 데이터의 흐름을 보며 놀라움을 금치 못했다. GPS 데이터에 따르면 지난 몇 개월 동안 그녀는 수천 킬로미터에 달하는 움직임을 보였고, 그녀가 뛰어다니고 탐험한 구석구석을 보여 주고 있었다. 그리고 정확히 자신의 무리가 출산을 준비하고 있는 시점에 그들을 보호하기 위해서 때맞춰 돌아온 것이다. 어떻게든 알고 있었다는 듯이.

나는 캠프 출입문 계단에 앉아 소나기구름이 몰려오는 광경을 지켜봤다.

늑대란 그 끝을 알 수 없는, 정말이지 신비한 동물이구나.

닐스가 차가 담긴 머그잔을 건네면서 내 옆자리에 합류했다. 이제 오십 대 중반에 접어든 그는 여전히 크고 다부진 몸매를 유지하고 있었는데, 특히 자신의 식단에 관해서는 거의 군인처럼 철두철미했다. "축하해." 그가 말을 꺼냈다. "암컷 10호 말이야, 건강하고 안전하게 돌아왔네. 기분 좋은 날이야."

"정말 좋은 날이었어요." 나도 맞장구를 쳤다.

"그녀가 돌아올 거라고 했던 말이 맞았네."

나는 어깨를 으쓱해 보였다. "언젠가 돌아오리라 생각했죠." 말은 안 했지만 돌아오지 않을까 봐 잔뜩 겁먹고 있었지만.

한동안 우리는 서로 말없이 차를 홀짝였다.

"전에는 미안했어요. 6호와 그 은신처 때문에 너무 화를 내서."

"괜찮아. 6호의 능력에 대해선 네 말이 맞았잖아. 내가 반대하고 나서서 미안하지." 그가 말했다. "그리고 소심하다고 했던 것도 미안해. 네가 하는 일에 대해서 내가 정말 존경하고 있는 거 알지? 동물에 관해서 그런 엄청난 본능적인 감각을 타고난 사람을 지금껏 본 적이 없거든."

나는 놀란 눈으로 그를 바라보았다. 그의 마음을 여태 몰랐다. 사실 그가 내게 실망하고 있다고 생각하고 있었다. "고마워요, 닐스. 그런데 솔직히 말하면, 내가 정말 소심했을지도 몰라요. 글쎄요, 이 모든 일에 우리가 어디까지 중재하고 나서야 할지 모르겠어요. 요즘 점점 더 의문이 커지기 시작했어요. 얼마만큼의 행동이 과한 건지, 반대로 부족한 건 언제인지."

"그게 야생동물과 일하는 어려움이지." 그도 동의했다. "나는 야생동물이 우리를 두려워하는 행동이 그들의 본성은 아닐 거라는 생각을 종종 해. 그렇게 타고난 게 아니고, 인간으로부터 학습해서 습관화된 것은 아닐까? 내가 어렸을 때 살던 곳에 야생동물 공원이 하나 있었는데, 거기에는 세 마리로 구성된 작은 늑대 무리가 있었어."

그는 지금까지 내게 한 번도 이런 이야기를 꺼낸 적이 없었다. 그가 노르웨이의 아주 먼 북쪽 지역에, 북극권 한계선까지 올라간 곳에 살았다는 사실과 야생 늑대들이 노르웨이로 돌아온 80년대의 기억에 대해서는 전에 말한 적이 있었다. 돌아온 늑대들을 보호해야 한다는 의견과 그들을 도태시켜 농업 산업을 보호해야 한다는 의견으로 논쟁이 촉발되었고, 사람들 사이에서 심한 갈등을 야기하고 분열을 일으켰다고 했다. 닐스의 말에 따르면, 늑대는 사람의 감정을 자극하는 비할 데 없는 능력을 타고났기 때문이었다.

그가 말을 이었다. "우리가 데리고 있던 늑대들은 그 공원에서 태어나 우리라는 존재와 우리의 손길에 익숙했어. 대부분의 다른 늑대들은 방문객이 오면 숨었지만, 이 세 녀석은 울타리로 뛰어왔지. 사람들이 그들에게 반하는 것처럼 그들도 사람들을 반기면서 말이지. 그리고 방문객들이 떠나면 따라갈 수 있는 데까지 쫓아가서 그들이 다시 돌아오기를 바라며 한동안 그들을 지켜봤어. 두려움이란 어디에도 없었고, 서로에 대한 호기심만 있었지."

내 얼굴에 미소가 그려졌다.

"그 운 좋은 커플 이야기 들어본 적 없어? 늑대들을 키우다가 풀어줬는데, 몇 년 뒤에 야생 어딘가에서 서로 마주친 거야. 그런데 늑대들이 그들을 알아봤다는 이야기인데, 몰라?"

나는 고개를 끄덕였다. 하지만 그 이야기를 믿어야 할지 아니면 간절한 바람으로 만들어진 이야기인지 확신이 서지 않았다. "그 이야기 믿어요?" 나는 그가 명백한 과학적 사실에 기반해서 대답해 주기를 바라며 물었다.

하지만 그의 대답은 예상 밖이었다. "당연히 믿지. 많은 동물이 그런 능력을 지니고 있어. 우리도 종종 그런 경험을 하기도 하잖아. 그들이 우리보다 선천적으로 더 충직할 뿐만 아니라, 본능적으로 아주 깊은 연대감이 내재되어 있다고 봐. 지금 이곳에서는 그 남자가 사라진 일 때문에 분노가 들끓고 있고, 늑대들을 죽이고 싶어서 혈안이 된 사람들이 많지. 그리고 늑대들이 죽든 말든 무관심한 사람도 있을 테고. 그러니까 우리만이라도 늑대들을 위해서 싸워 주는 사람이 돼야지. 어떠한 상황이든 그게 옳은 행동일 거야."

그의 말이 내 보호본능을 자극했다. 그리고 불확실함도 떨쳐 내 주었다.

모든 생명체는 사랑을 안단다. 아빠는 습관처럼 말하곤 했다. 모든 생명체는 사랑을 안다.

*

여름이 시작되면서 대지가 태양을 향해 고개를 들고 그 따사로움 아래에서 생기를 내뿜었다. 하늘을 덮을 정도로 우거진 숲은 선 명한 푸른빛을 찬란하게 뿜냈고, 들판과 언덕을 가로지르는 산철 쭉이 대지를 밝은 연보랏빛과 짙은 붉은빛으로 수놓았다. 하지만 이곳의 하늘은 여름이 다가온 지금도 여전히 눈치 없이 우중충한 먹구름을 갑자기 몰고 와 대부분의 날에 비를 뿌렸고, 으스스한 안개도 여기저기에 짙게 깔려 있었다. 던컨이 이곳을 묘사한 표 현이 떠올랐다. 너무 광활해서 사람을 작게 만들고, 너무 아름답 지만 황량해서 타고나지 않았다면 미쳐 버릴 수 있다고. 그의 말 이 점점 가슴에 와닿았다.

이제 늑대들에게 사냥은 더 어려워질 것이다. 풍부한 먹이로 건강해진 사슴들은 이전보다 강하고 빨라졌으며, 단순히 속도뿐 만 아니라 지구력에서도 늑대들에게 어려움을 주기 때문이었다.

나는 날마다 스튜어트의 실종이 사람들의 기억 속에서 어서 희 미해지기를, 그의 죽음에 대한 소문들이 어서 사그라들기를 바랐 다. 벌써 두 달이 지났지만, 슈퍼마켓에서 우연히 듣게 되는 말이

나 내게 내비치는 경계의 눈빛을 보면 아직 그럴 기미는 전혀 보이지 않았다. 닐스가 옳았다. 불안은 자라나기만 할 뿐이었다.

그리고 매일, 내 안에서도 자라는 것이 있었다. *체리만 해.* 애기가 수신호로 말했다. *이제 자두만 하네.* 시간은 잘도 흘렀다. 내 몸은 변화하기 시작했고, 그에 따라 몸의 기관도 따라 변화했다. 이런 변화가 낯설었지만, 내가 처음에 계획했던 바를 실행에 옮기지는 못하고 있었다.

그것이 저절로 사라지기를 바라는 마음이 한편에 자리하고 있었다. 하지만 대부분은 그것에 대한 생각 자체를 하지 않고 있었다. 생각할 여력이 없었다.

그보다는 던컨을 생각했다. 그가 겪은 일들을 생각하면 그에 대한 연민으로 마음이 너무 아팠지만, 폭력이 사람에게 미치는 영향력을 알기에, 폭력으로 인해 우리가 할 수 있게 된 것이 무엇인지 알기 때문에, 어떻게든 나는 진실을 알아내야만 했다.

지난 며칠 밤마다 그랬듯이 오늘 저녁 나는 일찍 베이스캠프에서 도망치듯 나와 경찰서에서 멀리 떨어진 길가에 차를 대고 기다렸다. 던컨이 사무실을 나설 때 그를 뒤쫓기 위해서였다. 그는 곧장 집으로 간 적이 없었다. 음식이나 연장을 사거나 사람들을 만나고 다녔다. 오늘 밤에는 먼저 약국에서 일하며 혼자 사는 도일 부인을 방문했다. 76세에 관절염을 앓고 있었지만 그녀는 일을 그만두지 않고 있었다. 그는 그녀와 함께 일광욕실에서 차를 마신 후, 집 주변을 돌며 허드렛일을 도왔다. 어제는 배수로를 청소하더니, 오늘은 정원에서 잡초를 뽑았다. 그 후에는 혼자 아이 다섯을 키우고 있는 이웃 여자에게 음식을 가져다주었다. 약간의 빵과 우유 그리고 정육점에서 산 고기였다. 그는 마당에서 아이들과 함께 공을 차며 놀아 주었고, 그다음에는 퍼거스의 집으로 향했다. 나는 길 끝 먼 곳에 차를 세우고 그들이 해가 지는 동안 정원에서 맥주를 마시는 모습을 바라보았다. 며칠 동안 그를 따라다니면서 지켜본 결과 이들이 그가 날마다 방문하는 사람들이었고, 그가 일부러 시간을 내어 찾아가는 사람들도 있었다. 도움이 필요하거나, 아니면 단순히 함께 시간을 보낼 누군가가 필요한 외로운 사람들이 있었다. 그는 신중하고 세심하게 신경을 쓰고 있었다. 이것이 이곳에서 그의 삶의 방식이었다. 이런 모습만 보면 그는 좋은 사람임에 틀림이 없었다. 하지만 누구나 한 가지 면만 가지고 있지는 않으니까.

그의 집까지 그를 따라갔다. 어둠 속에서 그의 후미 등이 나를 노려보고 있었다. 내가 왜 이러고 있는 걸까? 밤마다 왜 그를 지켜보고 있는 거지? 무슨 광경을 기대하고 있는 거야? 내가 유일하게 인식할 수 있는 점이 있다면, 사냥할 때 느꼈던 탐색 본능이었다. 상대를 알려면 지켜봐야 한다.

그는 자신의 집 앞에 차를 대고, 나는 그의 집을 지나쳐 나의 작은 집까지 가서 이대로 오늘 밤이 마무리되기를 기대했다. 하지만 그는 그러지 않고 차를 더 몰고 갔다. *젠장, 우리 집으로 가려는 건가? 그가 우리 집으로 가든 안 가든, 그게 중요한가?* 어떤 면에서 그럴 수 있었다. 하지만 그런 생각도 잠시, 그의 트럭에 브레이크 등이 들어오더니 그가 갓길에 차를 세웠다. 그리고 숲으로 걸어 들어갔다. 나는 서둘러 우리 집 진입로에 차를 주차한 뒤, 그의 차가 주차된 곳으로 다시 돌아와 숲으로 들어갔다.

갑자기 온 세상이 번쩍였다. 번개가 계속 내리치고 있었다. 이런 어둠 속에서 발자국을 좇아 추적하기는 힘들었고, 대신에 가만히 멈춰 서서 조용히 귀를 기울였다. 곧 덤불을 헤집고 부스럭거리는 그의 발소리가 들려왔다. 이어서 그의 휴대전화 불빛도 보였는데, 그는 무언가를 찾고 있었다. *안 돼. 그냥 지나가, 지나치란 말이야.*

그는 스튜어트를 찾고 있는 것이 확실했다. 나는 알 수 있었다. 그리고 그는 정말 바로 그 앞까지 근접해 있었다.

내가 갑자기 그의 앞을 막고 나타나자 그는 놀라서 펄쩍 뛰었다. "젠장, 인티. 여기서 뭐 하는 거예요?"

"당신이야말로 여기에서 뭐 하는 거예요?"

"또 나를 미행한 거예요?" 던컨이 물었다.

얼굴이 달아올랐다. 창피해서 몸 둘 바를 몰랐다. 하지만 부정하는 대신에 고개를 끄덕였다.

"왜요?"

"당신을 알아야 하니까요."

"뭣 때문에요? 당신은 우리가 끝나기를 바랐잖아요."

내가 바란 것은 그게 아니었다.

하지만…….

"당신이 스튜어트를 죽였다는 생각이 들어서요."

그는 아무 말도 하지 않았다.

"그런 거예요?" 내가 물었다.

그때 번개가 번쩍였고, 그 짧은 순간에 그는 내게서 무언가를 보았다. "피가 나네요." 그가 입을 열었다.

"네?"

그가 휴대전화 불빛을 내 얼굴에 비췄다. "코에서 피나요."

나는 놀라서 움찔했고, 손으로 문질렀더니 정말 피가 묻어 나왔다. 나는 한 번도 코피를 흘려 본 적이 없었기에 어리둥절했다. "스튜어트를 죽였냐고 묻잖아요."

"무슨 일이든 벌어지기를 바랐던 거 아니에요?"

"나는 당신이 그 사람을 체포하길 바랐어요! 아니면 그녀가 도망칠 수 있도록 돕든가요! 살인은 아니잖아요, 던컨. 이런, 맙소사."

"그게 중요한가요?" 던컨이 물었다. "만약 내가 죽였다면요?"

나 자신에게 수백 번도 더 물어본 질문이었다. 이제 다시 그 질문을 되뇌어 봤다. 내가 직접 하고 싶지 않았기 때문일까? 사이코패스처럼 그런 상상에 빠져 있었던 것은 아닐까?

하지만 계속 되돌아오는 대답은 하나였다. 다르다는 점. 생각하는 것과 그것을 행동으로 옮기는 것에는 분명한 차이가 있다는 사실이었다. 나는 폭력을 경험해 보았고, 그것이 불러오는 것과 어떤 상처를 남기는지 두 눈으로 확인했다. 그리고 그것을 되돌릴 방법은 없었다.

솔직히 말해서 나는 스튜어트에 대해 신경 쓰지 않는다. 썩어 문드러지겠지. 내가 정말로 관심을 기울이는 것은 그가 어떻게 죽었는지, 그리고 그를 죽인 사람이 누구든지 간에 지금 펼쳐지는 이 상황을 의도한 것인지 여부였다.

"늑대들에게 화살이 돌아가고 있잖아요." 내가 말했다. 목소리가 갈라졌다.

던컨은 아무 말도 하지 않았다. 이 문제에 관해서 신경을 쓰지 않기 때문인지는 몰라도, 지금 이 순간 그는 냉혹하게 보였다.

"만약에 늑대들이 이 일 때문에 해를 입는다면, 당신도 반드시 대가를 치르도록 할 거예요." 내가 분명한 어조로 말했다.

"이미 대가를 치른 것 같은데요, 안 그런가요?" 그가 반문했다.

나는 할 말을 찾지 못했다. 입에서 피 맛이 느껴졌다.

집에 도착했을 때 동생은 손에 칼을 쥐고 차가운 부엌 바닥에 웅크리고 앉아 있었다.

"무슨 일이야?" 나는 지혈부터 해야 한다는 사실도 까맣게 잊은 채 그녀에게 곧장 다가가며 물었다. 내가 그녀의 손을 비틀어 빼낼 때까지 그녀는 칼을 놓으려 하지 않았고, 손을 심하게 떨어서 수신호조차 제대로 보내지 못했다. 여러 차례 반복하고 나서야 그녀가 무슨 말을 하는지 알 수 있었다.

그가 밖에 있어.

"뭐라고?"

소리를 들었어.

"아니야, 없어." 내가 말했다. "자, 나랑 같이 나가 보자."

그녀는 고개를 저었다.

"애기, 밖에 나가자. 내가 확인시켜 줄게." 좌절감에 내 몸도 떨리고 있었고, 나도 모르게 엄마가 하던 말이 불쑥 튀어나왔다. *"강하게 굴어!"*

그녀의 눈에 배신감이 비쳤다. 함께 자란 우리였기에 그 말이 내게 얼마나 큰 고통을 안겨 주었는지 누구보다 더 잘 알고 있는 그녀였다. 그 말이 나를 얼마나 작아지게 만들었는지도 잘 알고 있었다. 그녀가 침실로 걸음을 옮겼고, 나는 그녀의 팔을 잡아 문으로 끌어당기기 시작했다. "밖에 아무도 없다는 걸 네가 직접 보고 알아야 해!"

애기는 충격을 받은 동물처럼 거세게 몸부림을 쳤다. 나는 가까스로 그녀의 몸부림을 막고 그녀의 다리를 잡고 문 쪽으로 끌어당겼다. 그녀가 내게 발길질하며 저항했지만, 나도 잡은 손을 놓을 생각이 전혀 없었다. 우리는 바닥에서 함께 나뒹굴며 미친 듯이 몸싸움을 벌였다. 내 코에서 흐르는 피가 여기저기에 뚝뚝 떨어졌다. "애기, 그만해!" 내가 사납게 쏘아붙였다. "그냥, 젠장, 밖에 나가자. 나가서 직접 보라고!" 지금 당장 그녀를 밖으로 데려가지 못한다면 그녀처럼 나도 미쳐버릴 것만 같았다.

놔 줘. 그녀가 수신호를 보냈다. *언니, 날 놔 줘.*

온몸에서 기운이 빠졌고, 그건 그녀도 마찬가지였다.

"그럴 수 없어." 내가 말했고, 우리는 둘 다 너무 지쳐서 바닥에 축 늘어졌다.

마침내 결심했다. 그녀에게 말해야만 한다. 처음부터 해야 했을 그 말을.

"그 사람 밖에 없어." 내가 말했다. "죽었으니까. 내가 그 사람을 죽였으니까."

애기가 나를 빤히 바라보았다. 하지만 언니는 죽일 수 없잖아.

내가 고개를 저었다. "그러고 싶지 않았을 뿐이었지."

그녀는 내 표정에서 진실을 찾으려 했고, 확신이 든 듯했다. 자기 몸을 내게 털썩 던지며 안도의 한숨을 크게 내쉬며 말했다. 고마워. 그녀는 내게 수신호를 보낸 뒤 침대로 가 몸을 뉘었다. 도움이 필요한 사람이 그녀만은 아니었지만, 미처 알아차리지 못하고 그렇게 가 버렸다. 부엌 바닥에 내팽개쳐진 나를 이렇게 남겨 두고, 여전히 피를 흘리고 있는 나를 혼자 두고 갔다. 사람을 죽이는 데 필요한 것은 별로 많지 않은 것 같다는 생각이 들었다. 오직 너의 살결과 너의 영혼뿐.

그를 발견했을 때 그는 침대에 누워 있었다. 조금 전까지 그녀가 누워 있던, 그녀 아래에서 삐걱거리던 침대였다. 이제 내가 그의 위에 올라설 차례다. 그의 눈에 두려움이 서리고, 나는 그대로 입을 가져가 그의 목을 물어뜯는다.

고통을 느끼며 잠에서 깼다. 차가운 타일 때문인지 온몸의 근육이 경직되어 있었고, 꿈의 여운이 쉽사리 가시지 않았다. 바닥에는 피가 스며 있었고, 손과 얼굴 곳곳에도 피가 딱딱하게 말라붙어 있었다. 아침 햇살이 창문을 통해 아프도록 눈부시게 내리쬐었고, 짜증 난 듯 울부짖는 말 울음소리가 새어 들어왔다. 처음에는 여전히 꿈꾸고 있는 줄 알았다. 나는 어린아이의 모습을 하고 있고, 아빠는 어떤 짐승을 손으로 잡고 거칠게 이끌고 있었다. 하지만 그것은 꿈이 아니었다. 무언가에 화가 난 불쌍한 내 말이 울부짖으며 마구 뒷걸음질 치는 소리였다. 무언가가 그녀를 겁주고 있는 것이 분명했고, 순간 머리를 스치는 것이 있었다. 늑대였다.

서둘러 문으로 향하는 중에 부엌 창문을 통해 애기가 보였다.

동생이 밖에 있었다.

나는 발걸음을 멈췄다.

애기가 잴에게 다가가서 그녀의 갈기를 쓰다듬더니 훌쩍 뛰어 올라 말의 등에 올라타는 모습을 지켜보았다. 그리고 동생은 자기 몸을, 그리고 나의 몸을 그녀의 등에 완전히 밀착시킨 채로 묵직하고 열정적으로 껴안았고, 우리의 심장박동, 우리의 단호하지만 부드러운 손길과 우리의 숨소리로 말을 진정시켰다. 그녀는 네 발을 풀 위에 단단히 박은 듯 고정한 채, 자기 등에 태운 동생이 건네는 속삭이는 듯한 손길과 타고난 공감 능력에 매료되어 아무런 움직임도 보이지 않았다. 애기가 그녀의 갈기에 얼굴을 묻고 미소를 보였고, 그 모습을 보자마자 나는 그대로 부엌 바닥에 주저앉아 목 놓아 울었다.

*

가장 먼저 베이스캠프에 도착해 그 신호를 처음 발견한 사람은 나였다. 두 개의 사망 코드.

팀원들도 하나둘씩 도착했고, 나는 에반, 닐스와 함께 말을 타고 무슨 일이 벌어진 것인지 알아내기 위해 사체들을 찾아 나섰다. 타나 무리의 늑대 4호와 5호가 그들의 영역이 아닌 다른 지역 한복판에서 죽어 누워 있는 것을 발견했다. 애쉬 무리의 영역이었다.

"싸움이 있었나 보네." 에반이 말했다. 그의 말처럼 두 사체 모두 목과 내장이 뜯겨 있었는데, 이는 다른 늑대들의 소행이 분명해 보였다.

안 돼, 빌어먹을. 나는 소리 지르고 싶은 마음을 가까스로 참았다.

하지만 분노의 감정은 아니었다. 그들의 모습을 보고 깊은 슬픔을 느꼈고, 그것은 그들의 삶과 죽음에 있어서 지극히 자연스러운 부분이었다.

이들의 사체를 캠프로 가져가기 전에 우리는 서둘러 피의 흔적을 쫓기 시작했고, 애쉬의 영역 한가운데까지 들어오게 되었다. 애쉬는 무사했지만 그녀 역시 주둥이 주변에 피를 흘리고 있었고, 그녀의 새끼 13호와 새로운 짝 12호도 그녀와 함께 있었는데, 그들 역시 부상을 당한 상태였다. 이 한 쌍은 자기들만의 새로운 무리를 구성하는 대신 애쉬가 이끄는 에버네시 무리에 합류하기 위해 이곳으로 돌아와 어미와 함께 싸운 것이었다. 나는 곧바로 숲을 뒤지기 시작했지만 그녀의 새끼들은 좀처럼 찾을 수 없었고, 점점 숨이 막혀 왔다. 만약에 새끼들이 모두 죽었다면 나도 내가 어떻게 될지 몰랐기 때문이다. 그때 작은 움직임이 내게 포착되었고, 새끼 늑대 여섯 마리 모두 덤불 속에서 모습을 드러내더니, 마치 아무 일도 없었던 것처럼 서로 엉겨 붙어 놀기 시작했다. 애쉬와 새로운 한 쌍이 이들을 보호하기 위해 다섯 마리로 구성된 타나 무리와 죽을힘을 다해 싸웠다는 사실을 알 수 있었다. 그리고 이제부터는 새롭게 쌍을 이룬 13호와 12호가 이 무리의 번식을 담당하게 되었기 때문에 알파 역할을 요구하는 것이 합당했지만, 내 생각에 그들은 그렇게 하지 않을 것 같았다. 애쉬는 내가 지금까지 본 늑대들 중에 가장 강한 늑대이기 때문이었다.

에반이 죽은 늑대들 때문에 심란해하고 있는 것이 분명했다. 이 일을 처음 시작했을 때 내가 그랬던 것처럼, 에반도 그들의 죽음에 예민하게 반응했다. 그 당시 늑대들이 서로를 죽이거나 병으로 죽더라도 그 슬픔은 사람에 의해 불필요한 죽임을 당했을 때와 마찬가지로 깊고 컸다. 나는 에반을 데리고 산책에 나섰고, 그가 동물만큼이나 좋아하는 야생화를 함께 꺾으며 시간을 보냈다.

"절대 익숙해지지 않겠지." 그가 인정하듯 말을 건넸다.

"사실 그 감정이 나쁜 건 아니야. 익숙해지는 게 더 암울하지."

"하지만 익숙해져야 하잖아. 충분할 정도로 많이 보게 될 테니까. 그래서 이름도 안 지어 주는 거고."

나는 어깨를 으쓱해 보였다. "그렇다 하더라도 말이야. 너무 많은 사랑을 주면 결국 힘들어지게 되더라고. 자신을 용서할 수 있어야 해." 나는 쪼그리고 앉아서 작고 노란 야생화를 가리켰다. 데이지 같아 보였는데 꽃잎이 다섯 개였다.

"실미나리아재비(Ranunculus flammula, 습한 곳에서 자라는 미나리아재비속의 다년생 초본 식물)야." 에반이 말했다. "그리고 필리펜둘라 울마리아(Filipendula ulmaria, 습한 초원에서 자라는 장미과의 다년생 초본 식물)도 있네." 그는 그 꽃들을 조금씩 꺾어 들었고, 우리는 계속 걸었다. 우리 앞으로 습지대가 펼쳐졌고, 어느새 우리는 길을 벗어나 걷고 있었다.

"이번 주말에 글래스고(Glasgow, 스코틀랜드 최대의 항구 도시)에 갈 거야?" 내가 물었다. 에반의 가족이 모두 그곳에 살고 있었고, 시간이 날 때마다 그곳에 서둘러 가는 그의 모습을 보면서 아마도 사귀는 사람이 있을지 모른다는 생각을 하고 있었다. 그의 가족 모두 그가 하는 일을 전적으로 지지해 주었는데, 예전에 내게 말해 주기를 어떤 명분이든 가져다 붙여서 최대한 시끌벅적한 분위기의 만남을 주선하기를 좋아한다고 했다.

"지금은 못 가지." 그가 대답했다. "무리끼리 싸우고 있는 상황이라 할 일이 너무 많잖아."

"갔다 와." 내가 말했다. "주말 동안에는 괜찮잖아. 간 김에 충분히 쉬고 왔으면 좋겠어."

"그쪽이 할 말은 아닌 거 같은데요, 대장님?"

나는 못 들은 척했다.

"측량 구역에는 나가 봤어?" 그가 다시 물었다.

나는 고개를 끄덕였다.

"나도. 나는 젠장 맨날 나가고 있지. 땅을 노려보면서, 가끔은 싹이 아니라도 좋으니 뭐라도 튀어나오길 바라며 소리를 지른다니까. 미친놈처럼 말이야."

내가 웃었다. "어쩌면 일부러 골려 주려고 땅속 깊이 숨어서 안 나오고 있을지도 몰라."

"그래, 그럴지도 모르지. 이 노력이 다 소용없는 일이었다고 결정을 내리게 되는 때가 올까?"

"그러기엔 아직 한참 멀었지."

"나도 알아. 하지만 그런 시점이 있겠지?"

나는 천천히 고개를 저었다. 내겐 없을 테니까. 정말 없을 것이다. 하지만 지역 사람들에게는 언젠가 그럴 수 있겠지. "늑대들에게 시간을 주자, 에반. 지금 그들에게는 약간의 인내심이 필요할 뿐이야." 내가 말했다.

"내 장점은 절대 아니군. 와, 여기 봐. 너무 예쁘다. 다크틸로리자 인카르나타(Dactylrhiza incarnata)가 있네. 습지 난초(marsh orchid)의 한 종류지."

습지대 풀들 속에서 홀로 자리하며, 하나의 곧은줄기에서 솟아나온 약 서른 개 정도의 밝은색 반점을 가진 분홍색 난초였다. 베르너의 책에 나온 그 어느 색보다 더욱 강렬했지만, 굳이 따져 보자면 '레이크 레드(Lake Red)', '로사 갈리카 오피시날리스(Rosa gallica officinalis, 장미과에 속하는 꽃)', 짙은 '레드 튤립(Red Tulip)',

'첨정석(Spinel)'과 비슷한 계열의 색이라는 생각이 들었다. 이런 음영을 가진 동물은 어디에도 없었다. 만약에 있다면 정말 운이 좋은 몇몇 새에게서나 볼 수 있지 않을까. 이렇게 회갈색으로 뒤덮인 땅에서 이런 생기 넘치는 색을 보고 있다는 사실이 믿어지지 않았다.

"부케로 만들면 정말 예쁘겠다." 내가 말했다.

에반은 꽃을 꺾지 않고 몸을 일으켜 세웠다. "이 고독한 귀염둥이는 그냥 남겨 두는 게 어떨까. 나름의 역할이 있어서 혼자 이곳에 피었을 테니까."

*

엄마가 출근하기 전 이른 아침에 전화를 걸었다.

"늑대들은 어때?" 엄마가 물었다. 수화기 너머로 커피 머신이 돌아가는 소리가 들렸다.

"서로 죽이고 있어요."

"예상한 일이잖니. 애기는 어때?"

"아, 애기는…… 잘 있어요." 동생은 한동안 최상의 상태를 보여 주고 있었다. 오늘 아침에도 그녀는 밖에 나가 시간을 보냈다. "엄마, 뭐 하나 물어봐도 돼요?"

"안 그래도 그런 거 같더라."

"어떻게 알았어요?"

나는 엄마가 어깨를 으쓱해 보이는 모습이 눈에 그려졌다. "목소리만 들어도 알 수 있지."

그 말에 나는 순간 멈칫했다. "엄마는 사람의 마음을 잘 읽잖아요, 맞죠?"

"그걸 묻고 싶은 거였어?"

"아니요."

엄마가 살짝 웃더니 한숨을 내쉬었다.

"누군가가 살해당했을 때, 엄마가 가장 먼저 하는 일이 뭐예요?"

짧은 침묵이 흘렀다. "괜찮은 거니, 우리 딸?"

"괜찮아요."

"무슨 일 있으면 엄마한테 말해야 해, 알았지?"

"엄마는 언제나 내가 강해지길 바란다고만 생각했어요."

엄마는 한동안 말이 없었고, 잠시 뒤 조심스럽게 입을 열었다. "딸, 언젠가 너도 알게 되겠지만, 자식을 키우다 보면 누구나 실수를 하게 마련이란다."

엄마에게 자신의 잘못된 선택에 대한 자백을 이렇게 얻어낼 줄은 몰랐다. 엄마가 할 수 있는 가장 근접한 사과의 표현이었다.

"엄마 말이 맞았어요." 내가 불쑥 말을 꺼냈다. "나는 확실히 강해질 필요가 있었어요." 그리고 지금의 나는 수많은 경험을 통해서 닳고 닳은 가죽만큼이나 강해졌다.

엄마는 한숨을 길게 내쉬었지만, 반박하지 않았다.

"타임라인이 필요해." 엄마가 말하기 시작했고, 그 내용을 듣고 있자니 조금씩 어린 시절의 기억이 떠올랐다. 엄마가 이미 내게 가르쳐 준 것들이었고, 당시의 나는 잊으려고 노력한 말들이었다. "피해자의 동선, 그들의 습관과 루틴에 대한 타임라인을 만들고, 뭔가 눈에 띄는 것이 나올 때까지 그들의 일상을 자세히 떠올리며 이미지화해야 해. 그러다 보면 그 일상에서 벗어난 것을 찾을 수 있는데, 그게 첫 번째 단서야. 네가 생각하지 않았던 인물들도 들여다보고, 동기가 될 만한 단서를 모으고, 거기서 거짓을 찾아내야 해."

"어떻게 거짓인 줄 알죠?"

"모든 것을 거짓이라고 가정해. 그리고 사실로 증명된 것부터 하나씩 제외해 나가는 거지."

"일이 엄청 많을 거 같네요."

그녀가 웃었다. "그렇지. 이쯤에서 나는 네가 새로운 직업으로 범죄 소설가가 되려고 하나 궁금해지기 시작하는데, 그런 거니?"

"네, 그런 셈이죠. 고마워요, 엄마."

엄마가 잠자코 기다렸지만, 나는 어떻게 말을 꺼내야 할지 몰랐다.

"더 물어볼 건 없고, 인티?"

"엄마가 그 일을 택한 이유가 있어요? 온통 일에만 신경 써야 하잖아요. 다른 것에는 신경 쓸 겨를도 없다는 거 알아요. 그리고 자발적으로 지원했다기에는 너무 어두운 곳이고, 특히 엄마는 대부분의 사람에 대해서 비관적이잖아요. 그래서 내내 궁금했어요. 혹시 엄마에게 무슨 일이 있었는지요."

엄마는 아무런 말이 없었고, 수화기를 통해 커피를 따른 뒤 우

유를 붓고, 병을 다시 냉장고에 넣는 소리가 들렸다. 이어서 미닫
이문이 열렸다 다시 닫힌 후, 담배에 불을 붙이는 소리가 들렸다.
콘크리트 바닥의 발코니에 앉아 있는 엄마의 모습이 떠올랐다.
그리고 엄마가 보고 있을 파도가 부서지는 경관과 그 뒤로 태양
이 서서히 떠올라 모든 것을 붉게 물들이는 풍경 또한 마음의 눈
으로 볼 수 있었다.

"너희 아빠는 나를 때린 적이 없단다. 그게 궁금했니?"

"아니에요." 내가 서둘러 대답했다. 직접적으로 물어본 것은 아
니지만, 내 가슴을 짓누르고 있던 커다란 돌이 사라지는 느낌이
었다.

"네가 사람들을 신경 써 주느라 너 자신을 희생할 필요는 없
어." 엄마가 말했다. "충분한 공감을 해 주면 그만인 거야."

나는 가쁜 숨을 토해냈다. "네, 고마워요. 그런 거 물어봐서 미
안해요." 진심으로 하는 말이었다. 그것은 엄마로서가 아닌 경찰
로서의 영역이었으니까. 나는 그저 엄마가 던컨과 비슷한지를 알
고 싶었다. 엄마가 자신을 보호하지 못했다는 죄책감 때문에 다
른 사람들을 지켜야 한다는 의무에 사로잡힌 것인지 궁금했다.

"의붓아버지였어." 갑작스럽고 조용하게 엄마가 속삭이듯 말
했다. 그러고는 길게 담배 연기를 내뿜었다.

나는 조부모님을 만난 적이 없다. 새 할아버지도 본 적이 없다.

"아." 나도 긴 숨을 내뱉으며 말을 꺼냈다. "미안해요, 엄마. 그
런데 얼마나 걸렸어요? 그 일을 극복하는 데 얼마나 오래 걸린 거
예요?"

"딸." 엄마가 대답했다. "엄마는 지금도 사방에서 나를 지켜보
는 죽은 여자들과 매일 잠자리에 든단다."

나는 받아들일 수 없었다. 엄마로서는 그 방법밖에 없었을지 모
른다. 하지만 애기는 다를 거야. 분명히 극복할 방법이 있을 거야.
만약에 애기에게 그럴 의지가 없다면, 내가 더 강해져서 그녀를
도와주면 돼. 애기가 내 영혼을 가져가도 괜찮아. 필요하다면 난
어떻게 돼도 상관없어.

19

지난 몇 주에 걸쳐 계속된 메스꺼움이 여전히 약하게 남아 있었지만, 나는 타임라인을 만드는 일을 계속했다. 연보랏빛 황혼이 내려앉을 즈음, 나는 레드 맥레이의 집 문을 두드렸다. 문을 열어 준 사람은 그의 아버지였다.

"실례할게요. 레드 씨가 집에 있나요?"

"밖에서 양 떼를 보고 있을 거요. 들어와요. 내 무전을 칠 테니."

나는 현관 안으로 한 발짝 들어와 문 옆에 섰고, 노인은 워키토키에 대고 자기 아들에게 늑대 아가씨가 와서 기다리고 있다고 했다.

"여기는 전화가 안 터지죠?" 그가 무전을 마치고 돌아왔을 때 내가 물었다.

"턱도 없죠. 안으로 들어와요, 어서. 그렇게 문가에 숨어 있으면 실례지. 차를 내 올 테니. 커피가 아니어도 괜찮소?"

"차도 좋아요."

"자, 들어와요. 뭐 하러 왔는지 묻지 않을 테니 걱정 말고."

"알겠어요."

돌로 된 집은 아늑했고 잘 갖춰져 있었다. 조상 대대로 살아온 집인 것 같았다. "저는 인티라고 해요." 내가 정식으로 인사를 건넸다. "차는 제가 만들게요."

"더글라스요." 그가 말했다. 그리고 내가 작은 부엌을 이리저리 돌아다니게 자리를 내주었다.

"두 분만 사세요?"

"그래요, 퀵이 죽고 나서부터는."

"퀵이 누군데요?"

"레드의 아내였소."

"아, 죄송해요." 주전자가 끓자 그는 내게 티백이 있는 찬장을 가리켰다. "퀵이라니, 좋은 이름이네요."

"그래요, 참 잘 어울리는 이름이었지."

"왜요?"

"어찌나 상황 판단이 빠르던지."

"그럼 서부 출신이었나 봐요?" (Quick on the draw, 중의적 표현으로 '총을 빨리 뽑다'라는 의미로 해석할 수 있다.)

"재치가 있는 아이였지." 내 농담에 그가 껄껄 웃으면서 말을 이었다. "사람을 아주 편하게 가지고 놀았으니, 눈 깜박할 새에 당할 수밖에."

나도 웃음을 지었다. "좋은 사람이었을 거 같아요. 이곳에는 오랫동안 사셨어요?"

"내 평생 여기서 살았고, 우리 아버지도 그랬죠."

"모두 양을 치셨어요?"

"그래요, 심지어 훨씬 더 전부터 그랬지. 우리 조상들 대대로 양치기였소. 적어도 여섯 세대 위까지는 그랬지, 아마. 마을에 좀 더 자주 내려와요, 아가씨. 사람들을 알아 두면 좋을 테니까."

"아, 그래요? 왜요?"

"사람이 동물하고만 시간을 보내는 건 좋지 않거든. 경험에서 말하는 거요. 목요일 저녁마다 모임이 있으니, 그리 놀러 와요. 양모 가게로."

"양모 가게요? 모여서 뭘 하는데요?"

"뜨개질 모임이죠."

나는 고개를 들고 그를 바라보았다. "뜨개질 모임을 하고 계신다고요?"

"그래요, 마음을 편안하게 해 주지. 놀러 와야 해요, 알겠죠? 사납게 물어뜯지 않을 테니."

"늑대들도 물어뜯지 않아요. 대체로는 말이죠."

내가 머그잔에 물을 따르는 동안 그가 나를 빤히 바라보았다. "늑대 소녀가 이곳에는 왜 온 거요?"

"저 다 큰 성인이에요." 내가 말했다.

더글라스의 얼굴이 웃음으로 주름졌다. "오, 미안해요, 늑대 아가씨."

그에게 머그잔을 건네고 부엌 카운터에 몸을 기댔다. "모르겠어요. 정말 모르겠어요."

"좋은 일을 하고 있는 거요."

그 말에 나는 너무 놀라서 입이 쩍 벌어졌다. "정말 그렇게 생각하세요?"

더글라스는 고개를 끄덕였다.

"양들이 걱정되지 않으세요? 모두들 그렇잖아요."

"양들의 시대는 진작에 끝났소." 그가 무심하게 말하며 차를 홀짝였다.

집으로 돌아온 레드는 작고 너저분한 사무실로 나를 데려가더니 책상 앞에 있던 의자를 가리켰다. 잘못을 저질러 교장실에 끌려온 학생을 대하는 듯했다. "원하는 게 뭐요?"

나는 의자에 뒤로 기대어 앉았다. "당신 아버지는 따뜻하게 반겨 주시던데요."

"치매기가 있거든요."

나는 피곤한 눈을 비비며 웃음을 지었다. "알겠어요. 자, 내가 온 이유는 늑대나 양과는 관련 없는 일 때문이에요."

"그럼 이유가 뭐죠? 곧 양들에게 약을 먹여야 해서 시간이 많지 않아요."

"스튜어트가 실종되기 전, 그날 밤 술집 밖에서 있었던 일 때문에 왔어요."

그가 눈썹을 올려 보이더니 나를 따라 하듯 의자에 뒤로 기대어 앉았다. 자신이 우위에 있다는 것을 감지한 것처럼 편안한 자세였다.

"나는 먼저 술집으로 들어갔고, 던컨은 당신들과 밖에 남아 있었죠. 그리고 그가 술집에 들어왔을 때 그의 얼굴은 엉망진창이 되어 있었어요."

"그래서 알고 싶은 게 뭐예요?"

"무슨 일이 있었나요?"

그가 수염을 어루만지며 가만히 나를 쳐다보았다. 그의 아버지의 것을 본 이상 그의 수염은 그다지 인상적이지 않았다. "그게 왜 궁금한 거죠?" 레드가 물었다.

"하나씩 타임라인을 맞춰 보는 중이라서요."

그가 빙긋 웃었다. "경찰서에서 인턴 근무 중이신가?"

나는 대꾸하지 않았다.

"당신은 내게 골칫거리만 안겨 주고 있군요, 미스 플린."

"어떻게요?"

"울타리를 치는 데 얼마가 드는지 알아요?"

"아니요."

"양 떼를 지키려고 밤새 깨어 있는 사람에게 드는 비용은요?"

"그 일에 맞는 비용이 들겠죠, 아마도. 어쨌든 비용이 증가한 부분에 대해서는 미안하게 생각하고 있어요. 진심으로요. 그래서 하고 싶은 말이 뭐죠, 레드 씨?"

"굳이 내가 왜 당신을 도와야 할까요?"

"왜냐하면 당신은 친구에게 일어난 일을 모르는 체하지 않는 사람일 테니까요." 이 말이 사실이기를 바랐다. 늑대를 없애고자 하는 욕망이 큰 사람이기에 이 사건의 용의자일 가능성은 항상 있지만, 죽이고 싶은 동물에게 죄를 뒤집어씌우기 위해 자기 친구를 살해한다는 것을 나로서는 받아들일 수 없을 것 같았다.

"당신은 그럼 내게 뭘 해 줄 수 있는데요?" 그가 물었다.

나는 눈을 가늘게 뜨고 그를 노려봤다. "뭘 원하죠?"

"내가 죽인 늑대에 대한 고소를 취하하세요."

분쟁을 원하지 않은 던컨 때문에 접수한 적도 없는 고소를 취하라고? 나는 간신히 웃음을 참았다. 던컨이 그에게 이 사실을 말해 주지 않은 것이 분명했다. 나는 그의 제안에 대해 고민하는 척하며 잠시 시간을 끌었다. 그러고 나서 큰 결심을 한 듯이 고개를 끄덕였다. "좋아요."

"스튜는 당신이 한 말 때문에 심하게 상처를 받았어요. 분풀이할 누군가를 찾고 있었고, 사람을 잘못 고른 거죠. 둘 사이에는 이미 악감정이 자리하고 있었으니까. 한때는 친구였는데, 아마 그것 때문에 상황이 더 틀어졌을 거예요. 둘 중에 누가 먼저랄 것도 없이 한순간에 폭발했죠. 결국에 맥이 그를 붙잡고 두들겨 팼는데, 시퍼렇게 멍들 때까지 주먹질을 멈추지 않았고, 그의 안에 잠자고 있던 예전의 악마가 다시 나타난 것 같았죠."

나는 숨을 쉴 수가 없었다. "두 사람이 전에도 싸운 적이 있었나요?"

"어렸을 때 이후로는 없을 거예요. 내 추측이지만."

"그럼 그날 밤에는 왜 그랬을까요?"

"말했잖아요. 당신이 스튜를 자극했다고, 인티. 그가 애써서 묻어 두려고 했던 것을 당신이 들쑤셨죠. 당신이 그를 비난하는 이유를 우리도 믿어야 하는지 잘 모르겠지만, 어쨌든요. 그는 누구 하나 걸리기만을 기다렸고, 하필 그 자리에 던컨이 있었고, 던컨도 나름대로 쌓인 원한이 많아서 그렇게 된 거죠."

나는 하나씩 그림을 맞춰 나갔다. "그 후에는 무슨 일이 있었나
요? 그가 술집으로 돌아오기 전까지 시간 동안에요." 내가 물었
다. 아마도 병원에 다녀오지 않았을까?

하지만 내 생각은 틀렸다. "그를 구치소로 데려갔어요." 레드
가 말했다.

"그게 다예요?"

"그게 다예요."

"그가 경찰서로 간 게 확실해요?"

"거기 말고 어디로 데려가겠어요?"

"그럼 그때가 당신이 스튜어트를 본 마지막인가요?"

레드는 고개를 끄덕였다.

"어쨌든 고마워요." 나는 가려고 의자에서 일어섰다.

"미스 플린." 그가 나를 불러 세웠다. "난 그가 분노한 모습을
목격한 뒤로 던컨 맥타비쉬라는 사람에게 애정이 별로 남아 있지
않지만, 그는 절대로 당신이 만만하게 생각해서 맞설 수 있는 상
대가 아니에요. 그리고 솔직히 말해 줄까요? 당신 뒷마당이 아닌
다른 곳으로 사람들의 관심을 돌리고 싶어서 발버둥 치는 건 알
겠지만, 위험한 발상이에요. 우리도 스튜어트에게 무슨 일이 일
어났는지쯤은 짐작하고 있죠. 당신이 이길 수 없는 싸움이에요."

"이게 지금 싸움이라고 생각하는 거예요?" 내가 문으로 향하면
서 웃음을 보였다. "내가 진짜 싸움을 시작하게 되면, 레드 씨, 당
신도 확실히 알게 될 거예요."

경찰서 앞에 차를 세웠다. 속이 너무 울렁거려서 창문을 내리고 뜨거운 얼굴에 맺힌 땀을 바람에 식혔다. 만약에 던컨이 피투성이가 된 스튜어트를 그날 밤에 이곳으로 끌고 왔다면 어떻게 되었을까. 그는 밤새 구치소에 갇혀 있었을 것이고, 아마도 그에 대한 기록도 남았을 테고, 해가 뜰 즈음에 풀려났겠지. 하지만 그는 한밤중에 살해당한 채로 숲속에 방치되어 있었고, 가정대로라면 이것은 앞뒤가 맞지 않는다. 정황상 이것은 던컨이 스튜어트를 경찰서가 아닌 다른 곳으로 데려갔다는 것을 의미했다. 그리고 나를 보러 술집으로 다시 돌아왔고, 그런 다음에 다시 사라졌지. 새벽 2:30분쯤이었다. 나의 타임라인이 점점 선명해지고 있었다.

그런데 동기가 뭘까.

던컨이 스튜어트 번즈를 살해할 만한 이유는 너무나 잘 알고 있었다. 이해가 안 가는 부분은 그가 정말로 살인을 저질렀다면, 왜 그 사체가 발견되도록 그대로 놔두었는가였다.

내가 생각해 볼 수 있는 유일한 동기는 늑대가 저지른 소행으로 몰아가려고 그렇게 했다는 것이다.

어쩌면 던컨은 그를 죽일 의도가 전혀 없었을지도 모른다. 하지만 싸우는 과정에서 생긴 상처 때문에 그가 죽었고, 한 번에 두 마리 토끼를 잡을 수 있는 기회로 봤을 것이다. 살해 혐의에서 벗어나는 것과 동시에 늑대들을 제거할 타당한 이유 또한 만들 수 있을 테니까. 지역 주민들의 불안은 사라질 것이고, 다시 예전의 정상적인 생활로 돌아갈 수 있다고 생각했을 것이다.

그렇다면 그는 지금 누가 사체를 숨겼는지 무척 궁금해하고 있을 것이 분명했다.

그렇지 않을 수도 있겠지만. 아무튼 이제 사건의 경위가 확실해지기 시작했다.

나는 번즈의 농장으로 차를 몰았다. 레이니와 그녀의 형제들과 언쟁을 벌인 이후로 이곳에 오기를 꺼려 왔다. 그녀가 나를 만나고 싶어 하지 않는 것이 너무나 분명해 보였기 때문이다. 하지만 그녀가 걱정되었고, 괜찮은지 직접 보고 싶었다. 그리고 만약에, 정말 만약의 일이지만, 그녀가 그날 밤 사건에 대해 터놓고 이야기해 준다면, 술집 밖에서 무슨 일이 있었는지, 그리고 던컨이 그녀의 남편을 정말로 경찰서에 데리고 갔는지 밝혀줄 수 있을지도 몰랐다. 하지만 그 전에 내가 최우선으로 해야 할 일은 그녀에게 애기가 만든 빵과 수프 그리고 와인을 한 병 가져다주는 것이었다.

문을 두드리려고 짐 보따리를 한 손으로 옮겨 들었다. 집 안에는 불이 켜져 있었고, 열린 커튼 사이 유리창에 비친 그녀의 얼굴이 슬쩍 보였다. 하지만 아무런 대답이 없었다.

아마도 그녀는 그날 밤의 갈등 상황이나, 그의 실종으로 이어진 싸움의 원인이 나라고 생각하며 원망하고 있을지도 모른다. 어쩌면 내가 그들 사이에 끼어 있는 것 자체를 못마땅해할 수도 있다. 솔직히 말해서, 나도 그들과 거리를 두어야 했다는 생각이 들기 시작한 터였다. 나는 싸 온 음식과 와인을 문 앞에 두고, 그녀를 더 이상 괴롭히지 말자고 다짐하며 돌아섰다.

"인티 플린, 당신이군요. 무슨 용무로 전화하셨나요?"

"오늘 오후에 숲에 있는 잠복처로 와 줬으면 해요."

던컨은 한참 동안 아무런 말이 없었다. 수화기 너머로 그의 숨소리만 들렸다. "왜 그래야 하죠?"

"늑대 굴이 그렇게 잘 보이는 자리에 잠복처를 마련하는 건 무척 드문 일이거든요. 제법 쉽게 그들을 지켜볼 수 있을 거예요."

"그러니까 내가 왜 그걸 하고 싶어 하겠냐고요?"

"이 세상에서 야생의 늑대를 직접 볼 수 있는 사람은 많지 않거든요. 아주 특별한 기회죠. 그들에 대한 당신의 생각을 바꾸고 싶어요, 던컨."

그가 고민하고 있는 소리가 들리는 듯했다. "그럼 몇 시예요?"

잠복처는 목재로 만들어졌고, 두세 사람 정도 들어가 앉기에는 충분한 크기였다. 주변 풍경과 쉽게 어우러질 수 있도록 땅에 낮게 깔린 지붕에 풀을 덮어 두었다. 그리고 좁은 창이 사방에 둘러 있어서 케언곰산맥의 남동쪽 경사면을 차지하고 있는 굴곡이 심한 갈색 언덕을 360도로 관찰할 수 있었다.

이곳은 정말 외딴 곳으로, 형용할 수 없을 정도로 자연 경관이 어마어마했다. 이곳에 있자면 인류로부터 완전히 동떨어져 있는 듯했고, 나라는 하나의 존재가 한없이 작게 느껴졌다.

나는 며칠 동안 베이스캠프에 가지 못했는데, 이곳에서 글렌쉬 무리가 새끼가 태어날 것에 대비해서 굴을 파는 모습을 쌍안경으로 볼 수 있기 때문이었다. 어미인 늑대 8호는 자기 짝과 함께 파낸 은신처로 들어가서 꼬박 6일 동안 모습을 드러내지 않고 있었다. 미루어 보건대 그녀는 그곳에서 새끼를 낳았고, 이제 곧 밖으로 나올지도 몰랐다. 긴 여정을 마치고 무리로 돌아온 자매 10호를 포함한 다른 네 마리 늑대들은 친밀한 관계를 유지하고 있었다. 나는 오전에 그중 두 마리가 장난치는 모습을 시간 가는 줄 모르고 지켜보았다. 한 마리는 길쭉한 백조 깃털을 가지고 한없이 재미있게 놀았는데, 이빨로 물고 흔들어 대기도 하고 앞발로 툭툭 치면서 장난을 치기도 했고, 수컷 알파인 또 한 녀석은 몇 시간째 끝도 없이 구름이 만들어 내는 그림자와 함께 춤을 추듯 노닐었다. 가장 나이가 많은 수컷 늑대 14호는 한가로이 그들을 지켜보고 있었고, 경계가 많은 늑대 10호는 물속에 있는 뭔가에 홀린 듯 강둑을 위아래로 거닐었다. 그런 그들을 지켜보면 볼수록 나는 늑대들이 무슨 생각을 하는지 절대 알지 못하리라는 자각이 깊어졌다. 심지어 그 근처에도 가지 못하겠지. 그들의 비밀을 밝힐 수 있다고 자신만만했던 십 대 시절의 어리석었던 나에게 미소가 지어졌다.

그때 갑자기 문이 덜컥 열리는 바람에 심장이 떨어질 뻔했다.

"맙소사, 던컨."

그는 잠복처의 낮은 높이 때문에 한껏 몸을 수그리며 들어오는데, 얼굴에는 자기가 여기서 뭐 하는 짓인지 모르겠다는 표정이 서려 있었다.

나는 그가 이 초대를 화해의 의미로 받아들이길 바랐다. 실제로는 전략을 숨기고 있었지만.

그가 어색해하며 안으로 들어와 문을 닫았다. 그리고 최대한 나에게서 멀찍이 떨어져 앉았다. 나는 그에게 여분의 쌍안경을 건네고 오른쪽을 가리켰다. 그리고 그의 얼굴에 떠오르는 미세한 표정의 변화와 눈의 움직임, 입술의 씰룩거림을 지켜보았다. 그의 손이 어떻게 움직이는지, 이 공간에 어떻게 적응해 가는지 살펴보았다. 늑대가 자기 먹잇감에 대해 익히는 것처럼, 그에 대해서, 그의 버릇까지 전부 파악할 수 있도록 애를 썼다. 어떻게 해서든 그날 밤의 진실을 알아낼 참이었다. 더 가까이에서 자세히 파악해야 한다면 나는 기꺼이 그럴 수 있었다.

"글렌쉬 무리예요." 내가 말했다. "암컷 알파가 새끼를 낳길 기다리고 있는 중이에요."

그는 아무 말 없이 한 마리 한 마리 시선을 옮겨가면서 그들을 바라보았다. "네 마리 뿐인가요?"

"어미는 굴 안에 있어요."

"수컷 알파는요?"

"늑대 7호인데, 제일 왼쪽에 있는 녀석이에요."

"뭐하고 있는 거예요?"

나는 쌍안경을 들고 7호가 앞다리로 막대기를 단단히 잡고 씹고 있는 모습을 바라보았다. 그리고 어깨를 으쓱해 보이며 말했다. "그냥 장난치는 거예요."

던컨이 미간을 찌푸렸다. "그렇게 무섭게 보이지 않는데요." 곁

눈길로 나를 바라보며 그가 말했다. "당신도 그렇고요."

어떻게 대꾸해야 할지 몰랐다. 작은 공간에 우리 둘이 밀착해 있다 보니 후텁지근하고 답답하게 느껴졌다. "내가 무섭다고 누가 그러던가요?"

"굳이 누구에게 들을 필요가 없죠."

그에게 가까이 접근하기 위해 이곳에 왔지만, 도리어 짜증만 올라왔다. "재밌네요. 당신한테 그런 말을 들으니." 나는 땀에 젖은 얼굴에서 머리카락을 떼어냈다. "당신이 보이는 것만큼 좋은 사람일 리 없다는 거 알아요. 다른 사람들은 모르겠지만."

"무슨 일 있었어요?" 그가 물었다.

"아무 일도 없었어요." 짜증이 올라와 그에게 화살을 돌렸다. "당신 다리는 어쩌다 그런 거예요?"

그가 대답하리라 기대한 것은 아니었지만, 그가 입을 열었다. "아버지가 크리켓 방망이로 그런 거예요. 대퇴부가 박살 났죠. 어머니는 아버지 화를 더 부추길까 봐 나를 병원에 데려가는 대신에 할 수 있는 대로 붕대로 감아 주셨어요. 그러고 나서 제대로 아물지 못한 거죠."

가슴이 내려앉았다. 가슴속 분노의 불꽃이 순식간에 식어 버리고 눈물이 맺혔다. 그를 어루만져 주고 싶은 마음에 정신을 꽉 다잡아야만 했다.

"몇 살이었어요?" 최대한 차분하게 내가 물었다.

그가 어깨를 으쓱했다. "글쎄요, 열세 살 때였나?"

오늘 하루 종일 하늘이 꾸물거리더니, 마침내 비가 내리기 시작했다. "오늘 날씨가 가차 없네요." 무슨 말을 해야 할지, 어떻게 대처해야 할지 몰라서 괜히 중얼거렸다. 다시 한번 그에 대해서 잘못 짚고 말았다.

"고원의 여름은." 던컨이 낭송했다. "'꿀처럼 달콤하지만, 사납게 울부짖는 재앙이 될 수도 있으니.'"[스코틀랜드의 작가 낸 셰퍼드(Nan Shepherd)의 시 〈살아 있는 산(The Living Mountain)〉 중에서]

"무슨 경찰이 시를 다 외우고 다녀요?" 내가 얼굴에 붙은 각다귀를 손으로 쫓으며 말했다. 문이 닫혀 있는데도 망할 벌레들은 어떻게 틈을 찾아 들어오는지 알 수 없었다. 크리켓 방망이와 조각난 뼈가 아닌 다른 곳으로 정신이 팔린 것이 어쩌면 다행일지 모른다는 생각이 든 것과 동시에, 이런 생각이 든 비겁한 나 자신이 싫었다.

"많은 경찰이 그럴 거예요, 아마도."

나는 고개를 저었다. "내가 알고 있는 경찰 중에는 없네요."

"맞춰 볼까요? 아버지가 경찰이죠?"

"엄마요. 시와는 담을 쌓고 살아온 분이죠."

"아, 그래요? 그럼 어떤 분이신데요?"

"한 번 의심이 들면 끝까지 파고드는 스타일이에요. 밤새 차에 앉아서 뭔가 끔찍한 일이 벌어질 때까지 기다리는 스타일은 아니죠."

그 말에 정적이 흘렀다.

그리고 깨달았다. 무엇보다도 내가 그를 용서할 수 없는 이유가 바로 이런 그의 무반응이라는 것을.

"어머니가 일에 대해 이야기를 많이 해 주지는 않으셨나 보네요." 던컨이 물었다.

나는 어깨를 으쓱했다.

"괜찮은 형사들은 알죠. 그를 가둬 둘 수 없다면, 아주 확실한 증거가 있어서 체포할 수 없다면 함부로 뒤를 쫓거나 추궁하지 않아야 한다는 사실을 아는 형사들 말이에요. 그랬다가는 그가 곧장 집으로 가서 평상시보다 수백수천 배는 더 심하게 아내를 폭행할 것 또한 잘 알고 있고요. 그러다가 때때로 자기 아내를 죽음에 이르게 하는 경우도 있으니까요."

내가 던컨을 바라보았다. "그런 일이 당신 부모님에게도 일어났던 건가요?"

그는 늑대들에게 시선을 돌렸다. 그리고 고개를 끄덕였다.

"그래서 어머니를 보호하려고 한 거였군요."

"아니요." 던컨이 말했다. "그러지 않았어요. 그날은 아니었죠. 그날 나는 그가 어머니를 때려 죽이는 걸 지켜보고만 있었어요. 그곳에 앉아서, 시체처럼 굳은 채로 가만히 앉아서."

내 안에서, 고통스러운 깨달음이 일었다.

던컨이 말을 이었다. "난 아버지를 죽였지만, 그건 그들이 언론에 발표한 것처럼 자기 방어나 정당방위가 아니었어요. 그때는 이미 방어해야 할 사람이 없었거든요. 그 사실은 알고 있어야 할 것 같네요."

"그럼 뭐였나요?"

그의 턱에 힘이 들어갔다. "복수죠. 증오고요. 내가 그 크리켓 방망이를 들고 그의 머리통을 박살 낼 때 엄마는 이미 죽어 있었으니까요."

얼굴이 불에 타는 듯 뜨거웠고, 나는 마른침을 삼켰다. 나도 모르게 그 말이 튀어나왔다. "내 동생이 남편에게 잔인하게 폭행당했어요."

던컨이 고개를 내 쪽으로 홱 돌렸다. "네?"

"쌍둥이 여동생이에요."

그가 길게 숨을 내쉬었다. "미안해요." 그가 주저하는 듯이 말했다. "정말 미안해요. 용서해요."

멋대로 웃음이 새어 나왔다. "왜요? 당신이 그런 것도 아닌데." 나는 떨리는 손을 눈가로 가져가 감은 눈꺼풀을 지그시 눌렀다. 또다시 속이 메스껍기 시작했다. "그 일이 나를 괴물 같은 존재로 변하게 만들었어요." 내가 시인하듯 말했다. "내가 그렇게 될 거라고 상상도 해 본 적 없었어요. 그를 죽이고 싶었죠. 너무 간절했어요. 거의 저승사자가 된 것처럼 말이죠. 던컨, 나는, 내가 예전에는 얼마나 *다정했는지* 당신은 모를 거예요. 그런데 지금은 그냥…… 대단히 거칠고 화가 많은 존재가 되어버렸네요."

"여전히 다정해요." 그가 말했다. "그러지 않은 척하지만, 당신이 하는 모든 행동에서 그런 다정함이 보여요."

나는 결국 울음을 터트렸다.

내 손은 불룩하게 올라오기 시작한 배 위에 얹혀 있었다. 내 몸에서 없어지게 해야만 하는데, 아니면 없었던 일로 할 수 없을까.

다음 생애에 바라야겠지, 아마도.

던컨의 손이 내 등에 내려앉았다. 크고 따뜻한 손이었다. 내가 그를 위해 이렇게 해 줘야 했는데, 그러면 좋았을 텐데.

"동생은 지금 어디에 있나요?"

나는 눈가를 문질러 눈물을 닦았다. "집에요."

"푸른 오두막을 말하는 거예요?" 그가 어리둥절해하며 얼굴을 찡그렸다. "누구랑 함께 살고 있는 줄은 전혀 몰랐어요."

"밖에도 나가지 않고 마음속에만 갇혀 있죠." 자세를 고쳐 앉아 봤지만 적당한 말을 찾기가 어려웠다. "보통의 사람에게 그런 일이 일어날 줄은…… 짐작도 못 했어요. 그렇게 완전히 파괴될 수 있을 거라고는, 우리에게 서로를 망가뜨리는 힘이 있을 줄은 몰랐어요."

"도와줄 방법을 찾아 봤나요?"

"시도해 봤어요. 제대로 된 치료를 받을 수 있는 시설에 데리고 가기도 했죠. 그런 거 있잖아요, 심리 치료라든지 약물 치료라든지, 아무튼 효과가 있다는 건 다 해 봤죠. 하지만 동생은 다 거부했어요. 그냥 고요함을 원했죠. 혼자 있기를 바랄 뿐이었어요. 그래서 이곳으로 데려온 거예요. 동생을 치료하기에 이곳은 충분히 고요하다고 생각했거든요."

긴 침묵이 흐른 끝에 그가 물었다. "거기 있었나요? 그 일이 벌어졌을 때?"

나의 시선은 비의 장막 속에서 늑대들을 찾고 있었다. 하지만 그들은 어느새 사라지고 없었다. "아니요." 내가 대답했다.

시간이 지나도 비는 그칠 생각을 안 하고 계속 퍼부었다.

"가요." 내가 말했다. "늑대들을 보여 주겠다고 약속했잖아요. 글렌쉬 무리는 오늘 이곳에 돌아오지 않을 것 같아요."

"그러면……?"

"다른 무리를 찾아보려고요. 당신이 내킨다면요."

우리는 모자가 달린 비옷을 꺼내 입고 사선으로 내리치는 빗속으로 나갔다. 산비탈을 한참 내려간 뒤에야 멀리 주차해 놓은 그의 트럭이 보였다. "내 차는 조금 더 가야 있어요." 내가 그에게 가까이 대고 말했다. "나를 따라와요."

나는 집 방향으로 차를 몰고 앞장서서 가다가 북쪽으로 방향을 틀어 에버네시 숲으로 들어갔다. 숲의 끝자락에 차를 세웠을 때는 비가 그친 뒤였다. 뒤따라온 그의 트럭에서 펑갈이 뛰어나오더니 신이 나서 내 손을 핥았다. 너도 있었구나, 펑갈. "데리고 가면 얌전히 있을까요? 아니면 트럭에 두고 가야 할까요?" 내가 물었다.

"밖에 나오면 조용히 있을 줄 아는 녀석이죠. 그보다는 개 냄새 때문에 늑대들이 동요할까요?"

"우리 냄새보다는 아닐 거예요."

우리 셋은 함께 이동에 나섰고, 곧 나무에 둘러싸였다. 이끼로 뒤덮인 석회질 땅에서 고사리 등의 양치식물들이 내 어깨높이까지 자라 있었다. 나는 거친 나무줄기와 매끄러운 나뭇가지를 손으로 만지고 바늘처럼 뾰족한 솔잎 너머로 연약한 잎사귀를 손가락으로 쓸어 보았다. 흠뻑 젖은 땅에 발이 조금씩 잠겼다. 위로 보이는 수많은 나뭇잎 사이로 잿빛 하늘이 그 안에 빛을 머금은 채로 구름의 가장자리를 더욱 선명하게 빛내고 있었다. 우리를 따뜻하게 해 줄 햇빛이 없으니 더 춥게 느껴졌다. 비의 냄새가, 그 특별한 고유의 냄새만이 주변을 가득 채웠고, 모든 잎사귀의 끝에 맺힌 물방울들이 저마다 반짝였다. 우리는 던컨의 속도에 맞춰 최대한 빠르게 움직이고 있었고, 핑갈은 토끼들을 쫓으며 신이 나서 한참을 앞서 달려 나갔다.

"핑갈이 뭐라도 잡을까요?" 내가 물었다.

"아니요." 그가 대답했다. "뭔가 잡아도 어떻게 해야 할지 모를 거예요."

우리는 자작나무 숲을 지나 은빛으로 빛나는 호숫가에 도착했다. 먼저 도착한 핑갈이 참을성 있게 우리를 기다리고 있었다. 우리는 가만히 서서 아름다운 광경을 감상했고, 아무런 말 없이 호수를 바라보던 중 커다란 새 한 마리가 먹이를 찾아 날아왔다. 흰색과 갈색이 뒤섞인 새는 물속으로 돌진하더니 곧 무언가를 발톱으로 잡아챘다. 새는 물속에서 휘청거리면서도 사방에 물을 튀기며 꿈틀거리는 크고 묵직한 송어를 공중으로 들어 올리기 위해 온 힘을 다했고, 줄무늬가 있는 웅장한 날개는 그 이상의 무게를 들어 올리기에 충분히 강력했다.

새가 날아가고 나서야 나는 잊고 있던 숨을 길게 내쉬었다. "맙소사."

"물수리예요." 그가 웃으면서 말했다.

"이런 광경은 처음 봐요."

"타이밍이 좋았네요."

"물고기가 거의 새의 반만 하던데요!"

"물수리가 너무 큰 물고기를 잡다가 물속으로 끌려 들어갔다는 얘기를 들은 적이 있어요. 발톱이 먹잇감에 박혀서 뺄 수가 없었는지, 아니면 놔주고 싶지 않았는지 모르겠지만, 그래서 결국 물에 빠져 죽고 말았죠."

그 말을 듣자 웃음기가 사라졌다. 그렇다 하더라도 오늘 본 선물 같은 광경은 결코 잊지 못할 것 같았다. 애기도 함께 여기 있었으면 얼마나 좋았을까.

나는 다시 주변에 발자국이나 배설물, 뜯긴 나무 잎사귀들이 있는지 살폈다. 길은 오르막으로 이어져 있었고, 우리는 그 길을 따라 올랐다.

"늑대들이 어디에 있는지 알고 가는 거예요?" 어느 시점에 던컨이 질문했는데, 그 숨소리가 가빴다.

나는 속도를 조금 늦추고 대답했다. "아니요."

"목걸이를 채웠다고 했잖아요. 그걸로 위치 추적이 되지 않나요?"

"제때 주파수를 정확히 맞추면 그럴 수 있는데, 어쨌든 지금은 장비가 없으니까요." 나는 그를 흘깃 바라보았다. "늑대를 찾는 일은 대단히 어려워요. 그들에 대해서 모르면, 그들의 영역을 모르면 아예 가망이 없고요. 한번은 늑대를 촬영하려는 다큐멘터리 제작팀을 만난 적이 있었는데, 십 년을 찾아다니면서 딱 두 번 본 것이 전부였대요."

"왜 그렇게 어려운 거예요?"

"늑대는 조심성이 많아서 그래요. 숨어 지내며 생존해 왔고, 아마 세상에서 생존력이 가장 좋은 동물일 거예요."

"그럼 뭐, 우리가 늑대처럼 생각해야 하나요?"

"아니요, 그건 불가능해요."

"그럼 대체 우리가 어떻게 그들을 찾는다는 거죠?"

"비밀인데, 지킬 수 있어요, 던컨?"

그가 유감스러워하는 웃음을 보이며 말했다. "어쩌면 알아서 좋을 건 없을 듯하네요."

"좋은 일에만 이용하겠다고 약속해요. 그럴 수 있죠?"

"약속할게요."

나도 웃음으로 화답했다. "늑대를 쫓으려고 해서는 안 돼요. 그들의 먹잇감을 쫓아야 하죠."

우리는 높고 험준한 바위를 올랐는데, 그곳은 깊은 종 모양의 꽃이 핀 자줏빛의 벨 헤더(bell heather, 진달래과 관목인 에리카속 식물)로 뒤덮여 있었다. 사슴 떼가 우리 아래로 보이는 개간지에서 한가로이 풀을 뜯고 있었다. 그들 옆으로 언덕 사이를 가르는 개울이 흐르고 있었다. 이곳 돌로 된 고원 여기저기에 배설물이 보였고, 나는 쪼그리고 앉아서 그것들을 살폈다.

"늑대의 흔적인가요?" 그가 물었고, 내가 고개를 끄덕였다. "그럼 그들이 여기 온 적이 있다는 거네요. 우리 안전한 거 맞아요?"

나는 그의 불안해하는 모습을 즐기면서 어깨를 으쓱해 보였다.

"그건 왜 하얀 걸까요?"

"아마 뼈를 먹어서 그런 거 같아요." 내가 대답했다.

"맙소사."

나는 어깨너머로 그를 바라보았다. "늑대들이 당신을 해치지 못하도록 할게요."

그가 내 눈을 마주 보았다. "그래요?"

나는 몸을 일으켰다. "늑대가 당신 뼈를 으스러트리게 놔두는, 내가 그런 사람으로 보여요?"

"내가 알고 싶은 것이 바로 그거죠." 던컨이 대답했다.

우리는 바위 가장자리에 걸터앉아 절벽 아래쪽으로 다리를 늘어뜨렸다. 그가 비옷을 벗으려고 할 때 속에 입고 있던 밝은 오렌지색 스웨터가 보였고, 그 색은 거의 네온등에 가까웠다. 또 하나의 뜨개질 작품이었고, 지금까지의 옷 중에 가장 내 마음에 들었다.

"와, 대단한 스웨터네요."

그가 웃음을 보였다.

"이런 건 누가 만들어 주는 거예요?"

"시내에 뜨개질을 하는 모임이 있어요."

"그 얘기는 들었어요."

"음, 모임에 오는 사람들의 실력이 다양해서 내 스웨터의 품질도 제각각이죠." 그는 비옷의 칼라를 뒤로 젖혀 스웨터의 어깨 부분에 실밥이 풀려서 벌어진 부분에 실들이 매달려 있는 것을 보여 주었다.

나도 웃음이 났다. "그래도 어쨌든 잘 입고 다니네요."

"당연하죠."

"하지만 다시 지퍼를 잠그는 게 좋을 거예요. 너무 밝은 색이라서 늑대들이 동요할 테니까요."

그는 재빨리 내가 시킨 대로 했다.

핑갈은 사슴들에 시선을 고정한 채 숨을 헐떡이며 혀를 내밀고 우리 사이에 엎드려 있었다.

"왜 늑대예요?" 던컨이 물었다. "왜 이 일에 목숨을 거는 거죠?"

"지구를 살리기 위한, 환경보호에 관해 이야기하자면 포식자부터 시작해야 해요. 우리가 포식자를 살리지 못하면 다른 어떤 것도 구할 가능성이 없거든요."

한동안 그는 대답이 없다가 다시 입을 열었다. "그래요, 하지만 그 진짜 이유가 뭐냐고요?"

"난……." 나는 말을 멈추고 어떻게 대답해야 할지 생각해 보았다. "나는 항상 늑대가 좋았어요. 아무 이유도 없이요. 그들의 비밀을 늘 알고 싶어 했죠. 그러다가 그들이 숲을 구할 수 있다는 사실을 알게 되었죠……." 나는 던컨을 바라보았다. "누군가의 삶에는 야생이 필요하거든요."

그가 천천히 고개를 끄덕였다. "그래서 그들의 비밀은 알아냈나요?"

"당연히 아니죠."

우리는 함께 웃었다.

"당신은요? 왜 경찰이 됐어요? 당신 부모님한테 일어난 일 때문인가요?"

"맞아요. 하지만 그날 밤 이후부터 배지를 달기까지는 상당한 시간이 걸렸죠. 완전히 망가져 있었으니까요. 사춘기 내내 매일 싸움이나 걸고 다니고, 분란 거리나 찾아다녔어요. 그때 나를 키우는 것이 분노라고 생각했죠. 그런데 그것은 중독일 뿐이었어요. 만약에 내가 이 길을 계속 가면 누군가를 죽일 수도 있겠다는 생각이 들더군요. 그래서 선택한 거예요. 무슨 대가를 치르더라도 평화를 지키기로. 그리고 늘 친절하기로 말이죠. 내가 하는 일이 이 세상의 어머니들에 비하면 새 발의 피겠지만, 그래도 매일 노력하고 있죠."

우리는 한동안 서로 말이 없었고, 나는 그가 말한 그 분노의 현혹에 대해서 생각했다.

던컨이 숲으로 우거진 언덕들을 아우르는 듯한 동작을 해 보이며 다시 입을 열었다. "이 나무들은 빙하기에서부터 이어져 왔어요. 스코틀랜드에 처음 소나무가 들어온 시점이 대략 기원전 7천 년 경이고, 끊임없이 진화를 거듭한 끝에 지금의 모습으로 남아 있게 된 거죠."

알아요. 내가 여기 있는 이유죠.

"이미 알고 있겠지만, 그렇죠?" 그가 물었다.

"그날 밤 술집에서 스튜어트를 집에 데려다 줄 때, 레이니도 거기 있었나요?"

던컨이 잠시 뜸을 들였다. "이걸 묻고 싶어서 나를 이곳에 부른 거예요?"

나는 아무 말도 하지 않았다.

"아니요." 그가 고개를 저었다. "레이니한테 경찰서에서 가서 우리를 기다리라고 했어요. 상황이 안 좋아질 경우에 그녀가 함께 있으면 안 될 거 같았죠. 상황이 정리되고 나서 스튜어트를 데리고 경찰서로 갔고, 그 뒤에 그녀에게 그를 데리고 집으로 가라고 했어요."

아. "그리고 그녀가 그를 데리고 집에 갔나요?"

던컨이 내 얼굴을 유심히 살폈다. "대체 뭘 캐내려고 이러는 거죠?"

"그냥 상황을 정리해 보는 거예요."

"현재 진행 중인 사건이라 더 이상의 자세한 내용은 알려줄 수 없어요."

"네, 이해해요."

한참 동안 말이 없던 그가 다시 입을 열었다. "내가 그를 직접 차에 앉혔고, 그녀가 그를 집으로 데려갔어요."

"그럼 그를 마지막으로 본 사람이 레이니였어요? 그렇다는 것은 그녀가 가장 유력한 용의자라는 뜻 아니에요?"

"맞아요."

"아, 그럼 그녀는 뭐라고 하던가요?"

그가 자신의 손을 펴 보였다. "그를 집으로 데리고 간 뒤에 잠이 들었고, 아침에 일어나 보니 그가 없어졌다고 했어요. 그저 일하러 나갔나 보다 생각했는데, 그러고 나서 돌아오지 않았다고 했고요."

젠장. 만약에 레이니가 한 말이 사실이라면 모든 상황이 바뀌게 될 텐데. 그 말인즉슨 스튜어트가 언제, 어떻게, 왜 숲속 그 자리에 있었는지에 대한 단서는 여전히 알 수 없는 상황이라는 뜻이었다.

물론 그녀가 거짓말을 하고 있을 수 있다. 던컨도 마찬가지다. 어쩌면 두 사람이 말을 맞췄을 수도 있다.

"아직도 그녀랑 자는 사이예요?" 내가 물었다. 내가 한 모든 질문 중에서 유일하게 대답을 듣고 싶지 않은 것이었다.

그의 몸에 힘이 들어가는 것이 느껴졌다. "아니요." 그가 대답했다. "당신 이후로는 아니에요."

그를 믿고 싶은 마음이 한구석에 있었고, 또한 그렇지 않기도 했다. 차라리 불확실한 불신이 아닌, 그를 믿을 수 없을 만한 충분한 이유라도 있기를 바랐다.

"아직도 그녀를 사랑하나요?" 더 작은 목소리로 내가 물었다.

"인티, 그게 무슨 소리예요?"

"한때 그랬잖아요, 아니에요? 어렸을 때 말이에요. 그녀와 불륜을 저지르는 위험까지 감수했다는 것은 아직 사랑이 남아 있다는 것일 수 있잖아요. 그렇지 않으면 싱글인 사람과 만나 잠자릴 하겠죠?" 나는 무례함을 숨기지 못했고, 잔뜩 화가 나 있다는 사실을 깨달았다.

"그녀에게 마음이 쓰여요." 그는 나보다 훨씬 성숙한 태도로 말했다. "그녀가 걱정되고요. 그가 그녀에게 하는 짓이 너무 싫었죠. 하지만 이런 내 감정이 사랑이라고 생각하지 않았어요. 오래전부터 그랬죠. 사랑할 수 있는 기능이 아예 멈춘 것 같아요. 어쩌면 다행인지도 몰라요. 그녀는 그 일이 있고 나서부터 나를 무서워했으니까. 모두가 그랬죠. 죽음이란 한 번 몸속에 깊게 박히면 평생을 지고 살아가야 하는 것이죠. 사람들은 내게서 그 어둠을 감지해 낸 것이고요."

우리는 포기하기에 이르렀다. 차가운 바람이 나무 사이를 뚫고 매서운 소리를 내며 우리에게 몰아쳤다. 사슴 떼가 여전히 한가롭게 서성이며 풀을 뜯고 있었는데, 작은 나무의 순과 풀의 싹을 자라날 기회조차 주지 않고 모조리 먹어 치우고 있었다. 이런 속도라면 저 개간지는 다시 숲으로 뒤바뀔 가망이 없었다. 늑대들이 더 이상 지체하지 말고 자리를 박차고 일어나 제 할 일을 해야만 할 때라고 생각하는 순간, 어떤 움직임이 보였다. 처음에는 잘못 본 듯싶었다. 그러다 나무 사이에 스며든 빛 속에서 작은 움직임이 보였다.

나는 던컨의 팔을 움켜쥐고, 가만히 있으라고 주의를 주었다.

나무 그림자 속에 옅은 색 앞발이 녹아 들어 있었다. 그리고 검은색 주둥이와 쫑긋 서 있는 귀. 하얀 늑대였다.

나는 던컨도 그녀를 볼 수 있도록 방향을 가리켰다.

그리고 더 멀리 상류 쪽으로 손가락을 움직였다. 수목 한계선 뒤쪽으로 갈색 늑대 한 마리가 역시 차분한 모습으로 사슴 떼를 지켜보고 있었는데, 사슴 떼에게 냄새가 미치지 않는 곳에 바람을 타고 자리 잡고 있었다.

"늑대들은 진작에 우리 냄새를 맡았어요." 내가 낮게 중얼거렸다. "하지만 상처를 입은 데다가 굶주린 상태여서 우리에게 신경 쓸 겨를이 없었을 거예요. 모르긴 몰라도 저들은 오랫동안 이 사슴 떼를 추적해 왔을 거예요."

"사슴을 공격할까요?"

"아마도요. 이곳은 사냥하기 알맞은 장소죠."

우리가 본 두 마리 늑대는 애쉬와 그녀의 새로운 사위 늑대 12호로, 제자리에서 사슴 떼를 지켜보고만 있었다. 늑대 13호도 이곳 어딘가에 있을 터였다. 아마도 조용히 움직여 사슴 떼 옆쪽 어딘가에 자리 잡고 있을 수도 있었다. 그리고 호리호리한 여섯 마리 새끼들은 더 멀찍이 뒤에 숨어서 사냥을 배우려고 안달이 났겠지. 사슴 떼를 보여 주려고 던컨을 여기로 데려왔는데, 이런 광경을 목격하게 된 것에 대해서 나조차도 실감이 나질 않았다. 사실 사슴 떼가 에버네시 무리의 영역 안에 있었지만, 내가 앞서 보였던 모든 허세에도 불구하고, GPS나 주파수를 사용해 적극적으로 추적에 나서지 않는 이상 나도 늑대를 마주친 일이 거의 없기 때문이었다.

던컨이 저들에게서 어떤 모습을 볼지가 궁금했다. 내가 본 그들은 영리하게 강하고, 한없이 인내심이 넘치며, 내가 본 그 어떤 것보다 더 아름다운 존재였다. 그렇게 생각하고 있는 순간, 늑대들 사이에서 미묘한 대화가 오가더니 각자 몸을 숨기고 있던 곳에서 폭발하듯 달려 나왔다. 흐르는 듯 부드럽고, 힘차고, 흠잡을 데 없는 움직임이었다. 사슴들도 재빨리 도망치기 시작했다.

대부분이 북쪽으로, 산을 향해 뛰었다. 오백여 마리의 사슴 떼가 함께 달리니, 엄청난 굉음을 일으키며 대지를 뒤흔들었다. 그 진동이 온몸에서 내 손을 타고 던컨의 팔로 이어질 정도로 느껴졌다. 그들의 거센 움직임에 땅이 들썩이고, 그 들썩임이 우리에게도 미쳤다. 세상은 그렇게 단 두 마리의 늑대에 의해 뒤흔들렸다.

무리에서 갈라져 강으로 향하는 사슴 떼가 보였다. 때로는 훌륭한 선택이 될 수가 있다. 늑대는 물에서 사슴만큼 빠르게 움직이지 못하니까. 하지만 오늘은 잘못된 선택이었다. 그곳에는 늑대 13호와 새끼 늑대들이 멀리 강둑에서 그들을 지키고 있기 때문이었다. 어떤 사슴들은 감히 강을 건널 엄두도 내지 못했고, 이미 강을 건너던 사슴들은 공포에 질려 물속에서 허우적거렸다.

애쉬와 12호는 사슴 떼 사이를 가로지르며 이미 눈여겨 둔 사슴 한 마리를 무리에서 따로 떼어냈다. 체구가 작은 암컷이었다. 며칠 동안 그 사슴의 모든 행동을 지켜보았을 것이다. 애쉬가 그녀를 물속으로 몰아넣었고, 그곳에서 암컷 사슴은 다른 사슴 떼에 가로막혀 갈 길을 잃었다. 사슴들은 물속에서 저마다 다른 방향으로 흩어졌는데, 혼돈 그 자체였다. 그 혼란 속에서 애쉬는 유유히 물속을 헤집고 나아가 암컷 사슴의 목을 물었고, 내 입도 그녀의 목에 가 박혔다. "맙소사." 던컨이 참았던 숨을 내쉬며 말을 뱉었다. 사슴이 도망치려 애를 썼지만 애쉬는 그저 턱을 꽉 조일 뿐이었고, 그 턱의 힘은 마치 쇠처럼 견고했다. 작은 암컷 사슴이 발버둥 치다가 움직임을 멈추고 물속으로 가라앉기 시작하자 애쉬는 몇 걸음 정도 강물을 따라 자리를 옮길 뿐, 두 마리 모두 한동안 아무런 움직임을 보이지 않고 그대로 있었다. 인내심을 요하는 경기였고, 어딘지 모르게 친숙했다. 늑대 무리는 더 이상 사슴 떼를 쫓지 않았고, 나머지 사슴들은 무사히 도망칠 수 있었다. 늑대들은 그들의 리더가 먹잇감의 마지막 숨통을 끊고 강에서 풀밭으로 끌고 나오는 모습을 지켜보았다. 애쉬와 12호 그리고 13호가 먹이가 된 암컷 사슴을 허겁지겁 먹기 시작했고, 그들의 주둥이는 점점 피로 물들어 갔다. 새끼 늑대들은 그 주변을 어슬렁거리다가 허기를 못 참고 달려들려고도 했지만, 남겨진 것을 먹어야 한다는 사실을 잘 알고 있는 듯했다.

따뜻한 침이 내 입안에 가득 고였고, 나도 갑작스레 허기가 느껴졌다. 이보다 더 단순하고 확실한 것이 인간에게 있기는 할까.

나는 눈을 깜박이며 희미해지는 빛을 바라봤고, 이제야 비로소 어둠이 깔리고 있다는 사실을 깨달았다. 머지않아 늑대들의 축제 현장도 보이지 않을 것이고, 우리가 돌아갈 길도 마찬가지였다. 내가 아직도 던컨의 팔을 잡고 있다는 사실 또한 뒤늦게 깨닫고 슬쩍 놓았다.

"이제 가야겠어요." 내가 말했다.

잠시 대답이 없던 그가 입을 열었다. "저건 마치……." 그가 천천히 고개를 저었다. 석양 속에서 그의 눈에 눈물이 맺혀 있는 듯 보였다.

"그래요." 내가 나직하게 말했다. "나도 알아요."

우리 사이에 무언가가 스쳐 지나갔다. 서로 다른 종류의 이해랄까. 시작부터 어떤 욕망이 있었지만, 지금은 다른 무언가였다.

그로 인해 내가 고요해지고 차분해지는 느낌이 들었다.

하지만 한순간에 깨달은 바가 있었다. 내가 늑대에 너무 심취한 나머지 사슴이 당한 고통을 느끼지 못했다는 사실이었다. 내 육신이 찢겨져 나가는 느낌도, 잡아먹히는 느낌도 없었다. 오직 비릿한 피의 맛만 있었을 뿐이다. 나는 던컨에게서 등을 돌렸다.

차로 돌아가려면 한참을 걸어야 했다. 나는 던컨의 다리가 걱정되었다. 그는 다리를 더 심하게 절고 있었고, 얼굴은 창백했다. 그가 차에 무사히 도착할 수 있을지 걱정이 되기 시작했고, 그러지 못할 경우에 내가 어떻게 해야 할지 머리를 굴리기 시작했다. 들 것 같은 도구를 만들어서 그를 끌고 갈 수 있겠지. 아니면 그를 두고 도움을 요청하러 갈 수도 있을 테고. 하지만 그는 다리를 절면서도 끈기 있게 한 걸음 한 걸음 내디디며 앞으로 나아갔다. 우리가 간신히 차에 도착했을 때 던컨은 온몸을 떨고 있었고, 나는 어둠 속에서 우리 주변을 떠돌아다니는 헛것을 볼 수 있을 정도로 머리가 어지러웠다.

"잘 가요." 던컨의 말에 나는 오늘 하루가 잘 마무리되는구나 싶어 안심되었다. 하지만 그가 다시 입을 열었다. "당신이 왜 그렇게 못하는지 이해해요. 하지만 신뢰라는 건 받기 전에 먼저 줄 줄도 알아야 하죠."

나는 바람결에 천천히 흔들리는 나무들을 올려다볼 수 있었다. 그리고 늑대의 하울링을 기다렸지만, 그녀는 오늘 밤 목소리를 내지 않았다. 굶주렸던 배를 채우느라 바쁠 테니까.

"야생에서 신뢰 같은 건 없어요." 내가 부드럽게 말했다. "그 단어가 필요한 건 오직 사람뿐이죠."

20

알래스카에서 5년의 세월이 흘렀다. 우리 셋은 대부분의 날을 겨우 버티며 살아내고 있었다. 그리고 나는 동생의 변화를 눈치챌 수 있었다. 애기는 더 이상 새로운 아침을 맞이하는 기대에 부풀어 있지도 않았고, 진심으로 즐거워하는 기색도 없었다. 새로운 수신호를 만들지 않은 지도 한참이나 되었다. 사실 그녀가 마지막으로 수신호를 사용한 때가 언제인지도 기억나지 않았다. 그녀는 앵커리지 알래스카대학교에서 언어학을 가르쳤고, 밤마다 외출이 잦았다. 그녀와 거스는 매일같이 서로 맹렬하게 악을 쓰고 으르렁대며 싸웠다. 하지만 누구 하나 먼저 서로를 떠나지 않았다. 싸움이 마치 그들을 더 격렬하게 붙여 놓는 것 같았다. 아무런 거리낌 없이 쏟아내는 악질적인 말들이나, 경쟁하듯 서로를 깎아 내리는 모습을 보며 나는 그들 사이에 존중이라고는 전혀 남아 있지 않다는 생각이 들었다. 내가 서로의 관계를 끊어주고 싶었지만, 당사자들만이 그럴 수 있다는 사실을 알기에 나도 어찌해야 할 바를 몰랐다. 그저 구경꾼처럼 쳐다만 봐야 하는 내 처지가 짜증이 났고, 시간이 지나고 나서 그때 내가 아무런 행동도 하지 않은 것을 후회하지 않을까 하는 생각만 할 뿐이었다.

하지만 항상 그랬듯이 이것이 내 자리였다. 그들의 친밀함을 말없이 바라볼 수밖에 없는 제삼자의 위치. 그래서 나는 나 자신에게 타일렀다. 애기는 강인하고 자신이 무엇을 하고 있고, 무엇을 원하며, 무엇을 참아낼 수 있는지 알고 있다고 말이다. 그리고 그것은 사실이었다. 동생은 무척 강인한 사람이었다. 하지만 그때 내가 미처 알지 못한 것은, 어떠한 강인함도 그 이상의 완강한 저항 앞에서는 꺾일 수 있다는 사실이었다.

나는 더 많은 시간을 일에 할애하기 시작했고 베이스캠프에서 자는 날도 많아졌다. 집에 가서 그들이 싸우는 소리를 들을 생각을 하면, 반대로 그들의 입술이 맞닿는 광경을, 그래서 그의 입술이 내게 닿은 듯한 도둑질하는 감각을, 그리고 뒤따르는 나의 욕망에 대한 맹렬한 수치심을 생각하면 견딜 수가 없었다. 나는 예전의 내 동생이 몹시 그리웠고, 갑자기 우리 사이에 끼어든 거스가 너무 싫었다. 아마도 마음 한구석에는 그에게 그 자리를 허락한 애기에 대한 분노가 서려 있었는지도 모른다.

일주일 동안 베이스캠프에서 잠을 자다가 마지못해 지친 몸을 이끌고 집으로 향한 것은 일요일 밤이었다. 피곤이 파도처럼 밀려와 나를 밑바닥으로 끌어당겼는데, 집 안에 울려 퍼지는 목소리들을 듣자니 금방 자기는 글렀다는 생각이 들었다. 집에 들어서자 거실에는 여러 남자들이 왁자지껄하게 모여 있었는데, 거스가 속한 외과 동료들이었다. 그들은 정중하게 내게 인사를 건네고 나서 다시 축구게임에 열을 올렸다. 거스는 냉장고에서 맥주를 꺼내고 있었다.

"나 왔어."

"왔어? 마침 잘 됐다. 좀 거들어 줘."

나는 가방을 내려놓고 맥주 캔을 한 아름 안았다.

"VB(Victoria Bitter, 호주산 라거 맥주 빅토리아 비터)만 구할 수 있으면 내 거기 한 쪽 정도는 내줄 수 있을 텐데." 그가 자신의 양손에 든 미국 맥주를 쳐다보면서 아쉬워했다.

"애기는 어딨어?" 내가 물었다.

"나갔어." 그가 퉁명스럽게 대답하고 거실로 발길을 돌렸는데, 그의 어깨에 긴장한 기색이 역력했다.

그를 따라가서 고맙다는 인사 한마디 할 줄 모르는 남자들에게 맥주를 건넸다. "누구랑 나갔는데?"

"다른 선생들하고."

"알았어. 나 잘 거니까 소리 좀 낮춰 줘."

"물론이죠, 공주님. 어차피 우리도 나가려고 했어."

나는 위층으로 올라와 침대에 앉아 애기에게 전화를 걸었다.

전화를 받은 사람은 웬 남자였다. "여보세요?"

"누구세요?" 내가 물었다.

"루크라고 합니다."

안도의 한숨이 새어 나왔다. 애기가 학교 동료들에 대해 이야기할 때 들은 적이 있는 이름이었다. "애기 좀 바꿔 주실래요?"

"지금은 좀 어려울 거 같은데요." 웃음기를 머금은 그의 목소리를 들으니 갑자기 짜증이 올라왔다.

"어렵다니, 무슨 뜻이죠?"

"술을 너무 마셔서 지금 우리 집 화장실에서 다 게워 내고 있거든요."

"주소가 어떻게 되나요? 데리러 갈게요."

"괜찮을 거예요."

"아니요, 안 괜찮은 거 같으니까 주소 알려 줘요."

내 목소리에서 어떤 낌새를 감지했는지 그가 순순히 주소를 불었다. 나는 차 키를 챙겨서 계단을 요란스럽게 울리며 뛰어 내려갔다.

"어디 불이라도 났나 봐요, 꼬마 아가씨?" 내가 허겁지겁 문으로 뛰어가는 모습을 본 거스가 시끌벅적한 동료들 사이에서 외쳤다.

"애기 데리고 올게."

나는 자갈을 밟는 소리를 크게 울리며 걸음을 서둘렀다. 바깥 공기는 찼고, 내뱉은 입김이 하얀 구름처럼 보였다. 곧바로 내 뒤에서 또 다른 저벅거리는 자갈 밟는 소리가 들려왔고, 또 하나의 구름이 내 옆으로 다가왔다. "같이 갈 필요 없어. 내가 가서 데리고 오면 돼." 내가 말했지만 그는 굳이 차에 올라탔고, 우리는 아무런 대화 없이 앵커리지의 밤거리를 내달렸다. 나는 중심가를 많이 나와 보지 않아서 아직도 길을 찾는 데 서툴렀고, 거스가 그의 주소를 보고 집 방향을 알려줬다.

현관으로 걸어가면서 내가 말했다. "하지 마……, 괜한 짓 말이야. 알았지? 그냥 직장 동료일 뿐이니까."

"물론이지." 그가 대답했고, 그때까지만 해도 그는 온몸에 힘을 뺀 듯 느긋해 보였기에 확실히 믿을 만해 보였다. 벨이 울리고 루크가 문을 열자마자 거스가 묵직한 주먹을 그의 얼굴에 내리꽂았다. 그는 그대로 바닥에 쓰러졌다.

"젠장!" 그 순간 나도 머리가 띵 하더니 눈앞이 캄캄해지면서 한쪽 무릎을 털썩 꿇었다. 젠장, 빌어먹을. 너무 아팠다. 눈물이 줄줄 흘렀고, 벌게진 얼굴이 욱신거리는 느낌이 생생하게 전해졌다. 겨우 정신이 돌아온 나는 고통을 참으며 숫자를 세고 천천히 숨을 쉬었다. 한 번, 두 번, 셋, 넷, 다섯. 코와 눈 그리고 머리에서 울리던 맥박이 점차 둔해지기 시작했다. 나는 다시 일어서서 시야를 되찾기 위해 눈을 깜빡이며 거스를 따라 집 안으로 들어갔고, 루크가 괜찮은지 확인하기 위해 잠시 그의 옆에 멈춰 섰다. 그는 신음을 내뱉으며 피가 나는 코를 움켜쥐고 있었는데, 그 모습을 보자 나도 본능적으로 쏟아지는 피를 막으려고 내 코에 손을 가져갔다. 당연히 내 코에서 피는 나지 않았지만, 따뜻하고 미끄러운 감촉을 내 얼굴과 손가락 사이에서, 그리고 입속에서 느낄 수 있었다. "미안해요." 내가 말했다. "괜찮아요?"

"그냥 빨리 내 집에서 데리고 나가기나 해요." 그가 중얼거렸다.

거스는 화장실 문 앞에 서 있었다. 애기는 화장실 안에서 변기를 감싸안고 타일 바닥에 널브러져 있었는데, 변기 안에는 막 게워 낸 토사물이 있었다. 그녀는 거의 의식이 없어 보였고, 그런 그녀의 모습을 보면서 나도 속이 울렁거렸다. 거스는 차디찬 시선으로 그녀를 내려다보고 있었다.

나는 바닥에 주저앉아 동생을 팔로 끌어안고 얼굴에 붙은 머리카락을 쓰다듬듯 조심히 떼어 냈다. 거스도 변기를 내리는 최소한의 노력은 보였다.

"애기, 괜찮아?"

그녀가 눈을 뜨고 나를 보더니 미소를 지었다. "안녕, 인티." 그러고는 다시 말했다. "안녕, 애기."

"일어설 수 있겠어?"

"당연하지." 그녀가 말은 그렇게 했어도, 정작 몸은 그 말을 따라주지 못했다. 거스와 나는 갓 태어난 망아지처럼 휘청거리며 걷는 그녀를 부축해 차로 옮겼다.

"자기야." 그녀가 차 뒷좌석에 자기를 거칠게 밀어 넣는 남편에게 말했다. "잠깐만."

"차에 타." 그가 말했다.

"나한테 화난 거야, 자기?"

"젠장, 그럼 어떨 거 같은데?"

그녀가 깔깔거리고 웃었다. "이상하네."

"그냥 닥치고 있어." 그가 딱 잘라서 그녀에게 말을 던졌는데, 그 순간 내 안에서 무언가가 일깨워졌다. 어떤 위험 경보처럼.

"이렇게 살고 싶지 않아." 그녀가 말했다.

"헛소리 집어치워."

"모르겠어?" 애기가 물었다. "난 네 소유물이 아니야."

거스가 그녀를 의자로 힘껏 밀었다. 그녀가 뒤로 털썩 쓰러지며 거의 머리를 부딪힐 뻔했고, 나도 그만 균형 감각을 잃고 휘청거렸다.

"뭐 하는 짓이야!" 내가 소리쳤지만, 거스는 애기와 몸싸움을 하며 그녀에게 안전벨트를 채우려 할 뿐이었고, 그의 행동이 너무 거칠어서 자꾸만 동생이 반항하자, 그가 뭐라고 지껄이면서 움직이지 못하게 그녀의 목을 꽉 움켜쥐었다. 그의 손가락이 내 숨통을 죄어 왔다. 나는 제대로 숨도 못 쉬며 주먹을 쥐고 그의 뒤통수에 대고 어색하게 주먹질을 해 댔고, 마찬가지로 내 뒤통수에도 그 어설픈 주먹질이 그대로 전해졌다.

거스가 자신의 머리를 감싸며 몸을 돌려 매서운 눈빛으로 나를 노려보았다.

"젠장, 왜? 차에 태우고 있잖아!"

"그딴 식으로 하지 마." 나는 어지러웠지만 간신히 입을 열었다.

그가 비웃으며 말했다. "제길, 돌아버리겠네. 꼬마 아가씨는 전혀 모르나 보네. 이게 이 여자 취향이지. 그래서 일부러 이런 상황을 만들려고 나를 유도하는 거라고, 젠장. 자기가 난폭하게 막 다루어지면서 쾌감을 얻는 부류지."

"그만해, 거스."

"그러고 보니 애기만 그런 것도 아니었네. 기억해 보니까 인티, 너도 거친 걸 좋아했잖아."

나는 그를 밀치고 차 안으로 몸을 기울였다. 아드레날린이 뿜어져 나와 머리가 마구 울려댔다. 애기는 싸우기를 단념하고 혼자서 안전벨트를 매려고 애쓰고 있었다. 나는 동생 너머로 몸을 뻗어 안전벨트를 제자리에 살며시 끼워 주었다. 그러고 나서 그녀의 손을 꼭 쥐고 물었다. "괜찮아?"

"응, 괜찮아." 그녀의 대답과 다르게 그 목소리에서 피곤함이 느껴졌다. 어떤 사람이라도 안전을 보장하기 어려울 정도로 너무 힘들어하고 있었다. 그런 상태에서 그녀는 자기 이마에서 볼까지 부드럽게 손가락을 쓸어내려 보였다. 내 얼굴에도 그녀의 애정 어린 손길이 고스란히 느껴졌다. 우리 둘만 아는 은밀한 수신호 중 하나였다. "언니는?"

"나도 괜찮아. 이제 집에 가자."

우리가 집에 도착할 즈음 애기는 잠이 들었다. 거스가 그녀를 안아 집 안으로 옮겼다. 서로 흥분은 가라앉은 상태였다. 더 이상 분노는 없었고, 오직 피곤함과 슬픔만이 있을 뿐이었다. 나는 물과 진통제를 애기의 침대 옆에 두고 나오는 길에, 빈 소파에 혼자 우두커니 앉아 있는 그를 보았다. 그의 직장 동료들은 소리도 없이 모두 집으로 돌아간 모양이었고, 그는 불도 켜지 않은 채 가만히 앉아 있었다.

나는 그의 옆자리에 가 앉았다. 온몸을 비틀어 말린 듯한 얼얼한 느낌이었다. "너무 심했어." 내가 말했다. "정말 심했다고."

"알아."

"애기는 잘못한 것도 없잖아."

"다른 남자 집에서 잔뜩 취해 뻗어 있었는데, 그게 잘못한 짓이 아니라는 거야?"

"그냥 친구잖아. 당연히 친구를 사귈 수 있고, 또 마시다 보면 취할 수도 있는 거지."

그의 싸늘한 침묵은 내 의견에 완전히 반대한다는 것을 뜻했다.

더 이상 그와 할 말이 없어서 자리에서 일어섰다. "철 좀 들어,

거스."

"너한테 그런 면이 있을 줄 몰랐네, 인티." 그의 말에 내가 그 자리에 멈춰 섰다.

"무슨 의미야?"

"아까 우리 싸웠잖아. 네가 누구와 치고받기엔 너무 무르다고 생각했는데."

나는 몸을 돌려 그의 얼굴을 마주 보고 또박또박 말했다. "내 동생에 관한 일이라면, 난 뭐든지 될 수 있어. 필요하다면 말이지. 그 사실을 절대로 잊지 마."

다음 날 거스가 출근한 뒤, 나는 그가 누웠던 침대에 앉았다. 애기의 얼굴은 창백했고, 눈빛은 멍하니 텅 비어 있었다. 하지만 내가 건네는 커피를 받으며 고맙다는 미소를 지었고, 차를 마시기 위해 기꺼이 일어나 앉았다.

"출근했을 시간 아니야?" 그녀가 말했다.

"늦게 가도 돼. 우리 대화를 좀 해야 할 거 같아서."

"언니가 무슨 말 하려고 하는지 알아."

"그래도 말해야겠어, 나를 위해서라도." 나는 마른 입술에 침을 바르고 창문 밖으로 햇볕이 내리쬐는 거리를 바라보았다. "진작 말해 줘야 했는데. 난 그저…… 그냥 개입하고 싶지 않았지만, 이제 그만 끝내야 할 때가 됐어. 거스랑 헤어져야 해."

"알아 나도."

"그는 좋은 사람이 아니야."

"그럼 나한테 딱 맞는 사람이네. 나도 엉망진창이니까."

나는 내 동생을 바라보았다. "네가 스스로에게 그렇게 모질게 말할 때마다 너무 겁나."

"난 대체 뭘까? 언니의 희미한 그림자일 뿐이잖아. 언니를 졸졸 따라다니는 거 말고 내가 뭘 할 수 있을까? 언니가 없으면 난 그냥 아무것도 아니야."

나는 놀라서 입이 벌어졌다. "나도 너한테 똑같이 그런 감정을 느끼고 있었는데."

애기가 살며시 웃었다. "그럼 우리 중에 누구 말이 맞는 걸까?"

"모르겠다."

"그리웠어." 내가 말했다.

"나도, 나도 그래." 그녀가 대답했다.

"우리 오늘 짐 싸서 떠나자."

그녀가 고개를 저었다. 그리고 그녀는 가만히 생각에 잠겼고, 그때 나는 뭔가 정말 안 좋은 일이 벌어질 것 같은 예감이 들었다. 그리고 이어진 동생의 말에 나는 놀랄 수밖에 없었다. "짐은 언니 것만 싸. 그리고 살 곳을 새로 알아봐. 직장에서 가까운 곳이 좋겠다."

나는 그녀를 뚫어지게 쳐다보았다. "무슨 뜻이야?"

"우리의 쓰레기 같은 모습을 언니가 견딜 이유가 없어. 매일 치고받는 모습들 말이야, 끔찍하잖아. 언니가 얼마나 싫어하는지 다 알아."

"난 널 두고 안 떠나."

"완전히 떠나라는 게 아니잖아." 그녀는 눈을 치켜뜨고 말을 이었다. "심각하게 생각하지 마. 그냥 직장에서 가까운 곳에 집을 구한다고 생각해. 언니만의 공간을 가졌으면 해서 그래."

단지 우리가 한 번도 떨어져서 살아 본 적이 없었을 뿐, 그리고 그러기를 원한 적도 없었다는 사실을 제외하면 말이 안 되는 제안은 아니었다. 하지만 우리가 늘 공유해 왔던 그 사실에 대한 확신이 이제 내 머릿속에서 경종을 울리고 있었다. 그가 우리 사이에 끼어들었고, 동생은 그런 그를 받아들이려 하고 있었다. 뭔가대단히 잘못되어 가고 있다는 느낌이 들었다.

그래서 어떤 하나의 생각이 내 안에서 조금씩 그 형태를 갖추기 시작했다.

21

목요일 밤 양모 상점 앞, 나는 추위 속에서 바깥을 한동안 서성이며 안으로 들어갈 용기를 내려고 노력했다. 내가 뭐 하는 거지? 사람들하고 어울리고 싶은 것은 아닌데, 대체 여기에 왜 왔을까?

나는 마음을 단단히 먹고 문을 밀고 들어갔다. 현관 종이 울리자 여러 얼굴이 고개를 들고 나를 바라보았다.

"왔군요." 더글라스가 나를 반겼다. "어서 들어와요, 늑대 아가씨." 나이 많은 그가 일어서더니 자신의 자리를 내게 내주고 본인은 다른 의자를 끌어왔다.

"고맙습니다." 나는 그에게 인사를 한 뒤, 던컨이 매일같이 찾아가는 사람이자 내가 임신 테스트기를 샀던 도일 부인의 옆자리에 앉았다. 그 자리에는 내가 아는 얼굴도 있었다. 홀리와 보니가 내게 손을 흔들어 주었다. 내가 모르는 얼굴도 있었는데, 여성뿐만 아니라 두어 명의 남성도 있었다.

홀리가 내 옆자리에 앉으며 컵을 건넸다.

"이게 뭐예요?"

"쐐기풀 와인이에요." 그녀가 답했다. "더글라스 아저씨가 만든 거죠."

"그럴 줄 알았어요." 나는 한 모금 맛을 보고 난 뒤 길게 휘파람을 불 듯 숨을 토해냈다.

"거의 로켓 연료 같죠. 그래도 선택의 여지가 없어요. 아저씨가 마시라고 주는 거니까 그냥 마실 수밖에요." 그녀가 말했다.

"자기는 뜨개질 도구가 안 보이네요?" 도일 부인이 내게 물었는데, 그녀의 억양이 너무 강해서 내가 한 번에 못 알아듣자 그녀가 다시 반복해서 말해야 했다.

"아무것도 없어요. 한 번도 해 본 적이 없거든요."

"이런 세상에." 그녀가 말을 받았다. "자, 이제 괜찮아요. 내가 어떻게 하는지 보여 줄게요." 이 말도 반복해서 말한 뒤에야 알아들었는데, 그녀가 갑자기 웃음을 터트렸다. "나만 유일하게 귀머거리가 되는 줄 알고 있었는데 동지가 생겼네요." 나는 그녀의 말을 전혀 이해하지 못했지만, 다행히 홀리가 옆에서 통역해 준 덕분에 모두가 다 같이 웃음을 터트릴 수 있었다.

도일 부인이 흔히 애들이나 쓸 것 같은 둥글게 말린 두꺼운 털실과 거대한 바늘로 내게 뜨개질하는 방법을 알려주는 동안, 홀리는 계속 수다를 떨었다. 그녀와 아밀리아에게는 쌍둥이 딸이 있었는데, 끝도 없이 슬픔을 안겨 준다고 했다. 그러다 나도 한때 엄마에게 끝도 없는 슬픔을 안겨 주던 철없는 사춘기 시절을 겪은 쌍둥이였다는 사실을 알게 된 그녀는 흥분을 주체하지 못하고 소리를 내질렀다.

"나 좀 도와줘요, 인티, 제발요. 애들이 맨날 자기들끼리 속닥거리면서 우리를 비웃는단 말이에요!"

나는 어깨를 으쓱해 보였고, 그사이 도일 부인은 내가 만든 형편없는 결과물을 다시 풀고 있었다. 그 모습을 보면서 한 가지 깨달은 사실이 있다면, 손에 류머티즘 관절염이 있어서 잘 움직일 수도 없는 일흔세 살의 나이 든 여자도 실이 엉망으로 꼬이지 않도록 뜨개질을 잘할 수 있다는 것이었다.

내가 홀리에게 말했다. "별로 듣고 싶지 않은 얘기일 텐데요."

"그래도 얘기해 줘요."

"쌍둥이들이 서로 느끼는 친밀감만큼은 어느 부모도 절대로 따라갈 수 없을 거예요. 그러니까 그건 당장 포기하는 게 좋아요."

그녀는 자신의 의자에 푹 가라앉았다. "하느님 맙소사, 아주 강펀치를 날리네요. 그렇지 않아요, 도일 부인?"

"자기야, 주님의 이름을 그렇게 헛되이 부르면 안 돼." 도일 부인이 올려다보지 않은 채 대답했다.

"미안해요, 도일 부인."

다음 대화의 주제는 이곳에서 서쪽에 있는 네스호(Loch Ness) 근처의 사유지 던드레건(Dundreggan)으로 넘어갔다. 그곳은 트리즈 포 라이프(Trees for Life, 자선단체)에서 재야생화를 위해 노력을 기울이는 핵심 지역이었는데, 도일 부인은 오래전부터 그곳에서 봉사활동을 하고 있었고, 내일도 나무를 심기 위해 그곳으로 향한다고 했다.

"얼마나 오랫동안 자원봉사를 하셨어요?" 내가 그녀에게 물었다.

"이제 몇 년 됐어요. 우리 지역 사람들 대부분이 꾸준히 나무를 심어 왔죠. 우리 고향은 이제 우리가 돌봐야 하잖아요, 안 그 래요?"

그녀가 천천히 내게 말을 건넨 덕분에 이제 확실히 알아들을 수 있었는데, 4천 헥타르의 땅이 현재 재야생화를 추진 중이고 벌써 수백만 그루의 나무가 심어졌지만, 여전히 생태복원에 많은 어려움을 겪고 있다고 했다. "그들의 말에 따르면 매년 수조 개에 이르는 자작나무 씨앗을 땅에 뿌렸지만, 사슴들이 와서 새싹을 모조리 먹어 치우는 바람에 아무것도 자랄 수 없었다고 하더군요. 자기는 모를 거예요. 우리도 자기가 태어나기 훨씬 전부터 사슴 문제를 해결하려고 꾸준히 노력해 왔죠. 그런데 저들은 여기에 있는 우리만큼 운이 좋지 않네요. 저쪽에는 사슴을 이동시켜 줄 늑대가 한 마리도 없으니."

"어쩌면 이곳의 늑대가 그들을 찾아낼지도 몰라요." 내가 낮게 읊조렸다. "언젠가 늑대들이 더 먼 곳까지 영역을 넓히며 돌아다녀도 안전한 때가 온다면요."

"그럼요, 그런 날이 오면 정말 좋겠네요. 그런데 지금은, 우리가 그곳에서 사슴들을 이동시키려고 어떻게 하는지 알아요?"

"어떻게요?"

그녀는 둥글게 모여 앉은 사람들 사이에서 더글라스를 가리킨 뒤 쌕쌕거리며 웃음을 터트렸다. "맥레이 씨는 가끔 나와 함께 그곳에 나가기도 하는데, 젊은 청년 몇 명을 데리고 밤에 나가서 백파이프(bagpipe, 스코틀랜드의 전통 악기)를 사납게 불어대죠. 세상에서 가장 형편없는 음악이 아니라면 다행이고, 어쨌든 그 건방진

동물들을 몰아내는 데에는 확실히 효과가 있어요."

내가 그녀와 함께 웃음을 감추지 못하고 있을 때 더글라스가 자리에서 몸을 일으키며 말했다. "단순히 내 백파이프 실력만 놀려댔던 게 아니라는 걸 이제 알았네요, 도일 부인."

"전혀 아니에요, 맥레이 씨. 전 그런대로 제법 너그러운 사람이에요."

그가 자신의 큼직한 배에 손을 올리고 껄껄거리고 웃자 둥글게 앉아 있던 모두가 동시에 웃음을 터트렸다. 두 사람 사이에 약간의 묘한 기류가 오가고 있다는 느낌을 받았다.

"스코틀랜드의 야생화를 위한 다른 노력도 있나요?" 내가 도일 부인에게 물었다. 그녀에 대해 알게 된 것이 너무 기뻐서 그녀의 이야기를 계속 듣고 싶었다.

"아, 그럼요, 많이 있죠. 처음에는 완전히 잘못 시작했어요. 그러니까, 산림개간이 불쌍한 칼레도니아 소나무들을 대상으로 진행됐다는 사실을 깨달았을 때였는데, 산림관리팀에서 토종 식물을 심지 않고 외래산 침엽수를 심었지 뭐예요! 바보같이! 토종 동식물들에게 끔찍한 일이었죠. 어쨌든 다시 제대로 되돌려서 토종 식물들을 심기 시작했고 잃었던 불쌍한 동물들도 다시 들이기 시작했어요. 처음엔 비버부터 들였어요. 지금은 남쪽의 땅주인들이 돈을 많이 들여서 그들의 땅에 야생 동식물들을 들이고 흡족해 한다고 하더라고요. 이제 곧 북쪽으로 플로우 컨트리(Flow Country)까지 나아갈 예정이에요."

"플로우 컨트리가 뭐예요?"

"자기야, 그건 모인 반도(Mhoine)를 가리켜요. 스코틀랜드 고산지대 북쪽에 있는 세계에서 가장 큰 이탄습지 지역이죠. 수억만 톤의 탄소가 매장되어 있다고 하는데, 다른 어떤 숲보다 더 많다고 생각해요."

"정말요?"

"그런 곳에다가 우주정거장을 만든다지 뭡니까! 다른 것도 아니고! 멍청이들이죠. 이탄에 불꽃이 튀면 어떻게 되는지 알아요? 한번 불이 붙으면 꺼지지 않고 계속 활활 타오르죠. 매장된 탄소를 공기 중으로 모두 방출하게 될 텐데, 쓸데없는 짓이에요. 거기서 로켓을 발사하려고 한다니! 돈 있는 사람들의 광기일 뿐이에요, 그렇지 않아요?"

나는 경악을 금치 못하며 고개를 끄덕였다. "그곳에는 왜 가려고 하시는 거예요?"

"당연히, 시위하러 가는 거죠."

경외심 가득한 눈빛으로 그녀를 바라보았다. "이런 말씀 드려도 될지 모르겠지만, 그동안 환경보호에 이렇게 깨어 있는 어르신 나이대의 사람을 많이 만나 보지 못했어요."

"에이, 말도 안 돼요. 우리가 여기 이렇게 있는 걸요. 시끄럽게 떠들어 대는 사람들 틈에, 우리가 있잖아요."

열정 가득한 그녀의 목소리를 듣고 가슴속에 희망이 싹트는 느낌이 들었다.

"자기한테 비밀 하나 알려 줄까요?"

"그게 뭔데요?"

"지금 당장에 그렇게 큰 규모로 재야생화를 시작하지 않아도 괜찮아요. 얼마든지 작게 시작할 수 있거든요. 자신의 뒤뜰에서 부터요. 나는 수년 동안 야생화를 기르고 있는데, 놀랍게도 온갖 종류의 여러 작은 생물이 우리 집으로 찾아온답니다."

"정말 대단하세요." 숨을 토해 내며 내가 말했다. "언제 저도 찾아가 봐도 될까요?"

"그럼요. 자기가 온다면 나야 영광이죠. 많은 사람들이 생각하는 것보다 훨씬 더 쉬워요." 도일 부인이 덧붙였다. "물론 지금 누군가에게는 변화가 두려울 수 있어요." 그녀는 잠시 뜸을 들였다가 다시 말을 이었다. "자연을 재야생화하려고 마음을 연다는 것은, 사실 자기 자신을 재야생화하려고 마음을 여는 것과 같답니다."

두어 시간 동안 나는 그 자리에 모인 대부분의 사람과 이야기를 나누었고, 더글라스는 정말로 어설픈 농담을 수도 없이 하면서 우리 모두를 낄낄거리게 만들었다. 그리고 맛있는 치즈도 다양하게 먹을 수 있었는데, 부드러운 브리치즈에 내가 손을 가져갔을 때 도일 부인이 속삭이듯 말했다. "그건 자기를 위한 게 아니에요." 그 외에는 모두 맛볼 수 있었고, 자리를 마무리할 즈음이 되자 나는 지금이 던컨에 관한 질문을 하기에 완벽한 기회라는 생각이 머리를 스쳤다.

"도일 부인, 한 가지 여쭤봐도 될까요?" 나는 그녀가 남은 털실을 감는 방법을 따라 하면서 말을 붙였다.

"그럼요, 자기."

"던컨이 댁에 자주 방문하는 것 같던데……."

"아, 축복받을 사람이에요." 그녀는 진심 어린 미소를 지었다. "우린 모두 던컨을 좋아하죠."

나는 막상 무엇을 어떻게 물어봐야 할지 확신이 서지 않아서, 결국에 간단한 말로 대꾸했다. "매우 친절한 사람 같아요."

"아, 맞아요, 정말 그래요. 정말 다정하죠. 그래서 우리가 그 불쌍한 아이를 자꾸 가까이에 두려는 거예요."

"무슨 뜻이에요?"

"그 아이는 사랑이 필요한 사람이에요. 가족이 필요하죠."

나는 그녀를 가만히 바라보았다. 이들이 그를 돌봐 주고 있는 사람들일 것이라는 생각은 하지 못했다. 하지만 실제로 그랬고, 던컨은 외로운 사람이었다.

뜨개질 모임을 마치고 술집 흰기러기로 향했다. 북적이는 술집에 레이니가 앉아 있었다. 자기 형제들 그리고 퍼거스와 함께 화이트 와인을 마시고 있었다. 그녀를 몰아붙이고 싶지는 않았지만, 이렇게 사람들과 함께 있는 상황이라면 대화에 응하려고 하지 않을까 싶었다. 나는 그들의 테이블로 가로질러 갔고, 남자들은 고개를 끄덕여 내게 인사를 건넸다. 하지만 레이니는 가만히 앉아 있을 뿐이었다. 아무런 말 없이 나를 뚫어지게 쳐다보기만 할 뿐이었다. 무척 초췌해 보이는 얼굴이었고, 그사이 몇 년은 더 나이가 들어 보였다. 망해 가는 농장의 유일한 주인이 된 그녀였다. 하지만 적어도 이제 자신의 삶을 두려워할 필요는 없겠지.

"인티." 퍼거스가 나를 반기며 말을 걸었다. "자리에 함께할래요?"

"레이니와 잠깐 따로 이야기할 수 있을까요?" 내가 물었다.

그녀는 잠시 망설이다가 자리에서 일어섰다.

"뭐 마시고 있었어요?"

"샤도네이요."

나는 그녀에게 벽난로 옆에 있는 조용한 구석 테이블을 손가락으로 가리킨 뒤 카운터로 향했다. 와인 두 잔을 막 주문하려다가 생각을 바꿔 한 잔은 미네랄워터로 주문했다.

바로 뒤에 돌로 된 벽이 있어서 자리는 좁았지만, 나는 겨우 공간을 만들어 몸을 끼어 앉았다. 이곳이라면 엿듣는 사람이 없어서 둘만의 대화가 가능했다. "잘 지내요?"

"괜찮아요, 고마워요."

나는 마른침을 삼키고 말을 꺼냈다. "많이 걱정했어요. 몇 번 찾아가기도 했고요……."

"음식하고 와인 가져다 줘서 고마워요. 무슨 말이 하고 싶어서 왔던 거예요?"

"우선 스튜어트에 관해서 유감스럽다는 말을 전하고 싶었어요. 상심이 클 테니까요."

"왜요? 남편에 대한 당신 감정은 분명하잖아요."

내가 그랬나? 꽤 참았다고 생각했는데. "그의 가족들은 어때요? 부모님이 시내에 계신 걸로 알고 있는데, 맞죠?"

그녀가 고개를 끄덕이더니 꽉 쥐었던 손을 살짝 풀었다. "계속 궁금해요. 그이가 어디에 있는지."

"그럼 뭐라고 대답하세요?"

"저도 모른다고 하죠."

내가 무슨 말을 하려고 입을 열었을 때, 그녀가 먼저 다시 덧붙여 말했다. "거짓말하고 있는 거죠."

나는 하려던 말을 입안으로 삼켰다.

내가 그녀의 표정을 살피듯이 그녀도 나를 빤히 바라보며 내 표정을 살피고 있었다. 나는 불편한 마음에 괜히 손가락만 꼼지락거렸다.

"그날 밤에 무슨 일이 있었던 거죠?" 마침내 내가 물었다. "경찰서에서 남편을 데리고 간 후에요."

"집에 데려가서 바로 잠이 들었죠. 내가 깨어났을 때, 이미 그이는 사라진 뒤였고요. 이게 제가 사람들에게 말하고 다닌 내용이에요."

"그럼 진실은 뭔가요?"

"그날 스튜는 정말 심하게 얻어맞았어요. 갈비뼈와 가슴팍 부근에 끔찍할 정도로 심한 멍이 들어 있었죠. 우리가 집에 도착했을 때 그이가 그러더라고요. 던컨이 진짜 미친 사람처럼 덤벼들었다고요. 차 안에서도 내내 그이는 생각에 잠겨 있었는데, 그렇게 싸울 정도의 상황이 아니었기에 이상하다는 생각이 들더래요. 뭔가 꿍꿍이가 있는 거 같다고 하면서, 내게 뭔가 숨기는 게 있냐고 물었죠." 레이니는 와인을 벌컥벌컥 마셨다. 그녀는 차분하고 신중하게 말을 이어가고 있었지만, 와인 없이는 말하기 힘들 것 같다는 생각이 들었다. "나는 아니라고 대답했어요." 그녀가 말을 이었다. "만약에 그가 사실을 알게 되면 무슨 일이 벌어질지 상상도 못 하겠더라고요. 난 거짓말을 했고, 그것을 무덤까지 가져갈 거라고 다짐했어요. 하지만 어쨌든 그는 그 사실을 알았던 것 같아요. 그이가 한동안 뭔가를 생각하는 듯하더니, 정신이 멍한 상태였을 텐데 갑자기 제게 방향을 틀라고 하더라고요. 그이는 우리가 어디로 가고 있는지 말해 주지 않은 채 조용히 있었죠. 그래서 뭔가 사단이 나도 나겠다는 생각이 들었어요. 그이가 화를 꾹꾹 참고 있는 것이 느껴졌거든요. 한 번에 폭발시킬 것같이, 화를 쌓고 있는 것 같았죠."

나는 갑자기 긴장되기 시작했다. 그녀가 왜 내게 이런 이야기를 하고 있는지 감이 오지 않았다. 물론 그녀의 이야기를 듣고 싶어 했지만, 이렇게까지 술술 털어놓을 줄은 몰랐다. 뭔가 위험하다는 생각이 머릿속에서 울렸다.

"어느 순간 우리는 던컨의 집으로 가는 갈림길에 도착해 있었죠." 레이니가 다시 입을 열었다. "나는 차를 세웠고, 그가 계속 가라고 했지만 차마 갈 수가 없었죠. 그랬더니 스튜가 차에서 내려서 혼자 걸어가기 시작했어요."

"그때가 언제였나요? 몇 시였죠?"

그녀는 고개를 저었다. 기억 속에서 시간은 사라진 것 같았다. 그녀가 묘사하는 상황들은 한결같이 일목요연했고, 그녀는 그날의 일을 수천 번도 더 되뇌어 본 것 같았다. "나는 집으로 차를 몰기 시작했어요. 그리고 던컨에게 전화했죠. 스튜가 우리 사이를 알았고 당신 집으로 향하고 있다고 경고해 주기 위해서였어요. 저는 이제 될 대로 되라는 심정이었죠. 나중에 처벌을 받든지 망해 버리든지 하고 싶은 대로 하게 놔두고, 더 신경 쓰고 싶지 않았어요. 경무관을 폭행한다면 정말로 문제가 될 테니까요. 하지만 그이의 상태는……. 당장에 모른 채로 하자니 너무 힘들었죠. 단지 그냥…… 모르겠어요. 뭔가 이상한 기분에 마음을 바꿔서 다시 돌아가 봤어요. 그이가 뭔가 큰일을 저지르기 전에 말릴 수 있다고 생각했는지도 모르겠어요." 그녀가 와인을 한 모금 더 마셨고, 이제 잔은 거의 비어 있었다. "갈림길에 다시 도착했을 때, 그이는 이미 보이지 않더군요. 계속 차를 몰았고, 당신 집을 지나쳤어요. 그리고 나무들 사이에서 뭔가를 봤어요. 그건 당신이었죠."

나는 입이 바싹 말랐다.

"당신이 그이에게 하는 짓을 봤어요." 레이니가 나를 보며 말했다. "도로 바로 옆이었죠. 인티, 당신은 바로 옆이 도로라는 사실도 몰랐나요?"

그랬다. 빌어먹을 만큼 너무 가까이 있었지. 하지만 그때 내게는 선택의 여지가 없었잖아, 안 그래?

때마침 웨이터가 와서 레이니의 빈 잔을 가져갔다. 그녀는 한 잔을 더 주문했다.

"두 잔 주세요." 내가 힘없는 목소리로 말했다.

다시 우리 둘만 있게 되었고, 나는 의자를 최대한 뒤로 밀어붙여서 숨 쉴 공간조차 없이 구석으로 바싹 들어갔다. "던컨에게 말했나요? 그날 밤 그의 집에 갔을 때 저를 봤다고 말했어요?"

그녀는 고개를 저었다. "내가 본 걸 그에게 말하지 않았어요. 하지만 그가 그 지역을 수색하지 않는 이유를 알고 싶었죠. 그날 스튜가 자기에게 오고 있었다는 사실을 알았는데, 왜 그곳을 살펴보지 않는 걸까요?"

"그는 뭐라고 하던가요?"

"살펴봤다고 하더라고요. 그 지역을 모두 돌아다녀 봤지만 아무것도 찾지 못했다고 했어요. 자기도 이해가 가지 않는다면서, 스튜어트가 다른 곳으로 갔을 거라고 하더라고요."

그리고 침묵이 흘렀다.

레이니는 내가 스튜어트를 정확히 어디에 묻었는지 알고 있고, 충분히 던컨에게 얘기할 수 있었을 것이다. 하지만 그녀는 말하지 않았다. 이제 나는 그 이유를 확실히 깨달았다. 던컨이 스튜어트를 죽이지 않았다는 확신이 없었기 때문이다.

지금으로서는 이것이 내가 이해할 수 있는 유일한 것이었다. 정황상 던컨은 자신을 보호하기 위해서 레이니의 전화에 대해서 누구에게도 말하지 않았을 것이다. 말하게 된다면 스튜어트가 그의 집 가까이에 와 있었고, 살인이 일어난 시간에 자신이 숲속에 있었다는 사실이 드러나게 될 테니까.

레이니가 던컨에게 경고 전화를 걸었을 때, 그는 나와 함께 침대에 있었다. 그리고 한밤중에 스튜어트를 만나러 밖으로 나갔다. 한 번 더 싸웠을지도 모르지. 그리고 그를 죽였겠지. 그러고 나서 뒤처리를 하던 중 내가 나타나는 바람에 허겁지겁 어둠 속으로 사라졌을 것이다. 그대로 떠났을까, 아니면 어둠 속에 숨어서 레이니가 도로에서 그랬던 것처럼 내가 스튜어트의 시신을 땅에 묻는 모습을 지켜보고 있었을까? 어쩌면 그대로 도망쳐서 내가 그곳에 있었다는 사실을 알지 못할지도 모른다. 하지만 분명히 추측은 할 수 있었겠지. 그가 다시 집에 돌아왔을 때는 이미 내가 그의 침대에 없었으니까.

우리 네 사람이 같은 시간에 함께 숲속을 떠돌아다니면서, 달빛 속 유령처럼 서로를 지나쳤을 생각을 해 보았다.

메슥거리는 느낌이 들었다.

적어도, 작게나마 유일한 위안거리인데, 만약에 던컨이 내가 한 짓을 알고 있다고 해도 나를 체포할 수 없으리라는 생각이 들었다. 자신이 더 큰 죄에 연루되었다는 사실을 드러내지 않으려는 이상은 말이다. 하지만 레이니는 아무런 상관이 없었다. 그녀는 여전히 먼저 나서서 우리 둘 다 신고할 수 있는 상황이었다.

"앞으로 어떻게 할 생각이에요?" 내가 물었다.

"지금 당장은 이 유리잔을 당신 얼굴에 던져 버릴 수도 있겠죠." 너무 차분한 태도로 말해서 오히려 더 오싹했다. "그러고 나면 기분은 나아질 거예요."

"네, 그럴 수도 있겠죠."

"당신은 대체 어떤 사람이에요?" 그녀가 물었다. "어디에서 온 거예요? 어떻게…… 어떻게 사람이 그런 결정을 할 수 있죠?"

"솔직히 말하면, 레이니, 저도 매일 밤 똑같은 질문을 스스로에게 해요."

주문한 와인이 나왔고, 우리는 서로 갈증을 해소하려는 듯 들이켜 마셨다. 마시면 안 된다는 생각은 치워 버렸다. 지금 순간에는 사실 그런 데 신경 쓸 여력이 없었다.

"그를 해하고 싶다는 생각을 해 본 적 있나요?" 내가 그녀에게 물었다. "그가 당신을 때릴 때요."

"당연하죠. 과연 내가 할 수 있을까 하는 의문을 품으면서도, 항상 생각했어요. 어떤 식으로 그럴 수 있을까 생각했죠."

"저도 똑같이 그런 생각을 했어요. 당신 부부를 만나서, 그가 하는 짓을 알게 되었을 때요. 그러고 싶다는 생각밖에 안 났죠."

레이니가 가만히 나를 바라보았다.

"하지만 생각하는 것과 실행에 옮기는 것은 다르죠. 그리고 그 간극은 하늘과 땅 차이에요."

그녀가 미간을 찌푸렸다. "무슨 말이 하고 싶은 거예요?"

"저를 신고하고 싶다면 하세요." 내가 레이니를 바라보며 말했다. "당신을 탓하지 않을 거예요. 그게 당신 남편을 온전하게 보내는 방법이라고 생각한다면 그렇게 하세요. 당신 가족을 위해서도 그게 최선이잖아요, 아니에요? 그러니 필요하다고 생각되면 신고하세요."

그녀가 몸을 앞으로 기울여 내 눈을 똑바로 바라보았다. "그런 일에 당신 허락이 필요하다고 생각해요? 신고하려고 했으면 벌써 그렇게 했을 거예요. 젠장, 인티. 제발 주제넘은 말 좀 하지 마요, 제길. 당신을 빚지게 만든 것도 미치도록 싫은데, 빌어먹을, 이제 내가 당신에게 빚을 졌잖아요. 개떡 같은 상황이죠. 그런 일로 누군가에게 빚을 지게 만들면 안 되는 거잖아요." 눈가를 훔치는 그녀의 손은 심하게 떨리고 있었다. 그리고 갑자기 자리를 박차고 일어났는데, 너무 격하게 일어서는 바람에 의자가 뒤로 쿵 넘어갔다. "다음에 다시 얘기해요, 괜찮죠?" 그녀가 말했다. "다음에 다시 해요. 난 그저…… 가족들하고 기분 전환을 위해 저녁 시간을 보내려고 왔으니, 지금은 더는 못 하겠네요."

"그럼요, 원하는 대로 하세요. 정말 미안해요." 그러고 나서 나는 다시 물었다. "혹시…… 레이니, 그가 사라져서 다행인가요?"

그녀의 대답이 너무나 중요했다.

그녀가 나를 가만히 바라보았다. "정말 알고 싶어서 묻는 건가요?"

나는 고개를 끄덕였다.

그녀는 손으로 얼굴을 한 번 쓸어내린 뒤 대답했다. "그는 나의 가장 친한 친구이자, 내가 사랑하는 사람이었어요. 그리고 몇 년 동안 나는 그에게 유령 취급을 당했죠. 당연히 그가 사라졌으니 다행일 수밖에요."

밖으로 나온 나는 내가 가졌던 모든 확신이 빠져나가는 느낌이었다. 그녀의 말이 마음속 무언가를 밀어낸 듯했다.

나는 동생의 침대로 기어들어 갔다. 깨어 있던 그녀가 몸을 돌려 나를 마주 보았다. 우리는 어둠 속에서 서로를 응시했다.

"너 실재하는 거지?" 내가 속삭였다.

그녀는 아무런 소리도, 움직임도 보이지 않았다.

"아니면 죽은 거야?"

애기는 자기 얼굴에 손을 가져갔다. 손가락으로 그녀의 볼을 그리고 나의 볼을, 그녀의 이마를 그리고 나의 이마를, 이어서 그녀의 입술을 그리고 나의 입술을 천천히 쓸어내렸다.

"너를 놓을 수가 없어." 내가 간청하듯 말했다. 내게 닿는 그녀의 손길이 너무 생생했다. 내 마음이 나를 속이고 있는 걸까? 없는 진실이 있다고 착각하는 걸까?

"너 유령이니?" 내가 그녀에게 물었다.

애기가 내 손을 너무 꽉 쥐어서 아픔이 느껴졌다. 너무 세게 잡아서 뼈가 으스러질 것 같았다. 내게 상처를 주려고 그러는 모양이었다. 그리고 수신호를 보냈다. 그녀가 처음으로 만든 수신호 가운데 하나였다.

나도 모르겠어.

22

사분면으로 구획 지어진 언덕에 아무런 새싹도 돋아나지 않았다. 조사를 처음 시작할 때 에반이 내게 보여 준 그 땅, 식물학자들이 항상 지켜보면서 철저하게 관리하는 측량 구역에 나와 있었다. 하지만 그곳에는 아무것도 없었다. 골짜기에는 갈아엎어 놓은 흙 외에는 아무것도 보이지 않았다. 태양까지 도달할 듯 길게 뻗은 갈색 흙 사이에 푸른빛이라곤 한 점도 없었다. 너무 이르다는 사실을 알고는 있었다. 현재로서는 계절도 알맞지 않고, 효과를 보려면 실험할 시간이 더 필요했으며, 늑대들에게도 그들이 마법 같은 영향력을 발휘할 기회를 줘야 한다는 사실 또한 알고 있었다. 그럼에도 불구하고 나는 마치 나 스스로 단죄하듯이 이 땅을 거닐었다. 내 마음속 한편에는, 언제나, 레드와 그의 소총이 자리하고 있었다. 그는 나보다 더 인내심이 없을 테니까.

애기가 종이에 대충 둥근 모양을 그리고, 그 아래에 글을 휘갈겨 써 두었다. *자몽만 해졌어. 이제 아기는 언니 목소리를 들을 수 있을 거야.*

이번 주에 그녀는 작은 호박 정도만 하게 클 것이다. 여자아이가 아닐 수도 있지만, 내 마음속에서는 아직도 어떤 결정도 내리지 못한 채 그녀는 자신의 모양을 갖추어 가고 있다. 내 몸에도 변화가 생겼지만, 나는 여전히 초조함을 안은 채 기다리고 있을 뿐이다. 레이니가 마음을 바꾸는 날이 오늘이 되지는 않을까?

*

가을의 색채가 숲속의 모든 나무에 불을 지핀 듯 붉게 타올랐다. '히아신스 레드(Hyacinth Red)'가 점점이 박힌 긴노린재과(Lygaeus apterous) 초파리와 '더치 오렌지(Dutch Orange)'의 금색 돌기가 있는 굴뚝새, '레몬 옐로(Lemon Yellow)'의 샛노란 말벌들까지, 그들의 색깔은 너무 강렬해서 주변에 떠다니는 공기를 어루만지는 듯했고, 이 대지를 완전히 다른 세상으로 탈바꿈하고 있었다. 상쾌한 바람이 나뭇가지를 흔들며 이파리를 반짝이게 했다. 마을 사람들이 하는 말을 들어 보면, 올해는 겨울이 일찍 찾아오고 잔인할 정도로 추울 것이라고 한다. 이제 겨우 10월인데도 우리는 모두 대기 중에서 그것을 느낄 수 있었다.

늑대 8호가 출산을 한 지 시간이 꽤 흘렀고, 이제 새로운 글렌쉬 무리에 합류한 새끼들은 어느덧 14주째를 맞이하고 있었다. 새끼들은 은신처를 버리고 나와 고기를 먹기 시작했는데, 에버네시 무리의 새끼들과 다르게 그들은 사냥해 줄 건강한 무리가 있었다. 그들의 눈동자는 이미 금빛으로 바뀌어 있었고, 머지않아 그들도 포식자로 변모할 것이다.

그리고 내 안에 작은 녀석은 이제 가지 정도의 크기가 되었다.

*

첫 번째는 소였다. 트로미 협곡(Glen Tromie) 근처의 농장에서 죽은 채로 발견되었다. 이곳은 국립공원의 중서부에 있는 황량한 지역이었다. 삭막한 황야 지역으로, 다른 생물은 거의 없고 털이 덥수룩한 소들이 여기저기에서 널려 있었기에 곳곳에서 쉽게 볼 수 있었다. 비인지 안개인지 모를 가랑비가 흩날리는 우중충한 날이었다. 언젠가 오늘 같은 날이 올 줄 알고 있었다. 모두 숨죽인 채 입을 다물고 있었을 뿐, 그런 날도 다 끝났다. 이제 시끄러워질 차례였다.

에반과 함께 차를 몰고 협곡으로 가서 사체를 조사했고, 늑대에 의한 죽음임을 확인했다. 소의 대부분이 찢겨 나가 있었고, 강한 턱을 가진 거대한 포식자만이 이런 상흔을 남길 수 있었다. 의심의 여지가 없었다. 여우 같은 동물이 할 수 있는 짓은 아니었다. 이런 삭막한 지형에서, 거대한 소에게, 이 정도의 턱 힘을 낼 수 있는 것으로 봤을 때, 더욱더 그럴 가능성은 없었다.

농장주는 나이가 많은 셰이머스와 클레어 부부였다. 셰이머스는 슬픔을 가누지 못하고 있었는데, 죽임을 당한 소가 수년 동안 그가 길러 온 아끼는 소 중 하나였기 때문이다. 그리고 이 암소는 한창 돌봐야 할 새끼가 있었다. 슬픔에 잠긴 그를 봤을 때 다른 어떤 소가 죽임을 당했더라도 똑같이 힘들어했으리라는 느낌을 받았다.

"이곳 땅이 다 두 분 소유인가요?" 바람에 쓸리는 풀밭을 바라보며 내가 물었다.

"우리 땅은 훨씬 뒤에 서쪽 부근에서 끝나지." 셰이머스가 말했다.

"이곳 어딘가에 울타리가 쳐져 있는 곳은 있나요?"

"당연히 없지. 주인이 없는 땅이니까."

내가 그를 바라보았다. "충고 한 말씀만 드릴게요. 소들을 당장 소유지 안으로 옮기고 울타리 안에 두세요. 몇 달 전부터 수차례 이런 일에 대비할 수 있도록 주의를 받으셨잖아요. 그런데 이렇게 소들을 방치해 놓고, 늑대보호협회에서 보상해 줄 거로 생각하셨어요?" 나는 고개를 저으며 다시 차를 향해 걷기 시작했다. 뒤에서 에반이 그에게 사과하고 몇 가지 예방책에 대해 또다시 설명하는 소리가 들려왔다. 그에게 화를 내서 마음이 안 좋았다. 가엾은 남자는 사랑했던 가축을 막 잃은 상황이었다. 하지만 충분히 예방할 수 있었는데 시도조차 하지 않았다.

던컨의 트럭이 길을 따라 다가오는 모습을 보고 그가 도착하기 전에 서둘러 차에 올라탔다. 차에 시동을 걸려고 할 때 그가 창문을 두드렸다. 마지못해 창문을 내리면서 나의 불거진 배가 그의 눈에 띄지는 않을지 신경이 쓰였다. 내 코트가 최악의 상황은 면하게 해 주길 바랐다. "왔네요."

"늑대가 그런 건가요?" 그가 물었다.

"네."

"그럼 어떻게 해야 할까요?"

"뭘 어떻게 해요?"

"늑대들 말이에요."

나는 인상을 찌푸렸다. "해야 할 건 아무것도 없어요, 던컨. 이제 겨우 소 한 마리예요. 어쨌든 저들은 보상을 받겠지만, 앞으로 더 많은 가축이 죽임을 당할 거예요. 사람들에게 뭔가 의지할 만한 희망 같은 걸 주는 것보다는 그 사실을 받아들이도록 해야 할 거예요."

나는 창문을 올렸다.

소에 대한 소문이 퍼지는 데까지 시간은 그리 오래 걸리지 않았다. 사실 거의 순식간이었다. 그리고 마치 이게 무슨 전쟁이라도 난 것처럼 사람들의 반격은 신속하게 진행되었다. 고요함은 끝났다.

목격하기도 훨씬 전에 냄새가 먼저 다가왔다. 그 냄새는 내게 역겨움을 일으키는 미분자였고, 동시에 포식자를 불러들일 수 있는 것이었다. 화학 반응일 뿐이라는 사실을 알면서도 뿜어져 나오는 아드레날린을 주체할 수 없었고, 몸을 돌려 반대 방향으로 도망치고 싶은 욕구 또한 강렬하게 치솟았다. 하지만 나는 계속 발걸음을 옮겼고 그 광경을 마주했다.

베이스캠프는 적색 망토를 두른 듯 피로 뒤덮여 있었다. 벽과 유리창을 가로질러 원을 그리듯 흩뿌려져 있었는데 가히 쾌락적 잔인함이라 불러도 좋을 것 같았다. 그들이 의도한 바겠지만 두려움이 몰려왔다. 그리고 무엇보다도 분노가 치밀어 올랐다.

아직 이른 새벽이었지만 휴대전화를 집어 들었다. 이곳은 서비스 지역이 아니었고, 휴대전화를 쓰려면 신호가 잡히는 곳까지 걸어 나가야만 했다. 심지어 통화가 연결된 뒤에도 목소리는 끊겨서 들렸다. 어렵게 던컨과 대화를 이어가며 와 달라는 내용을 전했다.

던컨은 여전히 반쯤 잠에서 덜 깬 상태로 도착했다. 핑갈을 데려오지 말라고 주의를 준다는 것을 깜박했는데, 아니나 다를까 녀석은 흥분을 주체하지 못하고 이곳저곳의 냄새를 맡으며 뛰어다녔다.

"꽤나 철두철미하게 준비해서 왔던 것 같네요."던컨이 낮게 중얼댔다. 나는 그가 다리를 절뚝거리며 작은 건물을 한 바퀴 돌면서 휴대전화로 사진을 찍는 모습을 지켜보며 가만히 기다렸다. "누군가 침입한 흔적이 있나요?"

"아니요."

"확실해요? 안에 들어가서 아무것도 가져간 게 없는지 확인했어요?"

"없어진 건 없어요. 문도 잘 잠겨 있었고요."

"그냥 당신을 겁주려는 거예요."

"던컨, 그건 나도 알아요."

"나한테 맡겨요, 알았어요?"

내가 고개를 끄덕이자 그는 다시 차에 올라탔다. 핑갈은 불러도 반응이 없었다. 동물의 피를 핥으며 거의 발작적인 흥분 상태에 있었다. 내가 가서 조심스럽게 목줄을 잡아끌었다. "가자, 친구야." 핑갈은 여전히 흥분하여 앙칼지게 짖어대더니 이내 트럭 짐칸으로 뛰어올랐다.

"소식이 생기면 연락할게요." 던컨이 말했다. 나는 그의 시선을 의식해 불룩하게 나온 배를 일부러 건드리지 않으려고 애썼다. 드러나기 시작한 지는 꽤 되었지만, 특히 요즘은 옷을 벗어보면 확실히 임신한 태가 났다. 두꺼운 모직 스웨터와 넉넉한 롱코트를 입고 있기에 아마 모를 것이라 확신했다. 맞지 않는 옷을 입은 것처럼 엉성해 보이긴 해도, 내게 그런 옷쯤이야 이상한 일도 아니었으니까.

"고마워요." 내가 답했다.

팀원들이 도착할 때쯤 나는 겨우 현관문만 가까스로 닦아 둔 상태였고, 땀이 비 오듯이 흘러내리고 있었다.

"대체 이게 무슨." 조가 놀라서 입을 열었다. "토할 거 같아."

"누가 이런 짓을 한 거지?" 에반이 물었다.

"우리도 예상은 하고 있었잖아." 닐스가 대답했다.

"음, 왜 아무도 나한테는 경고를 안 해 준 거지?" 조가 말했다.

"꼭 집어서 하진 않았지."

"동물이 왔다 갔나?" 그녀가 물었다.

"저거 말고 말하는 거지……?" 에반이 손짓으로 피를 가리켰다.

"그래, 살아 있는 동물."

"맞아, 던컨의 개가 왔다 갔어." 내가 그녀에게 말했다.

조가 신음을 내뱉으며 자기 팔을 긁어댔다. "그럴 줄 알았어. 온몸이 근질근질하더라니. 나는 이런 황무지 같은 곳이랑은 더럽게 적성이 안 맞는단 말이야." 그녀는 안으로 뛰어 들어갔다. 아마도 동물 털 알레르기 때문에 항히스타민제를 먹으려는 모양이었다. 그러고는 출입구에서 소리를 질렀다. "말끔히 청소될 때까지 난 다신 안 나갈 거야. 사실 그 후에도 안 나갈 수 있어. 지금부터 나는 이 안에만 있을 거야!"

"그럼 평소랑 다를 게 뭐야?" 에반이 낮게 중얼거렸다. 그러고는 내게 가까이 다가와서 말했다. "내가 할게, 대장. 닐스하고 내가 맡을 테니까 안에 들어가서 오늘 할 일이나 준비해."

나는 고개를 흔들며 계속 피를 문질러 닦았다.

그가 목소리를 낮춰 말했다. "지금 네 몸으로는 이건 좋은 생각이 아닌 거 같아서 하는 말이야."

나는 움직임을 멈췄다. "뭐라고?"

"아무도 모를 거야. 나는 누나만 셋인 데다가 조카들도 넘쳐나니까 아는 거지."

내가 이 사실을 무슨 큰 비밀인 양 감추려는 것은 아니었다. 그저 생각하지 않으려고 최선을 다할 뿐이고, 그렇다 보니 이것에 대해 언급을 안 하게 되는 것뿐이다. 그래서 도일 부인 그리고 이제 에반까지 두 사람을 제외하고 다른 사람은 아무도 모르는 사실이다. 스펀지를 그에게 넘기고 나는 아무런 말 없이 안으로 들어갔다. 그리고 잠깐 멈춰 서서 단단하고 불룩하게 솟은 배 위에 손을 올렸다. 그 안에는 우주가 있었다.

베이스캠프가 어느 정도 깨끗이 청소되었을 때, 나는 에반과 닐스에게 각각의 늑대 무리를 찾아서 최근 GPS 데이터를 다운받아 달라고 요청했다. 어떤 늑대가 소를 죽였는지 알아야만 했다. 타나 무리는 거대한 뿔을 가진 사슴들을 쫓아 사냥하기에 바빴고, 셰이머스와 클레어의 농장에서 꽤 멀리 떨어져 있었다. 그들이 죽였을 리는 없었다. 글렌쉬 무리가 농장에서 가장 가까운 곳에 있는데, 새끼들이 아직 어리기 때문에 은신처 근처에 머물러 있었고, 앞으로도 몇 달 동안은 그곳을 벗어나지 않을 것 같았다. 어느 시점에 새끼들의 목에 통신용 목걸이를 채워야 할지 계획을 세워야만 했다. 늑대 10호의 데이터에 따르면 자기 무리와 함께 머물러 있었는데, 이것은 예상을 빗나가는 정보였다. 모든 늑대 중 그녀일 가능성이 가장 크기에 어느 정도 확신이 있었기 때문이다. 한편 에버네시 무리는 숲 북쪽 지역에 안락하게 자리를 잡고 있었기 때문에 사건의 진상을 해명할 길이 없었다.

다음 공격은 처음보다 훨씬 악랄했다.

핼러윈 축제가 진행 중인 거리는 온통 등이 걸리고 거미줄이 드리워져 있었다. 기괴한 모양으로 조각한 랜턴들도 집 앞 계단 참과 모퉁이마다 놓여 있었다. 곳곳에 흉측한 유령들이 창밖을 내다보고, 뼈만 남은 손가락은 흙무덤에서 솟아올라 있었다. 스코틀랜드 사람들은 이렇듯 해마다 그들의 괴물 이야기에 흠뻑 빠져 오싹하고 으스스한 분위기를 즐기고 있었다.

내가 차를 몰고 시내를 지나고 있을 때 길 위에서 막아서는 사람들이 있었다. 처음에는 파티 중에 거리 행렬을 하는 모양으로 여겼다. 하지만 그들이 내게 다시 길을 터주었을 때 표지판에 뭔가가 매달려 있는 것이 눈에 들어왔고, 여느 핼러윈 소품이나 장식과는 다른 것이었다. 회색빛의 흐릿한 윤곽과 축 늘어진 혓바닥. 심장이 쿵 떨어져 내렸다.

가장 나이가 많은 늑대 14호였다. 모든 위협에서 살아남아 자신의 무리를 울타리 밖으로 이끌어 안전한 곳으로 인도한 회색 늑대. 참수를 당해 머리는 올가미에 매달려 있었고, 네 발이 모두 잘린 채로 표지판의 네 귀퉁이에 걸려 있었다.

지금까지 내가 무엇이든지 간에, 나는 더 이상 여자도, 인간도, 동물도, 그 무엇도 아니었다. 육체의 탈을 쓴 분노 그 자체였다.

오늘 밤 굶주린 유령들이 다가오는 겨울을 대비해 피난처를 찾고자 들판에서 몰려들 것이다. 음식과 온기를 대접해서 복수로 타오르는 그들의 욕망을 달래야 한다. 이승과 저승의 경계는 얇은 종이 한 장 차이이다. 이것이 삼하인(Samhain)의 오래된 믿음이다. 삼하인은 고대 켈트족의 수확을 기념하는 축제로, 추위가 다가오는 어둠의 반년이 시작되는 것을 기리는 행사이다. 어스름이 질 무렵, 시내 외곽 들판에 거대한 모닥불이 지펴졌다. 케언곰스 지역 곳곳에서 으스스한 복장을 한 사람들이 속속 모여들었다.

그들은 한때 제물로 바칠 소를 잡았을 것이고, 토속신앙의 그 피 냄새가 공기 중에 여전히 배어 있는 듯했다. 나는 나만의 굶주림을 가지고 분장한 사람들 사이를 헤집고 다녔다.

내가 찾고 있는 그 괴물은 어리석은 놈이었다. 늑대 14호의 몸을 간직하고 있었다. 몰래 그 가죽을 불법으로 팔려고 했는지도 모르고, 아니면 훈장처럼 간직하려고 했을지도 모른다. 게다가 14호의 통신용 목걸이도 가지고 있었다. 이만하면 되리라는 생각으로 부숴 버렸을지도 모르고, 물속에 넣어 두었을지도 모른다. 하지만 그것은 일반인이 파기하기에 거의 불가능했기 때문에 여전히 우리 시스템으로 사망 코드를 띄어 신호를 보내오고 있었고, 나는 그것을 통해서 그를 찾아낼 수 있었다.

조사한 바에 의하면 그의 이름은 콤 맥클레란으로, 서른한 살이며 이혼했고, 따로 살고 있는 두 자녀가 있었다. 그는 심지어 농부도 아니지만, 취미로 사냥을 즐겼다. 나는 오늘 밤 그의 집에서부터 그를 뒤쫓았다. 그는 아이들을 축제에 데려가 사탕을 사 주고 탁탁 소리 내며 타오르는 불꽃 주변에서 뛰어놀게 해 주었다.

그는 늑대 가면을 쓰고 있었다.

그를 어떻게 죽일 수 있을까. 아무도 안 볼 때 모닥불로 밀어 넣는 방법도 있겠지.

군중 속에서 누군가의 몸이 나를 스쳤다. 그리고 한 손으로 나의 손을 잡아 내 집중력을 흩트려 놓았다. 콤에게서 눈을 떼자 어둠 속에서 던컨의 얼굴이 나타났다.

"괜찮아요?" 그가 내게 물었다.

그를 그냥 지나쳐 가려고 했지만, 그가 나를 붙잡았다.

"인티, 벌어진 사태에 대해서는 유감이에요."

나는 그의 얼굴을 바라보다. "그래요? 다른 사람들만큼이나 당신도 늑대가 이곳에서 사라지길 바라는 줄 알았는데요."

"그렇게 말하지 말아요. 내가 변했다는 걸 알잖아요. 당신이 나를 바꾸어 놓았잖아요. 예전에는 확신할 수 없었지만, 지금은 확실해요."

"뭘 확신하는데요?"

"당신이 이곳에 우리에게 데려온 것이 무엇이든지 간에, 그게 필요하다는 것을요."

그의 말에 나는 멈칫했다. "뭐가 당신을 확신하게 만든 거죠?"

"당신이요." 그가 대답했다.

그는 내 손을 놓고 손가락으로 자신의 얼굴을 쓸어내렸다. 소름이 돋았다. 내가 그 감촉을 느낄 수 있다는 사실을 그도 알고 있었다. 그의 손끝이 나의 이마에서 내 볼을 지나 내 입술로 흐르며 열기를 전했다. 속임수처럼 여겨지지 않았다. 오히려 우리 둘 사이의 공간이 속임수처럼 느껴졌다. 우리가 같은 피부와 근육, 같은 뼈와 골수를 공유하고 있다고 느껴지기 때문이었다. 내가 이렇게 쉽게 휩쓸려 버릴 수 있다니. 그의 손길은 나를 휘감는 물살 같았다. 순식간에 그는 내 세상의 전부이자 모든 것이 되었다. 그리고 내 안에 있는 작은 녀석은 우리의 우주였다. 하지만 나는 오래전에 이미 내 전부를 바친 우주가 있었다. 내 동생과 나만이 간직한 우주. 내가 앞으로 어떻게 이 상황을 견뎌낼 수 있을까. 던컨은 내 안에 실재하지 않는 어떤 모습을 보게 된 것 같았다.

"누가 그랬는지 알아냈나요?" 내가 물었다.

"아직이요. 하지만 알아낼 것입니다." 그가 내 얼굴에 더 가까이 다가왔다. "내가 잡고 말 거예요."

하지만 그는 잡을 수 없을 것이다. 그를 잡는 사람은 내가 될 테니까.

콤은 아이들을 그들의 엄마 집에 데려다주고 자기 집으로 향했다. 나는 차량 두 대를 사이에 두고 그를 쫓았다. 그는 마을 외곽에 살고 있었다. 그의 집 뒷마당에 커다란 헛간이 있는데도, 그는 차를 차도에 주차하고 집 안으로 들어갔다.

나는 쇠지렛대를 집어 들었다. 철물점에서 사 둔 것이었다.

어둠 속에서 나는 그의 차로 다가가 쇠지렛대로 앞 유리창을 내리쳤다. 내리치고 또 내리쳤다. 그렇게 창문을 모두 다 깨부수고 뒷 유리창마저 박살을 냈다. 이제 그가 밖으로 나오고 있다. 나에게 뭐라고 소리를 지른다. 그가 온갖 종류의 욕을 내게 퍼붓는 와중에 내가 그의 다리를 내리쳤고, 그의 무릎이 으스러지는 느낌이 들었다. 그가 악을 쓰며 비명을 내질렀고, 나도 똑같이 비명을 질렀다. 눈앞에서 빛이 번쩍거리며 고통이 밀려와 거의 쓰러질 뻔했다. 하지만 깊게 숨을 내쉬고 쇠지렛대에 몸을 기대자 조금씩 조각난 뼈의 감각이 사라지면서 다른 감정이 올라왔다. 내가 한 행동에 대한 자각과 함께 어지럽기도 하고, 어쩐지 짜릿하면서 불안한 감정이 복합적으로 솟구쳤다. 계속 그를 두드려 팰

수도 있었지만 나는 그를 지나쳐서 뒷마당으로 향했다. 쇠지렛대
를 이용해 허술하게 잠긴 헛간을 열어 그 안을 찾아봤지만, 14호
의 사체는 보이지 않았다. 그의 통신용 목걸이만 찾아낼 수 있었
는데, 다른 쓰레기와 함께 양동이에 버려져 있었다.

나는 던컨에게 전화를 걸었다.

"주소 알려 줄게요. 그리고 이름하고."

"인티, 아무 짓도 안 했다고 내게……"

그에게 정보를 넘겨주고 바로 전화를 끊었다. 그리고 쇠지렛대
를 닦아 지문을 없앴다. 무슨 소용이 있을지 나도 몰랐지만, 쨍그
랑 소리와 함께 바닥에 던져두고 자리를 떠났다. "이 미친년아!"
콤이 악을 쓰며 소리를 질렀다. 백미러 속의 그는 앞마당까지 기
어와 널브러진 모습으로 점점 작아지고 있었다.

집에 도착하자마자 찬장에서 와인 한 병을 꺼내 집 앞 방목장으
로 향했다. 벌컥벌컥 몇 모금을 마시고 차가운 잔디에 등을 대고
누워 저 멀리 떠 있는 거대한 보름달을 바라보았다. 하늘이 너무
깨끗하고 끝을 가늠할 수 없었다. 그 안으로 빠져들 수 있을 것만
같았다.

눈물이 천천히 머리카락 사이로 흘렀다.

잔디를 밟는 소리가 나더니 내 옆으로 누군가 나타났다. 동생
이 내 손에서 와인을 뺏어 들고 한 모금을 마시더니 내 손이 닿지
않는 멀찍한 곳에 두고, 어둠 속 내 옆에 몸을 누였다.

우리는 깍지를 끼었고, 가까운 곳 어딘가에서 말의 부드러운

코웃음 소리가 들려왔다.

"우리에게 통제할 힘이 남아 있다고 생각해?" 내가 물었다. "우리 자신에 대해서?"

그녀는 대답하지 않을 생각인지 손을 빼지 않고, 내 손을 계속 잡고 있었다.

"대부분의 내 모습은 아빠와 함께 있던 숲에 두고 온 것 같아. 지금 내게 남아 있는 것은 전부 싫어하는 모습들뿐이야."

나는 눈을 감았고, 소금기를 머금은 머리카락은 금세 축축해졌다. 나는 어차피 소금으로 만들어졌겠지.

그때 그녀의 손이 빠르게 움직이기 시작했다. 아니. 그녀가 수신호를 보냈다. 그리고 다시 한번 더 말했다. 아니야.

그녀를 향해 돌아누워 공처럼 몸을 말았다. 내 안에 머금고 있던 독이 쏟아져 나오듯이 울음이 터져 나왔다. 그 일이 있고 난 뒤로 이렇게 울어본 적이 없었다. 그때 나는 이렇게 울 수 있는 권리조차 없었다. 당사자였던 상처를 입은 내 동생도 울지 않았으니까.

애기가 나를 끌어안았다. 나를 세게 껴안고 내 얼굴에 입술을 가져가 계속해서 입맞춤해 주었다. 그리고 내 등을 손가락 끝으로 토닥토닥 쓰다듬어 주었고, 그 순간 나는 다시 우리의 작았던 몸으로 돌아가 아빠 작업장에 와 있었다. 그녀가 맨 처음에 나를 데려갔을 때처럼, 지금도 그렇게 나를 그곳으로 데려간 것이다.

애기가 감탄하여 깊은 숨을 들이마시더니, 내 고개를 들어 올렸고, 우리는 하늘에서 벌어지는 광경을 함께 올려다보았다. 하늘이 초록빛, 자줏빛, 푸른빛으로 넘실거리며 춤을 추고 있었다. 베르너의 책에 나오는 색으로 표현할 수 없을 정도로 선명하고 찬란했다. 나는 여전히 울고 있었지만 이제 그 눈물은, 세상의 아름다움과 그 부드러운 이끌림, 그 신비의 순간 그리고 그 깊고 깊은 이해를 깨닫게 되었기에 흘리는 눈물이었다. 나는 비록 벼랑 끝으로 내몰리기도 했지만, 이제 다시 제자리로 돌아왔다. 그리고 문득 궁금했다. 애기는 내게 돌아올 때마다 이런 광경을 보는 걸까.

23

나는 폭행과 악의적인 재물손괴 혐의로 기소를 당했다. 콤은 늑대 14호를 살해한 혐의로 기소를 당했다. 우리는 둘 다 구치소에서 밤을 보내지는 않았지만, 무거운 벌금형을 선고받았다.

다음 몇 주 동안 가축들의 죽음이 연이었다. 거의 매일 아침 나의 잠을 깨운 것은 보니의 전화였고, 매번 다른 농장으로 가서 반쯤 뜯어먹힌 양이나 소의 사체를 확인해 달라는 부탁이었다. 그리고 앤 배리에게서도 전화가 왔다.

"어떻게 좀 해 봐, 인티." 앤이 말했다. "지금 당장 해결하지 못하면, 우리 직업 자체가 간당간당해."

하고자 했으면 까마귀들을 따라가 볼 수도 있었다. 그들은 떼지어 움직이며 가장 먼저 사체를 발견하고 그 위에서 하늘을 가득 메우고 있으니까. 그리고 나는 매번 새로운 죽음이 나타날 때마다 두려움이 커졌다. 어떤 늑대인지 몰라도 그 녀석은 가축을 먹잇감으로 삼는 법을 터득한 것이다. 늑대는 원래 울타리에 갇힌 동물이 아니라, 수렵육을 좋아해서 직접 사냥에 나서기를 선호한다. 이것을 '먹이 이미지(prey image)'라고 부르는데, 양이나 소처럼 너무 쉬운 상대는 그들의 이것에 부합하지 않는다. 이런 가축은 굶주린 늑대의 마지막 보루로 남기 마련이다. 나는 어떤 늑대가 자신의 본능을 무시할 만큼 다급하게 먹잇감을 구하려는 것인지, 그리고 그 이유를 알아내야만 한다.

하지만 나는 이미 어떤 녀석일지 알 것 같은 생각이 들었다. 틀림없다고 생각했다. 그리고 우리가 이를 사실로 밝혀내면, 그때는 당장 그녀를 죽여야 할 것이다.

오늘은 타나 무리가 이동하고 있는데, 레드의 사유지 경계의 끝자락 동쪽을 향하고 있다. 이곳은 그들이 선택할 수 있는 최악의 장소였다. 이 마을 사람들이 이것을 전쟁으로 간주했다면, 나는 그들에게 더 이상 무기를 들 만한 동기를 만들지 않게 할 필요가 있고, 늑대들이 레드의 사유지 근처를 배회하면서 스스로에게 전혀 도움이 되지 않는 행동을 하지 못하게 막아야만 한다.

어둠이 내려앉고 애기가 TV를 보고 있을 때, 나는 차를 몰고 레드의 사유지로 향했다. 그리고 그의 주차로가 아닌 방목장 울타리 옆에 차를 세웠다. 무기고에서 가져온 소총을 트렁크에서 꺼내 들고 맥레이의 땅으로 걸어 들어갔다. 늑대 9호가 살해당한 장소를 지나지 않았지만 그의 생각이 났다. 울타리를 지나 자물쇠로 잠겨 있지 않은 문에 다다랐고, 나는 고리를 열고 안으로 들어가 다시 문에 고리를 걸었다. 아빠의 땅에서 많은 시간을 보내던 시절에 그곳에서 한 가지 배운 점이 있다. 열려 있는 문은 절대 닫지 말고, 잠겨 있는 문은 절대 열어 두지 않아야 한다는 것이다. 오늘 밤 레드가 양 떼를 어디에 풀어 두었는지 몰랐지만, 방목장 동쪽 부근에서 양 떼를 발견했다. 그곳은 두꺼운 울타리가 쳐져 있는, 숲의 경계선에서 가장 멀리 떨어져 있는 곳이었다. 몇 차례 마을 사람들에게 주의를 준 내용에 따라 조심을 기하고 있는 그가 고맙게 여겨졌다. 여전히 농부 대부분이 자기 소유의 가축을 울타리에 가두길 거부하고 있었고, 그것은 반항 심리와 비슷한 것이라는 생각이 들었다. 홧김에 스스로에게 불리한 짓을 하는 꼴이었다.

잠자고 있는 양 떼 가장자리까지 걸어갔다. 추위로부터 새끼들을 보호하기 위해 털로 북슬북슬한 몸을 서로 기대어 웅크리고 있었고, 나도 풀밭에 자리를 잡았다. 시선은 숲의 가장자리에 고정하고 소총은 무릎 위에 올려 두었다. 늑대들이 이 양 떼를 습격해 온다면, 저 앞에 있는 나무 사이에서 나타날 것이다. 나는 그들이 나타날 때까지 기다리기로 했다.

수컷 늑대 2호는 타나 무리의 리더이자 우리가 풀어 준 늑대들 가운데 현재로서 가장 강력한 알파이고, 베르너의 책에 따르면 '벨벳 블랙(Velvet Black)' 색깔이었다. 흑요석 빛깔과도 같았다. 스코틀랜드에 있는 늑대 중에서 유일하게 검은 늑대였다. 모든 것을 집어삼킬 듯 칠흑같이 어두운 밤을 닮은 까만 색이었다. 거대한 체구를 자랑하는 2호는 거의 200파운드(약 90킬로그램)에 육박했고, 이보다 몸집이 더 큰 알래스카 팀버늑대(Timber Wolf)의 사촌 격에 해당하는 종이었다. 그런 강력함과 더불어 놀랍도록 유연한 움직임을 보이는 그는 말 그대로 야수라 할 수 있었다.

오늘은 매일 밤 이곳에 나온 지 오 일째 되는 날이다. 깜박임도 없이 지켜보는 황금빛 눈동자를 마주하는 순간, 나는 그가 늑대 2호라는 사실을 바로 알았다.

숲속에 몸을 숨긴 채 가만히 서서 우리를 지켜보고 있었다.

나를 지켜보고 있었다.

이때다 싶은 순간을 기다리고 있었다.

무리의 다른 늑대들도 그의 뒤에 모여서 지시에 따라 움직일 채비를 하고 있을 것이다. 세 마리의 굶주린 늑대들은 이 양들의 냄새와 그들의 따뜻한 심장박동을 감지할 수 있겠지만, 성체가 된 지 오래되지 않았기에 다른 동물과의 차이는 아직 모를 것이다. 늑대들은 흩어져서 우리를 둘러싼 다음, 측면으로 빠르고 조용하게 이동해 양 떼 가장자리에 있는 한 마리를 덮칠 수도 있다. 원한다면 각자 한 마리씩 사냥할 수도 있을 것이고, 그다지 어렵지 않게 죽일 수 있을 것이다. 이 느리고 겁 많은 양들은 이런 포식자의 본성에 꼼짝 못 하고 맞설 기회조차 없을 테니까.

나는 먹잇감이 되는 동물보다 포식자의 고달픔에 대해서 항상 더 많은 걱정을 하고 있었다. 포식자는 평생을 천천히 굶주림으로 죽어가는 삶을 보낸다. 매 순간의 사냥이 그들의 마지막 사냥이 될 수도 있다. 만약 지금 여기에 그저 나밖에 없었다면 늑대들이 마음껏 축제를 즐기도록 놔두었을 것이다. 하지만 이곳은 인간이 만들어 낸 세상이고, 가축을 잘못 건드렸다가는 늑대들은 떼죽음을 당할 수 있을 것이다. 그래서 나는 마취총이 아닌, 총알이 장전된 소총을 집어 들고 늑대 2호를 겨냥했다.

총성이 밤하늘을 가르며 언덕을 타고 울려 퍼졌다. 달빛에 환하게 빛나던 그의 눈동자는 이제 사라지고 없었다. 머리 위로 쏘아 보낸 총알에 두려움을 느끼고 무리와 함께 도망가서 더 안전한 다른 곳에서 사냥하기를 바랐다. 나는 만약의 사태를 대비하여 계속 자리를 지키고 있었다.

잠에서 깬 양들은 허둥지둥 달리고 있었다. 주저앉을 듯 비틀거리며 울타리를 향해 무리 지어 달리던 양들은 대체 무슨 일이 일어나고 있는지 모른 채 울분에 찬 소리로 울어 댔다.

5분 뒤, 사륜 오토바이 한 대가 방목장을 가로질러 다가오는 모습이 보였다. "여기서 대체 뭘 하고 있는 거요?" 레드가 시동을 끄고 오토바이에서 내렸다. "뭘 쏜 겁니까?"

"아무것도 안 쐈어요." 내가 대답했다.

"사실대로 말하는 게 좋을 거요."

"여우를 쐈어요."

어둠 속에서 그가 나를 노려보며 내가 들고 있는 소총과 나의 의도를 파악하려고 애썼다. 우리는 겨우 서로의 윤곽만 볼 수 있었다. "양들을 감시하고 있었던 겁니까?"

내가 고개를 끄덕였다.

그가 어깨를 툭 떨어트리고 숨을 뱉으며 뭐라고 중얼거렸는데, 뭐라고 하는지 전혀 알아들을 수 없었다. 그러고는 다시 물었다. "왜요?"

"저도 당신 못지않게 죽은 양을 보고 싶지 않으니까요." 내가 말했다.

그가 눈을 비비며 말했다. "나한테 맡겨요, 이제. 이렇게 늦은 시간에 밖에 있으면 안 돼요, 아가씨. 그런 모양새로는 더욱."

나는 그가 임신한 상황을 눈치채지 못하길 바라며 몸을 돌렸다. 민낯을 드러낸 기분이었다.

"그래서 잡았어요?" 레드가 물었다.

"네?"

"여우요."

"아니요, 못 잡았어요. 그래도 이제 이곳에 얼씬거리지 말아야 한다는 건 알았을 거예요."

"어떻게 알아요?"

나는 그를 흘깃 바라보았다. "동물은 경험을 통해 배우죠. 그런 면에 있어서는 사람보다 더 똑똑하거든요."

아침에 나는 글렌쉬 무리가 있는 곳으로 향했다. 나는 어젯밤 타나 무리가 레드의 농장과 숲의 경계에 출몰해 한바탕 소동을 벌인 후에 그들이 지금은 어디에 있는지 알고 있었고, 계속 찾아다녔던 에버네시 무리도 마침내 그 모습을 드러냈다. 애쉬의 새끼들은 이제 6개월째에 접어들었고 몰라보게 성장한 상태였다. 거의 성체에 가까워 보였지만 깡마른 체구는 여전했고, 그들의 발 또한 몸에 비해 컸다. 무리 중에서 가장 왜소했던 새하얀 늑대 20호는 여전히 가장 체구가 작았지만, 형제들은 그 작은 녀석에게 복종하며 따랐다. 시간이 지날수록 점점 더 하얘지는 그녀는 자신의 어미보다 훨씬 더 하얗게 보였다. 그녀가 자신보다 몸집이 큰 형제의 주둥이를 재빠르게 물며 주도권을 잡는 모습을 보면서 내 입에도 그 느낌이 똑같이 전해졌고, 늑대들 간에 복잡한 권력의 역학 관계에 대해 다시 한번 놀라게 되었다. 그들은 서로의 성격과 특성을 간파할 수 있는 능력이 있었고, 내적 힘이 외적 힘에 못지않게 강하다는 사실 또한 알고 있는 듯했다. 지배력은 종종 몸집이나 공격성과는 무관하게 작용한다.

오늘따라 유난히 추웠다. 그래도 잠복처에 몸을 숨길 수 있어서 다행이었다. 나를 둘러싼 헐벗은 산자락을 따라 매서운 바람이 휘몰아쳤고, 은폐된 이 작은 구조물을 찾아 강타했다. 이 잠복처가 없었더라면 이런 사나운 바람이 부는 혹독한 날씨에는 관찰은커녕 제대로 몸을 가누기도 힘들 것이다.

글렌쉬 무리를 관찰하기 위해 쌍안경을 꺼내 들었다.

그들에게서 느껴지는 슬픔은 내가 상상으로 만들어 낸 걸까? 아니면 그들을 내가 의인화하고 있나? 하지만 늑대들이 자기만의 방법으로 슬픔을 애도하고 있는 것은 분명한 사실이었다. 늑대 14호를 잃은 그들의 슬픔을 내가 상상하고 있다는 생각이 들지 않았다. 그들은 자기 자신을 억누르고 있었다. 장난도 하지 않았고, 심지어 새끼들은 찍소리도 내지 않는 것 같았다. 그리고 사라진 늑대는 14호만이 아니었다. 10호도 눈에 띄지 않았다. 그녀의 데이터를 보면 이곳에 있어야 했고, 적어도 아주 최근까지는 이곳에 있었다. 나는 쌍안경을 조절해 가며 주변을 살펴보다가 잔디 위에 뭔가 이상한 물체가 떨어져 있는 것을 발견했고, 자세히 보니 10호의 통신용 목걸이였다. 그녀가 스스로 물어뜯어서 떼어낸 듯했다. 그 말인즉슨 그녀는 어디에도 있을 수 있다는 것을 뜻했다.

"안 돼." 긴 한숨이 터져 나왔다. 내가 두려워하던 일이 현실이 된 순간이었다.

당연히 너였겠지.

두려움을 모르는 늑대, 심지어 인간에 대한 두려움도 없는.

꿈에 발정이 난 사슴들이 나왔다. 이른 아침 숲속을 거닐고 있는데 그들의 울부짖는 소리가 들렸고, 거세게 충돌하는 메아리 소리가 안개를 뚫고 저 멀리 울려 퍼졌다.

쿵. 서로 몸을 던지며 뿔이 부딪히는 소리가 났다. 쿵.

나는 깜짝 놀라서 잠에서 깼다.

쿵.

뿔이 부딪히는 소리가 아니라, 무언가가 창문을 때리는 소리였다. 질퍽한 포대 같은 것이 창문에 날아와 부딪히고 달라붙으면서 '쿵'보다 '픽'에 가까운 소리가 났다.

대체 뭐지?

밖에 누군가가 있다. 나는 쏜살같이 동생 방으로 달려가서 그녀를 침대에서 끌어 내렸다. 창문으로 우리가 보이지 않도록 그녀를 바닥에 눌러 납작 엎드렸다.

잠시 후 여러 명 중 몇 명의 목소리가 들렸고, 늑대의 울부짖음 같았다.

"젠장, 젠장, 젠장, 젠장, 젠장. 여기에 있어, 꼼짝하지 말고."

나는 바닥을 기어 내 방으로 가서 휴대전화를 집어 들었다. 그들은 이제 집 주변 곳곳을 둘러싸고 문과 창문을 두드리며 안으로 들어오기 위해 애를 쓰고 있었다. 그들 중 한 명은 심하게 발을 절고 있었는데, 그 형체가 조금씩 눈에 들어왔다. 안 돼, 안 돼, 안 돼, 안 돼, 그 사람일 리가 없어, 제발 그 사람이어서는 안 돼. 가만히 지켜보던 중 그의 얼굴에 달빛이 비쳤고, 다행히 던컨이 아니었다. 그는 내가 다리를 절게 만든 콤 맥클레란이었다.

망할 불통인 휴대전화 때문에 짜증이 올라와 유리창으로 던져버리고 싶은 충동이 일었다. 다시 동생 방으로 가서 그녀를 데리고 나왔다. 우리는 바싹 웅크린 채로 서둘러 화장실로 달려가 욕조 안으로 들어갔다. 바로 이곳에서만 휴대전화 신호를 딱 한 칸 잡을 수 있기 때문이다. 그 지점을 찾아 신호가 잡히기를 기다렸다. 신호가 잡히자마자 999번(스코틀랜드를 비롯한 유럽 연합 국가의 응급 전화번호)을 누르다가 생각을 바꿔 던컨의 번호를 눌렀다. 어떤 경찰도 그보다 더 가까이 있을 수는 없었다.

"인티?" 전화를 받는 그의 목소리는 잠이 덜 깬 듯했다.

"그가 여기 왔어요." 내가 속삭였다. "콤이요. 사람들을 데리고 와서 안으로 들어오려고 시도하고 있어요."

"바로 갈게요."

애기가 부엌으로 기어가고 있었다. "기다려!" 나도 기어서 그녀를 쫓아가기 시작했다. 그녀는 서랍장에서 칼을 집어 들었고, 괜찮은 생각인 것 같아서 나도 하나를 꺼내 들었다. 우리는 서로 주방 바닥에 웅크리고 앉아 있었는데, 갑자기 지난밤 이렇게 그녀를 마주했던 기억이 떠올랐다. 밖에서 누군가의 소리가 들렸다고 말하는 그녀에게 미쳤다고 소리를 질렀는데, 이럴 수가, 그녀가 옳았는지도 몰랐다.

아니면 우리 둘 다 미쳐가고 있을지도 모른다.

우리 위에 있는 창문이 와장창 깨지면서 유리 조각들이 우리 머리 위로 쏟아져 내렸다. 나는 너무 놀라서 손으로 입을 막았고, 애기의 눈은 튀어나올 듯 커져 있었다. 내 눈도 그녀와 같았을 것이다.

그때 거친 엔진 소리가 들리기 시작했다. 몇몇 형체는 달아나 없어졌지만 두어 명은 남아 있었다. 슬며시 자리에서 일어나 깨진 창문을 통해 밖을 내다보았다. 던컨은 무장하지 않은 모습이었다.

"당신을 체포합니다, 콤." 그가 단호하게 말했다. "당신들 전부, 트럭에 타."

"꺼져, 이 빌어먹을 배신자 새끼야." 콤이 소리를 지르며 지팡이를 짚은 부러진 다리로 그에게 덤벼들었다. 그저 정신 나간 짓으로밖에 보이지 않았다. 실제로 약간의 정신병이 있는 것이 아닌가 싶을 정도였다. 무슨 일이 벌어지는지 보고 싶지 않았다. 나는 다시 바닥에 웅크리고 앉아 동생을 부둥켜안았다. 지겹게 겪었다. 수천 번을 다시 산다고 해도 폭력이라면 정말이지 질색이었다.

누군가가 현관문을 열고 안으로 들어왔다. 던컨이었다. 그가 어떻게 들어올 수 있었는지 이해할 수 없었지만, 깨진 현관문의 유리창을 보자 그가 그 틈으로 손을 넣어 문을 열었겠다고 짐작할 수 있었다. 이런 식이라면 이제 누구라도 안으로 들어올 수 있다는 생각이 들자 심장박동이 급격히 빨라졌다.

던컨이 우리를 보고 가까이 다가왔다. 밖에서 무슨 일이 벌어졌는지 모르겠지만, 어쨌든 그는 남자들을 모두 순식간에 제압한 모양이었다. 그런 생각이 들자, 내 몸이 즉각 반응을 보였다. 그에게 두려움을 느꼈다. "가까이 오지 마요!" 내 외침에 그가 멈춰 섰다. 이 두려움이라는 감정을 받아들일 수 없었고, 어떻게 설명할 수도 없었으며, 심지어 나조차도 이해가 되지 않았지만, 어쨌든 이것은 두려움이 분명했고, 크게 자리했으며 그가 이곳에 있는 것을 내켜 하지 않았다.

"괜찮아요?"

"그냥 가요, 던컨. 제발."

"병원에 데려다줄게요. 검사를 받아 봐야 할 거 같아요."

"우린 괜찮아요. 아무 문제도 없고요. 그냥 가요, 부탁할게요."

거리의 가로등 속에서 그의 주먹이 스튜어트를 거의 죽기 직전까지 두들겨 패는 모습이 머릿속에 그려져 떠나지 않는다. 그날 밤 숲속에 있던 그의 모습이 계속해서 떠오른다. 나는 그것을 내 머릿속에서 없애고 싶고, 내 공간에서, 내 삶에서 그의 존재 자체를 지우고 싶다.

그의 시선이 바닥에 주저앉아 웅크리고 있어도 더 이상 숨길 수 없이 불룩해진 내 배를 향하고 있었다. 그도 보는 순간 알게 된 듯했다. 그리고 다시 우리에게 걸음을 옮기기 시작했다. 이제 나는 넌더리를 치다 못해 경종을 울리듯 자리를 박차고 일어섰다.

"물러서라고." 내가 말했다.

던컨이 깜짝 놀란 표정으로 멈춰 섰다. "미안해요."

애기가 갑자기 우리 사이에 끼어들며 그의 앞으로 손을 뻗어 더는 다가오지 못하게 막아섰는데, 그가 그런 그녀를 똑바로 바라보는 모습을 보면서, 여기 바로 내 옆에 실제로 동생이 있다는 확신이 들었다. 너무나 다행히도 그녀는 정말 실재하고, 숨 쉬며 살아 있었다. 나는 미친 것이 아니었다.

"나를 두려워하지 말아요, 제발." 던컨이 말했다. "두 사람 모두를 도우려고 온 거예요. 저들은 내가 모두 처리했으니, 이제 괜찮아요. 저 미친놈들은 모두 트럭에 가둬 놨어요. 저들도 무슨 짓을 저지르려고 그런 게 아닐 거예요. 그저 겁을 주려고 했을 겁니다."

그럼 아주 제대로 성공한 거네, 빌어먹을.

그의 시선이 계속 나의 배를 향하고 있었다. "그런데 그건……."

"꺼지라고, 던컨!" 내가 소리쳤다.

내 안의 중심은 흔들리고 있었지만, 나는 버티고 서 있었다. 그가 다시 내게로 다가오지는 않을지 지켜보고 있었다. 만약의 경우에 내가 칼을 집어 들 시간이 있을까?

참담한 표정을 짓고 있는 그의 얼굴을 보면서 지금 이곳에 위협이 도사리고 있다는 나의 확신에 금이 가기 시작했다. "괜찮아요, 갈게요." 그가 말했다. "이제 안전해요." 그 말을 남긴 뒤, 그는 정말로 집에서 나갔다.

애기와 나는 서로를 부둥켜안았다. 그녀의 험궂은 표정만큼이

나 그녀의 기분도 그럴까? 지난 몇 년 동안 그랬던 것보다 지금
이렇게 내 품에 안겨 있는 그녀가 너무 생생하다.

그녀가 품에서 몸을 빼고 수신호를 보낸다. *저 사람이 아빠구나.*

나는 고개를 끄덕인다.

다시는 저 사람 안으로 들이지 마.

나는 그녀의 눈을 마주 보았다. 나는 그녀의 두려움이 광기라
고 생각했다. 하지만 경험을 통해 배운 진실에는 광기가 없었다.
그녀의 경계심은 우리의 삶에 있어서 가장 현명한 것일지도 모
른다.

"그럴게." 약속해.

나중에 알게 된 사실이 있다. 우리 집 유리창에 던져진 자루에는
14호의 내장이 가득 차 있었다는 것이다.

24

나에게는 계획이 있었다. 극단적인 것이었다. 만약에 애기가 남편 곁을 끝내 떠날 수 없다면, 나는 그녀가 될 생각이었다. 우리가 예전에 했던 장난처럼 내가 그녀로 위장해서, 그들의 이 치명적인 결혼 생활을 끝내고, 그녀를 위해 그를 떠나는 것이었다. 그리고 그녀가 나를 막을 수 없도록, 일을 다 끝내고 난 뒤 그녀에게 사실을 털어놓기로 했다.

애기와 하루를 같이 보내면서 그녀의 몸속으로 들어가 그녀로서 살아간다는 것이 어떤 것인지 그 느낌을 기억하고, 그녀의 눈으로 세상을 바라보았다. 엄청난 열정과 어디로 튈지 모르는 성격을 가진 그녀였다. 나는 그녀가 거스와 함께 있는 모습을 이미 충분히 봤기 때문에, 그들 사이에서 끊임없이 작용하는 힘의 줄다리기를 알고 있었다. 성적 흥분의 경계에서 분노와 욕망이라는 칼날 위를 아슬아슬하게 걸으며 누가 한 수 앞서는지 끝없이 싸우는 그들이었다.

마침내 시간이 되었다. 나는 애기의 옷으로 갈아입고 그녀처럼 머리를 하고 화장을 했다. 이것은 분장이자 갑옷이었고, 사실 애기가 되는 것은 내가 지금껏 해 온 것 중에서 가장 쉬운 일이기도 했다. 왠지 평상시와 다를 것 없이 마음이 편했다.

애기의 휴대전화로 그에게 미리 문자를 보내 두었고, 우리는 각자 일을 마치고 시내에서 만났다. 술집에서 한잔하는 동안 나는 몸의 움직임이나 시선 처리 그리고 표정 관리 등 계획한 그대로 신중하게 생각하고 행동했다. 바로 이런 모습이 애기였다. 심지어 지루해하는 듯이 느껴질 정도로 차분했으니까. 물론 그녀가 완전히 돌변하기 전까지는 말이다. 거스는 피곤하고 스트레스를 많이 받은 듯 보였지만, 나에게 집중하고 있다는 사실을 알 수 있었다. 그는 나를 관찰하고 있었다. 나는 긴장하지 않도록 조심했고, 그녀의 통제력을 잘 알기에, 애기처럼 나도 이 상황을 즐겼다. 정확히는 욕망의 대상이 된 것이 좋았다. 벌써 오래전에 포기했지만, 지금은 받아들여도 되는 완전한 권한이 주어진 상황이 되자 금지된 욕정의 떨림이 내 살결 위에 일었다.

하지만 어떻게 하면 조심스럽게 그 화제를 끄집어낼 수 있을지, 어떻게 운을 떼어야 할지를 몰랐다. 그래서 나는 술집의 어두운 조명에 힘입어 불쑥 말을 뱉었다. "나 인티랑 같이 나가서 살 거야."

가만히 나를 노려보던 그의 눈동자가 번뜩였다. 하지만 한참 동안 아무런 말도, 어떠한 움직임도 없었다. 점점 초조해지기 시작한 나는 발밑에서 무언가 들썩이는 느낌을 받기 시작했다.

"내 기억으로는 말이야." 거스가 아주 천천히 입을 열었다. "전에 분명하게 말한 적이 있는 거 같은데." 그러고는 그의 손이 내 허벅지를 꽉 움켜쥐었다. 이어서 한 번 더 세게 힘을 주었다. "너희가 내게서 도망치면 내가 끝까지 찾아내서 네 언니를 죽일 거라고."

나는 내가 잘못 들었나 싶었다.

그러고 나서 진실이, 내가 생각조차 할 수 없었을 만큼 끔찍한 진실이 분명하게 다가왔다. 그들 사이에 힘의 줄다리기 따위는 없었다. 오직 진정한 위험만이 있었다. 잘생긴 얼굴 뒤에 감춰진 괴물만이 존재할 뿐이었다. 그저 내가 그동안 그 사실을 보지 못했을 뿐이다.

"자, 집에 가서 씻고 쉬자. 힘든 하루였잖아."

나는 너무 심하게 떨려서 걷기조차 힘들었는데, 그가 나를 이끌고 술집 밖으로 나왔다. 그리고 내가 얼마나 우스웠는지 깨달았다. 애기에게 통제력이 있다고 생각했고, 이제 나에게도 통제할 능력이 있다고 생각했으니. 권력은 전적으로 그에게 있었고, 그는 이를 이용해 그녀를 인질로 잡고 있었다. 이제야 그녀가 왜 나를 내보내려 했는지 이해하게 되었다.

그의 차를 타고 집으로 가면서 그가 일에 관해 이야기하는 동안 나는 오로지 어떻게 하면 이 차에서 내릴 수 있을지, 반드시 내려야만 하는데, 어떻게 내려야 할지, 문을 열고 도로로 뒹굴면서 도망가야 할지, 젠장, 어떻게든 도망가야 하지만 그럴 수는 없을 것 같다는 생각뿐이었다. 애기가 없이는 그럴 수 없었다.

그가 나를 그들의 침실로 이끌었다. 나는 얼어붙어 있었다. 이제 말해야만 하는데, 나는 애기가 아니라 나라고 말해야 하는데 입에서는 어떠한 말도 나오지 않았고, 마른 숨소리만 새어 나올 뿐이었다. 그가 문을 닫았고, 나는 여전히 꼼짝 못 하고 있었다. 이런 두려움은 느껴본 적이 없었다. 물 흐르듯 이어지면서도 뜨겁게 숨통을 조여 왔다. 그러더니 그가 손으로 내 목을 잡고 쥐어짜듯 내 숨통을 조였다. 이것이 그가 그녀에게 하는 짓이었다. 매일 밤 이런 짓을 하는 걸까? 오직 나와 벽 하나를 사이에 두고 이 방에서?

"네가 이해한 줄 알았어." 그가 내 목을 조르며 말을 뱉었다. "내가 너를 얼마나 죽도록 사랑하는지."

그는 완전히 미친놈이었다. 그리고 우리를 죽이려고 하고 있었다.

"그만해." 나는 가까스로 말을 내뱉었지만, 그는 멈출 줄 몰랐다.

그때 문이 벌컥 열리더니 애기가 나타났고, 거스는 내 목에서 손을 뗐다. 나는 그제야 몸서리가 쳐지도록 가쁜 숨을 몰아쉴 수 있었고, 비틀거리며 그에게서 떨어졌다.

"젠장, 뭐야?" 그가 따지듯이 물었다.

"딱 걸렸네." 그녀가 말하며 웃음을 지어 보였다.

"너희 바꿔치기한 거야?" 그의 눈동자에 광분의 빛이 서렸고, 나는 심장이 덜컥 내려앉았다. 애기와 당장에 달아나야 한다는 생각이 스쳤다. 그는 이제 완전히 정신 줄을 놓을 터였다. 하지만 그가 갑자기 웃음을 터뜨렸다. 울부짖듯이 깔깔거렸다. "정말 감쪽같았어, 인정할 수밖에 없지. 정말 몰랐거든."

이런 식으로 내가 한 이 모든 일이 하나의 큰 장난처럼 되어 버리는 건가.

"한 방 제대로 먹였네, 인티." 그가 내게 말했다.

"그리고 이제 자기가 우리 둘을 구분할 수 있는지 없는지 확실해졌네." 애기가 말했고, 나는 머리가 어지러웠다. 대체 무슨 일이 벌어지고 있는 것인지 몰랐다. 두 사람 모두 이 상황을 즐기고 있는 것처럼 보였기 때문인데, 그때 애기가 등 뒤로 수신호를 보냈다. 그때까지만 해도 그녀는 수년 동안 수신호를 사용한 적이 없었다.

나가.

그녀는 나를 보호하려 하고 있었다. 내가 하고자 했던 의도를 충분히 파악한 그녀는 이 상황을 모면하려고 애쓰고 있었다. 하지만 이런 상황에서 어떻게 내가 그녀를 이 방에 남겨 둘 수 있을까? 어떻게 다시 그녀를 그와 단둘이 남겨 두고 나 혼자 떠날 수 있을까?

애기가 자신의 남편에게 키스했고, 그 모습을 보자 나도 그에게 키스한 듯 속이 울렁거렸다. 그녀가 다시 한번 수신호를 보냈다. *나를 믿어.*

그래서 나는 겁쟁이처럼 그녀를 남겨 두고 나왔다. 화장실로 가서 속에 아무것도 남아 있지 않을 때까지 모두 게워 냈다. 그러고 나서 침대 끄트머리에 나무판자처럼 꼼짝하지 않고 앉아 벽을 통해 들려오는 소리에 귀를 기울였다. 그렇게 나는 새벽 동이 틀 때까지 귀를 기울인 채로 앉아 있었다.

25

오늘 밤 앤디 오크스 시장이 학교 강당에서 죽은 가축에 대해 논의하기 위해 집회를 소집했고, 우리 늑대 가족은 초대받지 못했다. 우리가 없는 자리에서 그들이 무슨 이야기를 할지 상상조차 하고 싶지 않았다.

나는 정신을 다른 곳으로 돌리기 위해 장을 보러 갔고, 바라던 대로 상점은 텅 비어 있었다. 나의 지난 행적을 되짚어 보며 깊은 생각에 빠져 목적 없이 돌아다녔다. 직원들이 나를 힐끔거리고 지나치며 자기들끼리 쑥덕거렸다. 나는 생각에 사로잡혀 있던 나머지 강아지용 통조림 사료가 쌓여 있는 거대한 진열대를 카트로 들이받았고, 캔들이 바닥에 떨어지며 천둥같이 요란한 소리를 내면서 사방팔방으로 굴러갔다.

내가 무릎을 꿇고 그것들을 주우며 바닥을 기어다니고 있을 때, 젊은 계산원 두 명이 서둘러 나를 돕기 위해 다가왔다. 15살도 안 되어 보이는 소년과 소녀였다.

"정말 미안해요." 내가 말했다.

"괜찮아요, 저희가 할게요." 여자아이가 친절하게 말했다.

"정말 괜찮아요, 아주머니, 편히 계세요." 남자아이가 말을 이었다.

　나는 그들의 말에 따라 캔 줍기를 포기하고 바닥에 엉덩이를 대고 앉았다. 배가 볼링공만 한 크기로 커진 상태로 바닥을 기기란 여간 쉽지 않았다. 자라나는 속도가 가속이 붙은 것 같았고, 반면에 내 체력은 급격히 떨어졌고 허리도 아팠다. 오늘 아침에 나는 처음으로 내 상태가 정상인지 알기 위해, 그동안 궁금했지만 덮어 두었던 것들을 전부 다 구글로 검색해 보았고, 지금 내 배의 크기가 정상보다는 오히려 조금 작다는 사실을 알게 되었다. 애기의 표현에 따르면 락멜론(rockmelon, 남유럽산 멜론) 정도의 크기라고 했다. 그리고 검색을 계속하다 보니 이 시기의 태아는 빛을 볼 수 있으며, 재채기와 딸꾹질도 하고, 심지어 꿈도 꿀 수 있다는 결과가 나오기 시작했다. 그러자 나는 서늘한 공포에 휩싸여 휴대전화를 내려놓았다.

　"혹시 늑대 아주머니 맞으세요?" 여자아이가 내게 물었다.

　나는 고개를 끄덕이고, 글쎄…… 뭐랄까, 원망 같은 종류의 말을 하겠구나 예상하고 있었다. 하지만 십 대 아이들은 캔 줍기를 멈추고 신이 난 표정으로 나를 바라보았다.

　"늑대는 어때요?" 여자아이가 물었다. "만져본 적 있어요?"

　우리는 마지막 통로에 있었고 주변에는 아무도 없었다. 나는 선반에 등을 기대었다. "그럼, 많이 만져봤죠."

　"새끼였을 때요, 아니면 다 컸을 때요?"

　"둘 다요."

　내 대답이 그들에게 한없는 기쁨을 안겨 준 듯 보였다. 그들이 내게 조금 더 가까이 다가왔다.

"물린 적도 있어요?"

"아니, 진짜로 물린 적은 없어요. 새끼일 때 깨물기도 하고 물어 뜯기도 하는데, 그냥 다 장난이죠."

"늑대들이 아주머니를 알아보나요?"

"그럼요, 늑대도 가족 무리의 동물이에요. 그래서 새끼 때부터 키우면 풀어 줄 때까지 충성을 보이죠." 때로는 그 뒤에도 그렇고.

"그런데 왜 기르지 않으세요?"

"늑대는 다른 가족 무리 동물과 달리 야생 본능이 너무 강하니까요."

"여기에 있는 늑대들 말인데요, 정말 위험한가요?" 여자아이가 물었다. "언젠가 밤에 한 마리를 봤는데, 그냥 도망가 버리더라고요. 너무 빨라서 제대로 보지는 못했지만요."

나는 신중하게 생각해서 대답했다. "거리만 잘 유지하면 무서워 할 필요가 없어요. 하지만 절대 만지려 하거나 먹이를 주어서는 안 돼요."

"만약에 가까이 있으면요?" 남자아이가 물었다. "그러니까, 만약에 우리가 하이킹을 하고 있는데, 갑자기 딱 눈앞에 나타나면 어떻게 해야 해요?"

"만약에 숲에서 늑대를 만났는데 늑대가 도망을 안 간다면, 이 한 가지만 기억하면 돼요. 절대 등을 보이고 도망치면 안 돼요. 늑대를 똑바로 마주 보면 늑대에게 겁을 줄 수 있지만, 뒤돌아 도망 간다면 늑대는 바로 사냥에 나설 테니까요."

그들은 흥분하여 초롱초롱한 눈빛으로 나를 가만히 바라보았다. 나는 그들이 나의 충고를 시험해 볼 방법을 찾아 나서지 않기만을 간절히 바랐다.

"제가 봤다고 했던 늑대 말이에요……." 여자아이가 나지막하게 말을 꺼냈다. "아름다웠어요."

나는 고개를 끄덕였다.

"몇몇 사람들이 너무 못되게 굴어서 죄송한 마음이에요." 남자아이가 말했다. "하지만 모든 사람이 다 그런 건 아니에요. 예전에 그랬던 것처럼, 스코틀랜드에 다시 늑대가 돌아오게 되기를 바라는 사람도 정말 엄청 많아요."

나는 저절로 미소가 지어졌다. "고마워요, 힘이 되는 말이네요."

그들이 나를 일으켜 세워 주려고 손을 내밀었고, 나는 순순히 그들에게 몸을 맡겼다.

물건 사러 온 것을 까맣게 잊은 채 밖으로 나왔을 때, 눈이 내리기 시작했다. 천천히 흩날리는 눈송이를 바라보며 하늘을 올려다보았다. 아무런 무게도 없어 보이는 솜털 같은 눈꽃이 달빛을 받아 반짝거리고 있었다.

이곳에 주차된 차는 내 차밖에 없었는데, 누군가가 내 차에 기대어 서 있는 것이 보였다. 그 순간, 거스가 머릿속을 스쳤다. 키가 크고 장대한 체구의 남자. 하지만 돌아선 그는 거스가 아닌, 던컨이었다. 나는 공기를 가득 들이마시며 여전히 쿵쾅거리는 심장 박동을 진정시켜 보려고 노력했다.

그와 몇 걸음 떨어진 곳에 멈춰 섰다. 그는 운전석의 문을 막고 서 있었다. 내가 가지 못하게 일부러 저러고 있는 걸까? 젠장, 정신 똑바로 차리고 있어야 해.

"물어보고 싶은 게 있어요⋯⋯." 던컨은 자신의 머리카락을 손으로 쓸어 넘기며 말을 꺼냈다. 그사이 머리가 제법 길었고 너저분해진 데다가 흰머리도 많이 보였다. 상점의 네온 간판 불빛에 비친 그는 혈색이 안 좋아 보였고, 눈이 움푹 꺼져 공허해 보였다. 갑자기 안쓰러운 마음이 내게 밀려들었다.

"내 아이인가요?" 던컨이 물었다.

어쩌면 나는 이미 그가 이 질문을 하리라 예상했고, 또 두려워하고 있었는지도 모른다. 하지만 약간 불쾌한 면이 없지 않았다. 이 남자는 내가 얼마나 많은 남자랑 자고 다닌다고 생각하는 걸까?

"아니요." 내가 말했다. "그렇다고 나만의 아이 또한 아니니까, 포기하려고요."

"내 아이가 맞다는 말을 돌려서 하는 건가요? 당신하고 나의, 그러니까 우리 아이인 거예요?"

나는 대답하지 않았다.

"혹시⋯⋯ 내가 도울게요, 인티. 혼자 짊어질 필요 없어요."

"당신은 아이를 원하지 않는다면서요." 내가 대꾸했다. "그렇게 내게 말했잖아요."

그가 숨을 뱉는데, 약간의 웃음이 섞여 있었다. "한때는 그랬어요. 당신을 만나기 전이죠. 그 말을 할 당시에도 이미 거짓말이 되어 버렸지만요."

아, 이런 맙소사.

"포기할 필요 없어요." 그가 말했다.

나는 입이 잘 떼어지지 않았다. "그러고 싶어요."

"왜요?" 그가 물었다.

나는 어지럼이 느껴져 눈을 감았다. "내게 더 이상 좋은 것이라고는 하나도 남아 있지 않거든요, 던컨. 나는 그저 분노 그 자체이고, 그게 내 전부예요."

"말도 안 되는 소리예요." 그가 쏘아붙였다.

그를 지나쳐 차로 가서 문 손잡이를 잡았지만, 손이 움직이지 않았다. 나는 그대로 가만히 서서 정신을 가다듬으려고 노력했다.

"나는 스튜어트를 죽이지 않았어요." 그가 불쑥 말을 꺼냈다. "이 말을 해야 할 필요가 없다고 생각했지만, 왠지 해야 할 것 같네요."

내가 그의 눈을 마주 보았다. "당신을 믿지 못하겠어요." 말이 되지 않았다. "그날 당신은 거기 있었잖아요." 나는 내가 알고 있는 사실을 더 이상 숨기지 않기로 했다. "레이니가 당신에게 전화해서 스튜어트가 있는 곳을 알려줬죠. 그래서 당신은 그를 찾아 나갔던 거고요."

"그리고 못 찾았죠." 던컨이 말했다. "아무것도 못 찾았어요."

"그럼 왜 그녀의 전화에 관해서 거짓말한 거죠? 굳이 그럴 필요가 있었나요? 당신 스스로를 보호하려고 했던 것이 아니라면?"

"당신을 보호하려고요!" 그가 소리쳤다. "그날 밤 나는 아무것도 찾지 못했어요, 인티. 하지만 당신은 찾았죠, 아니에요? 당신도 그곳에 있었잖아요. 내 집에서 나와 당신 집으로 걸어갔다면 스튜어트와 같은 시각에 그곳에 있었겠죠."

눈꽃송이가 그의 눈썹에, 그리고 나의 눈썹에 내려앉으며 세상을 부드럽게 만들고 있었다. 나는 아무런 말도 떠오르지 않았다.

"나 자신에게 똑같은 질문을 수도 없이 해 봤어요." 그가 인정하듯 말을 이었다. "만약에 정말로 당신이 그랬다면, 그 일로 인해 내게 문제가 생길까? 그리고 내가 지금껏 지켜 온 모든 것에 반하는 일이 될 테죠."

"문제가 되겠죠. 당연히 그럴 테죠." 내가 말했다. "죽음은 피부 깊숙이 파고들어 떨어지지 않는다고 했잖아요. 당신이 한 말이에요."

할퀴는 느낌, 내 안에 작은 아이가 움직이기 시작했다. 그녀가 작은 손톱으로 할퀴고 있었다. *지금은 안 돼.* 그녀에게 부탁했다. *제발, 작은 멜론아, 지금은 안 돼.*

"나에게 가장 중요한 일은 내 동생을 안전하게 지키는 거예요. 그리고 당신이 우리를 해치지 않으리라는 보장은 없잖아요." 내가 직설적으로 그에게 말했다. "난 이제 아무도 믿지 않아요."

"나도 겪어 봤어요, 인티."

"알아요, 그 경험은 사라지지 않죠."

"아니요." 그가 말했다. "우리가 놓아주면, 사라질 수 있어요. 나는 그 자리를 당신에게 내주게 되었죠."

"사랑이 다 해결해 줄 수 있을까요?" 내가 물었다. "사랑은 단지 상황을 더욱 위험하게 만들 뿐이에요." 나는 차에 올라탔다.

"인티."

내가 주차장을 빠져나가는 동안 유리창의 와이퍼는 빠르게 움직이며 흩날리는 눈송이를 바쁘게 쳐 냈다. 하지만 나는 멀리가지 못하고 차를 세워야만 했는데, 계속 운전할 수 있을지 확신이 서지 않았다. 그저 전조등 불빛 속에서 떨어져 내리는 눈을 바라볼 뿐이었다.

내 안의 조그만 아이가 또다시 움직이기 시작했고, 강한 힘으로 몸을 이리저리 회전시킬 때마다 나는 숨이 턱 막혔다. 내 손을 그녀에게 지그시 대자, 그녀도 나와 손을 마주하고 있는 것이 느껴졌다. 그리고 그렇게, 내가 알고 있는 모든 것, 내가 만든 모든 방어벽을 뛰어넘어 나를 찾아냈고, 나를 꿰뚫어 보았다. 이제 더 이상의 비밀은 없을 것이다.

26

데날리에서 앵커리지까지 운전하기에는 시간이 너무 오래 걸려서 나는 두 곳을 오가는 횟수를 점점 더 줄이고 있었다. 하지만 그날 밤은 내 방 침대가 절실했기 때문에 운전대를 잡았고, 도착한 집에는 역시나 남자들이 득실거렸다. 이제는 거의 일상이 되어 버린 것 같았다. 거스는 처참하게 망가졌고 자신을 두려워하는 애기에게 분노를 쏟아내었다. 애기는 오로지 그를 도발하지 않으려고 애를 쓰면서 하루하루를 버티고 있었다. 하지만 그는 그녀 또한 자신만큼 비참해지기를 바랐고, 나 역시도 그렇게 되기를 바라고 있었다. 그래서 그는 술이 마시고 싶어 안달이 난 남자들을 자주 집으로 불러들였다. 나는 그 상황이 너무 싫었기 때문에 집에 오자마자 다시 일터로 도망가기도 했다. 하지만 그날은 너무 피곤했다. 너무 고단한 하루를 보냈고, 그저 잠이 필요할 따름이었다.

제임스도 있었다. 거스의 사촌인 그는 시드니를 방문 중이었는데, 대놓고 나를 싫어했다. 내가 그와 딱 한 번 잠자리를 하고 나서 다시는 안 했다는 이유에서였다. 그래서 우리 집에 머물던 일주일 동안 나와 한마디도 말을 섞지 않았다. 나마지는 호주 토박이 친구들과 직장에서 알게 된 동료 의사들이 뒤섞여 있었다. 호주인과 미국인 사이에는 이상한 종류의 경쟁심이 있었는데, 서로 누가 더 술을 잘 마시는지 그리고 더 못되게 구는지를 증명하려고 열을 올렸다. 결과는 항상 호주 팀의 승리였다. 거스가 럭비를 하던 시절에 만난 이 특별한 그룹은 오래전부터 머저리가 되는 연습을 충실히 해 온 모양이었다.

나는 은근슬쩍 그들을 지나쳐 가려고 했지만, 아니나 다를까 한잔하고 가라며 나를 잡아 세웠고, 늘 이런 식으로 한 잔으로 시작해, 몇 잔을 더 마신 뒤에야 겨우 도망쳐 나올 수 있었다. 오늘 밤에는 싸울 기력도 없었기 때문에 그냥 로보라는 남자 옆 소파에 앉아 맥주를 집었다.

얼마 지나지 않아 빈 맥주병이 쌓여 갔고, 그다음에는 데킬라가, 그러고 나서는 코카인이 등장했다.

내가 취하는 데 필요한 것은 술이나 약이 아니었다. 소파에 앉아 그들의 찌든 모습을 보는 것만으로도 충분했다. 애기가 얼른 집에 오기를 바랐다. 절실하게 바랐다. 이런 분위기에 속해 있기에 나는 이제 너무 나이를 먹은 것 같았고, 마치 지금의 삶에서 벗어나 뒤틀린 사춘기 시절의 지독한 꿈속을 헤매는 것 같은 기분이 들었다. 내가 왜 이런 남자와 한집에서 살 생각을 했을까? 내 동생은 왜 이 남자와 결혼한 거지?

두려움은 나의 발목을 잡고 그곳에 앉아 술을 마시며 억지웃음을 짓게 했지만, 내 머릿속은 내내 경계심을 늦추지 않고 어떻게 하면 누구도 불쾌하지 않게 이 상황에서 벗어날 수 있을지에 대한 전략을 구상하느라 바삐 돌아갔다.

거스는 이제 연거푸 퍼마시고 있었다. 나에게 신경을 끄고 있었고, 괜찮을지도 몰랐다. 그들이 기절할 정도로 취할 즈음이면 나도 잠자리에 들 수 있겠지. 제임스는 내 맞은편에 앉아 나를 옴짝달싹 못 하게 붙잡아 두고 있었다. 그의 숨에서 악취가 났고, 그의 팔다리는 흐느적거렸다. 주변의 남자들이 서로 티격태격하며 황소처럼 발을 쿵쿵 구르고 서로 콧방귀를 끼는 모습을 지켜보면서, 나는 잠자코 앉아 누구의 눈에도 띄지 않는 방법을 택했다. 무사히 잘 넘겨서 분란을 일으키고 싶지 않을 뿐이었다. 한바탕 난리가 나는 광경만큼은 피하고 싶었다. 그들에게는 예측 불가능한 구석이 있었고, 의도적으로 정신줄을 놓고 상황을 엉망진창으로 만드는 능력이 있었기 때문에 그들의 눈에 띄고 싶지 않았다.

그때 문이 열리고, 내 동생이 들어왔다. 안도감이 밀려들면서 거의 울음이 터질 뻔했다. 그녀는 상황을 파악하기 위해 거실을 한번 훑어보더니 나의 표정을 주시하며 남편 거스에게 몸을 돌렸다. "뭐 하고 놀고 있었어, 자기야? 이따가 나도 끼워 줘야 해." 그러고 나서 애기는 내 손을 잡고 소파에서 나를 일으켜 세웠다.

제임스가 나의 다른 쪽 손목을 잡아챘다. "왜 그래, 애기. 분위기 망치지 마. 얘도 즐기고 있잖아."

"둘이서 할 말이 있어서 그래. 금방 올 거야."

사방에서 울려대는 음악과 웃음소리 그리고 왁자지껄한 목소리 때문에 동생의 목소리가 거의 들리지 않았다. 제임스가 내 손을 놓은 틈을 타서 우리는 서둘러 주방으로 자리를 옮겼다.

"얼마나 마신 거야? 운전할 수 있겠어?" 그녀가 내게 물었다.

나는 고개를 저었다.

"위층에 올라가서 방문 잠그고 있어."

"나랑 같이 가자."

그녀가 고개를 끄덕였다. 우리가 막 침실로 올라가려는 순간, 거스가 나타나 입을 열었다. "원 플러스 원이네." 그의 초점 없는 눈동자는 커다란 블랙홀 같아 보였다.

"우리 먼저 자려고." 애기가 말했다.

"아니, 못 가. 넌 노는 걸 좋아하잖아. 그러니까 더 놀아야지."

그녀와 거스는 한참 동안 서로를 쳐다보기만 했다.

나는 나 자신을 타일렀다. 침착하자. 긴장하지 말고. 별일 아니잖아. 아무 일도 없을 거야. 다른 사람들 앞에서 무슨 일이 벌어지진 않겠지.

애기는 거스가 내가 주방에 있다는 것을 잊어버리거나 신경을 쓰지 않도록 그를 다시 거실로 끌고 갔고, 나는 지금이 기회다 싶어서 얼른 위층으로 도망쳤다. 바로 방문을 잠그고 경찰에 전화를 걸었다. 그리고 소음에 대한 불평과 함께 민원을 넣고 경찰이 오기를 기다렸다. 20여 분 정도가 흘렀을 때 나는 창문 밖으로 고개를 내밀고 거스가 경찰관들에게 소리를 줄이겠다고 말하는 소리를 들었고, 그러고 나서 그들은 떠났다. 그리고 파티는 계속되었다.

나는 다시 전화해서 이번에는 싸움이 났고 사람들이 위험하다고 신고했다. 경찰관들이 다시 왔을 때 아무도 싸우지 않았다는 것을 확인시켜 줄 뿐이었지만, 내가 할 수 있는 일은 그것밖에 없었다. 또다시 경찰에 전화를 걸게 되면 뭐라고 말해야 할까? 사실 아직은 아무 일도 일어나지 않았고, 어쩌면 아래층에 있는 애기도 이 상황을 즐기고 있을 수도 있었다. 어쩌면 어떻게 대처해야 할지 알고 있을지도 몰랐다. 하지만 엄마는 우리에게 위험 신호를 가르쳐 주었고, 그 수는 백만 가지나 되었다. 나는 엄마가 사람들의 안 좋은 모습만 보기 때문이라고 분개하며 평생을 보냈는데, 내 방에 이렇게 서서 아래층에서 들려오는 소리에 귀 기울이고 있는 동안, 지난날의 내가 얼마나 순진했는지를 깨달았다. 감히 사람들이 저지를 수 있는 정도의 범위를 내가 알고 있다고 착각하고 있었으니까.

위험 신호가 감지되면 무조건 달아나야 해. 그런데 만약에 달아날 수 없는 상황이면 어쩌지? 그가 너무 위험한 사람이어서 도망칠 수 없다면? 동생이 도망치지 않는 이유가 오직 나를 보호하기 위해서라면 어떻게 하지? 그리고 그녀가 옳다면? 이 방법이 우리가 그에게서 살아남는 유일한 방법이라면? 그저 위험을 완화하면서 겨우 살아가는 방법뿐이라면 어떻게 해야 할까?

방문 밖에서 쿵 하는 소리가 났다. 나는 방문을 열어 보았다. 거스가 애기를 끌고 그들의 방으로 가고 있었다. 그리고 그 뒤를 제임스가 따르고 있었다. 그녀는 거의 의식이 없어 보였고, 문 뒤로 사라지기 직전에 나와 잠깐 눈이 마주쳤다. 그녀의 눈에는 통제력이 아닌 공포가 가득했다.

모든 의심이 사라졌다. 잠자코 숨어 있는 것은 더 이상 선택의 문제가 아니라는 사실이 명백해졌다. 위험을 완화할 방법 따위는 없었다. 뭔가 굉장히 안 좋은 일이 벌어지려 하고 있었고, 내 동생은 도움이 절실한 상황이었다.

나는 앞으로 뛰쳐나갔다. "잠깐!"

거스가 나를 쳐다보았다. "그냥 잠자코 있어."

"난 괜찮아, 인티. 방으로 가." 애기가 중얼거리듯 말했다.

"아니면 함께 하던가. 그걸 원하는 거야?" 제임스가 히죽거렸다.

"당장 그만두는 게 좋을 거야. 경찰에 신고할 테니까."

"맙소사, 긴장 좀 풀지 그래." 제임스가 말하더니 내 손목을 잡고 전화기를 떨어뜨릴 때까지 비틀었다. 그러고는 신발 뒤꿈치로 짓밟아 부숴 버렸다. 그러고 나서 웃으며 내게 다시 말했다. "침착해. 그저 재미를 좀 보려는 것뿐이잖아." 그리고 동생을 데리고 침실로 들어가 문을 잠갔다.

나는 문을 향해 몸을 던졌다. *"내 동생 내보내, 이 미친 변태 새끼들아!"*

그들에게서 아무런 대답이 없었고, 나는 아래층으로 뛰어 내려가 다른 남자들에게 애기가 도움이 필요하다고, 거스랑 제임스가 그녀를 방에 가두고 있다고 외쳤지만, 그들은 도와주기는커녕 깔깔거리며 외면했고, 누구도 전화기를 빌려주지 않았다.

나는 다시 위층으로 뛰어올라가 문을 열기 위해 손잡이를 발로 차기 시작했고, 나무로 된 문을 어깨로 계속 들이받았다. 내 손과 이로 이 문을 찢다가 내가 완전히 망가지더라도 꼭 열어야만 했다.

"저년 좀 어떻게 해 봐, 알겠지?" 방 안에서 제임스의 목소리가 들렸다.

문이 열리고, 나는 거스와 마주 섰다. 그를 밀쳐내기에는 너무 거대하고, 온갖 방법을 총동원하더라도 내게는 너무 강한 상대였다. "정말로 들어오고 싶어?" 그가 물었다. 그 질문의 의도 따위는 아무래도 상관없이, 나는 들어가야만 했다. "정말 보길 원하는 거야?" 이 방에서 일어날 일은 내가 막으려고 아무리 애를 써도 막을 수 없는 일이었다. 그들을 상대로 내가 할 수 있는 일이 아무것도 없었으니까. 그들의 덩치와 힘에 저항할 수 없었고, 아래층에서 아무도 도움을 주지 않고 있었으며, 심지어 내 휴대전화마저 망가져 버린 상황이었다.

당장에 내가 할 수 있는 일이라고는 동생과 함께 있어 주면서 그녀가 혼자가 아니라고 느끼게 해 주는 것밖에 없었다.

그가 나를 안으로 들어갈 수 있게 했고, 애기는 침대에서 벌거벗은 채로 술에 취했는지 약에 취했는지 몰라도 정신이 없어 보였다. 제임스는 그녀 위에서 목을 잡아 조르고 있었고, 동시에 나의 목도 잡아 조르고 있었다. 애기가 나를 보자마자 몸을 일으키려 애를 쓰며, 나를 내보내 주라고 소리를 질렀고, 이제 놓아 달라고 그만하라고 외치며 그들에게 간청했지만, 제임스는 그녀의 얼굴에 주먹을 강하게 날렸고, 결국에 그녀는, 우리는 의식을 잃고 말았다.

눈을 떴을 때 나는 침대의 가장자리에 누워 있었다. 침대는 들썩이고 있었다.

나는 여전히 옷을 입고 있었고, 아무도 나를 건드리지 않았다.

하지만……. 나는 고개를 돌렸다.

동생의 얼굴이 나와 나란히 마주하고 있었다. 그녀의 눈은 감겨 있었다.

"애기." 내가 불렀고, 그녀가 눈을 떴다.

그녀의 손을 잡고 내가 할 수 있는 힘껏 꼭 쥐었다. 거스의 안에 잠재되어 있던 증오와 굴욕 그리고 분노에 치가 떨렸다. 어떻게 내가 그에게서 이것을 보지 못했을까? 하지만 알고 있었잖아, 안 그래? 진작에 봤어. 하지만 이렇게까지 상황이 나빠질 거라고 믿지 않았을 뿐이지. 이런 최악의 상황은 상상조차 할 수 없었으니까. 이 지경에 이르게 된 모든 순간을 생각해 보니, 아주 조금만 바뀌었더라도 내가 이 상황에서 우리를 구할 수 있었을지도 모를 수백 가지의 순간이 있었다는 사실을 깨닫게 되었다. 그가 어떤 사람인지 알았던, 괴물이라고 인식했지만 그럼에도 불구하고 아무런 행동도 하지 않았던 순간들, 심지어 오늘 밤에도 나는 소파에 앉아 있으며 상황이 좋지 않다는 것을 알면서도, 빌어먹을 분란을 일으키고 싶지 않다는 이유로 나 자신을 타이르며 애써 도망치지 않았다. 내 안의 모든 것이 불타올랐고, 절대로 이 불을 꺼뜨리지 않기로 했다. 거스와 제임스 두 사람 모두 내가 할 수 있는 한 가장 잔혹한 방법으로 죽이고 싶었다. 하지만 그들이 우리를 침대에 묶어 두었기 때문에 당장에는 일어설 수도, 설령 일어설 수 있다고 해도 맞서 싸울 수도 없었다. 그들이 대놓고 상처를 주기 위해, 철저히 망가뜨리고 굴욕을 줄 목적으로 번갈아 가며 그녀의 몸에 입힌 트라우마를 느낄 수 있었다. 나는 나약했기 때문에, 제대로 돼먹지 못했기 때문에 맞서 싸울 수가 없었다. 평생을 그녀가 내게 그랬던 것처럼, 나는 단 한 번도 그녀를 보호해 줄 수가 없었다. 그녀는 나를 이 상황에서 구해냈지만, 나는 그녀를 구해 줄 수가 없었다. 나는 그녀의 눈에서 눈을 떼지 않았고, 그녀를 온 힘을 다해서 붙잡아 두려고 했지만, 이 상황을 막아서기에 내 힘은 너무나 미약했다. 그녀를 붙잡아 둘 수가 없었다. 그녀는 나를 떠나가고 있었다. 그리고 그녀는 사라져 버렸다.

*

나는 샤워기를 틀어 두고 그 아래에 앉아서 이대로 사라지기를 바랐다. 하지만 내 안의 조그마한 생명이 꼼지락거리며, 내 피부가 기억하는 최악의 상황으로 나를 몰아넣고 있다. 그날 밤으로, 끊임없이, 들썩거리는 침대와 용서할 수 없는 나의 나약함으로 나를 몰아넣는다. 이것이 내 몸 안에서 기생하는 기억이다.

제임스와 그 외의 남자들이 돌아갔을 때 거스는 머리를 손으로 감싸 쥐고 바닥에 앉아 있었다. 피를 흘리고 있는 자기 아내를 도울 생각은 전혀 없어 보였다. 정신이 멍하기는 했지만 다친 곳이 없던 나는 가까스로 몸을 일으켜 세우고 동생의 휴대전화로 구급차를 불렀다. 그리고 그녀를 위해 내가 할 수 있는 일을 했다. 그래봐야 결국에 그녀가 좋아하는 방식으로 그녀의 머리를 쓰다듬어 주는 것뿐이었지만, 그래도 나는 계속해서 그녀의 머리를 쓰다듬었다. 비록 내 손길을 느낄 수 없을지언정 나는 손을 멈추지 않았다.

그녀의 몸은 가까스로 살아남았다. 하지만 그녀가 깨어났을 때, 그녀는 다른 곳으로 가고 없었다. 그녀는 자신의 강인한 모든 부분, 심지어 그녀의 목소리까지도 가지고 사라져 버렸다.

27

우리가 늑대 10호를 찾아 나선 지 2주가 흘렀을 때, 에반이 마침내 베이스캠프의 문을 열고 걸어 들어오면서 말했다. "우리가 그녀를 찾았어."

"할렐루야!" 조가 외쳤다.

그동안 나는 10호를 찾기 위해 퍼거스와 함께 비행에 나섰다. 계절에 맞지 않게 너무 이른 겨울이 완연히 찾아왔고 모두가 그렇게 느꼈다. 11월 말이지만 세상은 온통 하얗게 변해 있었다. 추적이 가능한 목걸이 없이는 10호의 행방을 확인할 기술이 없어서 비행기를 타고 수색에 나섰지만 아무런 소득이 없는 상황이었다. 이제는 그녀도 비행기 소리를 알게 되었고, 숨는 법을 익힌 상태였다. 그래서 나는 에반과 닐스를 지상에서 추적하도록 내보냈고, 나 또한 직접 나가고 싶었지만 남산만 한 배를 해 가지고는 아무런 도움이 되지 못하리라는 사실을 알고 있었다. 임신 36주 차에 접어들자마자 작은 녀석은 그동안의 시간을 따라잡으려는 듯 놀라운 속도로 자라나고 있었다. 출산 예정일은 한 달 뒤, 크리스마스였다.

어쨌든, 임신 여부와 상관없이 이렇게 눈이 깊게 쌓인 지역을 돌아다니는 것은 힘든 일이다. 반면에 확실히 추적하기에는 더 수월하다. 늑대들의 움직임이 더 느려지고 그들의 발자국도 눈 위에 선명하게 남기 때문이다. 하지만 아무리 그렇다 해도 그들은 야생성이 강한 생명체이고, 우리는 길들여진 존재이다. 비록 우리도 야생성을 타고났지만 야생에서 어떻게 움직여야 하는지 잊은 지 오래다. 이곳은 늑대 10호의 영역이고, 우리는 침입자에 불과하다는 점을 간과해서는 안 된다. 그녀를 찾을 수 있다는 나의 희망은 날이 갈수록 점점 시들해졌지만, 보니에게는 항상 우리 팀이 거의 근접했으며, 곧 마무리가 될 것이고, 사냥꾼들을 조금 더 오래 잡아 두기만 한다면 우리 선에서 문제를 해결할 수 있다고 말했다. 생각만으로도 속이 울렁거렸지만, 우리가 10호를 포획하면 그녀를 직접 처리할 거라고 보니에게 다짐해 두었다. 그렇게 할 수밖에 없잖아. 오직 그 방법만이 레드와 그의 친구들, 사냥꾼들로부터 나머지 늑대들을 지킬 수 있는 해결책이 될 테니까. 무리에서 떨어져 나온 한 마리의 늑대가 종족을 지키기 위해 희생되어야만 했다.

"어디서?" 내가 에반에게 물었다.

"케언곰산 기슭에서."

"왜 데려오지 않았어?"

"그러려고 했는데, 놓쳤어. 도망갔는데 다시 못 찾겠더라고."

"장난해? 왜 추적해서 따라가지 않았어?"

"거긴 눈보라가 휘날리고 있어!" 그가 대답했다. "추적할 수가 없었다고!"

에반이 피곤함에 지치고 추위에 벌벌 떠는 모습을 보고 있자니 화가 누그러들었다. 그와 닐스는 며칠이나 밖에서 헤매고 다닌 상태였다. "미안해." 내가 사과했다. "찾은 것만으로도 잘한 건데. 집에 가서 샤워하고 잠 좀 자."

에반이 쿵쾅거리며 밖으로 나간 뒤, 나는 조에게 그의 위치를 다운로드해 달라고 부탁했다. 그가 어디에서 10호를 찾았는지 확인할 필요가 있었다. 그의 말대로 한참이나 멀리 떨어진 곳이었다. 고산지대에서 야생의 심장에 해당하는 깊숙한 곳으로, 처음부터 늑대들이 모일 장소로 고려했던 지역이다. 이런 험한 날씨에는 그렇게 멀리까지 가려면 말을 타고 가더라도 며칠이 걸릴 것이다. 에반에게 내일 다시 가서 확인해 달라고 부탁할 수 없을 것 같았다. 그는 이미 한계에 도달했고, 닐스는 눈보라가 휘몰아치지 않더라도 추적에는 영 재능이 없었다. 게다가 우리 말들 또한 모두 지친 상태이고, 누구든 재정비하여 다시 그곳에 도착할 때면 이미 10호는 그곳을 떠나고 없을 것이다.

"악몽도 이런 악몽이 있다니." 내게서 희망이 사라져 가는 모습을 지켜보면서 조가 말했다.

"괜찮아. 괜찮을 거야. 옛 동료들한테 전화 좀 돌려서 이곳으로 도와주러 올 수 있는지 물어볼게. 인력만 보충하면 돼. 이런 날씨에는 10호도 능선을 넘지 못할 테니, 남쪽으로 돌아서 다시 무리에 합류할 것 같아. 우선 은신처에서 제일 가까운 길목부터 차단하고 그녀를 잡자. 그곳 상황은 그리 나쁘지 않아서 도움을 줄 인력도 더 있을 거야."

나는 휴대전화를 집어 들었고, 던컨에게 두 통의 부재중 전화가 온 것을 확인했다. 이상했지만, 지금은 다른 일을 걱정할 시간이 없었다. 보니와 계속 연락을 주고받으며 늑대와 관련된 일을 처리하는 것이 급했기에, 그가 내게 전화한 이유가 무엇이든 나중으로 미뤄도 될 것 같았다. 나는 데날리에 있는 동료 몇 명에게 전화를 돌려 가능한 한 빨리 이곳으로 와 달라고 부탁했다. 대부분은 맡은 일이 있어서 올 수 없다고 했지만, 몇몇은 수개월 동안 뉴스를 통해 우리 프로젝트의 진행 상황을 지켜보았다면서 기꺼이 도우러 오겠다고 했다.

나는 마구간을 찾았다. 푸른 오두막에는 따뜻하게 지낼 수 있는 마구간이 없기 때문에 겨울을 나려면 잴을 이곳에 옮겨 두어야 했다. 그녀에게 사과 두어 개를 먹이고, 몇 주 동안 숲속을 누비느라 녹초가 된 다른 말들에게도 똑같이 해 주었다. 한 마리 한 마리 쓰다듬어 주면서 말발굽이 괜찮은지 확인한 뒤, 잴에게 돌아가서 목을 쓰다듬었다. "오늘이라도 너를 집에 데려갈 수 있다면 얼마나 좋을까." 그녀에게 나지막하게 말했다. "애기가 많이 보고 싶어 해." 그녀가 자기 얼굴을 내 볼에 비볐고, 나는 눈을 감고 그녀의 따뜻한 체취를 들이마셨다.

차를 몰고 얼어붙은 도로를 따라 집으로 향했다.

현관문을 열고 들어섰지만 애기는 아무 반응이 없었다. 침대에 있을 것이다. 요즘에는 종일 그러고 있으니까. 뭐 좀 먹자고 불러 내려다가 그냥 방에 놔두기로 했다. 오늘 밤에는 그녀의 침묵과 마주할 자신이 없다. 그녀가 고비를 넘겼을지 모른다는 생각을 정말 많이 했는데, 콤의 공격으로 그녀가 다시 예전의 어두운 구덩이 속으로 빠져들어 간 듯하고, 솔직히 나 또한 그 구덩이에서 완전히 벗어난 듯한 기분이 들지 않는다.

겹겹이 입은 방한용품들을 하나씩 벗고 있는데 바로 뒤에서 노크 소리가 들려왔다. 보니가 잿빛 얼굴을 하고 있었다. "들어와요." 그녀를 따뜻한 집 안으로 잡아당기며 내가 말했다. "괜찮아요? 무슨 일 있었어요?"

"물어보고 싶은 게 있어서요."

"네." 초조해하는 그녀에게서 불안한 느낌이 들었다. "앉아요. 마실 것 좀 줄까요?"

"아니요, 괜찮아요. 고마워요."

"콤에 관한 건가요?"

"아니요, 우리는 계속 그를 주시하고 있어요. 걱정하지 않아도 돼요."

나는 그녀의 맞은편 안락의자에 앉았다. 동생은 아직도 방에서 나오지 않고 있었다. 자그마한 새가 날아가듯 하나의 생각이 빠르게 스쳐 지나갔다. 동생이 실제로 저 방에 없기 때문일까. 그녀가 죽은 걸까?

아니야, 죽지 않았어. 던컨이 그녀를 봤잖아. 그래, 그가 똑똑히 봤지.

"레드 맥레이가 찾아왔었어요." 보니가 입을 열었다.

"그랬군요."

"당신이 자기를 만나러 찾아왔을 때, 당신이 한 말이 계속 생각난다고 하더라고요."

그와 나눈 대화를 떠올려 보려고 노력했다.

"듣자 하니, 던컨이 스튜어트의 죽음과 관련이 있다고 했다던데요."

"네?"

"스튜어트가 사라지기 전날 밤, 당신은 던컨의 집에서 밤을 함께 보냈죠."

"맞아요……."

"지난번에 당신은 밤새 그곳에 있었다고 진술했어요. 하지만 던컨도 내내 그곳에 함께 있었냐는 질문을 당신에게 하지 않았다는 사실을 뒤늦게 깨달았죠."

심장이 너무 쿵쾅거려서 손끝과 발끝에서도 그 진동이 느껴졌다.

"술집을 떠난 시간부터 다음 날 아침 시간까지 던컨은 당신과 함께 있었나요?"

아무 말도 할 수 없었다. 무슨 말을 해야 할지 몰랐다.

그러다가 어째서인지 나는 입을 열기로 했다. 그가 말하기를 자기는 스튜어트를 죽이지 않았다고 했고, 내가 정말 바보천치일지도 모르겠지만, 그리고 애기와 내가 겪은 그 모든 일과 교훈에 상관없이, 결국 나는 그를 믿기로 했다.

"네." 내가 대답했다.

"오." 그녀가 안도의 숨을 내쉬었고, 그만큼 이 대화가 그녀에게 엄청난 부담을 안겨 주고 있었다는 사실이 보였다. "그럼 왜 던컨이 그 사건과 관련이 있다고 생각하게 된 거예요?"

나도 숨을 내쉬었다. 내가 그렇게 되기를 바랐으니까. 스튜어트에게 무슨 일이 일어났는지 진실을 밝혀내서 누군가에게 알리고, 늑대에게 화살이 돌아가지 않게 하기 위함이었다. 이것이 내가 그를 물은 이유이자, 내 의도의 전부였다. 그런데 이제 그 누군가가 이곳에 앉아서 내 이야기를 듣고자 하고 있고, 내가 생각할 수 있는 것이라고는 어떻게 신빙성 있게 거짓말해야 하나이다. 늑대가 이 사건에 휘말리지 않게 하려고 했던 의도와 마찬가지로 무고한 사람에게 죄를 덮어씌울 수는 없으니까.

나는 고개를 저었다. "그에게 화가 났어요. 무척 화가 났죠. 지금도 마찬가지고요. 그가 레이니와의 관계를 내게 사실대로 말하지 않았고, 그로 인해서 내가 이용당했다고 느껴졌죠. 그래서 레드에게 괜한 소리를 좀 했어요. 하지만 그를 깎아내리고 싶은 간절한 마음과는 별개로, 그날 밤 내내 그가 나와 함께 있었다는 사실은 부인할 수가 없네요. 그게 전부예요. 시간 낭비하게 만들어서 미안해요."

꽤 오랜 시간 동안 그녀는 아무런 말도 하지 않고 있다. 그저 나를 바라보기만 할 뿐이다. 상대방을 불안하게 만드는 노골적인 시선이고, 이것은 그녀가 사람들에게 자백하게 만드는 방법일 것이다. 그 시선에서 벗어나기 위한 궁여지책으로, 나는 어떻게든 참아냈다.

보니가 자리에서 일어서며 말했다. "알겠어요. 고마워요, 인티. 난 그저 후속 조치가 필요했을 뿐이에요."

"알아요, 고마워요."

보니를 보내고 나서 나는 무엇을 해야 할지 생각이 정리가 되지 않았다. 그녀가 나를 믿지 않는다는 것은 분명했다. 경찰의 촉으로 이상한 낌새를 알아차렸을 테니까. 그녀는 내게 얻은 정보의 진위를 떠나서 계속해서 추가 조사를 진행할 것이다.

나는 코트와 모자, 스카프를 챙겨 입었다. "애기, 나 금방 나갔다가 올게." 밖으로 나서면서 내가 외쳤다. 아마 이 일 때문에 오늘 그가 내게 전화했을 것이다. 신호가 잡히자마자 연락해야 했는데, 그에게 응답하지 않은 점이 내심 마음에 걸렸다. 나는 적어도 내가 다시 그를 용의선상에 올렸다는 사실을 그에게 알려야 할 필요가 있다. 보니가 본격적으로 뒷조사를 시작하기 전에 귀띔이라도 해 줘야 한다.

시린 발로 추위를 뚫고 걸어갈 엄두가 나지 않아 던컨의 오두막까지 지름길로 차를 몰았다. 집 안에 불은 켜져 있고 그의 차도 주차되어 있다. 하지만 문을 두드려도 아무런 응답이 없다. 몇 번 더 노크해 본 뒤에야 문이 잠기지 않았다는 사실을 알게 되었다. 핑갈이 뛰어나오리라 기대하고 그의 이름을 부르며 집 안으로 들어갔지만, 핑갈은 뛰어나오지 않았다.

개만 없는 것이 아니라, 집 안에는 아무도 없었다.

뭔가 이상했다.

장작 난로는 얼마 전에 불을 지핀 듯 불꽃을 튀기며 타오르고 있었는데, 던컨이 외출하려고 했다면 하지 않았을 행동이었다. 더욱이 집을 몽땅 태워 버릴 생각이 아니라면 저렇게 연료통을 열어 둔 채로 나가지는 않았을 테니까. 그의 지갑과 열쇠 꾸러미도 커피 테이블 위에 고스란히 놓여 있었고, 그의 차도 밖에 주차되어 있었다. 나는 거실에 서서 그가 어디에 있을지 생각했다. 평상시 같으면 집에서 나를 맞았을 시간일 텐데 어떻게 된 걸까? 핑갈을 데리고 산책하러 나갔을까? 집을 이 상태로 내버려두고?

나는 집 밖으로 나가 어둠 속에서 외쳤다. "던컨?"

아무 소리도 나지 않는다.

잠시 뒤 이어진 낑낑거리는 소리.

갑자기 등골이 서늘하다.

주머니에서 휴대전화를 꺼내 라이트를 켜고 천천히 어둠 속으로 걸어 들어갔다. 내 앞에는 손길이 닿지 않은 새하얀 눈이 깔려 있었고, 조금 더 들어가니 여기저기에 흐트러진 발자국이 보였고, 빨간 얼룩이 길게 이어져 있었다.

체리색 같기도 하고 수컷 황금방울새의 머리색 같기도 한, 동맥에서 뿜어져 나온 짙은 핏빛이었다.

핑갈이 먼저 눈에 띄었다. 그의 배는 찢겨 갈라져 있었지만, 기적적으로 아직 숨이 붙어 있었고, 가쁜 숨을 빠르게 헐떡거리고 있었다. 핑갈이 눈을 뜬 상태로 그의 옆으로 다가서는 나를 올려다보았다. 엄청난 고통 때문에 다가가기를 멈추고 싶었지만, 몇 걸음 떨어진 곳에 또 다른 몸, 더 큰 몸집의 사람이 누워 있는 것이 보였고, 나도 모르게 그곳으로 이끌렸다.

역시, 던컨이었다.

그의 목은 찢겨 있었고, 몸 안의 모든 피가 쏟아져 나온 듯 눈

위를 빨갛게 물들이고 있었다. 그리고 나의 모든 피도 쏟아져 나오는 느낌을 받았다. 나는 내 목을 움켜쥐었다. 지금껏 나는 볼 수 없었지만, 지금은 반드시 봐야만 한다. 보고 무엇을 느끼든지 간에 받아들일 수밖에 없다. 이렇게 그를 떠나보낼 수는 없으니까.

온몸을 벌벌 떨면서 무릎을 꿇었다. 그의 얼굴에 손을 가져갔다. 그리고 그를 보았다. 그때 그가 눈을 떴고, 너무 큰 충격에 나는 소리를 내지를 수밖에 없었다.

던컨은 목소리를 낼 수 없었지만, 나는 평생 침묵의 언어를 이해하며 살아온 사람이다. 그의 눈빛에 비친 언어는 두려움과 간절함 그리고 사랑이었다.

"괜찮아요." 내가 말했다. "괜찮을 거예요." 이렇게 피를 흘리는 사람에게 하기에 정말 어처구니가 없는 말인지 몰라도, 중요하지 않다. 나는 지체하지 않고 그의 벌어진 목을 닫은 뒤, 쌓인 눈을 상처 부위에 올려놓고 강하게 눌러 지혈하려고 애썼다. 그의 통증이 내게 전해지면서 나도 숨을 못 쉴 것 같았지만, 나의 공감 능력이 나를 지배하도록 내버려두어선 안 된다. 지금 여기서는 절대로 안 된다.

우리 강아지는요? 그가 눈빛으로 말했다.

"핑갈은 괜찮아요." 내가 그에게 대답했다. "살아 있어요."

나를 잡은 그의 손에 강한 힘이 들어갔다. 그가 내게 요구하듯이 나를 흔들고 있었다.

"알겠어요." 내가 다시 말했다. "여기에 두고 가지 않을 거예요." 개가 던컨을 구하려고 한 것이 틀림없다.

그의 피 때문에 자꾸만 손이 미끄러졌다. 내 몸 여기저기에 그의 피가 묻어 있었고, 그 특유의 비릿한 냄새 때문에 머리가 어지러웠다. 구급차를 불러야 한다는 생각이 떠올랐지만, 수신이 안 되는 지역이어서 그런지 응급 전화도 걸리지 않았다. 이 먼 외지에서 고립된 우리는 이렇게 죽음을 맞이할지도 몰랐다.

"병원에 데려다 줄게요, 던컨."

우리 강아지는요? 그의 눈이 다시 말했다.

"남겨 두고 가지 않을 거예요. 일어설 수 있겠어요?" 이렇게 다친 목으로 일어설 수 있을 리가 없잖아. "내가 끌고 가 볼게요, 알겠죠?" 그의 겨드랑이 사이에 미끈거리는 내 손을 집어넣고 단단히 움켜잡은 뒤, 할 수 있는 최대한의 힘으로 눈 위로 그를 끌어당기기 시작했다. 예상했던 것보다 훨씬 더 힘들었다. 임신 8개월의 몸이 아니더라도 어려웠을 것이다. 하지만 지금 내 모든 근육은 그 한계를 넘어 악을 쓰고 있었다. 너무 힘들다고, 불가능할 거라고. 하지만 또 그렇지도 않잖아. 그저 한 사람을 안전한 곳으로 옮기는 것뿐이니까. 나는 할 수 있어. 이제 우리는 펑갈을 지나치고 있었다. 내가 말했다. "보지 마요, 던컨. 보지 말아요." 하지만 어떻게 안 볼 수가 있을까. 그로서는 당연히 볼 수밖에 없었다. 그리고 누워서 숨을 헐떡이는 자기 개를 보자마자 그는 무너져 내렸다. 내가 다시 말했다. "아직 살아 있어요." 하지만 그저 말뿐인 위로밖에 될 수 없다는 사실을 우리 둘 다 알고 있다. 늑대에게 내장이 찢겨진 상태로 살아남을 수 있는 생명체는 세상에 없다는 사실을 알고 있으니까. 던컨은 소리조차 내지 못하고 슬픔 속에 고

통받으며 컥컥 피를 토하며 소리 없이 울었고, 나는 끌어당기고
또 끌어당길 수밖에 없었다. 그는 너무나 무겁고, 내 손은 너무나
미끄러워서 계속 그를 놓쳤지만 다시 들어 올려서 끌기를 반복했
고, 그래야만 한다면 내 몸이 망가져 죽을 때까지 그를 끌어당길
수 있었다. 왜냐하면 비틀거리는 매 걸음마다 한 가지 사실을 온
몸으로 뼈저리게 깨달을 수 있었기 때문이다. 그동안 내가 틀렸
다. 그는 스튜어트를 죽이지 않았다. 아니, 죽였든 아니든 그런 것
은 더 이상 중요하지 않았다. 내 안에서 더 큰 깨달음이 일었으니
까. 그것은 내가 그를 얼마나 깊고, 또 넓게 사랑하는지에 대한 깨
달음이었다.

그의 얼굴을 내려다보았는데 눈이 감겨 있었고, 충격으로 정신
을 잃은 것 같았다. 그에게서 흐느낌은 사라졌지만, 그의 손목을
짚어 맥박을 확인했을 때 그 희미한 잔상이 남아 있었다. 어쨌든
아직 숨을 쉬고 있고, 심장도 아직 뛰고 있다. 마침내 우리는 차에
다다랐다. 뒷좌석 문을 열고 기어올라가 몸을 돌리고 자못 어색
한 자세로 그에게 손을 뻗었다. 육지에 올라온 고래 같은 모습이
었을 것이다. 그를 끌어올려 좌석 위로 옮기는 동안에 내 등은 끊
어질 듯한 통증이 몰려왔다. 혀를 깨물었는지 입안에서는 쇠 맛
이 번졌다. 바로 내 눈앞에 그의 목이자, 나의 목이기도 한 상처
부위가 다시 벌어졌지만, 이제 내성이 생긴 것인지 내 공감 능력
의 스위치는 꺼져 버렸고, 용케도 나는 그를 차에 실을 수 있었다.

운전석에 올라타려는 순간이었다.

애타게 핑갈을 찾던 그의 눈빛이 머릿속을 스쳤다.

핑갈을 향해 몸을 돌렸다. 그를 남겨 두고 갈 수 없지. 던컨의 생명을 구하려고 싸웠고, 그러다가 죽음을 맞이하고 있는 강아지니까. 동물이란 언제나 이런 식이지. 그 용기와 사랑으로 주인의 마음을 아프게 하는 존재. 나는 핑갈을 끌어올려 가슴에 안았다. 생각했던 것보다 더 가벼웠다. 복실한 털 속에 감춰진 작은 생명체의 무게. 다시 서둘러 차로 돌아가면서 핑갈을 내려다보았을 때까지만 해도 그는 여전히 눈을 뜨고 있었다. "정말 장하구나." 내가 속삭였다. 그의 숨이 서서히 사라질 때까지 계속 반복해서 사랑한다고 말해 주었다.

앞자리에 그를 살며시 눕혔다. 이제 그의 눈은 완전히 감겨 있었다. 헐떡거리던 숨도 멈춰 있었다.

어두컴컴한 도로를 내달려 시내로 향했다. 너무 빠른 속도였지만, 밤에 굽어진 도로가 얼마나 위험한지, 그리고 만약에 사고가 난다면 던컨의 생명을 구할 수 없다는 사실을 알기 때문에 통제 가능한 정도의 속도를 유지했다.

병원 입구에 도착하자마자 큰 소리로 도와달라고 외쳤다. 누군가가 다가와 던컨을 들것에 싣고 내가 더 이상은 볼 수 없는 어딘가로 그를 데려갔다. 나는 대기실 플라스틱 의자에 주저앉았다. 간호사 한 명이 오더니 나를 데리고 다시 어딘가로 향했고, 나는 던컨이 있는 곳으로 데려가는 줄 알았지만 내가 간 곳은 검사실이었다. 그곳에서 나를 침대 끝에 앉히고 맥박을 잰 뒤, 태아의 심장박동 소리를 확인한다. 얼마 지나지 않아 담당 의사가 들어와 초음파 검사를 진행하고, 내가 임신 기간 동안 이렇게 진찰을 받아 본 적이 없다는 사실을 말하자 의사는 경악하는 표정을 지었다. 그러고는 내가 얼마나 무책임하고 얼마나 많은 부분이 잘못될 수 있었는지 온갖 설명을 늘어놓았지만, 정신이 없는 나는 그의 목소리가 전혀 귀에 들어오지 않았다. 나는 그저 천장을 바라보면서 늑대에 대해서 생각할 뿐이었다.

말이 안 되는 상황이었다. 스튜어트를 죽인 자가 누구였을까. 레이니가 한 일이 아니라면, 나도 아니고 던컨도 아니라면 과연 누가 그랬을까? 누가 그럴 수 있었을까?

답은 내내 정해져 있었다. 마을 사람 전체가 그것을 알고 있었는데, 나만 거부하고 있었다. 그것도 너무 완고하게, 의도적으로 모르는 체하며 내가 이곳으로 데리고 온 동물에게 죄를 씌우지 않으려고, 내가 사랑하는 사람에게까지 그 죄를 덮어씌우려고 혈안이 되어 있었다. 심지어 전부터 알고 있었다. 인간을 두려워하지 않는 유일한 한 마리, 다른 녀석들보다 훨씬 더 공격적인 한 마리, 갇혀 있기를 거부했던 그 녀석. 그리고 내가 저지른 부정의 대가를 지금 던컨이 치르고 있다.

그가 수술 중이라는 소식을 들었다. 시간이 오래 걸릴 것이고, 오늘 밤을 넘긴다면 기적이라고 했다.

먼저 나는 오래된 데이터를 살펴보기 위해 베이스캠프로 향했다. 우리는 늑대 10호가 처음 울타리에서 뛰쳐나간 이후 꽤 오랫동안 그녀의 행방을 찾지 못하고 있었다. 글렌쉬에서 북쪽으로, 바로 우리가 있는 곳으로 향했다는 사실은 파악하고 있었다. 그런데 왜 확인해 보려는 생각을 안 했을까? 그러고 싶지 않았던 거겠지.

하지만 이제 확인하려고 한다. 예전 데이터에 표시된 지점들을 살펴보았다. 스튜어트가 죽은 그날 밤과 정확히 일치하는 데이터는 없었지만, 충분히 가까운 거리의 두 지점이 표시되어 있었다. 그 두 지점 사이에 사각지대가 있다면 충분히 그에게 접근할 수 있는 거리였다.

집으로 와서 짐을 챙기기 시작했다. 레드와 다른 사냥꾼들이 이 사실을 알게 되면 나와 똑같은 일을 하려고 하겠지. 그 작은 불씨가 숲 전체를 불태울 것이다. 두 명이나 난도질당하고 죽음까지 맞이하게 된 상황이니까, 그들에게 필요한 근거는 모두 마련된 셈이다. 그들은 늑대 사냥에 나설 것이고, 한 마리도 남김없이 죽일 것이다. 하지만 이것이 나를 움직이게 만든 유일한 이유는 아니다. 그리고 진짜 이유도 아니다. 진짜 이유는 이전에 한 번 아무런 대응도 하지 않고 가만히 누워만 있었기 때문이다. 충분히 강하지 못하다는 이유로, 끔찍한 일이 생기도록 방치했고 바로잡지도 않았으니까. 나는 필요한 물품들을 가방에 채워 넣었다. 음식과 물, 성냥, 양말 몇 켤레, 여분의 장갑, 방한용 침낭, 총알 한 박스. 그리고 내 뱃속에 작고 따뜻한 생명이 나를 따뜻하게 해 줘서 그렇게 많은 옷이 필요하지는 않았지만, 가능한 많은 옷을 껴입었다. 방한화, 모자, 장갑도 잊지 않았다.

준비를 단단히 마치고 밖으로 나가는데 애기가 잠옷 차림으로 나왔다. 곁눈질로 그녀가 보내는 수신호를 확인했다.

어디 가는 거야?

문가에 서서 그녀를 바라보았다.

"늑대를 죽이러."

28

법원 소송이 시작되기 전, 심지어 조사가 진행되기도 전이었지만 거스는 하고 싶은 대로 자유롭게 행동할 수 있었다. 병원에 있는 애기를 계속 찾아오겠다고 작정한 듯했다. 그래서 나는 그가 보안 요원에게 가로막혀 다시 한번 애기를 만나려는 시도가 실패로 끝날 때까지 기다렸다가 집에 돌아가는 그를 뒤쫓아 갔다. 차에 앉아 그가 먼저 집 안으로 들어가는 모습을 지켜보았고, 잠시 후 침실 창문에 비친 그의 실루엣을 확인했다. 나는 몰래 집에 들어가 부엌에서 칼을 집어 들었다. 손에 땀이 너무 많이 나서 제대로 칼을 쥘 수가 없었고, 입안은 바싹 말라서 침조차 삼키기 어려웠다. 저 방에 다시 들어갈 수 있을지 확신이 서지 않았지만, 어느새 나는 방으로 들어서고 있었고, 그 움직임 또한 상당히 재빨랐다. 평생 무엇 하나 죽여 본 적 없는 나였지만 이번에는 달랐다. 그에게 어떤 동정심도 일지 않았고, 일을 치르는 과정에서 나 자신을 죽여야 한다는, 공감 능력에 대한 두려움 따위도 없었다.

그는 침대에 누워 눈을 감고 있었다. 그날 밤 이후 그를 체포하기 위해 경찰이 오기는 했지만, 어쨌든 지금 이렇게 구속되지도 않고 처벌받지도 않은 채 태평하게 누워 있었다.

나는 그의 위로 올라서서 내려다보았고, 칼은 그의 목을, 동시에 나의 목을 겨냥하고 있었다.

거스가 눈을 떴다.

그는 두려워하고 있었고, 분명하게 그 감정을 느낄 수 있었다. 희열이라고 해야 할까. 그의 두려움을 즐기는 존재로, 그가 나를 이렇게 만들었다. 나는 그의 피부가 찢어지기 시작할 때까지 칼을 눌렀고, 쓰라림과 함께 한 방울의 피가 목을 타고 흘렀다.

"인티." 그가 입을 열었다.

"아무 말도 하지 마."

"내가 잘못했어."

"닥쳐." 으르렁거리는 짐승처럼, 가슴 밑바닥에서 시작된 분노가 내 이빨 사이로 쏟아내는 것처럼 울부짖었다.

그를 죽일 작정이었다.

그도 자기가 곧 죽게 된다는 것을 알았는지, 꺽꺽거리며 흐느끼기 시작했다.

기분이 더러웠다. "닥치라고!" 다시 한번 말했다. 더 힘주어 칼을 누르자, 칼날은 그의 목 더 깊숙이 미끄러지며 선명한 선을 그었고, 아픔이, 심한 통증이 느껴졌다. 이 통증은 나를 속이고 있었고, 내 목 전체에 더 극심한 고통으로 번져나갔다.

"애기는 평생 아이를 갖지 못하게 됐어, 알고 있기는 해? 그 후로 말을 잃었고, 다시는 말을 못 할 수도 있어. 너는 그 애를 죽이는 것보다 훨씬 더 심한 짓을 한 거야. 그녀를 고문하고, 모욕하고, 평생 그 더러운 기분을 잊지 못하도록 그녀를 살려 둔 거라고."

그리고 마침내, 어떤 대답을 하더라도 나로서는 이해할 수조차 없을, 잠 못 이루도록 묻고 싶었던 그 질문을 했다.

"왜 그랬어?"

하지만 그는 아무런 말이 없었다. 어쩌면 그 자신도 정확한 이유를 모르기 때문일 수도 있고, 아마도 그 행동을 이해시킬 수 있는 합당한 설명 따위는 절대 할 수 없다는 사실이 진정한 공포로 다가왔을지도 몰랐다. 그가 울음을 멈추고, 자신의 냉정한 내면의 세계에서 분리되어 나오는 모습을 보았다. 이것이 그가 처신하는 방법이고, 자기 아내에게도 보였던 모습이었을 것이다. 나는 그를 한 번이 아닌, 할 수 있다면 그 이상에 걸쳐 몇 번이고 죽이고 싶었다.

하지만 그의 목을 완전히 베어 버리려고 하는 결정적 순간에 내 손이 말을 듣지 않았다.

그리고 나는 그럴 수 없을 것이라는 사실을 너무나도 분명하게 깨닫게 되었다. 심지어 지금 이 순간에도, 내게 그럴 용기는 없었다. 나는 내 동생처럼 될 수 없었다. 그녀는 나를 위해 두꺼운 문학책으로 못된 녀석들의 코를 박살 내고, 나 대신에 자기가 방아쇠를 당기며, 나를 보호하기 위해 평생을 살아왔다.

"애기를 사랑하기는 했어?" 내가 물었다.

역시 그는 대답이 없었다. 어쩌면 다행이다 싶었다. 그 질문은 더 이상 아무런 의미가 없을 테니까. 어느 쪽이든 이제 중요하지 않았다.

그냥 전부 고깃덩어리야. 빌어먹을 고깃덩어리라고.

"다시는 널 볼 일 없을 거야." 내가 그에게 말했다. "만약에 다시 한번 네 얼굴을 보게 된다면, 단 1초라도 우리와 눈이라도 마주치게 된다면, 그때는 정말 너를 찢어 죽일 거니까. 무슨 말인지 알아들어?"

그가 고개를 한 번 끄덕였다.

나는 칼을 거뒀다.

*

말이 필요하다. 늑대 10호는 도로가 끝나는 지점 너머의 차로 갈 수 없는 산속에 있었다. 베이스캠프의 말들은 모두 충분한 휴식을 취하지 못한 상태였기 때문에, 남은 말은 젤뿐이었다. 그녀에게 안장을 올리고 짐과 소총을 매달면서 내가 긴장하고 있다는 사실을 깨달았다. 우리가 빙판 위에서 처음 만난 날 이후로 그녀를 타 본 적이 없었다. 다리를 다친 그녀는 정신까지 불안한 상태였고, 그 이후로 그녀를 길들이고 다시 걷고 뛸 수 있게 한 사람은 내가 아니었다. 하지만 애기가 타기 시작한 후 젤은 하루가 다르게 더 침착해지고 더 믿음직한 모습을 보인 것 또한 잘 알고 있다. 뱃속의 아이를 위험에 처하게 하고 싶지 않지만, 던컨이 신뢰에 관해 한 말이 옳다면, 동물들도 분명히 똑같은 방식으로 응답할 것이다. 젤도 내가 그녀를 믿어 주기를 바랄지도 모른다. 그렇지 않으면 나는 내팽개쳐질지도 모른다.

그날 빙판 위에서 어떻게 그녀가 몸을 낮춰 내가 올라타도록 했는지, 깊은 상처에도 불구하고 어떻게 우뚝 일어서서 가파른 둔덕을 올랐는지에 대해 생각하면서, 수천 번도 더 했던 것처럼 내 손을 그녀의 얼굴에 가져갔다. 손바닥 아래에서 열정 가득한 그녀의 떨림이 느껴진다. 그녀의 목에서 따뜻하고 힘찬 맥박이 내 손에 느껴졌고, 뛰어나가고자 하는 욕망을 공유했다.

내가 올라타자, 그녀는 불편한 기색 없이 울지도 않고 뒷걸음질을 치지도 않았다. 나는 허벅지를 조였다 풀면서 움직임을 조절해 그녀를 앞으로 이끌었고, 그녀의 움직임에 나를 맞췄다. 우리는 물 흐르듯 자연스럽게 하나가 되었는데, 아빠 덕분이었다. 나는 아빠에게 여러 해 동안 말 타는 법을 배웠고, 말과 기수 사이에 오가는 사랑도 이해할 수 있게 되었다. 그렇게 우리는 멀리, 달빛이 드리워진 숲속으로 녹아들어 가고 있었다.

우리가 글렌쉬 무리의 영역 가장자리에 도착했을 즈음, 수평선 너머로 새벽이 밝아오고 있었다. 밤은 길고 추웠는데, 우리가 이동한 거리는 실망스러울 정도였다. 차로 이동하면 기껏해야 두어 시간 정도 걸리는 짧은 거리지만, 젤을 실을 수 있는 차가 내게는 없을뿐더러 지금부터는 말이 없으면 이동하기 힘들 것이기 때문이다. 태양이 떠오르며 하얀 땅을 반짝이게 비추고, 그 온기에 근육에도 다시 힘이 차오르는 느낌이다. 10호가 아직 이곳에 있을지 모르지만, 어쨌든 확인해 봐야 한다. 잠복처에 앉아 새끼들이 아침 햇살을 받으며 재미있게 장난치며 즐거워하는 모습을 바라보고 있자니 가슴 한편이 아팠다. 그들이 이빨로 내게 입질을 하고 혀로 내 얼굴을 핥고 앞발로 나를 때리며 눈밭에 나뒹구는 모습을 보면서, 그 느낌이 고스란히 전해졌다. 그들의 피부와 온기, 그들의 힘과 확고함을 느꼈다. 나도 저렇게 집에서 몸을 누이고, 편안하고 활력 넘치고 싶어. 욕망의 떨림이 내 몸을 전율하게 했고, 어느새 나도 저곳에서 그들과 함께 강하고 친근한 가족의 일원이 된 것을 느낄 수 있었다. 그때 뱃속의 아이가 발길질했고, 평상시보다 더 강한 발길질을 봐서는 그녀도 똑같은 감정을 느끼고 있다는 생각이 들었다.

이제 이곳을 떠나야 할 시간이었다. 그들이 준 감동이 너무 생생해서 계속 머물고 싶은 마음이 간절했다. 나를 잊은 채, 늑대가 된 듯한 기분이랄까.

10호의 흔적이 보이지 않았기에, 그녀가 마지막으로 포착된 산을 향해 북쪽으로 이동해야 했다. 10호는 숲의 중심부에서 외곽으로 이동해서 사냥을 하고, 다시 중심부로 돌아오는 패턴을 보이고 있었다. 도로나 집, 사람도 없는 그곳에서 더 자유로움을 느끼는지도 몰랐다. 우리가 알고 있는 것보다 더 똑똑한 그녀는 그곳이 가장 안전하고 우리가 쉽게 접근할 수 없는 곳이라는 것을 이해하고 있는 것 같았다.

나는 젤을 타고 황량하고 바람이 부는 언덕 사이의 계곡과 산등성이를 지나 한참을 이동했다. 고도가 높아졌다가 낮아지기를 반복했다. 그렇게 수색을 계속해 가는 와중에 꽁꽁 언 진눈깨비와 살을 에는 듯한 강풍을 피해 잠시 한숨을 돌릴 만한 장소를 찾왔지만 여간 어려운 일이 아니었다. 그러다가 시간이 흘러 어김 없이 한 번 더 밤을 맞게 되었는데, 저절로 두려움을 불러일으키 는 완전한 어둠이 찾아왔다. 우리는 먹고 마시고 쉬기 위해 주기 적으로 멈춰 서야 했고, 고되고 단조로운 이동 중 잠깐의 휴식은 불길한 생각을 떨치는 데 도움이 되었다. 하지만 깜깜한 어둠 속 에서 발자국이나 배설물, 혹은 먹고 남은 사체의 잔해를 발견할 기회는 없기 때문에, 눈이 없는 평지 구간에 다다랐을 때 나는 불 을 지피고 젤을 바닥에 눕힌 뒤 그녀의 몸에 기대어 우리 셋 모두 가 몸을 따뜻하게 유지할 수 있도록 했다.

문득 던컨을 생각하니 내 안에서 화가 불같이 솟구쳤다. 이어 서 10호에 대한 분노가 일었지만, 이는 어리석은 짓이며 결국에 내가 가장 분노하는 대상은 바로 나 자신이라는 사실을 알았다. 그녀를 더 일찍 처리하지 못한 나에 대한 분노이자, 이러한 공격 을 다가올 불길한 조짐으로 깨닫지 못한 나에 대한 분노였다. 우 리는 그녀를 멋대로 태어난 고향에서 데리고 와서 낯선 땅에 던 져두고 적응하기를 기대했지만, 너무 무리한 요구였다는 생각이 스쳤다. 그녀도 나만큼이나 분노하고 있을지도 모른다.

두 번째 날 아침이 밝았고, 나는 일련의 발자국을 발견했는데, 내가 생각하기에 다마사슴(fallow deer)인 것 같았다.

아빠가 해 준 말이 귀에 맴돌았다. *늑대를 잡으려면 쫓으려고 해서는 안 돼. 우리보다 똑똑하거든. 대신에 그들의 먹잇감을 쫓 아야 한단다.*

가끔, 아니, 수년에 걸쳐 많이 봐 왔기에 사슴 발자국 틈에 섞인 아주 희미한 늑대 발자국을 찾아낼 수 있다고 자부한다. 늑대의 발자국은 개의 발자국과도 차이점이 존재하는데, 사실 늑대는 다른 모든 동물의 발자국과 차이가 있다. 특히 다른 동물이 한 번 밟고 지나가면서 단단하게 다져진 눈 위만 골라서 조심스럽게 내딛는 우아한 걸음걸이와 그 효율성은 에너지 낭비를 줄이는 현명한 방법으로, 지금 그녀 또한 이 방법을 사용하는 모양이다. 하지만 이제 내가 그녀가 남긴 흔적을 밟고 있다.

얼어붙은 강물을 따라 새겨진 사슴의 흔적을 쫓아 어느 정도 이동하다 보니 꽁꽁 언 거대한 호수의 가장자리에 다다랐다. 태양 아래에서 호수는 하얗고 푸른빛을 띠고 있었다. 사슴의 흔적은 호수 가장자리에서 양쪽으로 갈라져 있었다.

그리고 그 맞은편에, 그냥 우두커니, 늑대 한 마리가 서 있다.

그녀가 나를 바라보고 있다. 황갈색 얼룩이 드문드문한 늑대. 그녀가 내게 달려드는 상상을 해 본다. 그러고 나서 그녀가 유유히 걸어서 내 시야에서 사라진다.

그녀를 뒤쫓고자 하는 마음이 아무리 간절하더라도 호수의 얼음이 얼마만큼 두꺼운지 알 수 없는 상황에서 말을 끌고 그 위를 걸어갈 만큼 나는 어리석지 않다. 나는 젤을 몰고 호수를 둘러 가기 시작했고, 여전히 걷는 속도를 유지했다. 마음이 조급해져서 빨리 걷거나 뛰지는 않을 것이다. 나의 확신은 천천히 그리고 오래도록 끓어오를 것이다. 서두를 필요가 없다. 이제 그녀는 내 사정권 안에 있고, 인내심을 가지고 그녀를 잡을 것이다.

늑대 10호의 흔적을 따라갔다. 눈 위에 선명하고 뚜렷하게 남은 그녀의 발자국을 따라서, 어렵지 않게 쫓아가다 보니 산자락 아래에 도달했다. 그녀도 나의 냄새를 분명히 맡고 있을 터였다. 그리고 내가 자기를 뒤쫓고 있다는 사실도 알 것이다. 하지만 달아나지 않고 우리처럼 차분하게 걷고 있었다. 우리가 계속 앞으로 나아갈 때마다 내 안에 잠재되어 있던 어떤 본능이 눈을 뜨는 것 같았다. 안장에서 소총을 꺼내 들고 총알을 장전하고, 하지만 안전장치는 아직 풀지 않고 총구가 하늘을 향하도록 했다. 젤의 걸음과 계속 호흡을 맞추며, 그녀의 규칙적인 움직임에 따라 내 혈관의 맥박도 함께 뛰었다.

앞선 존재의 하울링 소리가 들려온다.

지구상에서 가장 영역을 중요시하는 생명체의 언어로, 뒤로 물러서라고 경고하며 그렇지 않으면 위험을 초래할 수 있다고 말하고 있다.

그녀는 계속해서 하울링을 한다. 처음에는 경고였지만 이제 조롱으로 바뀌기 시작하고 있다.

젤도 귀를 바짝 치켜세우고 있지만, 여전히 침착하게 걸음을 유지하고 있다. 하지만 나의 분노는 그런 침착함을 유지하기 어려웠다. 늑대의 도발로 감정이 격앙되고 있었다. 내 안에 잠재되어 있던 폭력성이 일깨워지면서 자제하기 어려울 정도의 반항심이 피어올라 양손이 떨려 왔다. 내게서 빼앗아 간 것에 대한 복수라고 한다면, 그래, 그렇다고 해도 좋다. 먹잇감으로 전락하는 것도 이제 끝이다. 마침내 나도 포식자가 되려고 한다. 벽을 허물고 자기방어에서 벗어나, 나 자신이 사냥하는 존재가 되어 그것을 만끽할 것이다.

*

눈이 내리기 시작했다. 곧 흔적들은 뒤덮일 것이다. 하지만 상관
없다. 앞쪽은 개간지가 펼쳐져 있고, 그녀는 그 맞은편에 있으니
까. 내리기 시작한 눈이 이내 눈보라가 되자 그녀의 모습이 잘 보
이지 않았지만, 그녀는 그곳에서 움직이지 않고 가만히 나를 바
라보고 있었다. 늑대가 너무 가까이 있어서 불안해지기 시작한
말에서 내렸다. 그녀가 나를 내동댕이칠 위험을 감수할 필요는
없었다.

예전에도 한 번 그랬던 것처럼 나는 늑대 10호를 마주 바라보
았다. 그때는 그녀가 우리 안에 갇힌 상황이었는데, 지금은 그 우
리에서 너무 멀리 떨어져 있었다. 그때도 그녀는 내게 맞선 채 물
러서지 않았다. 이제 나는 소총을 들어 가늠쇠에 눈을 맞추고 그
녀의 가슴을 겨냥했다. 그렇게 나는 준비를 마치고 그녀가 달려
들기만을 기다리고 있다. 그녀는 세상에서 사랑이라는 것을 앗아
갔다. 내게서 앗아갔다. 한때 나는 상황을 바로잡을 용기가 충분
하지 못했다. 하지만 지금은 그럴 수 있다. 그럴 수 있을 것이다.

안전장치를 해제했다.

그녀는 아직 공격할 준비를 하지 않고 있다. 그저 나를 바라보
고 있을 뿐이다.

방아쇠에 얹은 손이 머뭇거린다.

걷잡을 수 없는 감정이 나를 휩쓸고 지나간다.

그녀는 옳고 그름을 이해할 수 있는 사람이 아니다. 그런 동물에게 화를 내서도 안 되고, 싫어해서도 안 되고, 복수해서도 안 된다. 절대로 그렇게 해서는 안 된다. 단지 그녀가 잔인하기 때문에 죽인 것이 아니다. 그녀의 몸 안에 내재한 본능이 그렇게 하라고, 위협에서 자신을 보호하라고, 생존하라고, 살아남기 위해서 먹어야 한다고 말하기 때문에 죽인 것이다.

순식간에 이 모든 것이 나를 스쳐 지나가면서 남긴 것은 크고 깊은 슬픔뿐이었다.

나는 방아쇠를 당겼다.

내가 슬픔을 느끼든 아니든, 그녀를 사랑하든 그렇지 않든, 그녀가 두 사람을 공격한 사실은 바뀌지 않는다. 만약 그녀가 대가를 치르지 않으면, 다른 모든 늑대가 죽임을 당할 것이다. 이 또한 내가 감당해야 하는 끔찍한 일의 한 부분이었다. 그녀가 벌을 받아 마땅하다거나, 내가 복수를 원하기 때문은 절대 아니다.

나는 눈을 감았다. 다시 눈을 뜰 때면 슬픔은 줄어 있을 것이다.

나는 가만히 서서 이런 상황을 피할 수 있었을지도 모를 모든 방안을 받아들이는 상상을 해 보았다. 처음부터 내가 해야만 했던 일들이 너무나 분명한 깨달음으로 다가왔다. 농부들을 이 프로젝트 과정에 포함해야 했다. 그들을 적으로 간주하지 말고 함께 협력해야 했다. 그들이 내게 적의를 보였을지도 모르지만, 물론 그랬을 가능성이 크지만, 그것에 굴하지 말고 협력할 방안을 모색하고 이 땅을 공유할 방법을 함께 찾아야 했다. 신뢰를 먼저

주지 않으면 그 누구의 신뢰도 얻지 못한다는 사실을 그때는 알지 못했다.

10호는 아직 숨을 쉬고 있다. 개간지를 가로질러 그녀에게 다가갔다. 총알은 그녀의 목을 관통했다. 내 목에서 날카롭게 퍼지는 통증이 느껴졌다.

땅에 주저앉아 그녀의 머리에 손을 올리고 한없이 부드러운 그녀의 털을 쓰다듬었다. "미안해." 내가 속삭였다. "정말 미안해." 나를 올려다보는 그녀에게 마음을 완전히 열고, 그녀가 볼 수 있도록 나 자신을 완전히 드러냈다. 그렇게 그녀는 나를 바라보며, 죽음을 맞이했다.

모든 생명체는 사랑을 안다.

나는 오랫동안 그녀를 쓰다듬었다.

결국에 나를 움직이게 만든 것은 추위였다. 그녀를 두고 떠나고 싶어서가 아니었다. 절대로 그럴 수는 없었다. 미리 준비한 캔버스 천을 꺼냈다. 그녀를 천으로 잘 감싼 뒤 젤의 무릎을 낮추게 하고 등 뒤쪽에 10호의 사체를 올렸다. 젤이 기꺼이 그 짐을 짊어지려는 모습을 보며 놀라움이 밀려왔지만, 생각해 보면 그녀는 언제나 용감했다. 10호는 보이는 것만큼 무겁지 않았다. 건강하고 날렵한 체구를 가진 훌륭한 생물이었다. 하지만 맹렬함이 빼앗겨 사라진 지금의 그녀는 한없이 연약해 보였다. 이번이 처음은 아니지만, 내 직업이 싫어지는 순간이다. 다분히 인간적인 직업이다. 레드와 사냥꾼들에게 증거를 보여줘야 할 필요가 없다면, 그리고 직업 규칙상 그녀의 사체를 부검해야 할 필요가 없다면, 이곳에 남겨 두고 다른 동물들과 대지의 영양분이 되도록 놓아두고 떠났을 것이다.

나는 다시 한번 잴의 등에 올라 늑대의 바로 앞에 자리를 잡고 앉았다. 내 허리 부근에서 식어 가는 그녀의 온기가 전해졌다. 그리고 그때 처음 진통을 느꼈다.

전에도 이런 진통을 겪었지만, 이번 것은…… 더 요란했다.

작은 녀석이 뱃속에서 나를 꽉 쥐어짜는 듯했다. 압박과 불편함이 한동안 지속되다가 잠잠해졌다. 나는 마음 한편에서 자꾸만 이는 생각을 품고 집으로 돌아가는 여정을 시작했다. 아닐 거야. 그러기에는 아직 너무 이르잖아. 만약 내 생각이 맞는다면 어떡하지?

내 잘못도 아니잖아. 육체적으로 이동이 많았고, 감정적으로 동요가 컸다지만, 때가 되기도 전에 내 마음대로 불러낼 수 있는 것도 아니니까.

지금은 안 돼, 아가야. 내가 그녀에게 전했다. *조금만 더 기다려 주렴.*

하지만 경련은 계속되었고, 그 강도와 빈도수도 더 높아졌다. 더 이상 나 자신을 속일 수 없는 지경에 이르렀다. 결국 일어날 일이 일어나고 있었다. 이제 오직 관건은 내가 제때 집에 도착할 수 있는지 여부였다. 몇 시간이 걸릴 여정일 텐데, 아닌가? 어쩌면 하루가 더 걸릴 수도 있겠지?

이곳에 올 때보다는 집으로 가는 길이 덜 걸릴지도 모른다. 올

때는 가까운 길을 돌아서 왔지만 지금은 에버네시 숲을 곧장 가로질러서 갈 것이고, 집까지만 무사히 도착하면 그 너머에 있는, 던컨이 누워 있는 시내 병원에 닿을 수 있을 것이다. 그래도 여전히 먼 길이다. 그나마 머리 위로 우거진 숲이 내게 안식처를 제공해 주고 있음이 고마울 따름이다.

나무들이 속삭인다.

계속 가렴.

이제 조금만 더 가면 된단다.

배에 가해지는 압박이 너무 심해져서 말에서 내려야만 했다. 몸을 좀 움직여야 할 것 같았다. 나는 숨을 헐떡이고 땀을 비 오듯이 흘리면서 원을 그리며 걸었다. 믿을 수 없을 정도로 아파서 내 몸이 이 감각을 견뎌내지 못할 것만 같았지만, 어쨌든 견뎌내고 있고, 이성적인 생각을 멈추고 하늘과 나무의 뿌리를 보면서 그들과 소통해 보려고 노력했다. 도대체 내가 무엇을 어떻게 해야 이 고통을 멈출 수 있을지 몰랐지만, 반드시, 필연코 이 고통을 멈춰야 했다.

젤이 불안해하고 있는 감정을 느낄 수 있었지만 그것을 걱정할 여력이 없었다. 그리고 내가 길고 긴 신음, 동물의 울부짖음 같은 소리를 내뱉자, 젤이 그 소리에 놀라 경기를 일으키더니 어디론가 달아나기 시작했다. 나를 이곳에 남겨 두고 멀어져 가는 뒷모습을 보며, 이제 확실히 젤을 걱정할 수밖에 없는 처지가 되었다.

다시 걷기 시작했다. 간헐적인 압박과 수축 사이에서, 다음 진통이 오기 전까지 내가 갈 수 있는 한 최대한 멀리 걸었다. 살갗이 너무 쓰라려서 옷이 스치는 것조차 아팠고, 모조리 벗어 버리고 싶은 강렬한 충동이 일었다. 하지만 아직 정신이 멀쩡한 모양인지 그것이 얼마나 어리석은 짓인지 정도는 자각할 수 있었다. 그리고 뱃속의 아이에 대해 생각하기 시작했다. 내가 너무 고집을 부렸다. 겁쟁이라서 그랬다. 내가 어떻게 그녀를 사랑해 줄 수 있을지 몰라서, 그녀에게 잠식당할지도 모른다는 생각에 겁이 나서, 그리고 나의 끔찍이도 연약한 모습을 나 자신에게 허용하고 싶지 않았고, 그래서 나 대신에 내 아이, 그녀를 연약하게 만들고 이렇게 위험에 처하게 했다. 용서받을 수 없는 짓을 저지른 것이다.

눈길을 걸으면서 그녀에게 말을 걸었다. 내가 용감했더라면 지난 8개월 동안 해 줄 수 있었을지도 모를 모든 말을 해 주었다. 내가 그녀를 살게 해 준다고 생각했지만, 얼마나 어리석은 생각이었던가. 그녀의 존재를 애써 무시하는 나의 노력에도 불구하고 매 순간 나를 지탱하고 살아가게 한 것은 다름이 아닌 그녀의 힘이자 그녀의 의지였다. 더 이상 걸을 수 없게 된 내가 눈 위에 손과 무릎을 짚고 몸을 낮추게 되었을 때, 그녀를 위해 차분함을 유지하고 힘을 내야만 한다는 각오가 샘솟았다.

얼마나 시간이 흘렀는지 모르지만 바지를 벗어야 할 상황이 되었다. 나는 힘을 주지 않으려고 했다. 어떻게 힘을 줘야 하는지도 몰랐지만, 아직은 그러지 않아야 했고, 참아내야만 했다. 이보다 더 두려웠던 적이 있었을까. 과연 이보다 더 침착했던 적이 있었나.

부츠와 바지와 속옷을 벗고 양말은 남겨 두었다. 그리고 침대

대신 코트를 벗어 눈 위에 깔았다. 하늘 위로, 그리고 주변에도 온통 나무들뿐이다. 그들이 몸을 흔들고 있다. 이곳은 나의 집이고, 그래서 다행이다. 결국 나는 이곳에 있는 것이 옳았다. 언제까지나 이곳에 있을 것이다.

고통이 다시 온몸을 휘감기 시작하고, 내 안에서 점점 부풀어 올라 엄청난 비명으로 터져 나왔다. 나무에 앉아 있던 새들이 깜짝 놀라 날아갔다. 그녀가 나를 찢고 나오려 하자, 극심한 고통에 숨 쉬는 것조차 잊어 버렸다. 눈앞에 반짝이는 점들까지 생기면서 인간의 몸은 진화의 실패작이라는 생각마저 들었다. 도저히 맨정신으로 견뎌낼 수 있는 고통이 아니기에 우리의 몸은 뭔가 잘못 만들어진 것이 확실했고, 우리가 가진 능력 또한 잘못되었다. 하지만 여성들은 태초부터 지금까지 이 고통을 겪으며 살아남았다. 그러니까 나도 할 수 있고, 해야만 하고, 반드시 살아남아야 한다. 그 후에 아이를 안전한 곳으로 데려가야만 하니까.

손가락에 아이의 머리가 만져진다. 분명히 단단하고 축축한 뭔가가 닿았는데, 그것이 그녀의 머리인지 알 수 있는 방법은 없었고, 어디까지나 나의 바람일 뿐이다. 나는 계속 움직이며 적합한 자세를 찾았지만, 내 등은 악몽과도 같은 통증만 계속되었고, 손과 무릎을 땅에 짚은 상태로는 아이를 받을 수가 없었다. 그래서 결국에 일어서서 나무에 머리를 기대었다. 나무가 내 온몸을 지탱해 주었고, 나는 무릎을 굽히고 손을 뻗어 그녀를 받을 준비를 했다. 전에는 알지 못했던 확신이 내 안에 생겨났다. 이것은 내 고통이다. 속임수도 아니고, 훔쳐 온 것도 아니다. 누구의 것도 아닌 나의 것이다. 그리고 이 아이는 내 새끼, 나의 아이다. 그녀를 느낄 수 있고, 그녀는 내 모든 것이다. 그리고 순간 그 진실이 너무나 강렬하게 파고들어 나도 엄청난 힘으로 밀어낼 수 있었다. 그녀의 머리와 어깨가 힘차게 밀려 나오더니, 나머지도 자연스럽게 미끄러지듯 흘러나왔고, 나는 그 순간을 놓치지 않고 그녀의 다리를 잡고 들어 올려 팔에 안았다. 나는 여기저기 멍이 있고 피와 분비물로 범벅이 된 그녀의 얼굴에 입을 가져가 그녀가 편하게 숨 쉴 수 있도록 깨끗하게 숨길을 만들어 주었다. 그러자 그녀가 크게 숨을 들이마시며, 내 폐로, 우리의 폐로 숨을 불어넣는다. 나는 내 증상이 속임수이자 저주이며, 짊어진 짐이라고 생각해 왔지만, 지금 이 순간만큼은 오로지 선물이다.

그녀가 눈을 뜬다.

그리고 나를 바라본다.

나는 반으로 줄었다가, 동시에 둘이 되었다.

나는 임시로 마련한 코트 침대에 주저앉아 본능적으로 그녀를 가슴으로 안고 살갗에 몸을 닿게 하여 젖을 먹을 수 있도록 이끌었다. 그녀는 크게 힘들이지 않고 바로 젖을 빨았다. 내게서 태반이 빠져나가는 느낌이 희미하게 있었는데, 그녀의 얼굴에 너무 집중한 나머지 크게 신경 쓰이지 않았다. 아이는 너무 작았다. 준비되지 않은 내 가슴에서 아이가 무엇이라도 먹고 있는 것인지 확신이 서지 않았다. 나는 이로 탯줄을 뜯고 두꺼운 보온 내의로 그녀를 감쌌다. 단 1초라도 내 품에서 그녀를 떨어뜨리고 싶지 않았지만, 당장 옷을 입지 않으면 얼어 죽을 것만 같았다. 그래서 그녀를 바닥에 눕히고 서툴게나마 옷을 주섬주섬 집어 입은 다음, 따뜻한 코트 안으로 그녀를 감싸안았다. 몸에 힘이 하나도 남아 있지 않았고, 두 다리는 마취된 것처럼 감각이 없었다. 꽤 많은 양의 피를 쏟았기 때문에 두려움이 일었지만, 그렇다고 휴식을 취하고 있을 시간은 없었다. 어서 그녀를 돌볼 수 있는 따뜻한 장소로 이동해야만 했다. 남은 힘을 다 끌어모아 자리에서 일어나 다시 걷기 시작했다.

그녀는 내 팔에 안겨 잠이 들었다. 이렇게나 작은 존재라니. 서로의 체취를 맡으며 우리는 침착해질 수 있었다. 내가 가진 온기를 그녀에게 전하고, 뒤로 붉은 흔적을 남기며 계속 걸었다.

어느 순간 나는 앞서 걷고 있는 누군가를 따라가고 있었고, 그의 발걸음에 내 발걸음을 맞추고 있다는 사실을 깨달았다.

"아빠." 내가 부르자, 그가 멈춰 선다. 그리고 뒤를 돌아본다.

"우리 딸들." 사랑을 가득 담아서 그가 말한다.

"어디 있었어요?" 내가 묻는다.

"숲에 있었지."

나는 이 가슴 아픈 사실을 새삼 받아들인다. "아빠를 잘 돌봐주던가요?"

아빠가 미소를 짓는다. "그럼."

나는 눈을 감는다.

"너무 예쁜 아이구나." 이제 내 옆으로 다가온 그가 말한다. "계속 가렴, 우리 딸."

"너무 힘들어요."

"그럴 거야. 그래도 아빠가 길을 안내해 줄게."

나는 나무 사이로 아빠를 따라 걷는다. 펑펑 떨어져 내리는 눈에 마침내 아빠의 모습이 삼켜져 사라질 때까지.

밤이 내려앉자 나는 멈춰 설 수밖에 없었다. 너무 천천히 걸어서 많은 진전이 없었지만, 이제는 너무 추워서 움직일 수가 없었다. 몸이 말을 듣지 않고 있었다. 잴이 성냥을 가지고 떠난 터라 불을 피우려고 나름대로 애를 써 봤지만, 심하게 손을 떠는 데다가 손가락은 딱딱하게 굳어 방법이 없었다. 그래서 나무 밑동에 기대어 웅크리고 앉아 내 체온을 딸에게 전해주려고 애썼다. 그녀의 차분한 얼굴이 내게 용기를 주고 있었다.

"해가 뜨는 대로 다시 걷자꾸나." 내가 그녀에게 속삭였다. "필요하다면 평생을 걸을 거야. 나는 절대로 멈추지 않을 테니까. 넌 안전하단다, 아가야."

지금도 더 많은 피를 쏟고 있지만, 나는 곧 다시 일어설 것이다.

내게 가장 먼저 다가온 것은 그들의 냄새였다. 아직 어둠이 깔린 이른 시간이었고, 부드러운 털의 사향 냄새가 그들의 접근을 알려 왔다. 이곳은 애쉬가 이끌었던 에버네시 무리의 영역 안이고, 내가 남긴 흔적이 그들을 크게 자극하고 있다. 나는 눈을 떴다. 나는 한숨도 자지 않았고, 그래서인지 꽁꽁 얼어 멍한 상태로 앞뒤로 몸을 조금씩 흔들고 있었다.

몇 시간 만에 처음으로 냉정한 생각이 들었다. 이곳의 밤은 너무 추워서 버텨낼 수 없을 것 같다는 생각, 어쩌면 우리는 이곳에서 죽을 수도 있다는 생각이었다.

그리고 두 번째로 떠오른 생각은, 늑대들이 다가오고 있다는 것이었다.

싸우고자 하는 나의 의지는 거대하다. 일어서서 그들에게 달려들고 겁을 줄 것이다. 그들이 겁먹고 도망가지 않으면 손과 이로 그들에게 맞서 싸우며 물어뜯을 것이다. 내 몸을 방패로 삼고 무엇이든 할 것이다. 나는 어떻게 해서든 그들이 그녀를 해치지 못하게 할 것이다.

하지만 거대한 의지만으로 할 수 있는 것은 아무것도 없다. 몸에 비할 수가 없다. 몸은 우리의 주인이고, 요구할 수 있는 범위에는 한계가 있다. 나는 일어나려고 노력해 봤지만 도저히 움직일 수가 없었다. 큰소리로 악을 쓰려고 해도 오직 거친 숨만 뿜어져 나올 뿐이다. 추위가 너무 강했고, 나는 너무나 많은 피를 흘렸다.

늑대들은 나무 사이에 녹아들어 있다. 그들의 눈이 달빛에 반짝이고 있다.

나는 몸을 돌려 딸아이를 내 몸으로 감싸고, 이 작은 보호막 속에서 그녀를 내려다보았다. *반드시 살아남으렴.* 내가 딸에게 간청했다.

그들의 냄새가 폐에 와 닿는다.

하지만 그녀는 내게 달려들지 않고 있다. 형제들 가운데 가장 작은 늑대였던 그녀는 이제 거의 다 자랐지만, 내가 손에 안았던 그날처럼 여전히 하얀 모습 그대로이다. 그녀가 내 옆으로 와서 몸을 누인다. 그러자 나머지 늑대들도 그녀를 따라 우리를 둘러싸며 몸을 누인다. 그들의 온기로 추위로부터 우리를 구하려 하고 있다. 나는 그녀의 새하얀 목덜미에 얼굴을 묻고 울었다.

29

새벽빛에 잠에서 깼을 때, 그들은 보이지 않았고, 실제로 일어난 일이었는지 의문만이 남아 있었다. 한낱 인간으로서 무한한 신비를 가진 늑대를 어떻게 이해할 수 있을까. 비틀거리며 자리에서 일어설 때까지도 정신이 몽롱했다. 아기는 깊은 잠이 든 것처럼 조용했다.

다시 걸었다. 한 걸음 한 걸음이 고통스러웠다. 내 몸 안에 아직 흘릴 피가 남아 있다는 사실이 놀라웠다.

얼마 지나지 않아 소리가 들려왔다. 익숙한, 말의 소리였다. 그때 나는 땅바닥으로 무너져 내렸고, 이번에는 다시 일어나지 못할 것 같았다.

이제 상관없어. 그녀가 우리를 찾아왔으니까.

아니면 내가 만들어 낸 상상일까?

그녀가 젤에서 뛰어내려 내게로 달려온다. 그녀가 온다. 내 동생이 내게 오고 있다. 이제 내가 다시 일어나지 못한다 해도 상관없다. 동생이 누구도 이 작은 아이에게 해를 끼치지 못하게 지켜 줄 것이다. 그녀가 보호할 것이다.

애기가 내 볼에, 이마에 입을 맞추고 아이를 데려가 자기 팔에 감싸안았다. 그때 그녀의 팔 소맷자락에 핏자국이 스며 있는 것이 보였다. 무슨 일이 있었던 걸까? 혼란스러웠다.

하지만 그런 의문도 잠시, 그녀가 목소리를 내어 내 딸에게 말했다. "안녕, 아가야." 나는 다시 울음이 터져 나왔고, 그녀도 함께 눈물을 흘렸다.

"아기 먼저 데려가 줘." 내가 말했다.

나는 동생과 눈을 마주쳤고, 우리에게 더 이상의 긴말은 필요하지 않았다. 그녀는 내가 무슨 말을 하고 싶은지, 마음속 가장 깊은 곳까지 알고 있으니까. 이렇게 피를 흘리는 상태로 말에 올라탈 수는 없다. 어떻게 올라탄다고 하더라도 우리 셋을 등에 태우고 가기에는 너무 더딜 것이다. 이제 중요한 것은 시간이다. 가장 중요한 나의 아기는 너무 오랫동안 움직임을 보이지 않고 있다. 동생은 고개를 끄덕이더니, 자기 코트를 벗어 내게 둘러 주고 다시 한번 입을 맞춘 뒤 말했다. "다시 올게. 조금만 기다리고 있어."

그녀가 딸을 데리고 멀어져 간다. 그렇게 한참이 지난 뒤에도 내 마음속에는 그녀의 목소리가 내내 울려 퍼졌다.

*

꿈속에서 나는 던컨의 난로 앞에 앉아 있고, 펑갈은 나의 무릎에 얼굴을 기대고 있다. 주변에는 엉성하게 만든 가구들이 놓여 있다. 그의 큼직한 손이 내 머리카락을 천천히 그리고 부드럽게 어루만지고, 그의 입술이 나의 뺨에 닿는다.

"무슨 일이 있었는지 알고 있죠?" 그가 내 귀에 대고 속삭인다.

알고 있다.

마침내, 나는 무슨 일이 있었는지 알게 되었다.

"이럇!"

먼 곳에서 외침이 들려왔다. 아마도 또 다른 세상인 것 같다. 몇 시간 동안 나는 꿈과 현실 두 세계를 이리저리 오가고 있고, 그 사이의 장막은 종이 한 장처럼 얇았다.

내가 있는 이곳이 행복하기 때문에 그 외침을 애써 외면해 본다. 난로불은 따뜻하고 그의 손길은 세상 전부니까.

"이 앞쪽이야!"

인티. 그가 말한다. *던컨.* 내가 말한다. 가지 말아요. 우리가 함께 말해 본다. 하지만 너무 늦었다. 나는 사라지고, 다시 추위가 덮쳐왔다.

얼마나 오랫동안 이곳에 있었을까? 애기가 떠나고 얼마나 지난 걸까? 그녀는 제때 잘 도착했겠지? 하늘이 빙그르르 돌고 있다. 눈구름이 원을 그리며 돌고 있다. 눈송이가 내 얼굴에, 내 눈썹에, 그리고 내 입술 위로 떨어져 내린다. 혀에 떨어진 눈송이 맛이 느껴진다.

얼굴 하나가 나타난다.

레드 맥레이다.

나의 희망이 사라진다. 그는 나를 여기에 내버려두고 그냥 갈 것이다. 골칫거리였던 나를 끝장내고 싶을 테니까. 하지만 그는 나를 팔로 들어 올리며 말한다. "이제 괜찮아요, 안심해요."

그가 나를 집으로 데려가는 동안 나는 그를 꼭 붙들고 있었다. 나는 증오나 사랑에 대해서, 그리고 잔혹함과 친절함에 대해서 아는 것이 아무것도 없을지도 몰랐다. 아니, 나는 아무것도 모른다.

30

내가 잠깐 깨어났을 때 동생은 나와 함께 침대에 있었고, 그 사이에 아기가 있었다.

우리가 자고 있는 동안에 애기가 우리 둘을 지켜보고 있었다. 우리는 서로 깍지를 끼고 있었고, 그녀의 손은 무척 따뜻했다. 그녀가 내게 미소를 지어 보였고, 나도 미소로 화답했다.

얼마 후, 다시 의식이 돌아왔다. 동생은 침대에서 일어나 의자로 자리를 옮기고 내게 젖을 물려 볼 수 있는 공간을 내주었다. 나는 봉합 수술과 수혈을 받았고, 링거 주사도 꽂고 있었다. 몸 여기저기가 아팠지만 대부분의 통증은 지쳐서 그런 것 같았다. 그동안 아기는 따뜻한 곳에서 유동식을 먹으며 보호를 받고 있었다. 나는 충분한 모유를 먹일 수 없었지만, 아기가 약간의 황달기가 있는 것을 제외하면 놀라울 정도로 건강한 상태를 유지했다.

짙은 머리카락에 누구보다 예쁘고 작은 얼굴을 가진 그녀는 너무 사랑스럽고, 너무나 작았다.

애기가 그날의 일을 내게 말해 주었다. 내가 언제 돌아오려나 기다리던 중에 젤 혼자 짐을 싣고 나타났다고 했다. 말 등에서 늑대를 내리고 곧바로 말에 올라 그녀가 온 길을 따라 내게 돌아왔던 것인데, 내가 이동했던 것보다 훨씬 더 빠른 속도로 움직인 듯했다. 그녀가 말하는 소리를 듣고 있자니 어쩐지 기분이 이상했다. 아직 익숙하지가 않아서 그런 것 같았고, 한편으로는 그녀가 한 번도 말을 멈춘 적이 없었던 것처럼 느껴지기도 했다.

우리는 한동안 아무 말도 하지 않고 복도에서 흘러들어 오는 기계의 신호음 소리에 귀를 기울였다. 그리고 모유 수유를 하는 느낌은, 심지어 그녀가 많이 먹지 못할 때조차 그 친밀함으로 경이로울 정도였다. 듣자 하니 그런 시도만으로도 분명히 그녀에게 도움이 된다고 했다.

"팔은 어떻게 된 거야?" 내가 애기에게 물었다.

"개 때문에." 그녀가 대답했다.

나는 그녀를 올려다보며 미간을 찌푸렸다. "뭐라고?"

그녀는 아무런 말을 하지 않았고, 나는 꿈이 기억나면서 알게 되었다.

이야기는 애기가 한 번에 전할 수 있는 이야기만큼의 작은 조각들로 이어졌다. 목소리를 내기도 하고 수신호를 사용하기도 했는데, 그녀가 며칠 만에 버릴 수 있는 습관도 아니고, 아마도 평생 버리지 못한 습관일 것이기 때문이다.

이야기는 이랬다.

레이니가 갈림길에서 스튜어트를 내려줬을 때 그녀는 남편이 던컨을 찾아가리라고 생각했다. 하지만 그는 우리 집으로 걸음을 옮겼다. 그가 자기 아내를 폭행하고 학대한다고 공개적으로 비난한 사람이 바로 나였으니까. 게다가 던컨은 스튜어트가 이미 당한 모욕에 대해 분노를 표출하기에 너무 강한 상대였지만, 나는 그에게 약한 상대였다.

한밤중에 분노에 차서 문을 두드리는 소리에 애기는 잠에서 깼다. 그녀는 내내 두려워하던 일이 벌어졌다고 의심해 마지않았다. 마침내 거스가 자신을 찾아냈다고 생각했던 것이다. 그녀는 바로 부엌으로 가 가장 날카로운 톱날칼을 집어 들었다. 이렇게 필요한 순간이 올 때마다 여러 번 그렇게 해 온 터였다. 그리고 창문으로 한 남자를 보았다. 그녀의 남편이, 그녀를 끝장내기 위해 찾아왔다. 그녀는 자신이 먼저 그를 끝장내리라는 각오를 다졌다. 온몸에 전율이 일었고, 절실했다. 그리고 나머지 감정을 없애고, 모든 것을 통째로 삼켜버릴 만큼의 두려움이 엄습했다.

남자는 계속 소리를 지르고 있었다. 그녀의 언니 이름을 부르며 욕설을 남발하면서, 어떻게 감히 남의 가정사에 대해 멋대로 참견하느냐며 지껄이고 있었다.

그때 애기의 눈에 그 남자의 얼굴이 다른 사람으로 바뀌면서 갑작스러운 인지적 불협화(Cognitive dissonance)가 일어났다. 그는 그녀의 남편은 아니었지만, 누군가의 남편이고 자신의 아내를 폭행하고 있는 남자인 점은 똑같았다. 결국 내가 그렇게 생각하게 만든 것이었다. 그녀가 내 목소리를 들을 수 없는 상태에 있다고 생각해서 스튜어트에 관한 이야기를 하고 또 했으니까. 하지만 그녀는 항상 내 목소리를 듣고 있었고, 스튜어트 번즈의 존재와 그의 목소리를 혐오하고 있었다. 한번은 나도 본 적이 있듯이, 그가 우리 집 밖에 차를 세우고 나와 언쟁을 벌이고 우리를 지켜보고 있었던 광경을 모두 보고 듣고 있었다.

남자가 포기하고 숲으로 발걸음을 돌리자 애기가 그를 뒤쫓았다. 두려움에 떨고 있었지만, 밖으로 발을 내디뎠기에 더욱 무서웠지만 그녀는 용기를 끌어모았다. 그녀는 한때 맹렬했던 적이 있었다. 그리고 언제나 나보다 더 분노를 표출하는 데 익숙한 그녀였다.

그녀가 그를 불러 세웠다. "스튜어트."

그가 돌아서서 대꾸했다. "뭐야?" 한밤중에 숲속에서 누군가가 자기 이름을 부르는 것이 지극히 자연스러운 일인 것처럼 태연했다. 그가 그녀를 알아봤는데, 그녀가 나라고 생각한 것이 틀림이 없었다. 우리 집을 찾아온 목적대로 내게 잊지 못할 교훈을 남겨 주기 위해 다가왔다. 하지만 애기는 그가 그녀에게 손을 대기 전에 본능적으로 팔을 휘둘렀다. 안전해질 때까지 그를 톱날칼로 찌르고 베어냈다.

그러고 나서 그녀는 몸을 돌려 집으로 걸음을 옮겼다. 그렇게 간단히.

우리 둘 다 알아채지 못한 점이 있다면, 그때 도로에서 그녀가 나라고 생각한 누군가가 그 모습을 전부 다 지켜보고 있었다는 사실이다.

우리 둘 다 그날 밤의 숲과 그 망령에서 돌아오고 나서 긴 침묵이 이어졌다. 어째서 더 빨리 알아차리지 못한 것인지에 대한 의문이 들면서 내 몸이 떨리고 있음을 감지했다. 아이는 먹다가 지쳤는지 어느새 잠들어 있었다.

"누구에게도 말하지 않겠다고 약속해." 내가 애기에게 말했다. "혹시라도 그의 시체가 발견된다면, 그를 죽인 건 늑대 10호라고 생각하게끔 둘 거야. 그리고 나는 늑대들을 보호하기 위해서 그를 묻은 사람이 나라고 자백할 거고."

애기가 한참 동안 나를 바라봤지만, 딱히 그러겠다고 대답하지 않았다. 그럼 던컨은? 묻고 싶었다. 하지만 이미 답을 알고 있고, 입 밖으로 소리 내어 말하는 이야기를 들을 자신이 없었다. 그가 죽었다는 것이 확실해지면, 내 안에 일부분도 그와 함께 사라질 것만 같았다. 그리고 그렇게 만든 사람이 바로 내 동생이었다.

나는 어떤 식으로 일이 일어났을지 이미 머릿속에 그려 볼 수 있었다.

내가 그를 두려워하고 있는 모습을 애기가 보았고, 그것으로 이유는 충분했다. 그녀의 삶에서 이미 여러 차례 행해지고 검증된 행위였으니까. 그녀는 한 번 더 똑같은 숲길을, 이번에는 더 멀리 걸어갔을 것이다. 똑같은 칼을 들고 있다. 그의 집 밖에서 그가 나타나기를 기다린다. 그의 개가 먼저 밖으로 나왔을지도 모른다. 핑갈이 숲속에 있는 누군가의 냄새를 맡고 짖기 시작한다. 무슨 일인가 싶어 던컨이 따라 나와서 살펴본다. 애기는 그저 그에게 위협만 가하거나 내게서 떨어지라는 경고만 전달하려고 했을지도 모른다. 하지만 개 때문에 당황한 그녀는 공황 상태에 빠

467

지게 되고, 그때 남자가 접근하자 칼로 그의, 던컨의 목을 긋는다. 주인을 지키려고 개가 달려들어 그녀의 팔을 물고, 그래서 어쩔 수 없이 개도 벤다. 그러고 나서 쓰러진 그들을 그 자리에 남겨 두고 돌아선다. 나의 그림자, 마음을 다친 내 쌍둥이 동생 애기는 나를 지키려고 한 것이다.

"두려움이라는 감정에 너무 지쳤어." 애기가 입을 열었고, 정말 그랬다. 그녀의 목소리는 너무 지쳐 있었다. "언니도 그 두려움이라는 감옥에 갇혀 살게 만들고 싶지 않았어."

나는 그녀의 마음을 이해했다. 그래서 나도 거스를 죽였다고 그녀에게 거짓말을 했으니까. 그녀를 자유롭게 해 주기 위해서.

"왜 그날 밤이었어?" 내가 물었다. "그날 밤에 던컨의 집에 간 이유가 뭐야?"

"그가 우리 집에 왔었어." 그녀가 대답했다. "그날 이른 시간에. 언니가 출근한 뒤였고, 나는 문을 열어 주지 않았어. 그는 계속 문을 두드리면서 내 이름을 부르면서 나한테 할 말이 있다고 했는데, 나는 그냥…… 그 사람이 언니에 대한 집착을 멈추지 않으리라는 걸 알았지. 내가 그러지 못하게 만들지 않는 이상은."

아, 애기.

"나 그 사람 사랑해." 내가 말했다.

그녀가 눈을 깜박이더니 입술을 작게 벌리며 놀란 표정을 지었다. 아니. 애기가 수신호를 보냈다. 믿기지 않는 듯 부정했다.

"진심이야. 그 사람은 두려움을 일으킬 만한 행동을 한 적이 없어. 그런 짓을 한 사람은 거스였지."

애기가 눈을 감았다. *끔찍한 고통이 그녀를 가로지르고 있었다. 그 일이 다시 일어나는 줄 알았어.*

나도 그랬어. 나도 수신호로 대답했다. 하지만 결국에 서로를 믿지 못했던 것은 우리였다.

문 두드리는 소리가 났다. 침대에서 몸을 돌려 바라보니 레드와 더글라스 맥레이 부자가 정중한 모습으로 문 너머에 서 있었다. "들어가도 괜찮을까요?"

"네, 들어오세요."

두 남자는 어색한 듯 안으로 들어섰다. 더글라스는 꽃을 한 다발 들고 있었는데, 침대 옆에 있는 테이블에 내려놓다가 물컵을 쏟기도 했다. "요 꼬마 아가씨 좀 보게." 그는 내 딸을 팔로 끌어안고 능숙하게 어르며 말했다. 나는 그의 그런 모습에 놀라서 눈만 껌벅이다가, 이내 곧 괜찮아졌다.

레드가 나와 동생을 번갈아 바라보았다. "두 분이었군요."

내가 우리를 소개하자 레드가 애기에게 정중하게 고개를 끄덕여 인사를 보냈다. 애기는 냉정하게 판단하려는 듯 그를 위아래로 훑어보았다.

"직접 늑대를 쏴 죽였다는 소문이 돌더군요." 레드가 내게 말을 걸었다.

그녀가 저지르지도 않은, 두 사람을 공격한 죗값이었다. 이런 실수를 저지른 것에 대해 나 자신을 절대 용서할 수 없을 것이다. 하지만 어쨌든 결국에 10호는 죽임을 당할 수밖에 없는 처지에 놓여 있었다. 그녀의 동선을 보면 죽은 가축들을 포함하고 있었고, 그에 대한 사람들의 분노는 확고했기 때문이다.

"사체는 집에 있어요." 내가 말했다. "증거가 필요하면 가서 직접 확인해 보세요."

그가 고개를 저었다. "당신을 믿어요. 사냥도 철회했고요."

"고마워요."

레드가 왠지 불편한 모습을 보였고, 뭐가 그렇게 그를 괴롭게 하는지 가만히 지켜보았다.

"늑대가……." 그가 주저하면서 입을 열었다. "그녀가 두려움을 보이던가요, 죽음을 맞이할 때?"

그의 질문에 내심 놀라서 그의 얼굴을 살폈다. "아니요." 목에 가시가 걸린 것처럼 따끔거렸다. "너무 차분했어요."

"그도 그랬어요." 그가 말했다. "큰 수컷 늑대도 그랬죠." 그러고 나서 부드럽게 인정하듯 말을 이었다. "방아쇠를 당기는 순간, 내가 한 행동이 용서받지 못할 짓이라는 걸 깨달았죠."

나는 눈을 감았다. 침대가 작게 흔들렸고, 동생이 내 옆자리에 앉아 내 손을 잡았다.

"내가 생각하기에는." 레드가 무뚝뚝하게 다시 입을 열었다. "당신과 나는 이야기가 좀 필요할 것 같아요. 우리가 대화를 시작하지 않으면 아무런 변화도 없을 테니까요."

내내 무겁게 자리하고 있었던 짐이 내 가슴에서 내려지는 것 같았다. "전적으로 같은 생각이에요."

잠깐 잠이 들었다가 깨어 보니 동생이 창가에 서서 아이를 안고 부드럽게 흔들어 주는 모습이 보였다.

"미안해, 애기." 내가 말했다. 한참 전에 말했어야 했다.

그녀가 나를 바라보았다.

"그들을 막지 못해서 미안해. 맞서 싸우지 못해서 정말 미안해."

"그럴 수 없었던 거 알아. 그들이 언니한테도 그랬으니까."

나는 고개를 저었다. "그건 진짜가 아니잖아."

동생이 내 눈을 빤히 바라보았다. "나와 함께 있어 주려고 들어 왔잖아. 다 봤을 거잖아. 그러니까 언니한테도 똑같이 그런 짓을 한 거야."

"너가 완전히 정신을 놓은 줄 알았어."

"언니가 옆에 있었던 거 알아. 언니는 항상 나와 함께해 줬지."

내가 입을 열었다. "나 거스를 죽이지 못했어."

애기는 내 말을 받아들였다. 그녀는 힘겹게 숨을 내쉬고 얼굴을 낮추어 아이에게 볼을 가져다 대었다. "그래, 그럴 수 있지."

"하려고 했는데, 정말 미안해, 애기." 그가 한 짓 때문에, 그가 동생에게서, 그리고 내게서 빼앗아 간 것 때문에 미치도록 그를 증오했다. 우리는 그렇게 다른 사람에 대한 두려움 때문에 낭비한 시간이 너무 많았다.

"사랑해, 언니." 그녀가 내게 말했다.

"나도 사랑해."

나는 딸을 바라보았고 그녀가 내게 용기를 북돋아 주었다.

"던컨은……?"

애기가 말했다. "언니를 기다리고 있어."

나는 아기를 팔에 안은 채로 애기가 밀어주는 휠체어에 앉아 그
에게로 향했다. 그의 방은 다른 층에 있었다. 그의 몸에는 모니터
와 연결된 선들이 주렁주렁 매달려 있었고, 링거 주사도 꽂혀 있
었다. 그의 목에는 두꺼운 붕대가 감겨 있었다. 그는 창백한 얼굴
로 눈을 감고 있었는데, 애기가 나를 그의 침대 옆자리로 최대한
가깝게 밀어준 뒤에 우리만 남겨 두고 자리를 비켜 주었다.
　태양이 창문 너머로 움직이며 우리에게 따뜻한 저녁 햇살을 비
추었다. 우리는 그가 깨어날 때까지 기다렸다. 아기가 내는 작은
소리 때문인지 모르겠지만 곧 그가 눈을 떴다. 우리를 바라보는
그의 눈에 눈물이 고였고 뺨을 타고 흘러내렸다.
　그의 트레이에는 종이 뭉치와 펜 하나가 놓여 있었다. 그가 무
언가를 끼적이고 내게 들어 올려 보였다. 당신이 나를 살렸어요.
　나는 그가 옳은 선택을 했다는 생각에 가슴이 벅차올랐다. 정
말 그랬다. 그는 자기 아버지처럼 될 수도 있었지만, 그러지 않고
어머니처럼 되기로 선택했다. 우리는 모두 이와 비슷한 선택에
직면하고, 대부분 그런 결정을 내린다. 살아남기 위해 맞서 싸워
야 할 잔혹함이 존재하지만, 다른 무엇보다도 뿌리 깊게 서로 얽
혀 있는 상냥함 또한 존재한다. 그것이 우리가 선택하고 간직해
야 할, 그리고 서로가 서로를 돌보는 방법일 것이다. 나는 아기를
바라보며 딘컨에게 말을 전했다. "당신도 이 아이를 살렸어요."
　의사들이 말하길 내가 다시는 말을 못 할지도 모른다고 해요.

그가 써 보였다.

　내가 미소를 보이며 말했다. "말이 없어도, 목소리가 없어도 되는 언어가 있어요. 내가 알려 줄게요."

아이를 안는 그의 손은 너무 다정해 보였고, 작게 떨리고 있었다.

　"부드럽게 안아 봐요." 내가 말했다.

31

이제 우리는 집에 돌아왔다. 우리 사이에는 아직 얽히고설킨 문제가 있었지만, 일단 작은 것부터 생각하기로 했다. 각자의 궤도에서 어떻게 자리를 잡아야 할지를 몰랐으니까. 이제 우리는 둘이 아니라, 넷이 되었기 때문이다.

던컨은 모두가 생각했던 대로 늑대에게 공격을 받았다는 성명서를 공표했다. 그가 입은 상처의 형태가 동물의 이빨에 의해 찢긴 것이 아닌, 날카로운 칼날에 베인 상처였지만 더 이상의 추가 조사로 이어지지는 않았다. 그가 경무관이기 때문인 이유도 있고, 이미 죗값이 치러진 후였기에 더 이상 의문을 제기하는 사람은 없었다. 결국 내가 괴물을 처단한 것이 되었다. 늑대 10호는 그렇게 거짓 속에서 죽음을 맞은 것이다. 나의 실수 때문에 죽은 것이다. 10호는 전설이 될 것이고, 나머지 늑대들은 그로 인해 새로운 고통을 겪게 될 것이다. 갑자기 이곳에 나타나서 피를 흩뿌렸다는 이유로 말이다. 그들이 아니라 나와 내 동생의 짓이었지만.

가장 먼저 상황을 파악한 사람은 던컨이었다. 그는 애기를 처음 본 그날, 우리가 얼마나 닮았는지, 그리고 그녀의 상태가 얼마나 안 좋은지 확인하고 추론을 이어갔다. 퍼거스는 그를 블러드

하운드라고 불렀는데, 실제로 그랬다. 그는 모든 것을 파악해 냈지만, 그런데도 우리를 보호하기 위해서 최선을 다했고, 나는 이 사실을 절대로 잊지 못할 것이다.

오늘 밤, 애기가 아기를 목욕시키고 있는 동안 던컨과 나는 난로 앞에 앉아 있고, 그가 나의 머리카락을 부드럽게 어루만진다. 내 꿈이 현실이 된 것이다.

그가 종이에 글을 써서 내게 보여준다. 동생은 시설의 보호를 받아야 해요. 여전히 다른 사람들에게 위험할 수 있어요.

나는 그의 짙은 눈을 마주 바라보며 대답한다. "난 그렇게 할 수 없어요, 던컨."

그가 펜을 내려놓았지만, 이 대화가 여기서 끝나지 않으리라는 것을 알고 있다. 그는 경찰이고, 보호자이기 때문이다. 그런 면에서 그는 동생과 닮았다.

엄마에게 전화를 걸었다. 지금까지 일어난 모든 일을 어떻게 말로 설명할 수 있을지 확신이 서지 않았지만, 그래야만 한다는 것을 알고 있었다.

신호가 몇 번 울리기도 전에 엄마가 전화를 받았다. "드디어 연락하네, 딸. 몇 번을 계속 전화했었지. 너희에게 전할 말이 있거든."

놀란 마음에 나는 소동이 일 만한 이야기를 잠시 미루어 두었다.

"짐하고 결혼할 거란다."

나는 웃음이 터져 나왔다. "어떻게 된 일이에요, 엄마?"

"글쎄, 나도 똑같은 질문을 나 스스로에게 던지며 알아내려고 노력했는데, 어느 순간에 이런 생각이 들더라. 내가 네게 타임라인에 관해서 말했던 거 기억하니? 사건을 해결할 때 우선 타임라인을 만들라고 했던 거?" 엄마가 물었다.

"그럼요."

"내 생각도 그것과 관련이 있다는 걸 알게 되었어. 사람들은 서로에게 나쁜 짓을 저지르지. 그리고 우리는 그 사건의 경위와 고통을 기억하고. 하지만 우리가 그런 것들을 왜 기억하는 걸까? 그 이유는 그것은 쉽게 드러나는 성격을 갖고 있기 때문이야. 타임라인의 오류, 즉 맞춰지지 않는 어긋난 틈 같은 것이지. 그렇다면 그 외의 나머지 타임라인이 성립되는 이유는 뭘까. 그것은 우리의 삶 전체가 다정함으로 이루어져 있기 때문이야. 그 다정함으로 이루어진 삶은 지극히 정상이지만, 너무 평범한 나머지 우리 눈에 보이지 않았을 뿐이지."

내 얼굴에 미소가 지어졌다.

"엄마." 내가 말했다. "스코틀랜드에 올 수 있어요?"

"평생 안 물어볼 줄 알았는데."

던컨이 가슴에 아기띠를 매고 우리 딸과 함께 저녁을 준비하는 동안, 애기와 나는 젤을 데리고 방목장 주변을 걸었다. 우리는 하늘을 올려다보며 언젠가 함께 본 춤을 추듯 찬란하던 그 빛을 찾아봤지만, 오늘 밤에는 우리에게 와 주지 않았다. 별과 달만이 그곳에 있을 뿐이었다.

한참이 흐른 뒤에 침묵을 깨고 내가 말을 꺼냈다.

"아빠를 봤어." 그녀에게 나직하게 말했다. "숲에 있을 때."

애기가 내 표정을 살폈다. "어때 보였어?"

나는 미소를 지었다. "아빠 그대로였지."

"여전히 계속 언니를 부르고 있지? 숲이 말이야?"

"항상 그랬지." 하지만 나의 시선은 따스함을 내뿜는 푸른 오두막과 그것이 품고 있는 것에 멈춰 있었다. "이제는 조금 조용해졌어."

"이제는 나도 알 것 같아." 애기가 미소를 지으며 말을 이었다. "언니가 그 속에 있다는 게 얼마나 큰 의미인지. 우리 둘이 함께 있다는 것 또한 마찬가지고."

*

너는 안개 자욱한 이른 시간에 일어나곤 했지. 네 말은 언제나 그랬던 것처럼 너를 기다리고 있었고. 너는 그녀를 이끌고 언덕으로 향하는 걸 좋아했는데.

우리의 조촐한 가족을 돌보면서 너는 건강해졌고, 심지어 던컨과는 되돌릴 수 없는 무거운 짐이 있었지만 그도 잘 돌봐 줬지. 하지만 너는 그에게서 소중한 것을 빼앗아 갔고, 비록 그는 네가 아파서 그랬다는 것을 이해하고 있다고 하더라도 그 진실은 변함이 없어. 삶이란 참 이상해. 우리는 서로에게 최선을 다하고 있는데 말이야. 그는 일찍이 용서하는 법을 배웠고, 이제 꽤 익숙한 모양이야. 너도 행복해 보이고, 정말 그렇다는 것을 나는 알아. 우리에게는 거스를 마음에서 놓아주자는 공동의 목표도 생겼지. 그런데 왜 그런 걸까?

너는 산등성이를 따라 걸어 올라가 떠오르는 황금빛 태양을 바라봤겠지. 잴의 울음소리는 포근하고, 그녀는 네 손을 할짝거리며 간질일 테고. 이곳에서 내려다보는 광경은 어찌나 아름다운지. 광대하고.
　저 아래에서 서서히 깨어나는 세상을 보며, 마침내 너는 자유를 얻었을 거야.

폭력에 대한 죄책감이었을 테지. 외면할 수 없는 흔적으로 네 안에 잠재되어 있었던 것 같아.
　어쩌면 네가 우리 사이에 끼어들어 있다고 생각했을지도 모르고, 아니면 단순히 새로운 것에 자리를 내주고 싶었는지도 모르겠어. 아니면 이 새로운 삶의 한가운데에서도 사라지지 않는 아픔, 절대로 없어지지 않는 고통 때문이었을까.
　어쩌면 이제 너 없이도 내가 괜찮을 거라는 확신을 마침내 얻었기 때문일 수도 있겠지.

정말로 이유를 모르겠어. 하지만 어느 날 아침, 내가 눈을 떠 보니 너는 사라지고 없었어.

테이블에 간단하게 적은 쪽지 한 장만 남겨 두고 떠났지.

집으로 돌아갈게. x

그렇게 너는 젤을 데리고 떠났어.

나는 아기를 던컨에게 맡겨 두고 너를 찾아 나섰어. 할 수 있는 대로 추적했지만, 흔적은 사라지고 없었어. 슬픔에 복받쳐 갈라지는 목소리로 너의 이름을 외치고 또 외쳤지. 그러다 전에도 이런 적이 있다는 사실이 떠올랐고, 나는 그 끝을 알고 있었어. 아빠가 그랬던 것처럼, 동물들이 그러는 것처럼, 너도 그 길을 따라갔다는 것을. 야생으로, 죽음을 맞이하기 위해서.

아니면 아마도, 살기 위해서 떠났는지도 모르지.

에필로그

지난달 어느 추운 밤, 에버네시 무리의 리더 애쉬가 잠에서 깨어나지 못하고 있었다. 그녀의 가족은 그녀가 죽어가는 동안 온기를 유지해 주기 위해 그녀의 주변에 몸을 누였다. 애쉬는 9년을 사는 동안, 이 새로운 세상에서 제일 먼저 무리를 일구고 새끼를 낳고, 온갖 위협으로부터 홀로 그들을 지켜냈다. 그녀는 자기 무리에게 이 땅에서 적응하며 생존하는 법을 가르쳤다. 짝이었던 늑대 9호가 죽은 이후로 새로운 짝을 맺지 않았다. 딱 한 번 새끼를 낳은 것이 전부였고, 그들 모두 성체로 성장함으로써 스스로 강하고 용감하다는 것을 증명해 냈다. 그리고 대부분의 늑대가 감당해야 하는 것보다 더 편안한 죽음을 맞았다.

에버네시 무리는 이제 새로운 리더가 생겼다. 자기 어미가 그랬던 것처럼 하얀 늑대였다. 그게 가능한 일인지 모르겠지만, 그녀는 다른 늑대들보다 몸집이 더 작은데도 훨씬 더 강인했다. 나는 몸과 마음을 다해 그녀를 사랑하고, 아마도 우리가 알고 있는 것보다 더 깊숙한 세상에서, 그리고 우리가 볼 수 있는 것보다 더 아름다운 곳에서 그녀도 내가 그녀를 사랑하는 만큼이나 나를 사랑하고 있을 것이다. 한때 그녀는 우리를 구해 준 적이 있으니까. 앞으로도 늑대 안에 신비가 없다는 말은 절대로 할 수 없을 것이다.

지난겨울, 나는 마취총을 들고 숲으로 가서 우리가 달아 두었던 통신용 목걸이를 모두 제거했고, 이곳의 모든 늑대는 이제 진정으로 자유를 얻을 수 있게 되었다.

이제 봄이 왔고, 언덕의 색깔이 바뀌고 있다. 사슴들은 이동하면서 새로운 환경에 적응하고 있다. 덕분에 많은 것들이 다시 자라나고 있다. 늑대들도 이곳에 완전히 정착했다. 기적이라고 해야 할지, 아니면 그저 자연스러운 현상인지 모르겠지만, 이곳 사람들도 새로운 환경에 적응하며 살아가고 있다. 늑대 10호가 죽은 이후로 더 이상 아무런 사고도 없이, 일종의 고요함 같은 것이 고산지대에 뿌리내렸다. 주민들도 늑대를 직접 보고 싶은지 인내심을 가지고 쌍안경을 들여다보고 있는 것을 보면, 어느새 이곳의 늑대가 사람들의 마음속에 깊게 파고들고 있다는 생각이 든다.

내 등에 업힌 딸이 꼼지락거린다. 자기 힘으로 걷는 것을 더 좋아하지만, 언덕 꼭대기에 다다를 때까지는 업어 주고, 그 후에 그녀 마음껏 탐험하게 할 참이다. 이곳 북쪽 지대가 대부분 그렇듯, 하늘은 비를 머금고 잿빛을 띠고 있었다. 그 덕분에 땅은 기름지고 식물은 무성하게 자란다.

몇 년 전에 처음 조사하러 온 적이 있는 측량 구역에 도착했다. 이 언덕은 뭔가 자란 것이 있을까 하는 기대를 품고 시간 날 때마다 몇 번이고 올랐던 곳이다. 헤더 사이를 자유롭게 뛰어다닐 수 있도록 딸을 등에서 내려 주었다. 아이는 내가 그랬던 것처럼 야생에 흠뻑 빠져 행복하게 웃고 있었다. 자연에서 태어난 만큼 깊은 유대감이 있을 것이다. 살려야 할 숲이 세상 곳곳에 있고, 그곳에 새로이 정착시켜야 할 다른 늑대들도 있고, 무엇보다 트램블링 자이언트가 계속 부르짖고 있기에 언젠가 우리는 이곳을 떠나게 될지도 모른다. 만약에 그런다고 하더라도, 그녀의 한 부분은 항상 이곳에 남아 있을 것이다.

무언가가 나의 눈길을 끌었다. 나는 쪼그리고 앉아 그것을 자세히 살펴봤다.

"와서 이것 좀 보렴." 내 말에 그녀가 달려와 우리가 그토록 기다리던 파릇파릇한 새싹에 자그마한 손가락을 가져다 댔다. "버드나무랑 오리나무 새싹이야." 내가 말했다. 그리고 나서 나는 딸에게 귀를 땅에 대는 방법을 보여 주었다. "들어 봐." 내가 속삭였다. "그들의 소리가 들리지?"

감사의 글

ACKNOWLEDGMENTS

생태계의 파괴에 대한 깊은 고뇌 끝에 이 소설을 쓰게 되었습니다. 용기 있는 환경 보호 운동가들이 세계 곳곳에서 노력하는 것처럼 자연을 재야생화하려는 시도를 그려 보고자 했습니다. 생태계 파괴의 흐름을 되돌리려고 하는 그들의 용기에 진심으로 감사드립니다.

특히 옐로스톤 국립공원의 멋진 팀원들에게 심심한 감사를 전합니다. 늑대가 사라지고 70년이 지난 1995년, 그들은 위기에 처한 자연환경에 꼭 필요했던 포식자를 다시 들여오는, 거의 불가능에 가까운 업적을 이루어 냈고, 그 결과로 그곳에 새로운 생명을 불어넣었습니다. 그곳의 모든 팀원과 늑대들, 그리고 그들의 믿기지 않는 이야기로부터 많은 영감을 받았습니다.

나의 에이전트 샤론 펠티에게 무한한 고마움을 전합니다. 항상 너무 많은 것을 베풀어 주고, 통찰력을 가지고 지지해 준 당신은 나의 버팀목이었습니다. 우리 팀에 함께 있다는 것만으로도 행운입니다.

지칠 줄 모르는 열정을 가진 멋진 편집자 캐롤라인 블리크에게도 많은 감사를 드립니다. 당신은 정말 놀라운 사람입니다. 당신은 작고 보잘것없으며 불확실한 것을 꽃피울 수 있도록 길을 찾아 주었습니다. 당신의 현명함과 친절함, 그리고 정직함에 깊이 감사드립니다. 맡은 바 일을 정말 훌륭히 소화해 내는 당신의 노고에 겸손을 배웠습니다.

특출난 재능을 가진 홍보 담당자 아밀리아 포산자에게도 감사를 전합니다. 아밀리아, 당신은 기적을 만들어 냈습니다. 그리고 플랫아이언 (Flatiron)의 모든 팀원(캐서린 투로, 키이쓰 헤이에스, 조단 포네이, 마르타 플레밍, 낸시 트리픽, 케리 노들링, 크리스티나 길버트, 메간 링크 그리고 밥 밀러)과 함께 일할 수 있어서 꿈만 같았고, 이 두 번째 여정도 저와 함께해 주어서 정말 감사합니다!

그리고 호주판 발행인 니키 크리스터, 홍보 담당자 캐런 레이드와 펭귄 랜덤 하우스 오스트리아(Penguin Random House Australia)의 모든 팀원에게 감사의 인사를 전합니다. 앞뒤 가리지 않고 최선을 다해 준 당신들이 있어서 너무 행복했고, 이 소설의 둥지를 마련해 주어서 감사합니다. 이 책과 책을 통해 전하고자 하는 메시지에 무한한 지지를 보내 준 니키, 당신과 함께하게 된 것이 얼마나 큰 행운인지 모르겠습니다.

영국에서 놀라운 작업을 해 준 샬럿 험프리와 샤토&윈더스(Chatto & Windus)의 팀원들에게도 고마움을 전합니다. 예리한 매의 눈을 가진 샬럿, 정말 고맙습니다!

제 책이 독일에서 자리를 잡을 수 있게 해 주신 테레사 퍼츠와 피셔 출판사(S. Fischer Verlag)의 팀원들에게도 감사드립니다.

영화 및 TV 판권 에이전트 에디슨 더피에게도 많은 감사를 전합니다. 당신의 노고 덕분에 제 소설이 스크린에서 재탄생할 기회를 얻을 수 있었습니다. 정말 흥미진진하고, 꿈이 실현될 수 있는 경험을 얻었습니다. 감사합니다!

그리고 내 친구들 사라 훌라한, 찰리 콕스, 리아 파커, 케이틀린 콜린스,

애니타 야코비치, 레이첼 위터 그리고 나의 북클럽에 참여한 멋진 여러 분 모두가 항상 변함없이 곁에 있어 주어서 고맙습니다. 운 좋게도 자 애롭고, 현명하고, 유머러스하고, 강하고, 친절한 여러분들과 함께할 수 있어서 기쁩니다. 솔직히 한 사람 한 사람 모두가 제게 각각의 감동을 주고 있습니다.

아버지 휴건에게도 감사를 전하고 싶습니다. 아버지의 농장에서 동물 학대 없이 지속가능한 농장의 모범을 보여 주었고, 나누고 베푸며 사는 삶의 태도를 가르쳐 주었습니다. 미래 지향적 모델을 제시해 주었고, 그 것을 지켜볼 수 있다는 것만으로도 너무 자랑스럽습니다. 그리고 조, 니 나, 하미쉬, 미나 또한 한결같은 애정과 지지를 보내줘서 고맙습니다. 리암 오빠, 우마 할머니 그리고 엄마 캐서린에게는 말로 표현할 수 없을 정도의 고마움을 가지고 있기에, 평생을 감사하며 살아가겠습니다. 여 러분이 없었다면 이렇게까지 해내지 못했을 것이고, 그만한 용기도 내 지 못했을 것입니다.

그리고 모건, 당신은 나의 든든한 안식처입니다. 사랑해요.

마지막으로, 이 소설의 모든 글자 하나하나에 영감을 불어넣어 준 이 세 상에 있는 야생동물과 각 지역에 다시 한번 감사를 전합니다. 그들이 우 리에게 보여 준 다정함은 우리가 그들에게 보여 준 어떠한 것보다 훨씬 큽니다. 비록 스코틀랜드에서 아직 늑대를 재도입하는 발의가 통과되 지 못했지만, 나의 고향 호주와 더불어 전 세계 모든 곳에서 재야생화 에 필수적인 작업을 더욱 적극적으로 수용하기를 희망합니다. 그렇게 함으로써 우리 스스로도 재야생화를 시작할 수 있게 되기를 바랍니다.

늑대가 있었다

초판 1쇄 발행 | 2025년 5월 22일

지은이 | 샬롯 맥커너히
옮긴이 | 윤도일
펴낸이 | 이정헌
편집 | 이정헌
번역 검수 | 이정헌
교정 | 허유진

펴낸곳 | 도서출판 잔
출판등록 | 2017년 3월 22일 · 제409-251002017000113호
주소 | 경기도 김포시 김포한강3로 432 502호
팩스 | 070-7611-2413
전자우편 | zhanpublishing@gmail.com
웹사이트 | www.zhanpublishing.com

표지 그림 | 이고은 | www.leegoeun.com
디자인 | DNDD | www.dndd.com
인쇄 | 공간코퍼레이션

ISBN 979-11-90234-98-6 03840